O limite da perda

KRISTINA McMORRIS

O limite da perda

Tradução
Karla Lima

Principis

Esta é uma publicação Principis, selo exclusivo da Ciranda Cultural
© 2023 Ciranda Cultural Editora e Distribuidora Ltda.

Traduzido do original em inglês
The Edge of lost

Texto
Kristina McMorris

Editora
Michele de Souza Barbosa

Tradução
Karla Lima

Preparação
Walter Sagardoy

Produção editorial
Ciranda Cultural

Diagramação
Linea Editora

Revisão
Fernanda R. Braga Simon

Design de capa
Ana Dobón

Imagens
Jan Faukner//shutterstock.com

Dados Internacionais de Catalogação na Publicação (CIP) de acordo com ISBD

M167l	McMorris, Kristina
	O limite da perda / Kristina McMorris ; traduzido por Karla Lima. - Jandira, SP : Principis, 2022.
	384 p. ; 15,50cm x 22,60cm. - (Kristina McMorris).
	Título original: The Edge of Lost
	ISBN: 978-65-5552-829-9
	1. Literatura americana. 2. Mentira. 3. Imigração. 4. Prisão. 5. Jovens. 6. Ilhas. 7. Ladrões. I. Lima, Karla. II. Título. III. Série.
2022-0952	CDD 810
	CDU 821.111(73)

Elaborado por Lucio Feitosa - CRB-8/8803

Índice para catálogo sistemático:
1. Literatura americana 810
2. Literatura americana 821.111(73)

1ª edição em 2023
www.cirandacultural.com.br
Todos os direitos reservados.
Nenhuma parte desta publicação pode ser reproduzida, arquivada em sistema de busca ou transmitida por qualquer meio, seja ele eletrônico, fotocópia, gravação ou outros, sem prévia autorização do detentor dos direitos, e não pode circular encadernada ou encapada de maneira distinta daquela em que foi publicada, ou sem que as mesmas condições sejam impostas aos compradores subsequentes.

SUMÁRIO

1919 13
1923 137
1935 221

Agradecimentos

Em primeiro lugar e antes de tudo, sou imensamente grata a duas pessoas que foram essenciais para pavimentar o caminho desta história, ao mesmo tempo que impediram que eu entrasse em pânico durante o percurso: meu marido, Danny, e minha mãe, Linda Yoshida. Nossas incontáveis sessões para trocas de ideias, excursões de pesquisa e atualizações diárias da situação foram inestimáveis, mas, mais do que elas, a confiança deles em mim sempre.

Da mesma forma, agradeço à minha amada amiga Tracy Callan, que de alguma forma sempre me faz sentir merecedora do Prêmio de Autor Mais Maravilhoso do Universo. E também ao meu pai, Junki Yoshida, um imigrante cujo amor profundo pela América e pela família e cuja noção de lar em grande medida inspiraram este livro.

Sou grata a Brianna Gelow e a Madison Elmer pelos milhões de modos pelos quais ajudaram minha família a sobreviver intacta a outro prazo; a Sue McMorris, Kathy Huston e Sharon Shuman pelos olhos de lince na revisão e pelo apoio constante; a Aimee Long por todas as contribuições, desde o rascunho e o texto de capa até o projeto final; e a todos os blogueiros, críticos e leitores incríveis que não apenas acolheram minhas histórias em suas vidas, mas também as divulgaram para outros.

Por me manterem sã e sempre garantirem que não estou sozinha, sinto-me em dívida com minhas queridas e talentosas amigas Erika Robuck (que cabeça!) e Alyson "Twinsie" Richman. O mesmo vale para a brilhante Therese Walsh, cujos apoio e visão da história muitas vezes se provaram impagáveis.

Encarar um romance que demandou pesquisas tão intensas teria sido infinitamente mais assustador sem a ajuda generosa de muitas pessoas. Sou grata a Sharon Haller, uma "menina de Alcatraz" e filha do ex-diretor Robert Weir, por pintar um quadro vívido da vida civil na penitenciária federal conhecida como A Rocha; ao gerente do programa Jardins de Alcatraz, Shelagh Fritz, por oferecer um tesouro na forma de detalhes e fotografias essenciais; ao guarda florestal de Alcatraz, Jim Nelson, por suportar minha lista interminável de perguntas; e ao autor Michael Esslinger, cujos comentários e vasta documentação sobre Alcatraz me serviram de porta de entrada para a Baía de São Francisco.

Envio meu sincero reconhecimento ao escritor e historiador da Penitenciária Federal de Leavenworth, Kenneth LaMaster, por compartilhar muitas horas de histórias fascinantes sobre a vida na prisão e fugas; a Claire Organ, por garantir a autenticidade dos meus personagens e cenários irlandeses; e a Florence Fois, por fazer o mesmo com meu elenco e idioma italianos. Sou grata também a Joan Swan, por mais de uma vez me guiar por especificidades médicas; a Steven Burke, pelos pormenores jurídicos e processuais dos tribunais; a Derick Callan, por me ajudar com a distribuição dos encanamentos; e a Jay Farrell, pelas informações históricas sobre os postos de recrutamento da Marinha. É claro que qualquer erro é minha responsabilidade exclusiva.

Estou convencida de que bibliotecários são os santos do mundo literário. Sou especialmente grata aos bibliotecários de pesquisa do condado de Multnomah, Oregon, por responderem a pergunta após pergunta sobre tópicos variando de corridas de cavalos em Nova York até o equipamento militar dos anos 1930; e aos bibliotecários de pesquisa da Biblioteca Pública de Leavenworth e da Biblioteca Estadual do Kansas, que também foram generosos em seu tempo e ajuda.

Como sempre, agradeço ao meu editor, John Scognamiglio, por seu apoio e confiança no meu trabalho desde o começo; à extraordinária divulgadora Vida Engstrand, por seu entusiasmo inabalável; e aos demais da equipe maravilhosa da editora Kensington, que trabalharam sem descanso nos bastidores.

Por fim, mas de forma nenhuma em último lugar, meu amor e gratidão vão para os meus filhos, Tristan e Kiernan, que continuam a ser meus apoiadores mais intrépidos e fonte do meu orgulho mais profundo. Acima de tudo, é nossa família que verdadeiramente dá significado a cada página, marco e momento da minha vida.

Prólogo

Ilha de Alcatraz
Outubro de 1937

A névoa encobria a ilha em um estrangulamento opressivo, enquanto as buscas continuavam. No céu sem lua, nuvens escuras formavam um domo sobre as correntes geladas da Baía de São Francisco.

– Vocês dois chequem as docas –, gritou o diretor Johnston, a voz abafada pela chuva e pelo vento que uivava. – Nós vamos para o farol. O resto, espalhe-se.

Mais pessoas trocaram ordens, dividindo o território. Eram guardas de folga e filhos adolescentes que chamavam de lar Alcatraz, um lugar estranho, em que um labirinto de cercas e concreto mantinha as famílias dos funcionários da prisão a salvo dos criminosos mais notórios do país.

Ao menos em teoria.

De dentro da estufa do diretor, o interno 257 se esforçava para escutar; esse era seu número. Até o macacão exibia o sinal de sua identificação, marcado como gado. O brilho de uma lanterna passou pela parede de vidro.

Muitas e muitas vezes, na escuridão da cela, ele imaginara precisamente aquela cena. Ele a vira tão nitidamente quanto os filmes a que tinha crescido assistindo, no Brooklyn. "A marca do Zorro", lembrava-se. O filme era mudo, muito anterior aos falados que depois virariam febre, mas a ação e o suspense tinham acelerado sua pulsação e comprimido seus pulmões. Como agora.

Ele inspirou profundamente e soltou o ar. Os pingos de chuva ficaram mais insistentes. Tamborilavam no telhado como cinquenta dedos ansiosos. Setenta. Cem.

– Ei! Capello!

O coração deu um pulo. Normalmente, ele se mantinha atento aos ruídos às suas costas, uma arma de sobrevivência na cadeia, mas de alguma forma tinha deixado de ouvir o rangido da porta.

Antes de se virar, ele apertou com mais força a espátula de jardinagem. Era Finley, um guarda com o olhar e as contrações de nariz de uma fuinha gigante.

– Sim, chefe.

– Você viu passar uma menininha? Dez anos, cabelo castanho-claro, mais ou menos desta altura?

A resposta precisava soar natural, ser liberada como uma linha de pesca.

– Não, senhor. Temo que não.

Do alto do único degrau da entrada, Finley escrutinou a estufa com um ar incomodado. Ele não era partidário das raras liberdades concedidas aos do regime semiaberto, os poucos presos confiáveis designados para trabalhar na casa do diretor.

– Você já está acabando, aí? – Finley perguntou.

– Estou. E depois vou para a estufa de baixo, para terminar.

Finley hesitou por um interminável momento... De verificação? De suspeita? Por fim, deu um breve aceno com a cabeça e se virou para sair.

A porta se fechou.

A adrenalina o percorreu com a força da chuva torrencial. Os riscos e as consequências ficaram mais claros. A dúvida penetrou seus pensamentos.

Não era tarde demais para voltar atrás. Ele poderia cumprir a pena trabalhando duro, dormindo, comendo e mijando quando lhe mandavam, e um dia sair como um homem livre…

Mas não. Não, não era assim tão simples. Não mais. Ele se lembrou de tudo que estava em jogo, e qualquer possibilidade de recuo se desmantelou.

Através da neblina, os relâmpagos trincavam o céu. O ar brilhava com uma incandescência azul sinistra, e dela veio um impulso de convicção.

Ele podia fazer aquilo.

O plano podia funcionar.

Desde que eles não encontrassem a menina.

1919

1

Dublin, Irlanda
Março de 1919

    A névoa viciada de uísque e cigarros estava naquela noite mais rala do que o habitual, pena que o mesmo não pudesse ser dito sobre os ânimos. Não que isso surpreendesse Shanley Keagan. Aos quase doze anos, ele já havia se apresentado o suficiente em bares para entender os padrões do calendário.

    Sextas-feiras eram uma aposta segura de bom público, homens ansiosos para gastar o salário recém-recebido. Eles cantavam e riam com os velhos camaradas, brindando à graça divina derramada sobre eles. Se estivessem em um humor especialmente generoso, até pagavam rodadas para estranhos. Quando eram silenciados o suficiente para receber Shan no "palco" – às vezes, uma plataforma sólida; com mais frequência, um engradado da cozinha –, podiam reclamar da interrupção e trocar olhares raivosos, mas, ao ouvirem a segunda piada, terceira, no máximo, eles estavam rugindo às gargalhadas, atentos como paroquianos na Missa de Páscoa.

Segundas eram as piores. Até o tio Will, que estava longe de ser exigente quando agendava as apresentações de Shan, sabia que segundas deveriam ser evitadas. Ainda que houvesse público, era principalmente de clientes viciados em bebida ou veteranos pouco antes chegados da Grande Guerra, esperando afogar as lembranças. Os demais, não muitos, eram meditabundos em busca de refúgio das esposas, igualmente desinteressados em serem mandados procurar emprego e em o procurarem de fato.

Quartas, por outro lado – bem, essas eram imprevisíveis. Podiam se assemelhar às sextas tanto quanto às segundas, ou cair em qualquer ponto entre elas. Nessa quarta-feira em particular, quando Shan subiu no engradado de ripas, percebeu exatamente de qual se tratava.

Dos doze fregueses sentados por ali, dois estavam desacordados nas respectivas mesas. Bem perto de frente para o palco, uma dupla de sujeitos miseráveis estava profundamente entretida na conversa, sem cabeça para mais nada. O resto encarava Shan, os olhos rápidos para julgar.

– Ei, vai ou não vai? Anda logo com isso – ordenou um homem grisalho de sua cadeira. – Ou faz como Jesus Cristinho e traz logo as dançarinas!

Outro gritou de volta:

– É o mais perto que você vai chegar de ver uma mulher de calcinha, tirando aquela sua irmã feiosa.

Vários clientes riram, planejando em uma tréplica.

Shan precisou ganhar de novo a atenção, antes que as gozações virassem pancadaria e destruíssem qualquer possibilidade de uma apresentação. Disso ele estava bem ciente, mesmo antes de captar um vislumbre do tio.

Do lado oposto do bar, William O'Mara estava de pé junto ao balcão, franzindo o cenho entre goles na cerveja. A pele sardenta do rosto ossudo, em geral pálida quando perto da face escura de Shan, estava se avermelhando até o tom de sua barba cheia de falhas. "Trabalhe direito", seus olhos firmes diziam, "ou eu vou te jogar num orfanato onde você vai dormir com os ratos em um chão imundo e tomar sopa de repolho podre".

O homem dissera essas palavras com frequência suficiente para que Shan conseguisse ouvi-las mentalmente. E ele sabia que não deveria ignorar o alerta.

Pigarreando alto, Shan se endireitou para se sentir mais alto que sua estatura mediana e ignorou o buraco dolorido no estômago.

– Boa noite, damas e cavalheiros. Eu sou Shan Keagan.

Ele cedo aprendera a não usar o verdadeiro nome de batismo, a menos que quisesse ser questionado, sendo "Shanley", tradicionalmente, reservado a sobrenomes. Ele o mudaria por completo se não fosse uma das poucas coisas deixadas por sua mãe.

– Vou diverti-los enquanto vocês tomam cerveja.

Agora que tinha conquistado a atenção deles, começou com uma piada segura.

– Está tão frio que me lembrei do caso de uma tremenda tempestade de neve. Uma noite, a borrasca se acumulou tão alto que um padre e uma freira ficaram presos na igreja. Quando a irmã reclamou de frio, o padre muito gentilmente procurou aqui e ali e arranjou um cobertor para ela. Isso aconteceu de novo e de novo, mas a pilha de cobertores não ajudou. Por fim, congelando e desesperada, a irmã disse que o Senhor com toda a certeza perdoaria se, para se esquentar, eles agissem como um casal por uma única noite. Feliz da vida, o padre concordou. "Mas é claro!", ele gritou. "De agora em diante, você que busque seus cobertores sozinha!"

Shan parou para analisar a plateia. Meros sorrisos mornos, mas nada com o que se preocupar. A experiência o ensinara a saltar para as imitações, que em geral eram a segunda parte de seu ato.

Com infinita habilidade, passou a modular a voz segundo uma variedade de personagens pitorescos. Mãos nos quadris, ele se transformou em uma mãe irlandesa resmungona. Uma breve passada de língua pelos lábios e ele era um ianque sibilante, sua nova incorporação favorita por muitas razões. De ombros encurvados, tornou-se um inglês mais burro do que um boi.

No entanto, com tudo isso, recebeu apenas um punhado de risadinhas.

As palmas estavam escorregadias de suor. Insultar ingleses geralmente seduzia até a mais indiferente das plateias irlandesas. Desde janeiro, quando a Guerra da Independência tinha começado, os sentimentos contra a Coroa haviam atingido novos patamares – se é que aquilo era possível. Talvez isso explicasse por que Shan pressentia no ar uma busca progressiva por um alvo. E isso era exatamente o que ele se tornaria se não mudasse de rota. Uma cançãozinha tola talvez surtisse efeito.

Gorjeando ao estilo de Eugene Fitzpatrick, ele soltou "Caí de amores quando caí na cerveja". O nervosismo acentuou a voz desafinada de Shan, uma maldição crescente da idade, e ele encontrou alívio no término da canção – embora alívio nenhum na atmosfera do bar.

Os poucos ruídos do público vinham de um velho repetidamente despertado pelo próprio ronco e de uma mulher rindo em uma mesa distante, onde um homem mal-ajambrado de camisa de flanela lhe fazia cócegas. Ela usava um vestido tão atrevido quanto seus lábios rubros, o tipo de mulher que, de acordo com o tio Will, cobrava pelo prazer de sua companhia. Quando ela se inclinava para a frente, os seios se elevavam em grandes montes brancos, lembrando pães no forno.

Shan combateu a ânsia de encarar. Ele vasculhou a memória em busca de material e se lembrou de Murphy, um bobo criado a partir de um bêbado. Na pior das hipóteses, aquelas piadas preencheriam minutos suficientes para assegurar o jantar grátis, a recompensa pessoal que recebia dos bares.

O estômago roncava quando ele começou a história. Estava na metade quando um homem grandalhão se afastou da mesa e se pôs de pé.

– O que é que você está falando de mim, moleque?

– Ah, Murphy – protestou um homem mais velho. – O menino não estava falando sobre você. Sossega o rabo.

Murphy oscilou, como se cavalgasse nas ondas internas do que tinha bebido.

Shan engoliu em seco.

– Eu disse "Murphy", senhor? Ora, o que eu quis dizer, é claro, era "Mickey". Perdão pelo erro.

O homem manteve uma expressão dura, mas lentamente voltou a se sentar. Shan suspirou discretamente, antes de rezar ao bom Deus que ninguém no salão se chamasse Mickey.

– Então – ele tentou de novo –, acho que eu estava descrevendo o dia em que *Mickey* acordou coberto de lama e penas dos pés à cabeça.

Ninguém retrucou, uma coisa boa. Shan estava prestes a continuar quando, mais uma vez, a barriga reclamou. Ele aproximou as pernas para manter o equilíbrio, mas o deslocamento do peso provocou um estalo alto sob suas botas. Antes que conseguisse se ajustar, o engradado cedeu, e ele aterrissou com força no próprio traseiro. Gargalhadas explodiram no salão. Ele se levantou às pressas do chão de madeira, espanando da roupa a sujeira e os respingos de cerveja.

– Sobre o que era que você estava cantando? – gritou um homem. – Alguma coisa sobre cair, não era?

As risadas aumentaram, mas Shan não se alegrou. O constrangimento e a raiva formaram uma resposta amarga em sua língua. As palavras se agitaram e se expandiram, preparando-se para serem vomitadas livremente. Bem a tempo, ele as engoliu, recordando o tio Will.

Shan se atreveu a olhar. Ao lado do balcão, o tio e o dono do bar estavam entretidos em uma conversa. Uma descoberta bem-vinda, até que Shan notou a severidade dos olhos deles. O tio Will sacudiu alguma coisa, uma moeda, no punho direito. O proprietário era bem uma cabeça mais baixo, mas tinha os modos de quem não se deixa intimidar por altura. Como que para provar isso, ele cruzou os braços e empinou o queixo. O desafio não passou despercebido ao tio Will, cuja mandíbula apertada sinalizava fúria a caminho.

Shan se arrepiou, um reflexo. Seu corpo sabia muito bem aonde aquelas fúrias levavam. As cicatrizes na nuca e no quadril latejavam como lembretes, impulsionando-o a buscar abrigo. Mas o coitado não tinha escolha. A última coisa de que um órfão precisava era que seu único parente fosse levado embora e trancafiado em uma cela.

– Você me ouviu muito bem – tio Will estava dizendo, quando Shan se aproximou para intervir. – Eu chamei você de trapaceiro desgraçado porque é isso mesmo que você é. O combinado era um xelim, e não malditos seis centavos.

As narinas do dono do bar estremeceram como se atingidas por sais aromáticos.

– Dê-se por feliz de receber *isto*. O menino ia atrair multidões, você falou. Ia me render um bom dinheiro, você falou.

– E ele teria mesmo, se isto aqui não fosse uma pocilga. Eu já caguei em banheiros melhores do que este lugar.

– Tio Will, *por favor* – Shan implorou. Mas o tio o ignorou e cuspiu no outro, que teve um surto.

– Agora chega. Sai daqui imediatamente, ou eu vou quebrar a sua...

A ameaça foi interrompida. O soco do tio Will tinha conseguido aquilo ao esmurrar a cara do homem.

Shan correu para o tio para convencê-lo a irem embora, mas um atendente do bar e outro homem se aproximaram e empurraram Shan para o lado. Uma confusão de golpes se seguiu. Banquetas tombaram, e um copo de vidro se estilhaçou.

Duas mãos agarraram os ombros de Shan. Ele começou a se debater para se libertar, mas uma voz feminina penetrou seus ouvidos.

– Sh... Vai ficar tudo bem – ela disse, afastando-o da briga e dos cacos. Era a mulher dos lábios rubros e pães no peito.

O proprietário tinha atingido forte a pança do tio Will antes de ordenar aos ajudantes que jogassem o lixo no devido lugar. Obedientemente, os homens arrastaram o tio Will, sem fôlego e dobrado ao meio, até a rua.

Shan ficou apenas parado ali, já com medo da longa caminhada até em casa. Ele não estava atordoado o suficiente para pensar que uma tigela grátis de carne enlatada ainda era uma opção. Ao seu redor, as pessoas voltaram à vida como se nada tivesse acontecido.

Exceto a mulher. Ela passou por Shan, recolheu a moeda caída e carinhosamente a depositou na mão dele.

– Você tem talento de verdade, rapazinho. Não desperdice.

Ela lhe deu um sorriso que pareceu difícil de sustentar, antes de voltar ao homem de flanela com um riso fresco na voz.

Foi quando ocorreu a Shan que ele não era o único ator no salão.

2

Murmúrios subiam do beco. Eles atraíram Shan para a janela do apartamento de um cômodo do tio, como geralmente costumavam, naquela hora da noite. Todo som se amplificava, nas horas escuras e vazias antes que Dublin se acomodasse para dormir. A maior parte dela, pelo menos. Algumas vezes por semana, o marido no apartamento ao lado gastava com bebida o dinheiro destinado à comida e ao aluguel, e cambaleava pela casa berrando canções prontamente interrompidas pelos gritos furiosos da esposa.

Depois, havia os ratos. Eles arranhavam e corriam até bem depois do anoitecer, entre as paredes, em buracos e fendas. Eram nômades permanentemente à caça de comida, abrigo e segurança. Assim como Shan e o tio Will. E os outros no beco lá embaixo.

Os vidros estando sujos demais para permitir uma visão decente, Shan empurrou a janela para cima. O ar frio atravessou a camisa fina de algodão. O lampião a parafina tremeluziu na mesa ao lado da cama. Ele esfregou os braços para se aquecer. O casaco de lã e o pulôver pendiam em uma corda acima da fornalha a carvão. As roupas, encharcadas depois da caminhada desde o bar, soltavam um cheiro de bolor.

Shan espiou a parte de trás do prédio de tijolos, quatro andares decadentes. Uma teia de varais os unia ao conjunto vizinho de apartamentos. Todas as cordas se curvavam, vazias na chuva, exceto uma. Uma viúva do segundo andar tinha o costume de deixar os lençóis para fora nos dias chuvosos, o que significava a maior parte do ano na Irlanda. Ela os dobrava como um dossel, atraindo das sombras uma pequena horda de andarilhos, principalmente jovens.

Shan ouvia os inquilinos nos saguões e nas escadas trocando reprovações, culpando a amizade da viúva com o proprietário – na palavra "amizade", eles erguiam uma sobrancelha – por impedi-los de registrar uma reclamação.

– Nós não estamos fazendo bem nenhum a esses jovens – eles diziam –, ao encorajá-los a viver nas ruas. Muitos estão lá por escolha, você sabe. Serão desocupados preguiçosos para sempre, esperando que o governo os sustente até o fim.

Seus semblantes combinavam com a aspereza das palavras. Mas Shan era um ouvinte, um observador de mais do que entonações e sotaques. E o que ele ouvia, fraca como um sussurro, era a verdade por trás do desconforto deles: o medo, a culpa.

Ninguém quer um lembrete diário das dificuldades que em um piscar de olhos poderiam ser suas, nem carregar a vergonha de ser incapaz de ajudar os necessitados ou de não estar disposto a isso. Tais fardos eram mais facilmente descartados quando não se plantavam bem diante da sua janela.

Ainda assim, Shan não podia evitar olhar.

Sob o telhado de linho, os estranhos se reuniam ao redor de uma fogueira em um barril de metal. Mantinham as mãos enluvadas acima das chamas, que lançavam uma luz alaranjada em seus rostos. Todos pareciam ser meninos, da idade de Shan ou mais velhos. Os orfanatos davam preferência a crianças e bebês, assim como os adultos desejosos de adotar, a menos que estivessem procurando força de trabalho grátis. O excesso ia para as igrejas locais, onde davam às meninas prioridade para comida e cama. Mesmo na casa do Todo-poderoso, mendigos tinham hierarquia.

Shan já tinha conhecimento disso. Também sabia que bem pouco o impedia de juntar-se àquela fila. O dinheiro deixado pelos pais – sem dúvida, a razão pela qual o irmão da mãe o acolhera – tinha acabado fazia muito tempo. Quanto ao subsídio semanal do governo, os poucos xelins extras que o tio recebia por criar Shan não o tornavam imprescindível, conforme o tio Will lhe dizia regularmente. Um passo em falso e ele estaria na rua, e o futuro seria muito mais sombrio. Claro, ele sabia ler e escrever para além do nível de sua idade, mas agora, sem escola, sem pais...

Ao se lembrar deles, Shan sentiu o peso de sua ausência como uma grande pedra no peito. Cada vez mais eles se apagavam de sua mente, como pessoas que ele tivesse apenas imaginado.

Fechou os olhos e tentou recordar sua mãe: os longos cachos ruivos, a pele angelical. Ele quase conseguiu sentir o perfume do talco dela, um aroma doce de lavanda, e ouvir o rangido ritmado de sua cadeira de balanço. Na velha casa de Dunmore, na costa do condado de Waterford, ela se balançava por horas e horas, lendo livros – uma paixão que transmitira ao filho – e lançando piscadelas a Shan enquanto ele, no chão, brincava com baralho, bolinhas de gude e o trem de madeira.

Ao mesmo tempo, à noite, seu pai – um médico de têmporas prateadas e uma testa vincada de sabedoria – folheava os artigos do *Irish Independent* e fumava um cachimbo esculpido a mão.

Bem, não exatamente seu pai, e sim o homem que Shan conhecia como papai. Antes que a máscara caísse com a descoberta de uma carta.

– Jesus, Maria e José! Você está aquecendo todo o maldito bairro?

Shan se virou e encontrou o tio olhando para ele da porta.

– Desculpe, tio Will – ele disse, e se apressou a fechar a janela.

Shan se preparou para uma surra verbal, não muito diferente das que havia recebido dos professores, bem antes que sua agenda de apresentações substituísse completamente a escola.

Mas o tio Will simplesmente atirou um saco de papel sobre a mesa da cozinha.

– Abre – ele disse, com traços de reprovação.

Shan permaneceu imóvel, sabendo que não podia confiar em uma demonstração de gentileza do tio. Tal com nos contos de fadas de sua infância, ela poderia desaparecer em um estalo.

– Anda. Come – disse o tio.

Por um instante, Shan havia se esquecido de como estava faminto. Ele correu para a mesa e tirou do saco uma salsicha em forma de U. Tinha metade da espessura de seu punho, um brilho gorduroso e uma pequena crosta escura. No andar de cima, a esposa do açougueiro devia ter se recolhido para dormir, incapaz de evitar que o marido trocasse a sobra do jantar por um jarro de uísque ilegal.

Era um dos raros talentos do tio Will, preparar a bebida pessoalmente, com ingredientes comprados com o seguro-desemprego. Ele chamava a bebida de "ouro líquido". A ser usada apenas como escambo, ele dissera.

Pela vermelhidão dos olhos, no entanto, ficava claro, mais uma vez, que nenhuma regra se aplicava ao tio Will. Não que isso preocupasse Shan. Seu único interesse era a carne que tinha à frente, mil vezes melhor do que o caldo ralo que ele tinha esperado. Foi apenas graças à sua boa educação que ele encontrou força de vontade para pegar um prato, talheres e um copo de água.

Enquanto o tio Will pendurava o boné e o casaco acima da fornalha, Shan se sentou à mesa. Para sorver cada fração do sabor, ele cortou pequenos bocados e se obrigou a mastigar devagar.

– Mas olhe só pra você – o tio se reclinou na cadeira em frente a Shan. – Comendo como um membro da realeza britânica, isso sim.

Shan manteve os olhos baixos. Fazer a refeição juntos era como atravessar um pântano: um passo errado poderia puxá-lo para o fundo.

Felizmente, surgiu uma distração na forma de um choro. Os novos inquilinos no andar de cima tinham uma menina recém-nascida que choramingava, de acordo com a mãe, sempre que tinha fome, estava cansada ou simplesmente irritada.

– Era bom eles fecharem essa matraca dela – o tio resmungou.

Os olhos dele se fecharam um pouco quando acendeu o cigarro, e a primeira tragada funda levou a um surto de engasgos. A tosse vinha de anos de trabalho em fábricas de todo tipo imaginável, tornada mais grave pelo tabagismo constante. Shan tinha de alertar o tio contra o vício, disso o encarregara o doutor O'Halloran na última visita ao apartamento.

Antes que Shan o fizesse, no entanto, a tosse cedeu. Ele estendeu o copo de água, mas o tio recusou com um gesto; só o que queria era dar outra tragada. A ponta incandesceu, alaranjada, como as labaredas no beco, e ele exalou uma espiral de fumaça.

Enquanto Shan continuava a comer, o tio se levantou com esforço da cadeira e tombou na cama rangente. O cigarro aceso ainda pendia de seus lábios quando ele começou a adormecer.

Um incêndio não seria nada benéfico. Nem, por falar nisso, mais sujeira sobre a coberta.

Shan atravessou o cômodo às pressas para apagar o cigarro em uma lata de estanho que servia de cinzeiro. Depois, descalçou as botas enlameadas do tio. Estremeceu com o cheiro, podre como água de esgoto em um dia de verão. Do lado de lá do teto, o choro do bebê aumentou.

Ansioso por terminar a refeição, Shan foi fechar a cortina divisória. Era uma colcha desfiada pela fricção vigorosa na pia, sua luta interminável contra as pulgas.

– Volta aqui – o tio Will resmungou, subitamente desperto. Ele moveu a mão molenga.

Shan se aproximou um pouquinho, mas permaneceu fora de alcance. Ele havia aprendido bem a lição, no dia em que serviu caldo ao tio resfriado; quando o tio queimou a língua, jogou a sopa nas pernas de Shan, para mostrar ao menino que estava quente demais.

– Pois não, senhor.

– Uma música. Estou querendo uma música.

– Que tipo de...

– Tanto faz, pelo amor de Deus. Qualquer coisa que cale esse maldito bebê.

Até a morte dos pais, Shan mal conhecia o tio Will, o que tornava muito difícil atender aos pedidos do homem. Uma canção engraçada podia diverti-lo ao ponto das gargalhadas entusiasmadas, mas só se ele estivesse no estado de espírito certo. Esta noite, a intuição de Shan lhe dizia para fazer uma escolha mais tranquila, que elogiasse a Irlanda por suas colinas suaves e força rochosa.

No meio do primeiro verso, o tio o interrompeu.

– Essa não. Outra.

– Eu... Sim, senhor.

Arriscando um palpite, Shan mudou para uma música sobre ver uma moça na margem do Rio Shannon, mas de novo o homem o interrompeu.

– Qualquer porcaria que você já não tenha cantado cem vezes.

Bem quando crescia o pânico de ter um branco, Shan se lembrou da favorita de sua mãe, uma antiga canção de ninar gaélica que ela murmurava na hora de dormir. Se ele pensasse demais, a letra desapareceria. Ele simplesmente abriu a boca e, como que por mágica, a música fluiu para fora dele, transportando Shan para uma época mais feliz, um lugar melhor.

Estava tão absorto pelo momento que só na última nota lançou um olhar na direção do tio. Só então ele captou a curva para cima na boca do homem, um discreto sorriso. Até a criança do andar de cima tinha se calado.

– Nossa vó – disse o tio Will. – Ela cantava isso pra nós na infância. E a sua mãe, ah, ela pedia pra repetir de novo e de novo, isso sim.

Um misto de carinho e tristeza envolveu a voz dele, e ele soltou um suspiro que parecia ter sido sufocado por anos.

Shan, imóvel, encarou o tio, chocado com o estranho à sua frente quase tanto quanto pela referência à sua mãe. Aquele era um assunto que o tio Will nunca abordava por iniciativa própria. Em silêncio, Shan pediu que ele continuasse, mas o homem nada mais disse, e seus olhos começaram a se fechar.

Uma onda de perguntas surgiu na cabeça de Shan. Poderia haver consequências se ele as verbalizasse, conforme ficara provado poucas semanas antes, no dia em que ele encontrou a carta.

Ele estava distraidamente varrendo o chão quando bateu nos livros herdados da mãe, empilhados em um canto. Um papel dobrado deslizou das profundezas de *Razão e sensibilidade*. Um romance para mulheres, estava entre os poucos que Shan ainda tinha de ler, apesar de ser o favorito da mãe. Do contrário, ele teria muito antes encontrado a carta escrita por um marinheiro norte-americano.

> *Minha amada Moira,*
> *Se minhas cartas conseguiram chegar até você, só posso concluir que você não quer mais receber notícias minhas. Se você seguiu adiante com outro namorado ou simplesmente não sente por mim o mesmo que eu, talvez eu nunca venha a saber.*
> *Mesmo assim, permita que eu diga mais uma vez que sinto sua falta mais do que as palavras conseguem expressar – a beleza dos seus cabelos e olhos, a maciez da sua pele. Continuarei a rezar para que algum dia em breve eu receba uma palavra em resposta. Até lá, minha doce Moira, saiba que eu a amo de todo o coração.*
>
> *John*

A urgência de Shan em saber mais o levou a questionar a única pessoa viva que ele conhecia que tinha ligação com sua mãe. O tio Will, pego de surpresa depois de uma farra no bar, respondeu aos pedaços, gaguejando: dane-se o maldito marinheiro ianque que tinha se aproveitado da irmã dele, uma pobre adolescente ingênua e sem juízo.

O tio Will tinha andado enquanto falava, a velocidade aumentando com as palavras. "Fora em uma missão da igreja, ela estava, o que torna ainda pais pecaminoso o estado em que ele a deixou. E ninguém venha me dizer que o choque não teve uma ponta de culpa no falecimento dos nossos mais, que Deus guarde suas almas. Se o bom doutor não tivesse achado por bem casar com a Moira, escondendo a vergonha daquilo tudo, o nome da nossa família teria com certeza sido manchado até o fim dos tempos!"

O mundo de Shan rodopiou na torrente de pensamentos. Entre eles, a data da carta: um mês antes de seu nascimento. Esmagado pelo que tudo aquilo poderia significar, ele lutou para recuperar a voz. "O senhor está dizendo que... Minha mãe e... Que eles só se casaram porque..."

O tio Will tinha estancado e arregalado os olhos turvos, como se Shan houvesse interrompido uma conversa particular. Menos de um segundo depois, o rosto do homem ficou rígido de fúria. "Você quer chamar a fada da morte[1], quer?"

Algumas pessoas acreditavam que simplesmente falar dos mortos convidava a morte a vir. Independentemente de o tio Will dar crédito àquilo ou não, garantiu que a discussão chegasse ao fim, dando um tapa feroz no rosto de Shan. Antes que o menino se recuperasse, o tio agarrou a carta, amassou e atirou na fornalha. Se tivesse havido suficiente dinheiro para o carvão naquele dia, a página teria queimado até virar cinzas, em vez de ser resgatada por Shan nas primeiras horas da madrugada – embora, talvez, ele não devesse ter se dado ao trabalho. Seus pais estavam mortos fazia quase dois anos.

"De tuberculose", a enfermeira tinha explicado. Uma paciente do pai de Shan tinha morrido daquela doença pulmonar, mas não antes de contaminar outras pessoas. Vingança por não terem encontrado cura para a moça, disseram alguns. Fosse qual fosse o caso, deixou os pais de Shan em uma condição terrível, terrível demais até para se despedirem. "Melhor se lembrar de como eles eram", a enfermeira dissera. "Esqueça o passado."

Não seria assim tão fácil, mas que escolha Shan tinha? Determinado a tentar, ele se preparou para pessoalmente queimar a carta. E, no entanto, quando o momento chegou, chegou também um pensamento persistente: que sua mãe de alguma forma o havia conduzido até a carta, que queria que ele soubesse a verdade.

Agora, ele voltava a pensar nisso. Dentro de no máximo alguns segundos, o tio Will se perderia no sono, levando junto a disposição de lhe contar

---

[1] No folclore irlandês, espírito feminino cujo choro triste e prolongado informa a uma família que um de seus membros está prestes a morrer. (N.T.)

qualquer coisa. Dado o seu torpor, Shan tinha uma boa chance de abordar a questão sem receber um tapa ou coisa pior. Ou ao menos era o que esperava.

– Tio Will?

Na ausência de uma resposta, Shan se esforçou para controlar os nervos.

– O meu pai... Meu pai de sangue... O senhor poderia me contar alguma coisa sobre ele?

O tio Will rosnou. Como um aviso, mas Shan insistiu.

– Por favor, me conte, tem algo mais que o senhor saiba?

O tio murmurou, produzindo uma palavra identificável.

– "Música". Foi isso que o senhor disse? – Shan tinha certeza e sua mente se acelerou. Talvez o marinheiro tivesse uma queda para o canto ou tocasse algum instrumento. De repente, fez sentido que ele próprio também se inclinasse para as apresentações. – Ele era músico, então. Na América.

O tio Will bocejou, e mais sons rolaram para fora. Shan se aproximou, suportando o hálito azedo do homem. O que ele captou eram fiapos de informação... Sobre o marinheiro ser de Nova York... E o nome, John... Lewis.

Lewis. Um sobrenome.

– O que aconteceu entre eles? Alguma coisa separou os dois?

O tio Will estava adormecendo.

Tendo pouca escolha, Shan o sacudiu com delicadeza, tentando despertar o tio sem acordar um gigante enfurecido. Mas um ronco trepidante escapou do nariz do homem, confirmando seu sono bêbado. Nada mais seria compartilhado naquela noite.

Frustrado, impotente, Shan se conformou. Voltou à cadeira e cutucou a carne que restava. Tinha perdido totalmente o apetite.

Mas por quê? Agora ele tinha esperança.

O nome do homem era John Lewis. Um músico de Nova York. Se por um lado os detalhes eram escassos, por outro tornavam o marinheiro mais verdadeiro. O que significava que Shan não era órfão.

Será que o marinheiro também estava sozinho?

Naquele instante, o objetivo de Shan ficou claro, a razão pela qual ele tinha encontrado aquela carta.

Um dia, ele iria à América e encontraria esse John Lewis. Certamente, depois de tanta devoção na escrita, o homem acolheria o filho de braços abertos. Eles se reuniriam, Shan e seu pai, na glamurosa cidade de Nova York e embarcariam em uma vida esplêndida juntos.

Era só uma questão de tempo.

3

Ao longo de vários dias seguintes, sempre que falava com o tio, Shan soltava casualmente comentários sobre a América. Como ele soubera que as esposas das famílias Doherty e Gallagher estavam ocupadas fazendo as malas para se mudar, agora que os respectivos maridos haviam ganhado o suficiente em Nova York para comprar passagem para todos. E, uau, como devia ser bom assistir nos cinemas da América a um filme lançado agorinha mesmo, tantos meses antes que eles chegassem a lugares como a Irlanda. Ah, e ele sabia o que as pessoas andavam dizendo sobre a excelente qualidade dos cigarros e bebidas ianques?

Este último chamou a atenção do tio Will, mas só na forma de um aviso ameaçador para Shan: que ele ficasse longe de tais depravações, se sabia o que era bom para si.

Embora as demais pistas de Shan tivessem sido afastadas ou ignoradas, ele não estava inclinado a desistir. Mesmo agora, uma abundância de outros destaques voava em sua cabeça, enquanto ele e o tio Will esperavam para ser recebidos na agência de empregos do governo. Seus pensamentos eram como pássaros em uma gaiola, desesperados pela soltura, mas presos por enquanto.

Depois de uma noite agitada por ataques de tosse, o tio Will estava sem tolerância para tagarelices. O fato de fumar na fila ser recebido com caretas reprovadoras, pois indicava um desperdício vulgar de dinheiro, só piorava o humor do tio. Logo, porém, eles receberiam o subsídio semanal – fundos grátis sempre animavam o tio Will –, e Shan poderia retomar a labuta em direção a seu objetivo.

– O'Mara! – o atendente de bigode apareceu no corredor. – William O'Mara!

– Aqui – o tio se levantou, agarrando o boné.

Shan o seguiu como sempre, ansioso por sair daquela área, que cheirava a suor e nervosismo e hálito fedorento sobre dentes amarelados. Ele tomou a mão do tio, como esperado. Era seca e áspera de calos, e o tio segurava de um jeito estranho, mas no fundo Shan não podia negar que ansiava por aquele conforto, ainda que a lógica lhe dissesse que não deveria.

Em silêncio, eles passaram pelos bancos de madeira lotados de homens de paletó escuro e chapéu, muitos com furos remendados, todos de olhos baixos. A fila do auxílio era um dos poucos lugares onde até os homens mais orgulhosos afundavam em desmazelo.

À porta aberta, o atendente indicou que o tio Will se dirigisse ao centro da sala, onde ele e Shan deveriam se apresentar diante da mesa de três para serem avaliados.

– Sei o que fazer – o tio murmurou.

Alguém poderia pensar que o atendente já os conhecia, a esta altura, e que consideraria desnecessário dar instruções. Por outro lado, sua ambivalência deixava claro que os homens que passavam por ele a cada semana nada mais eram do que uma massa sem rosto.

O líder do comitê, por sua vez, parecia tomar notas mentais de todo homem que recebia o subsídio. Ou no mínimo do tio Will.

– Ah, sim – suspirou o cavalheiro de terno com um anel de cabelo grisalho. – Senhor O'Mara...

Ele fez uma pausa e trocou olhares significativos com os homens sentados de ambos os lados. Isso era a rotina típica, mas Shan percebeu uma mudança a caminho, mesmo antes das palavras seguintes:

– Estamos muito contentes por vê-lo hoje.

As sobrancelhas espessas do tio afundaram. A mão apertou a de Shan.
– Estão?
– Estamos, de fato. Veja, ouvimos notícias perturbadoras, e estamos todos à espera de que o senhor possa esclarecê-las.

Os outros homens assentiram, sinalizando para que o líder prosseguisse.

– Ocorre que soubemos de fonte fidedigna que um homem chamado William O'Mara tem usado uma parcela dos fundos para fabricar uma bebida destinada a atrair bons homens católicos para uma vida vergonhosa de pecados. Uma tentação tão venenosa quanto Eva com aquela suculenta maçã vermelha. E nós queremos nos certificar de que não é este o caso.

É claro, Shan percebia que eles desejavam exatamente o oposto.

– Claramente, tenho a infelicidade de compartilhar o nome com um grande pecador – seu tom indignado era quase impressionante. – Fazer o meu pequenino sobrinho aqui sofrer as consequências em resultado disso seria uma tragédia inimaginável.

Shan reconheceu nisso a deixa para levantar a cabeça com olhos desesperados, o que de fato não exigiu nenhum esforço. Ele conhecia muito bem as consequências de passar sem uma refeição e, mais do que isso, o desprazer do tio Will quando achava que Shan não estava fazendo sua parte para ajudar na luta de ambos.

Pelos meneios simpáticos do comitê, parecia haver esperança. Mas então o líder do grupo perguntou ao tio Will sobre sua incapacidade de manter-se em qualquer emprego por qualquer período razoável de tempo. A pergunta era padrão – a culpa, claro, era do salário –, mas bem naquele momento William O'Mara chegou ao limite da provocação que podia suportar. Subitamente, ele explodiu, como uma faísca na pólvora, e mandou aos ares as próprias acusações sobre o comitê ser cheio de ladrões e ditadores e, aliás, certamente protestantes também.

O último causou a maior ofensa. Em um instante, Shan e o tio foram acompanhados até a rua, banidos para nunca mais voltar.

As apresentações de Shan em bares imundos seriam agora a única fonte de renda dos dois. Mas não foi isso que provocou um nó na garganta de

Shan. Foi perceber que uma viagem para a América tinha ficado muito mais distante. Enquanto absorvia o golpe, ele só muito vagamente entendeu as palavras de despedida do tio, sobre precisar de um trago para aliviar a injustiça, antes de encontrar Shan em casa. Então o tio se afastou, batendo nos bolsos em busca de alguns trocados.

Relembrado pela visão, Shan apalpou o casaco para pegar os seis centavos. Ele havia corrido um grande risco ao manter o dinheiro em segredo, na esperança de economizar para as passagens. Que idiota ele tinha sido, por pensar que aquela moeda faria alguma diferença. A essa altura, ele já deveria ter gasto tudo consigo.

Na verdade, era isso mesmo que ele ia fazer. Em chocolates ou balas ou qualquer outra coisa que quisesse. E ele sabia exatamente onde comprar. Tratava-se, na melhor das hipóteses, de uma pequena rebeldia, mas era melhor do que nada. Por desforra, ele ia devorar todos os doces em uma sentada só, simplesmente porque podia. Mesmo que isso significasse dor de barriga à noite, ele iria saborear o fato de que o tio Will nunca ficaria sabendo.

4

    Sob o céu nublado, carregado da chuva iminente, Shan marchou rumo à Rua Kerry. Todos os sons agrediam seus ouvidos: carros chacoalhando e buzinando, cavalos pateando as pedras das ruas, vendedores berrando o preço de suas mercadorias em carroças abertas. Logo depois do meio-dia, hordas de pessoas circulavam alvoroçadas, em sua maioria ricos esnobes.
    Mesmo excluindo seus modos e limpeza, era fácil distinguir os ricos dos pobres. Os ricos estavam sempre com pressa, andando, comprando e viajando com um propósito. Retrocedendo, aos olhos de Shan. Se havia alguém que devia desfrutar de um passeio tranquilo, eram os ricos.
    Logo ele chegou à Maguire & Co. O cheiro familiar de chá e doces preencheu seu nariz e pulmões. Ele sentiu a amargura diminuir. Determinado a mantê-la, porém, lembrou a si mesmo por que tinha ido.
    Entre os clientes espalhados por ali, duas senhoras admiravam berloques em uma caixa de vidro, um expositor de cruzes celtas e pingentes dedicados a santos. Outros vagavam pela parede de livros, enfileirados tão retos e ordenadamente nas prateleiras como se fossem guardas do Rei George. Enquanto a maioria das lojas tinha uma especialidade particular,

esta oferecia de tudo um pouco, reunidos pelo simples objetivo de levar alegria às pessoas.

Do estoque saiu o senhor Maguire. Trazia um par de estatuetas aladas para o balcão do caixa. O colete abotoado envolvia firmemente sua barriga, e o couro cabeludo espreitava através do cabelo preto.

– Ora, ora – ele disse, depois de lançar um olhar para a entrada. – Se não é o mundialmente famoso Shanley Keagan, bem debaixo do meu próprio teto.

– Oi, senhor Maguire.

– Deixe-me dar uma olhada em você – uma centelha iluminou os olhos do homem, quando ele acenou para que Shan se aproximasse, dificultando bastante que o menino mantivesse o devido humor azedo. – Crescendo como uma erva daninha, você. Não vai demorar muito para que o sol incendeie seu cabelo.

Apenas umas poucas semanas haviam transcorrido desde a última visita de Shan. Apesar disso, por causa dos elogios, ele não podia evitar endireitar as costas, sentindo-se mais velho e mais importante. Como sempre se sentia perto do senhor Maguire.

– Ah, eu quase ia me esquecendo! – O homem apontou enfaticamente e depois se curvou e abriu um armário atrás do balcão. – Agora, vejamos, onde a Nora colocou?

A esposa dele, contadora da loja, organizava tudo tão bem que com frequência o senhor Maguire não encontrava nada.

– Ah, sim, aqui está – ele se ergueu com um disco de gramofone em mãos, e não um de seus habituais. Shan conhecia todos e cada um dos discos da coleção pessoal do senhor Maguire. – Ouvi dizer que é um estouro – ele disse, com um sorriso.

– O senhor está dizendo que não ouviu ainda?

– Novinho em folha, na embalagem. Eu estava esperando você vir antes de colocar na agulha.

Mal controlando a ansiedade, Shan recebeu a oferenda como se segurasse um cristal muito fino. Ele leu o rótulo: *Billy Murray e Steve Porter*. Ele não conhecia o segundo artista, mas o primeiro era de longe seu favorito.

Embora Shan tivesse adquirido a maioria de seus sotaques a partir das divertidas gravações de Ralph Bingham, ninguém contava piadas melhor do que Billy Murray.

Além do mais, havia razões pessoais para a preferência. Mais de um ano antes, quando Shan pela primeira vez tinha ido à loja, para comprar doces com meio pêni que encontrara na rua, vira um menininho pobre e esquelético enfiando balas nos bolsos. A senhora Maguire o pegara no flagra, e o menino tinha se debulhado em lágrimas com súplicas para que ela nada contasse ao pai dele. *Jamais pegamos o que não nos pertence*, o pai de Shan havia incutido nele desde o nascimento, considerando o ato digno de graves consequências. Mesmo assim, o verdadeiro pânico nos olhos do menino deixava claro que o castigo em casa iria superar muito o crime, o que estimulou Shan a oferecer seu meio pêni como pagamento pelas balas. A senhora Maguire aceitara, com relutância, e depois enxotara o menino com um alerta.

Semanas mais tarde, Shan tinha entrado na loja de novo, buscando refúgio contra a chuva e a ira do tio. Vagou em meio aos discos, embora não tivesse dinheiro para comprar uma coisa daquelas e duvidasse de que algum dia teria. Tinha sido um dia terrivelmente desanimador. O coração doía pela perda dos pais e da vida que ele levara antes, e a senhora Maguire por acaso percebeu. Pelo afeto nos olhos dela, ficou claro que ela se lembrava dele. A mulher gorducha dos cabelos loiros apanhados em um coque fofo fizera então algo incomum. "Siga-me", ela dissera, e conduziu Shan para a sala dos fundos. Entre as prateleiras de produtos, ela convidou o marido a exibir sua última engenhoca, um belo gramofone de carvalho, o que o homem gentilmente fez.

Ele baixou a agulha em um disco de Billy Murray, e o que se ouviu foi uma música fantástica chamada "Perguntas bobas". As letras provocaram tal sorriso em Shan que o senhor Maguire tinha perguntado se ele queria escutar outra vez. Durante a segunda execução, Shan riu delicadamente. Ao fim da terceira, ele riu alto, algo que não fazia desde o falecimento dos pais.

– Volte quando quiser – o senhor Maguire tinha dito, com o que a esposa concordara dando uma piscadela.

E assim Shan começou a visitá-los regulamente após a escola, entregando-se a todos os discos que os donos da loja possuíam. Com pouco a oferecer em retribuição, Shan às vezes ajudava a espanar as prateleiras ou a inventariar o estoque ou a descarregar caixas, facilmente se distraindo quando tais caixas continham livros novos. No entanto, desde que ele fosse cuidadoso e lavasse direitinho as mãos, a senhora Maguire permitia que ele folheasse as páginas. Vez por outra, o senhor Maguire até compartilhava um punhado de balas enquanto ele e Shan ouviam os discos e classificavam os preferidos. Claro que Shan gostava de coisas como "Não tenho ninguém", de Marion Harris, e "É um caminho bem longo até Tipperary", de John McCormack. Mas nem de longe tanto quanto gostava de "Eu sou o cara" e "Sob o arbusto de Anheuser", de Billy Murray.

Shan fez tantas visitas que podia recitar os discos sozinho, divertindo os Maguires – com frequência, até que ficavam com as faces vermelhas e doloridas de tanto rir – e, algumas vezes, os clientes também. Por fim, um amigo do senhor Maguire sugeriu que a apresentação era bem apropriada a um bar local. O tio Will, ao saber da notícia, chamou a ideia de bobagem completa, até descobrir que haveria pagamento.

Um feliz acaso para ambos. A partir de hoje, do que mais eles viveriam?

A realidade dos fatos pressionaria Shan mais tarde, mas não agora.

– Este sujeito, Steve Porter, é comediante também? – ele perguntou.

O senhor Maguire assentiu.

– Sim, e muito divertido. Não tenho certeza se ele é um artista de variedades, como o seu Billy Murray, mas é um ianque também, e construindo um belo nome para si, pelo que ouvi dizer.

– Mal posso esperar para escutar.

O fato de o disco nunca ter sido tocado tornava tudo mais atraente.

– Senhor? Com licença – a mulher da caixa de berloques levantou a mão enluvada. – Gostaria de comprar este alfinete claddagh[2], por favor.

---

[2] Design típico da Irlanda, presente em anéis, pulseiras e outros itens, de duas mãos segurando um coração coroado; simboliza amizade, lealdade e amor. (N.T.)

– Excelente escolha – o senhor Maguire se voltou para Shan. – Volto em um instante.

Enquanto esperava, Shan acariciou o rótulo com a ponta dos dedos, imaginando como seria assistir àquelas apresentações pessoalmente. As cortinas de veludo e os palcos iluminados. A orquestra, os balcões e os porteiros. Todos os teatros deles eram certamente esmerados, como tudo na América.

A visão da cena se desenrolou na mente de Shan e disso se transformou em pensamento. Uma solução para todos os problemas deles. Uma ideia que deveria ter ocorrido a ele muito tempo antes.

O tio Will precisaria ser convencido, é claro, mas todas as evidências para fazer daquilo uma causa forte estavam literalmente nas mãos de Shan.

5

– Onde diabos você estava? – o tio Will gritou da cama.

Shan tinha acabado de passar pela porta e esperava encontrar o quarto vazio; o choque afrouxou a pressão que fazia. Tarde demais, ele sentiu o disco escorregar da parte interna do casaco. Ele cambaleou para tentar salvá-lo, mas a aquisição novinha em folha do senhor Maguire tombou no chão de madeira.

– Ai, droga, não!

Ele caiu de joelhos. As mãos estando encharcadas da chuva, ele usou as pontas dos dedos para deslizar o disco para fora da capa de papel fino. De longe, ouviu o tio dando uma bronca pela linguagem feia. Mas Shan continuou a examinar o disco o melhor que podia. O lampião sobre a mesa e o tom cinzento da tarde escoando pela janela proporcionavam a única claridade.

Não espatifado. Não rachado. Nenhum arranhão que ele conseguisse ver.

– E agora me responda, menino, se sabe o que é bom para você.

A atenção de Shan voltou.

– Eu... Eu sinto muito, tio Will – ele voltou ao disco e à capa. – Eu não esperava que o senhor voltasse do bar tão cedo.

– Evidentemente. Ou você teria vindo direto para casa, como eu mandei – o tio Will explodiu em tossidas ásperas. Ele as abafou com um lenço amarelado que poderia ter sido branco quando inicialmente costurado.

Shan ficou de pé para se explicar, mas se deteve pelo ruído de sapatos. O doutor O'Halloran apareceu por trás da cortina divisória meio fechada e guardou o estetoscópio em uma maleta médica. Ele era tão magro quanto alto e parecia mais alto ainda sob o teto baixo.

– Boa tarde, Shanley.

– Doutor O'Halloran. Eu não sabia que o senhor viria.

– O seu tio teve um ataque terrível de tosse. Acabou desmaiando no Callaghan's. Por acaso eu estava no correio do outro lado da rua, enviando um telegrama.

– Que sorte o senhor estar por perto.

– De fato – o doutor O'Halloran sorriu.

A combinação de têmporas grisalhas, terno arrumado e maleta de couro faziam Shan lembrar-se do próprio pai. Claro que também havia diferenças. Enquanto o doutor O'Halloran era afetuoso com ele, o pai de Shan tinha sido mais do tipo lógico, científico.

Desinteressado de tais amabilidades, o tio Will franziu os olhos para Shan.

– Você não vai ficar tão contente, menino, quando eu descobrir o que está tentando esconder de mim.

Shan baixou o olhar, recordando o que tinha em mãos.

– É só um disco. Mas eu não estava escondendo, só protegendo da chuva.

– Ah, é mesmo? E como você conseguiu comprar uma coisa dessas?

– Ele me emprestou. O senhor Maguire. Só por esta noite.

– Sem ter como tocar – o tio zombou.

– Bem, sim, mas não era para tocar...

– Traz aqui. Agora.

A ordem foi firme, mas menos ríspida do que o habitual. Tipicamente era assim, na frente do doutor O'Halloran. Talvez por causa da delicadeza do médico, mas provavelmente por causa de sua qualidade profissional. Quando uma pessoa tinha algo de que você precisava, era melhor mostrar que você merecia.

Quando o doutor vestiu o longo casaco de lã, preparando-se para sair, Shan foi até a cama. Passos no andar de cima sacudiram o teto, e de novo um bebê chorou.

Shan exibiu o disco segurando-o, mas o tio mandou que ele lhe entregasse. Shan obedeceu, com medo, tentando não imaginar o disco partido em dois.

– Se eu descobrir que você roubou isto, a vara vai cantar, ah, se vai.

– Eu só tomei emprestado para mostrar ao senhor, eu juro.

– Ah, é? E por que eu haveria de ter algum interesse no maldito disco, pode me dizer?

Shan se esforçou para se lembrar das palavras que tinha ensaiado a caminho de casa.

– Eu ouvi... Quer dizer, o senhor Maguire falou... Os artistas do disco ficaram famosos contando piadas e cantando músicas fazendo várias vozes.

– E você acha que vai virar uma grande estrela. É isso?

Shan quis esclarecer, simplesmente informar que seus talentos poderiam se mostrar mais lucrativos do outro lado do oceano, mas seu foco estava fixo nas mãos do tio, urgentemente necessitadas de limpeza, agarrando o disco com força demais.

O doutor O'Halloran se aproximou.

– É um disco do Billy Murray? Ah, como é engraçado esse aí. Posso?

Ele esticou a mão e com uma breve hesitação o tio entregou o disco. Respirando com mais facilidade, Shan disse para o médico:

– Ele é o meu preferido.

– E faz sentido que seja.

Shan começou a recordar os tópicos do discurso. Embora não estivessem muito burilados nem conectados, ao menos estavam ao alcance.

– Ele é um artista de variedades. Viaja com uma trupe. Eles se apresentam na América toda. Cantam, dançam e contam histórias. E fazem um pouco de mágica, também.

– Parece emocionante – disse o médico. – E não muito diferente das apresentações que você mesmo faz.

– Ah – Shan disse, simplesmente.

– E ganham um bom dinheiro, também, aposto. Lá, na América.

Shan sentiu um sorriso crescendo de dentro para fora. Porém, sob o olhar severo do tio, tentou manter uma expressão neutra, não querendo demonstrar que estava tramando algo. A semente de uma ideia não teria chance de brotar se fosse pisoteada pela desconfiança.

– Veja, Shanley, antes de ir embora, tenho de discutir um assunto em particular com o senhor O'Mara. Se puder esperar no corredor, não vai levar um minuto.

O pedido foi inesperado, mas claro que Shan concordou e encontrou um lugar onde se sentar no chão do corredor.

Não demorou nada e a tentação de escutar se tornou irresistível. Ele colou a orelha à porta, mas ainda assim só ouviu sons abafados. As vozes dos vizinhos tornavam a tarefa ainda mais desafiadora. Por trás das paredes finas, o senhor Boyle discursava inflamadamente como sempre sobre seu apoio ao IRA e ao Sinn Féin[3], mas sem ver em Michael Collins o salvador que todo irlandês estava fingindo que ele era. Os pedidos da senhora Boyle para que ele falasse mais baixo eram quase tão barulhentos quanto as objeções dele a fazer algo do tipo.

De repente, a maçaneta da porta rangeu acima de Shan, e ele saiu correndo. O doutor O'Halloran surgiu com a maleta em uma das mãos e um jarro de bebida na outra. Embora preferisse xerez tinto, sempre aceitava cordialmente o uísque, não sendo do tipo que desprezava o modo como um homem pagava.

---

[3] IRA: Exército Republicano Irlandês, grupo paramilitar de combate à influência britânica na Irlanda. Sinn Féin: movimento social e partido político irlandês de resistência pacífica ao domínio britânico. (N.T.)

– Agora, cuide do seu tio.

– Vou fazer tudo que puder.

– Bom rapaz – o doutor lançou um olhar pensativo, antes de seguir seu rumo.

Shan nunca soube o que foi dito atrás daquela porta. No entanto, duas noites mais tarde, depois de voltar para casa de uma apresentação em um bar que tinha rendido um xelim, o tio Will ficou à janela observando em silêncio. Fumou dois cigarros, um depois do outro, enchendo o ar tanto com fumaça quanto com tensão. Então, sem abandonar suas reflexões, ele disse para Shan:

– Nós vamos para a América.

6

As semanas seguintes à decisão do tio Will de se mudarem para o outro lado do mundo foram como cavalgar um garanhão em fuga. Uma mistura estonteante de excitação e incerteza. Uma arrancada em frente sem pausa para descanso. E, se lhe dessem a chance, você se pegaria perguntando: Em nome de Deus, o que foi que eu fiz?

Para Shan, o sentimento surgiu claro como o dia na manhã da partida. Ele acabara de entrar na loja do senhor Maguire quando a consciência de que aquela visita seria a última o atingiu com a força de um soco. Apesar de no começo terem sido os doces e os discos que o atraíram, foram os Maguires que o fizeram voltar tantas e tantas vezes. Embora suas conversas com ambos raramente ultrapassassem o superficial, um sentimento de muita consideração permeava as palavras deles e até os intervalos de silêncio entre elas. Principalmente os intervalos, talvez.

Tendo isso em conta, Shan tinha antevisto uma despedida sofrida. Ao contrário, em um tom de voz tranquilo, o senhor Maguire havia simplesmente lhe desejado uma abençoada viagem e depois, sem nem mesmo lhe dar a mão, saíra às pressas para arrumar o estoque.

Shan ficou imóvel, em silêncio.

– Ora, ora, não fique triste – a senhora Maguire sorriu docemente. – Ele só precisa de um instante sozinho.

Quando Shan compreendeu que não era o único a sofrer com o golpe da separação, assentiu.

– A verdade é que não poderíamos estar mais felizes por você, Shanley Keagan. E sabemos que você nos deixará orgulhosos. – Os olhos da senhora Maguire marejaram por cima das bochechas redondas. – E agora vá, ou acabará perdendo sua grande aventura.

O casal nunca teve filhos, o que provavelmente explica por que o abraço dela, naquele momento, deu uma sensação de autenticidade, mas também de falta de prática. Por outro lado, a recordação do abraço da mãe diminuía todos os demais.

Shan aceitou com muita gratidão o pequeno embrulho que a senhora Maguire entregou – bolachas, chá e balas para a viagem – e partiu ao encontro do tio. Reprimiu uma última olhada para trás, por receio de ver a loja e mudar de ideia, como se isso fosse uma opção. O apartamento já fora alugado, e todos os pertences de que ele e o tio Will podiam abrir mão tinham sido vendidos para ajudar a pagar as passagens. O resto fora conseguido com as apresentações diárias de Shan, em ruas e bares por toda a cidade, às vezes quatro por dia, e com a venda do uísque do tio. O resultado foi um incremento nas economias, a ser usado para se estabelecerem e lhes proporcionar um início decente. Infelizmente, sem uma gota para beber, o humor do tio Will azedou mais ainda.

Uma vez que embarcaram no navio, esse era apenas um dos motivos pelos quais Shan evitava a cabine que lhes tinha sido atribuída. Um impeditivo ainda maior era o fedor de suor, fezes e vômito na terceira classe, agora mais do que superlotada. Um cano havia estourado em um vapor saído da Itália rumo a Nova York, e grande parte dos passageiros foi transferida para o navio de Shan. Os baldes de dejetos eram esvaziados regularmente, mas mesmo assim não havia como suportar, quando o enjoo tomava conta, pelo bater e sacudir das ondas.

Graças talvez aos dias de pescaria na infância – o único passatempo que ele compartilhava com o pai, que apreciava o silêncio reinante –, Shan se adaptou muito bem. Muitos haviam passado mal desde o embarque até agora, quase doze dias depois. O tio Will entre eles.

Uma pessoa mais evoluída talvez sentisse pena do homem, preso ao beliche e incapaz de reter qualquer coisa no estômago. Para Shan, parecia uma questão de justiça.

É claro, se ele chegasse a confessar isso, certamente receberia uma penitência. Dez ave-marias e um monte de pais-nossos. Mas, por enquanto, ele ia desfrutar da satisfação. Além do mais, esta noite o mar estava calmo, e faltava apenas um dia até que voltassem a pisar em terra. Adorável terra americana.

A extrema ansiedade da chegada deixou Shan agitado demais para dormir. No silêncio, ele se arrastou pelo corredor e virou no canto para chegar à sala de suprimentos da tripulação. A área era proibida para passageiros, para evitar roubo. Mas, àquela hora tardia, Shan não temia ser descoberto.

Ele se acomodou em um canto afastado, distante da porta e da fraca luz da entrada. O ar estava úmido e espesso de sal, mas ele não se importou nem um pouco. O lugar se tornara sua caverna noturna. Nada de bebês barulhentos nem de casais brigando – resultado do tédio em acomodações apertadas –, apenas a melodia dos leves rangidos dos suprimentos se deslocando suavemente.

Shan fechou o botão superior do casaco de lã para se manter aquecido. De uma prateleira, pegou emprestada uma lanterna enfiada entre lençóis, toalhas e coisas do tipo, e sobre o colo abriu um livro. Era um dos poucos que pudera manter, tendo convencido o tio Will de que a encadernação estava estragada demais para que valesse a pena vender.

Nesse dia em particular, Shan estava grato por ter *O príncipe e o mendigo*, de Mark Twain. Muito apropriadamente, a história abordava a escolha de uma nova vida. Uma muito melhor, com oportunidades raramente encontradas em casa. Virando as páginas agora, Shan viu a si mesmo como Tom Canty, o personagem conhecido como mendigo. Ele fora criado na escória londrina por um pai cruel, tornado ainda mais perverso pela bebida. Shan estava tão absorto que levou um segundo para perceber o gemido da maçaneta, e seu coração deu um pulo. Ele apagou a lanterna às pressas e a apertou contra o peito.

Passos atravessaram a sala, a porta estalou ao ser fechada. Shan permaneceu sentado imóvel como uma rocha, tentando não respirar. O navio era inglês, assim como a tripulação. Quem poderia saber o castigo que aplicariam a um menino irlandês que tivesse descumprido as regras? Jogá-lo ao mar parecia um exagero, mas havia relatos de já terem feito pior.

Os passos continuaram, chegaram ainda mais perto e então pararam. Shan sentiu marteladas no peito e os ouvidos latejando, antes de ouvir uma risadinha. Leve e arejada, o som de uma menina. Havia um menino também, falando só um pouco mais alto que um sussurro. Fragmentos de palavras sugeriam italiano. Um segundo risinho foi abafado pelo farfalhar de roupas e pelos ruídos molhados de beijos.

Shan suspirou em silêncio. Ele vinha se perguntando, nos últimos dias, se os seis centavos que trazia no bolso, a moeda ainda não gasta, seriam a razão de sua sorte, e agora tinha a resposta.

O casal continuou com o namoro, e Shan pensou, preocupado, quanto tempo ficaria preso naquele lugar. Esticou o pescoço para avaliar se sair rastejando era uma opção. Uma abertura entre as prateleiras permitia que visse o par adolescente. As costas da menina estavam encostadas à parede, e o rosto do menino, enterrado em seu pescoço, onde o movimento dos beijos dele provocava inclinações de cabeça e gemidos na garganta dela.

A memória de Shan voltou à mulher do bar, ao modo como o peito dela subia e descia. Dessa vez, ele não era obrigado a desviar os olhos.

De novo o rapaz italiano murmurou, e então cobriu os lábios dela com os seus. Shan começou a se ajoelhar – atraído pelo ímã do diabo, como diriam as freiras da escola – para ter uma visão melhor. Estava quase totalmente ajoelhado quando algo despencou de seu colo.

O livro.

Ah, Deus. Será que eles tinham ouvido?

Shan se encolheu contra a parede. Preparou-se para que o menino se aproximasse agressivamente, para que a menina corasse de constrangimento. Mas em uma fração de segundo ele ouviu a porta se abrir e imediatamente se fechar. O casal deve ter pensado que o barulho era de um tripulante, ou quem sabe um fantasma, e saiu voando.

Essa era a suposição de Shan, até que mais vozes preencheram o ar. Ninguém tinha saído, pelo contrário: outros tinham chegado, e todos falando italiano. Shan reconhecia o sotaque quando usado no inglês, mas não falava a língua.

Logo a fala virou risada, de um tipo ameaçador, seguida por um baque. Muito mais cuidadoso dessa vez, Shan levantou a cabeça para espiar entre as prateleiras. Eram mais três italianos, rapazes no fim da adolescência. Dois deles haviam encurralado contra a parede o primeiro a chegar, o rosto agora visível enquanto ele se esforçava para se libertar. Teria quatorze anos, no máximo. Shan o vira antes a bordo, a distância, jogando dados sob a escada e fumando no deque inferior, uma área na proa coberta por fuligem, reservada à terceira classe. Ele tinha uma aura de charme que claramente não passava despercebida pelas moças. Talvez nem por aqueles há pouco mencionados.

Shan descartou isso como sendo a questão, no entanto, quando a menina estendeu a palma e o quarto camarada a encheu de moedas.

– Ciao, Niccolò – ela disse, e soprou um beijo na direção do rapaz que havia enganado.

Os olhos dele, mesmo com a pouca luz, flamejaram diante da traição. Assim que ela saiu, o líder da gangue prendeu as mãos dele. Deu um sorriso rosnado antes de esmurrar Niccolò. Dois golpes no rosto, o mesmo na barriga.

Shan queria ajudar, mas o que poderia fazer? Do punhado de vezes que havia se defendido contra trombadinhas em Dublin, somado às dúzias de pancadarias que tinha testemunhado em bares, ele sabia como dar um soco. Mas havia três para enfrentar ali, e ele era o menor do grupo.

Foi quando o líder sacou uma faca. Ele se aproximou de Niccolò e a suspendeu entre os rostos de ambos. Niccolò inspirou fundo, mas depois levantou o queixo quadrado, uma ousadia – mesmo enquanto a lâmina pairava sobre sua garganta.

Em pânico, Shan espremeu os miolos em busca de um plano. Apertou com mais força a lanterna.

A lanterna... Reservada à tripulação...

Seu olhar disparou para uma caixa no fim da fileira. Tinha o tamanho de um pequeno engradado. Como tantos palcos sobre os quais se apresentara. Poderia realmente funcionar?

Entre as prateleiras escuras à sua frente, encontrou um chapéu de cozinheiro. Não havia tempo de procurar algo melhor. Colocando o chapéu, rezou para que o plano não falhasse, ou acabaria mesmo sendo jogado do navio. Em rápida sequência, ele subiu na caixa, acendeu a lanterna, apontou na direção dos italianos e ordenou, com voz baixa e sotaque britânico:

– Ei, vocês! Parem o que estão fazendo.

Todos os olhos se apertaram e viraram na direção da claridade. Era óbvio que os camaradas estavam confusos pela presença súbita de um estranho na sala. Chegado por outra porta, talvez?

Dada a possibilidade de que se aproximassem para investigar, os nervos de Shan borbulharam de agitação. Ele se apressou a acrescentar:

– Esta área é estritamente proibida. Informem seus nomes imediatamente.

Eles pareceram entender. Um deles cutucou o líder, que jogou Niccolò no chão, e o trio cambaleou para o corredor.

Graças a Deus.

Niccolò tossiu enquanto se esforçava para levantar, tentando correr para fora.

– Espere, não vá – Shan voltou ao sotaque irlandês natural, mas tremendo. – Você está seguro agora. Não percebe? – ele apontou a lanterna para cima, sob o queixo, desejando poder dizer aquilo em italiano.

Niccolò ficou observando, enquanto Shan desceu da caixa e acrescentou:

– Pensei que você estava precisando de ajuda – ele diminuiu a velocidade e aumentou a ênfase. – Entende o que estou dizendo? A-ju-da.

Um início de sorriso esticou os lábios de Niccolò, o de baixo já inchando. Ele usou as costas da mão para limpar o sangue no canto da boca.

— Ah, sim, esta parte eu entendi. Só fiquei um pouco chocado com o seu truque.

Shan o encarou, perplexo. Afinal, a tez azeitonada e os olhos castanhos profundos eram típicos de um imigrante italiano.

— Você fala inglês!

— Bem, espero que sim. Nasci e fui criado nos Estados Unidos. É meu italiano que precisa melhorar.

Shan abanou a cabeça, sentindo-se ridículo.

— Desculpe por isso.

— Pelo quê? Você acabou de salvar minha pele — um sotaque italiano perpassava suas palavras, embora fosse discreto o suficiente para passar despercebido por muitos. — A propósito, meu nome é Nick.

— Shan.

Eles se apertaram as mãos. Então o camarada esticou o queixo e o esfregou, sem dúvida retraído pelos golpes. Shan conhecia a sensação.

— Você está bem? Levou uma sova e tanto.

— Ah, não foi nada — Nick deu de ombros, mas o movimento o desequilibrou ligeiramente. — Meninas, né? — Ele girou os olhos, como que reconhecendo que falhara ao não perceber a trama.

— Descansa aqui um pouco. Para o caso de os sujeitos ainda estarem por aí.

Era um conselho sincero, mas não a única motivação de Shan. Além do alívio de ter uma companhia agradável, Nick era um ianque de verdade, um membro do grupo ao qual Shan estava ansioso por se juntar.

— Sim, acho melhor. Só por um minuto.

Shan rapidamente pegou uma segunda caixa, mantendo a lanterna para baixo, e ambos se sentaram. O cabelo escuro de Nick era cortado rente como o de Shan, uma tática comum para evitar os piolhos que com frequência infestavam os navios.

— Você por acaso não tem um cigarro, tem? — Nick perguntou.

– Hum... Receio que não – Shan lamentou não ter um dos do tio. Mas tinha outra coisa. Ele tirou dois itens do bolso do casaco. – Quer bala?

Nick sorriu.

– Por que não?

Logo estavam os dois chupando os doces, enchendo o ar do aroma intenso de caramelo. O cheiro vinha direto da loja do senhor Maguire. Uma das muitas coisas que Shan estava deixando para trás. Ele afastou o pensamento.

– Então, você falou que é dos Estados Unidos.

– Nova Jersey. Mas estamos de mudança para o Brooklyn.

A confusão de Shan deve ter ficado evidente, porque Nick acrescentou:

– É um bairro de Nova York. Cheio de ítalo-americanos.

Era difícil acreditar que o navio atracaria dali a poucas horas. Shan se sentia zonzo de emoção.

Nick se remexeu na caixa, talvez aflito para ir embora. Não querendo ainda que ele fosse, Shan gaguejou para formular uma pergunta.

– Onde você... Por quanto... Quero dizer, por quanto tempo você esteve fora?

– Uns três anos – Nick usava a língua para movimentar de uma bochecha a outra a bala, que estalava contra seus dentes brancos e alinhados. – Meus pais nos levaram de volta para a Itália quando o meu avô ficou doente, assim meu pai podia tomar conta do negócio dele. É uma loja de sapatos em Siena. E agora nós estamos voltando, finalmente.

– Ah, entendo. Sinto muito pelo seu avô.

– Não sinta. O velho rabugento melhorou, o que nós não esperávamos. Ele provavelmente vai sobreviver a todos nós.

Os cantos da boca de Nick subiram. Era apenas um sorriso parcial, como se algo os puxasse para baixo.

Shan achou por bem não perguntar. Estavam ambos calados quando Shan se lembrou do chapéu de cozinheiro e o tirou, um lembrete do confronto.

– Aqueles sujeitos de antes, suponho que não sejam amigos seus de Siena.

– Eu não conhecia nenhum deles até ontem à noite. Jogamos umas horas de pôquer. Acho que eles têm a ideia fixa de que eu roubei.

– Por você ter ganhado?

– Bom, sim, mas também por eu ter roubado – os olhos de Nick faiscaram. – Eu achei que eles tinham bebido demais para perceber.

Os dois deram risada, e Nick fez uma pausa para apalpar a lateral direita, um traço de dor cruzando-lhe o rosto. Enquanto Nick relaxava, Shan mastigou o caramelo até transformá-lo em vários pedacinhos, com isso quase deixando de ouvir os murmúrios que chegavam do corredor. A porta não estava totalmente fechada. Eram vozes de homens e estavam se aproximando.

Talvez tripulantes indo buscar suprimentos. Ou, pior ainda, se os italianos tivessem de algum jeito descoberto o truque, podiam estar voltando, e em maior número. Shan congelou, sua preocupação refletida nos olhos de Nick.

Mas então as vozes se tornaram mais nítidas, com as consoantes guturais do alemão, e sumiram quando os desconhecidos passaram sem parar.

Shan e Nick trocaram sorrisos de alívio.

Após um momento, Nick respirou fundo.

– Bom, acho melhor descansar as pestanas um pouco. Grande dia, amanhã.

– É, grande dia.

Nick esticou as pernas para se levantar.

– Obrigado de novo, Shan. Fico lhe devendo uma.

– Não foi nada.

Nick inclinou a cabeça antes de sair da sala, deixando Shan subitamente exausto.

Amanhã seria o começo de uma nova vida, e ele iria precisar de toda a energia que pudesse reunir. Com o livro em mãos, voltou para seu beliche, onde o fedor estava pior do que nunca. O tio dormia na cama de baixo. Por sorte não estava vomitando, e Shan conseguiu adormecer.

Essa breve paz de espírito, note bem, não durou muito.

7

Parecia que poucos minutos haviam transcorrido quando conversas e alvoroço arrancaram Shan do sono. Uma voz infantil esganiçada atravessou sua névoa mental, dizendo:

– É ela, mamãe! A estátua. Você tem que vir ver!

Lentamente Shan se deu conta de qual estátua tinha de ser. Subitamente desperto, ele cambaleou beliche abaixo, ainda com as roupas da véspera. Mal havia tocado o chão quando foi arrastado para a multidão de imigrantes ansiosos por dar uma espiadela no paraíso.

Ele se arrastou escada acima em uma fila interminável que subia para o deque. A brisa marinha fresca e o frio lhe arrepiaram os cabelos.

Então ele a viu. Aquela linda dama esverdeada da liberdade. Ela parecia um membro da realeza, com a coroa e o manto, mas também acolhedora, segurando uma tocha para guiar o navio. Para surpresa de Shan, as emoções cresceram dentro dele, e lágrimas banharam seu rosto. Que estranho que a visão de metal esculpido provocasse tal aperto em seu peito.

As pessoas ao redor acenavam para ninguém em particular. Por alguma razão, ele não se sentiu tolo ao fazer o mesmo. Por uma vez, até ingleses e irlandeses pareciam unidos.

Depois de algum tempo, espalhou-se o boato de que estavam perto de atracar. Shan seguiu o grupo para baixo pelo mesmo caminho da subida. A primeira classe seria desembarcada, disseram, depois a segunda classe, por fim a terceira. Uma coisa boa para Shan, dado que um bom tempo foi necessário para atravessar a comoção. As pessoas ziguezagueavam enquanto reuniam suas famílias. Noivas de casamentos arranjados se enfeitavam nervosamente para os noivos que conheceriam dali a pouco.

Em meio a isso tudo, uma jovem chorava sozinha, as lágrimas rolando pelas faces sardentas. Fitas esfiapadas pendiam das tranças ruivas frisadas. Shan queria passar reto, como todo mundo, mas não conseguiu. Ele sabia como era chorar desamparado e não ser ouvido.

Ele se curvou ao nível dos olhos dela.

– Você está perdida, é?

Ela não respondeu, mas parou de chorar e respirou fundo.

– Vamos, vamos. Vamos procurar a sua família.

Embora tremendo de insegurança, ela aceitou a mão dele.

– Apenas me diga quando encontrar alguém que conhece.

Depois de tê-la rebocado por um tempo, com vozes em todas as línguas girando ao redor, a menina soltou sua mão e saiu correndo diretamente para os braços da mãe, cujo rosto estava retorcido de preocupação.

– Ah, graças a Deus! Obrigada, muito, muito obrigada – ela disse a Shan. – Com quatro filhos e sem meu marido aqui, levei um tempo até perceber que a caçula tinha sumido...

Shan a tranquilizou e se despediu desejando-lhes tudo de bom, aflito por voltar. Àquela altura, a recepção que o aguardava no beliche já não seria tão acolhedora. Com sorte, o enjoo teria deixado o tio Will fraco demais para gritar.

Quis a sorte que o homem ainda nem estivesse de pé. Ele dormia profundamente, como sempre, em casa, depois de noites difíceis.

– Tio Will, chegamos.

Shan recolheu apressado os pertences caídos da sacola e os enfiou nela de volta. Uma meia sem par, uma camisa, o livro da noite anterior.

Os outros passageiros da cabine já tinham saído. Enquanto isso, o tio se recusava a se levantar.

– Precisamos nos apressar, agora. Logo será nossa vez de desembarcar.

Ainda nada. Nenhum resmungo, nenhum movimento.

Nem mesmo, Shan percebeu, o som áspero da respiração.

Shan deixou cair a sacola. Observou as costas do tio, estendidas entre camadas de lençol e cobertor de lã grosseira fornecidos pelo navio.

– Tio Will? – o nome saiu esganiçado.

Os dedos de Shan tremeram quando ele esticou a mão para cutucar o braço do tio; sem obter resposta. Chegou mais perto para ver melhor. O tio parecia estar dormindo, o corpo enrodilhado e os olhos fechados. Mas havia um lenço amarfanhado na mão calosa. Grandes manchas de sangue haviam feito o tecido murchar como uma rosa.

O tremor das mãos de Shan viajaram até seus joelhos. Prendendo a respiração, ele pegou o tio pelo ombro e o virou até que ficasse de costas. Acima da barba, a pele estava mais pálida que o habitual. Branca como cera. Sem vida.

Shan se obrigou a tocar a face do homem, para ter certeza. Estava tão fria que por reflexo ele recuou. Seu estômago se encolheu. Sua cabeça girou. Mais do que nunca desde o embarque, teve medo de vomitar.

Ao ser examinado antes de subir a bordo, o tio havia entregado um bilhete do doutor O'Halloran. Explicava que a tosse resultava de muitos anos trabalhando em fábricas, nada mais. A Gripe Espanhola ainda prevalecia, e o tio quisera evitar problemas.

Shan se perguntava agora o que havia de fato adoecido o homem. Não que importasse. Fosse qual fosse a doença, o tio Will estava morto.

Oprimido por esse fato, Shan se sentou no chão. Estava desesperado por ar fresco, por lucidez. Apesar das dificuldades, ele se tornara dependente daquela pessoa para sobreviver. Tinha havido momentos em que desprezara tanto o tio que desejara que ele morresse durante o sono. E, agora que tinha mesmo, Shan estava confuso sobre como deveria se sentir.

Sentia alívio e culpa, rancor e tristeza. Mas, acima de tudo, sentia solidão. Às portas de um mundo desconhecido, o que ele iria fazer?

Camas vazias e refugo o cercavam, resquícios de vidas anteriores espalhados como um casulo abandonado. De novo as lágrimas inundaram seus olhos, mas por uma razão totalmente diferente. Durante a viagem, ele ouvira sobre imigrantes serem recusados, despachados de volta pelos mais variados motivos. O que fariam com um menino sem um adulto responsável?

– Mas o meu pai é americano – ele poderia lhes dizer. – Um marinheiro chamado John Lewis. Não, eu não sei onde ele mora. E não, ele não sabe que eu vim. Nem, talvez, que eu exista.

Mesmo que Shan conseguisse permissão para ficar e que fosse colocado em um orfanato, quem sabe se as condições não seriam exatamente tão horríveis quanto o tio havia descrito.

– Saia da linha um milímetro – ele alertara – e eles vão trancar você em uma jaula e deixá-lo sem comida por uma semana. E, se você acha que pais bondosos e corretos vão aparecer algum dia e acolher você na família deles, é melhor pensar de novo. Qualquer estrangeiro disposto a adotar tipos como você não está procurando uma criancinha meiga para criar. Eles só querem um empregado sem salário para trabalhar até quase morrer, antes de jogar você na rua. Ou é isso ou é porque o homem da casa quer um rapazinho bonitinho por *outras* razões.

Claro, o tio Will poderia ter exagerado a realidade. Mas Shan se lembrava de como os meninos moravam nos becos, alguns sem casa por escolha, e ele não podia desconsiderar as alegações.

No chão, a sacola tinha se aberto. Um canto do livro espiava para fora, gozador. A história de Tom e Edward. Poucas horas antes, Shan imaginara a si mesmo como o mendigo assumindo o papel do príncipe.

Ele invejava aquele camarada, Nick. Mudando-se para Nova York com a família, criado em uma comunidade com a mesma cultura e as mesmas tradições, mesmo assim tão longe da Itália. Eles provavelmente compartilhavam aparências próximas, com pele azeitonada, cabelo escuro, olhos escuros. Tudo para fazer uma pessoa se sentir integrada.

Ao contrário de Shan. Em comparação com a pele clara do tio, a mesma da mãe de Shan, ninguém teria adivinhado que Shan era da família. Mais de uma pessoa havia comentado que seu tom irlandês moreno poderia facilmente passar por...

Italiano.

Shan voltou a olhar para o livro. Quando os personagens trocavam de lugar, conseguiam se encaixar apenas por serem muito parecidos. Sim, claro, era uma história inventada, e os finais felizes aconteciam mais raramente na vida real. Mas, àquela altura, o que mais ele tinha a perder?

"Fico lhe devendo uma", Nick dissera. Talvez não tivesse falado a sério, talvez não literalmente e com certeza não tão logo.

Apesar disso, Shan estava decidido a cobrar o favor.

8

No Grande Salão da Ellis Island, grades de ferro afunilavam os passageiros em filas serpenteantes, como gado em um labirinto interminável. A maioria fugira da terra natal para escapar dos efeitos persistentes da guerra; no entanto, após duas semanas de viagem, todos os imigrantes, dos jovens aos idosos, pareciam ter servido na linha de frente. As roupas manchadas, as faces imundas. E, o pior de tudo, o cheiro.

Mas nem o fedor incomodava Shan agora. Todos os seus pensamentos e todas as suas esperanças estavam concentrados em uma pessoa que ele ainda precisava encontrar. Ajustou a mão às alças das sacolas. Como cortesia depois de serem transportadas do navio à terra em uma barca de animais, as pessoas foram convidadas a despachar sua bagagem. Embora Shan não fosse o único a ficar com seus pertences, suas razões eram provavelmente mais sombrias.

Antes de sair correndo do navio, ele havia coberto o tio Will com um cobertor. Estava apanhando a própria sacola quando se lembrou da do tio, no canto oposto. Seria mais demorado identificar um menino, ele imaginou, sem a documentação do passageiro. Assim, aumentando sua já infindável lista de pecados, Shan agarrou a segunda sacola e saiu à procura de Nick.

Infelizmente, uma série de exames médicos havia atrapalhado a missão. Estoicos em seus uniformes azuis, os inspetores desempenhavam tarefas distintas para decidir quem podia continuar. Eles analisavam as unhas, a pele, a capacidade de andar e de levantar os dois braços. Pálpebras eram erguidas, dentes eram examinados, como se comprassem um cavalo no mercado. Os veredictos eram afixados às roupas dos passageiros, em um código secreto de letras escritas com giz.

Agora que Shan tinha finalmente passado, esperava não estar atrasado demais. Ele escrutinou o salão enorme, fervilhando de estrangeiros inquietos. Seus paletós e xales pontilhavam a área como uma colcha infinita. Chapéus de aba cobriam as cabeças de quase todos os homens; o mesmo para mulheres, exceto aquelas embrulhadas em lenços. Semblantes graves refletiam o medo do próprio Shan de ainda ser recusado.

– Fique calmo – ele disse a si mesmo.

Uma gota de suor escorreu da boina de *tweed*. Será que ele poderia confiar em sua memória para localizar um rosto que só conhecera na sombra?

Oficiais uniformizados gritavam instruções em uma quantidade impressionante de idiomas. O estalo agudo de suas botas longas ecoava pelo piso e subia até o teto abobadado. As pessoas deveriam manter os documentos em mãos, eles diziam, para serem identificadas e registradas do modo mais eficiente.

Shan circulava, perscrutando cuidadosamente, enquanto o pânico o corroía por dentro. Estava quase no meio do salão quando viu de relance um rosto familiar. Sim. Era Nick. Ele e a família estavam quase chegando à frente da última fila. Para ter alguma chance, Shan precisaria correr.

– Minha família está bem ali – repetiu, muitas e muitas vezes, para os imigrantes que gritavam em protesto enquanto ele avançava. – Nick – ele chamou.

O rapaz se virou. Após um instante para reconhecê-lo, Nick pareceu agradavelmente surpreso. Shan não perdeu tempo e em voz baixa explicou a situação. Mal havia terminado quando Nick foi até o pai, parado vários metros adiante. Eles conversaram cochichando e mais uma vez Shan desejou saber italiano.

Ele analisou a mãe de Nick, que estava próxima o suficiente para ouvir a conversa. Era uma mulher miúda, de maçãs do rosto altas e lábios cheios, com o cabelo castanho apanhado em um coque baixo, delicado, que combinava com seu comportamento. Com o mais ligeiro assentimento ou sorriso, ela poderia descartar as preocupações de Shan, garantir a ele que o marido estaria disposto a ajudar. Em vez disso, o rosto dela estava fechado em uma expressão ilegível. Durante todo o tempo, a filha, alguns anos mais nova do que Shan, o encarou com olhos curiosos e profundos. O nariz e o queixo dela eram tão arredondados e suaves como botões. Ela balançou um pé e roçou o chão, o tempo todo agarrada à mãe ao seu lado.

Nas filas, as pessoas avançavam atabalhoadamente, tomando seus lugares diante da longa série de escrivaninhas. As autoridades de imigração, sentadas, exibiam a expressão pétrea dos magistrados. Baixavam os carimbos como se fossem martelinhos de juiz.

Estava quase na vez da família de Nick.

Os inspetores continuavam a trabalhar pelo salão. Logo a morte do tio Will seria descoberta, e uma investigação levaria a Shan.

Ele recuou na direção do pai de Nick. Em um paletó cinza-chumbo, o homem se mantinha de pé com os braços cruzados e o queixo quadrado fixo, imóvel como a estátua que havia recebido o navio, mas não tão simpático. Ele era de estatura e constituição medianas, como o filho, mas a postura o fazia parecer maior. Isso não impediu Nick de tentar outro apelo. Mas então o pai disse uma única palavra ríspida, um tapa verbal. A discussão estava encerrada.

Não havia tempo para que Shan se defendesse. Ele precisava de uma alternativa. A mãe que ele havia ajudado no navio – ela talvez sentisse suficiente gratidão para apoiá-lo. Além disso, ela era irlandesa e precisava de braços extras. Mas como ele poderia atravessar o salão no sentido contrário sem chamar a atenção?

Bem nesse momento, a mãe de Nick tocou o braço do marido. Ela cochichou a poucos centímetros de seu ouvido e fez contato visual com ele. Um longo intervalo transcorreu antes que o rosto do marido se suavizasse e ele se dirigisse ao filho. Então Nick encarou Shan e assentiu.

Eles tinham concordado. Ah, meu Deus, eles tinham concordado.

Por enquanto, Shan tinha uma família.

Ele quase explodiu de vontade de sorrir, mas se conteve. Não era lugar para comemorar, além de ser cedo demais. Ele se afastou para abrir lugar para Nick, que falou entre dentes:

– Mantenha a cabeça baixa e não fale, a menos que obrigado.

De modo nenhum aquilo representava alguma dificuldade para Shan.

– Você é meu irmão, combinado? E você nasceu em Jersey, assim como eu e a Lina.

Irmão de Nick... Jersey... Lina? Claro. Sua irmã.

Shan assentiu, absorvendo tudo.

– E outra coisa: se eles perguntarem...

– Próximo! – o guarda mais próximo acenou, uma ordem para que se apresentassem.

As pessoas antes deles tinham sido entrevistadas rápido demais. Shan ficou atrás da família, ao lado de Nick, enquanto reuniam suas bagagens. Sobre a escrivaninha, eles pousaram uma mala e um baú de viagem preto. Shan fez o mesmo com suas sacolas, liberando as mãos para baixar mais a boina.

– *Italiano, signore?* – perguntou o guarda.

– *Si, si* – o pai respondeu. – *Buongiorno.*

O guarda foi direto ao assunto, sem nenhum afeto nas palavras. Era evidente que o italiano não era sua língua materna. O pai de Nick retirou documentos do bolso. Movimentou rapidamente um envelope de dinheiro, que afastou em seguida. Prova de que eles dispunham de fundos suficientes, aparentemente, para serem membros respeitáveis da sociedade.

– Falo inglês, se isso ajudar – o pai ofereceu.

– Ah. Sim, que bom.

Os dois continuaram em inglês, falando disso e daquilo, perguntas e respostas básicas. Entre cada uma, o guarda voltava a um formulário e rabiscava. Ele estava confirmando detalhes, Shan percebeu, com base em informações que o pai havia dado antes da partida. Exatamente como o tio Will fizera.

O guarda parou um instante e examinou a família, confuso.

O corpo de Shan se enrijeceu. Que droga, ele sabia para onde aquilo estava se encaminhando.

– Vejo no registro que o senhor informou apenas dois filhos.

– Não, não. Três – o pai insistia. – São três.

– Talvez... É... Talvez o oficial que anota não tenha escutado corretamente – o pai de Nick soava perplexo, embora Shan percebesse uma nota de tensão.

– Senhor, seu filho não poderia ter embarcado sem ser registrado.

– Sim, mas... Enganos acontecem, *si*?

Lina puxou a saia da mãe.

– Mama, *perché*...

A mãe a silenciou discretamente, com um recado severo no olhar.

A ideia tinha parecido simples. Shan havia suposto que uma família com filhos nascidos nos Estados Unidos entraria com facilidade. Não pretendia causar-lhes problemas. Será que sua entrada poderia ser realmente negada, será que seriam jogados de volta em um barco? As consequências poderiam ser ainda piores, tudo por causa dele?

Antes que fosse tarde demais, Shan cochichou "Nick".

Nick sacudiu a cabeça, o olhar fixo em frente.

Mais uma vez o guarda folheou a papelada. Ele parecia aborrecido e agitado por assuntos desse tipo.

– Bem, quais dessas crianças são... – ele consultou o documento – Niccolò e Angelina?

– Sou eu – Nick se apressou em responder – e a minha irmã, aqui. E esse é o meu irmão Tomasso.

O guarda encarou Nick com ceticismo, antes de mudar de foco para Shan.

– Diga-me, meu jovem. Na Itália, alguém fez seu registro antes do embarque?

Shan congelou, inseguro sobre como responder. Não apenas em relação ao conteúdo. Em Dublin, ele fora muito elogiado pelo sotaque ianque que fazia, mas todos os cumprimentos tinham vindo de irlandeses. Parado à sua frente estava agora um norte-americano, um com suspeitas crescentes, e Shan de repente duvidou de sua habilidade para a imitação.

– Filho, você fala inglês?

Shan hesitou antes de assentir, ciente de que perguntas mais difíceis se seguiriam.

– *Allora* – a interrupção da mãe fez o guarda se virar. Ela bateu palmas uma vez e estalou a língua quando teve uma ideia. – *Un momento, per favore*. Vou lhe mostrar, okay? – Ela apontou para o baú.

O guarda deu um suspiro. Ele acenou para que ela continuasse, mas sem se demorar demais.

Nick destrancou a tampa e abriu. A mãe se ajoelhou e remexeu lá dentro, procurando por roupas e calçados.

Shan sentiu que de todas as direções olhos se fixavam nele, queimando sua pele. E se alguém se lembrasse de tê-lo visto viajando com o tio? Ele encolheu o pescoço, uma tartaruga desesperada por refúgio.

Finalmente, a mãe encontrou um porta-retratos com moldura ornamentada de uvas e hera. Na foto, em meio a um grupo de italianos posando em frente a uma casa, via-se uma versão mais jovem da mãe, de pé com uma menina e dois meninos, um deles apoiado em seu quadril.

Ela se levantou, batendo na foto quanto a entregava.

– O senhor vê? São meus filhos. Niccolò, Angelina e Tomasso. Todos nascidos na América. Nós os levamos a Siena para visitar a família, todos nós juntos. O senhor olha, o senhor vê que é verdade.

O marido apoiou isso com um sorriso de lábios apertados que parecia estar escondendo uma carranca.

O guarda olhou para Shan, depois para a foto, depois para Shan. O plano todo parecia ridículo e fadado ao fracasso. Sob escrutínio atento, nem um *leprechaun*[4] pareceria mais irlandês.

---

[4] Figura do folclore irlandês: homem de quarenta centímetros de altura, veste-se de verde, mora entre arbustos e conhece a localização de vários tesouros enterrados. (N.T.)

Mas a mãe falou de novo, com mais firmeza.

– O que o senhor faz? Tira um menino da família dele e o manda para a Itália sozinho? *Che pazzo!* O senhor acredita em um papel ou em uma mãe?

Desafiar um oficial com tamanho atrevimento elevou ainda mais a aposta. Isso estava claro pelo silêncio do homem. Eles tinham ido longe demais.

Shan avaliou a área. Três escadas bem à frente estavam marcadas com diferentes sinalizações. Três destinos. Ele podia sair correndo e torcer para escolher o certo. Se fosse pego, poderia explicar que era tudo culpa sua, que a família não deveria ser responsabilizada.

O oficial devolveu a fotografia. Sem uma palavra, ele molhou o carimbo, bateu nos papéis – *tumb, tumb* – e acrescentou os nomes deles no livro de registros, encerrando com o de Tomasso.

– Bem-vindos de volta – ele resmungou e os direcionou para a devida escada.

Era oficial. Eles tinham passado.

Ainda assim, Shan não relaxou até que a família já estava bem avançada escada abaixo, rumando para a balsa. Atrás do grupo, ele ajudou Nick a carregar o baú. Quando Shan insistiu que era o mínimo que podia fazer, o senhor Capello fungou, concordando.

– Nick, eu não queria causar problemas – Shan disse.

– Eu falei que lhe devia uma. A palavra de um sujeito é tudo. Certo?

Nos últimos anos, Shan passara tempo mais do que suficiente com pessoas que não davam valor a promessas.

– Seja como for – Nick disse –, você é bem-vindo para ficar na nossa casa por um período, se quiser.

A surpresa da oferta quase levou Shan a tropeçar.

– Tem certeza?

Não que ele tivesse qualquer outro lugar para onde ir no momento.

– Sim. Nós somos italianos. Quanto mais, melhor.

Enquanto continuavam a descer, a mente de Shan voltou à fotografia. Ele se perguntou sobre a criança cuja imagem se revelara salvadora.

– O menino na foto... Tommy, não era?

— Tomasso — Nick o corrigiu, prestando atenção aos degraus. — Ele sempre usava o nome real.

Só agora Shan percebia a semelhança fantástica, de o apelido do mendigo da história ser Tom. Era decididamente um bom augúrio.

— E ele é parente seu?

— Ele... Era meu irmão — não havia emoção do rosto de Nick, mas a modulação suave da voz o traiu.

De repente, fazia sentido que o pai de Nick tivesse relutado em chamar um estranho de filho, mesmo que só como pretexto. A preocupação de serem pegos tinha sido meramente uma parte do dilema. Shan pensou na mãe de Nick, no que devia ter custado a ela entregar aquela foto.

No final da escada, Shan se voltou para Nick.

— Eu espero sinceramente não estar causando problemas à sua família.

— Para com isso, está bem? Você vem conosco — aquilo foi dito como uma ordem, mas com uma leveza deliberada. — Além do mais, nós agora somos irmãos, certo?

A verdade é que, sendo filho único, Shan sempre quisera ter irmãos. No entanto, dada a estranheza da situação, ele não sabia ao certo como responder.

— Acho que sim...

— Ótimo. Porque não estou disposto a arrastar esta porcaria de baú até o Brooklyn sozinho.

Quando Nick sorriu, Shan não pôde evitar fazer o mesmo. Com sorte, não demoraria muito até encontrar seu pai americano e ter a própria família.

Até lá, não haveria dano em interpretar o papel de um Capello.

9

No fim das contas, Nova York não era absolutamente um paraíso. Na verdade, até chamá-la de cidade já era um exagero. Era um amplo conjunto de países amontoados em uma ilha, quase como se uma série de tornados tivesse arremetido da Europa até o Oriente, apanhado regiões inteiras, muitas das quais bem pobres, e as deixado cair nos bairros de Nova York.

Não havia placas dizendo *Bem-vindo à Irlanda* nem *Entrando na Rússia* nem *Saindo da Polônia, Volte em Breve*. No entanto, excluindo alguns conjuntos habitacionais, as fronteiras estavam realmente ali. Apenas uns poucos dias de perambulação foram necessários para que Shan descobrisse quais ruas faziam a fronteira de cada território. Se por um lado muitos gastavam todo o dinheiro que sobrava em roupas norte-americanas típicas, seu esforço para se misturar parecia terminar nisso. Shan atravessava a rua e se via em um mundo diferente. O idioma mudava, tanto o falado quanto o impresso nos jornais, combinando plenamente com os aromas no ar. Temperos chineses davam lugar às massas alemãs, ou ao vinho fermentando nos porões dos italianos.

Agora, porém, enquanto vagava pela Times Square, ele só sentia o cheiro pungente da gasolina dos carros. Ao contrário do que dizia a lenda, as ruas da América não eram revestidas de ouro, e sim de uma pavimentação enrugada e encardida. Por todos os lados, as pessoas andavam e gritavam; carroças e caminhões de entrega guinavam e chacoalhavam. A cidade em si era uma criatura viva capaz de engolir uma pessoa inteira.

Shan espiou os edifícios toscos, que pela primeira vez não o faziam sentir-se pequeno, não nessa manhã gloriosa de abril. Um dia que poderia mudar tudo.

Ele alisou a abençoada fotografia no bolso do casaco, somente para confirmar que continuava ali. A expectativa o impulsionou à esquina, passando por um menino que vendia jornais berrando as manchetes.

Tal como na Irlanda, a política daqui transbordava por excesso de reivindicações. Sindicatos queriam melhores salários e condições de trabalho. Mulheres queriam votar. Protestantes queriam que o álcool, com o qual enriqueciam, fosse banido do país. Por essa razão sozinha, o falecimento do tio Will já tinha acontecido no momento adequado.

Shan, por outro lado, tinha um único desejo: encontrar John Lewis. Contudo, nas duas semanas desde a chegada, ele fizera pouco progresso.

– Dava no mesmo se fosse John Doe – zombou um atendente de bar em Manhattan.

Shan fora atraído ao clube por um cartaz contendo uma lista de artistas que se apresentariam naquela semana. Porém, como em uma dúzia de outros lugares com espetáculos de música, nenhum funcionário ali conhecia seu pai.

O fato de que Shan poderia investigar mil locais similares e ainda assim nada conseguir ameaçara esmagá-lo. Então, na noite anterior, para fazer algo de útil com os fundos destinados a se estabelecer, ele esvaziara a sacola do tio. Por vários dias antes, ele havia ponderado se deveria ou não. À parte o fato de a sacola ter sido tocada pela morte, parecia um teste moral. Isso foi antes que ele se lembrasse de que a maior parte do dinheiro fora ele próprio que ganhara, o que suavizou a intromissão.

O que ele descobriu lá dentro se revelou um choque. Pois no saco de papel com as magras economias estava um retrato: um marinheiro ianque de uniforme. E no verso, escrito com a mesma caligrafia da carta enviada à mãe de Shan, estava o nome John Lewis.

O camarada tinha uma ondulação suave no cabelo, que parecia ser preto. Dos olhos escuros voltados para baixo até a boca de lábios finos, ele era um espelho de Shan uma década mais velho. As orelhas também eram de uma semelhança extraordinária, uma com a parte superior arredondada, outra mais pontuda. A pele, no entanto, era um tom mais escura. Indicando, dentre todos os países, justamente a Itália. Ou talvez a visão de Shan tivesse sido influenciada pelo tempo passado com os Capellos.

Fosse qual fosse o caso, Shan agora tinha uma prova de um pai. Ele ficou em igual medida excitado e perplexo que o tio não apenas tivesse guardado a foto, presumivelmente tirada dos pertences da mãe, mas também incluído na bagagem da viagem. Até o dia anterior, tinha parecido que apenas a fama e as riquezas dos artistas de variedades haviam induzido o tio Will a cruzar o Atlântico.

Mas talvez não fosse só isso. Talvez, sob os conselhos do doutor O'Halloran, o tio houvesse reconhecido a oportunidade de fazer um ato decente antes de partir deste mundo.

– Posso ajudá-lo? – disse a secretária, um segundo antes de levantar os olhos dos papéis que tinha à frente na mesa. Ao ver Shan, um traço de enfado cruzou seus olhos.

– Sim, senhora. Eu gostaria de saber se o comandante Madison estaria disponível.

– Entendo...

A mulher usava o cabelo loiro torcido e preso bem apertado. Era a assinatura do estilo dela, Shan supôs, com base em suas visitas anteriores aos postos de recrutamento da Marinha. A blusa também era parecida com as de antes, com os botões perolados e gola de pétalas, mas desta vez de um azul acinzentado.

– Infelizmente, creio que não será possível. O comandante Madison está muito ocupado hoje.

– Mas não vai demorar mais do que cinco minutos.

– Sim, tenho certeza de que isso é verdade, mas...

Uma martelada sacudiu a sala. A moça olhou zangada para a parede que estava sendo golpeada do outro lado. Cartazes exibindo desenhos de batalhas navais e marinheiros tremeram onde estavam pendurados, e uma cadeira de madeira deslizou como se empurrada por um fantasma. Em uma segunda cadeira, um adolescente continuou a folhear o jornal *The Saturday Evening Post*. A secretária, irritada pelo incômodo, praguejou baixinho – bem quando o barulho parou.

Ela lançou um olhar para a porta fechada do escritório do comandante intratável, como se para confirmar que ele não tinha ouvido. Então voltou a Shan, explicando:

– Um escritório de advocacia está se preparando para se mudar no próximo mês. Isto é, se eu não queimar este lugar antes – ela sorriu sem humor, e Shan assentiu educadamente. – Como eu ia dizendo, terei prazer em transmitir seu recado. – Ela posicionou um lápis sobre o papel, pronta para transcrever a mensagem.

Dez dias antes, Shan estivera explorando a Broadway, deslumbrado com suas casas de espetáculo, quando a visão do *U.S.Navy* pintado em uma vitrine o atraiu para o outro lado da rua. O recrutador de plantão tinha tido a gentileza de ouvir o caso de Shan e sugerido que ele voltasse dali a algumas semanas, para verificar se havia novidades quanto à localização do John Lewis certo.

Hoje era a segunda visita de Shan desde então.

– Eu fui precipitado, eu sei, ao voltar na semana passada – ele admitiu. – Mas realmente preciso conversar com ele pessoalmente. Veja, senhorita, desta vez eu tenho uma foto.

A moça soltou a respiração como se lutasse para não bufar.

– Você sabe que aqui é um posto de recrutamento?

– Sei, sim, senhora.

Ela pousou o lápis.

– Tenho certeza de que o comandante Madison gostaria de ajudar. Porém, dada a sua situação, creio que terá mais sucesso se for ao Arsenal da Marinha. Basta você ir por...

– Mas eu já tentei isso. Eles disseram que ninguém lá poderia me ajudar. Foi por isso que, quando vi este posto pela primeira vez, pensei que alguém aqui me ajudaria, e eu estava certo. – Shan sorriu para reforçar que estava se referindo não só ao chefe dela, mas também a ela mesma.

A secretária quis retrucar, mas se conteve, e sua expressão se suavizou. Ela ignorou o reinício das marteladas, desta vez lembrando um pássaro bicando uma árvore.

– Você disse que tem uma foto?

Shan reprimiu o entusiasmo e enfiou a mão no bolso. Esticando o braço, ela falou:

– O comandante realmente tem reuniões durante a maior parte do dia. Mas, se você não se importar de deixá-la comigo, vou garantir que chegue até ele.

Shan olhou para a foto. Não tivera conhecimento da existência dela até a noite anterior, mas já a considerava uma posse preciosa. Embora tivesse memorizado o rosto do marinheiro – o que não foi difícil, dada a semelhança entre ambos –, ainda temia perder o único registro que tinha do homem.

– Prometo cuidar bem dela – ela disse, compreensiva. – Ou, se você preferir voltar trazendo-a, é bem-vindo também. Só não tenho como garantir quando o comandante Madison estará disponível. Recrutas e os assuntos da Marinha têm prioridade, como você bem deve imaginar.

O telefone dela tocou na mesa.

Shan se incomodou com a insistência do toque metálico, mas ficou grato pela oportunidade de refletir. Ele pesou suas alternativas enquanto a secretária atendia ao chamado.

Quanto mais cedo o comandante recebesse a foto, mais cedo poderia agir. Shan se esforçava para não confiar em ninguém, menos ainda em um estranho. Mas, se ele queria encontrar o pai, tais preocupações não poderiam se pôr no caminho.

– Sim, quinze horas, terça-feira – ela disse ao interlocutor, e anotou alguma coisa. – Obrigada, um bom dia para o senhor também.

Ela desligou o telefone e terminou a anotação. Quando olhou para cima, Shan tinha se convencido a entregar a foto. Ela recebeu a oferenda segurando apenas pelos cantos, uma demonstração de cuidado e cumprimento da promessa.

– Quando a senhorita souber de alguma coisa – ele começou.

– Você será o primeiro a saber – ela disse. – E, se eu puder ajudar pessoalmente, com certeza ajudarei.

10

De todas as coisas que os irlandeses tinham em comum, seu conhecimento sobre chuva – e, por associação, nuvens – estava perto do topo da lista. Entre as mais apreciadas estavam as delgadas que emplumavam o céu de verão e os pompons encrespados da cor do leite. Você tinha de desfrutar delas enquanto duravam, pois inevitavelmente escureceriam e formariam uma muralha cinzenta, densa, fria e prestes a virar uma tempestade.

Era esse tipo de nuvem que Shan agora imaginava estar pairando sobre a sala de jantar, onde a tensão saturava a atmosfera. A qualquer momento aquela tensão atingiria seu limite, desencadeando uma chuva torrencial sobre todos eles. Até que isso ocorresse, Shan continuaria jantando em silêncio, do modo cauteloso que havia aprendido muito tempo antes. E tentaria não se perder em pensamentos acerca do posto de recrutamento, embora três dias já tivessem transcorrido sem nenhuma notícia.

– *Allora*, esqueci – disse a senhora Capello, rompendo o silêncio. – Temos pão.

Ela se levantou e correu à cozinha no que deveria ser a vigésima vez desde o início da refeição, ou um costume materno ou uma desculpa para sair dali.

Um minuto depois, ela estendeu o pequeno cesto de rolinhos diretamente a Shan, o que sugeria que ela percebera a trepidação dele quanto às esquisitices daquela noite: berinjela frita em óleo de azeitona, fatias de presunto finas como papel e um grão chamado "polenta". Pelo lado positivo, era algo diferente da tradição familiar de talharim coberto com caldo de tomates cozidos, chamado de "macaroni e molho". Este último, note bem, não tinha semelhança nenhuma com o molho que Shan conhecia da Irlanda. Mas a senhora Capelo demonstrava tal orgulho de seus cardápios – supostamente variados, graças a uma avó do sul da Itália – que ele sempre fazia o melhor que podia para raspar o prato. Além do mais, comida era comida.

Ele aceitou um pãozinho com toda a gratidão e passou o cesto a Nick. Quando o cesto completou a volta, o senhor Capello pegou o decantador de vinho tinto para reabastecer o copo. Shan, de fato, era o único à mesa que não se entregava à bebida, que parecia ser considerada água.

– Diga, papa – disse Nick, engolindo um naco do pão. – Já que temos um hóspede, queria saber se posso fazer um pequeno empréstimo. Pensei em levar Shan para Coney Island, mostrar os pontos turísticos.

– Empréstimo? – O senhor Capello repetiu a palavra como se não conhecesse o significado. Mal dirigindo um olhar para o filho, pousou o decantador com um pouco a mais de força. – Empréstimo significa que você paga de volta.

– Sim, eu sei. E vou pagar. Só preciso de uma oportunidade para economizar uns trocados.

– E você pensa que esses *trocados* vão aparecer do nada.

Nick respondeu apenas alto o bastante para que Shan ouvisse:

– Eu esperava que eles aparecessem do seu bolso, na verdade.

Shan escondeu o queixo no peito para esconder que sorria, quando a senhora Capello relembrou ao marido que não falasse sobre finanças à mesa.

– Isso não são finanças – disse o senhor Capello. – Isso é vida – e depois, em direção a Nick, com as mãos fortes e endurecidas pelo ofício de encanador, jogou para o alto moedas invisíveis. – Você quer dinheiro? Vá trabalhar. Há cinco gerações, é assim que os homens Capellos sobrevivem. *Capisci?*

Em frente a Shan, Lina observava a cena conforme seu costume: a cabeça inclinada, uma artista estudando seu tema, até que a senhora Capello serviu outra concha de polenta no prato da menina.

– *Basta*, mama. Estou cheia.

– Come – disse a senhora Capello, e retornou ao próprio prato.

Nick se remexeu na cadeira.

– Olha, papa, eu já falei com o senhor Sarentino. Ele disse que neste verão talvez abra uma vaga de ajudante para a pista de boliche.

O senhor Capello deu um gole no vinho e assentiu.

– *Va bene*. Então em breve você terá dinheiro suficiente para a Coney Island.

Nick começou a revirar os olhos, mas pensou melhor. Enfiou o garfo no que restava da comida, e o silêncio reconquistou a sala. Nem uma única ligação chegou do telefone que ficava à entrada. Embora a senhora Capello reclamasse sempre que os clientes interrompiam o jantar – ao que o marido sempre respondia "Canos não entopem com hora marcada" –, nessa noite até ela teria gostado da distração.

Shan certa vez ouvira que as refeições, em famílias italianas, eram animadas como um circo. Mas, aqui, a maioria dos barulhos vinha do mastigar, do beber e do tilintar dos talheres, tudo ampliado pelo isolamento da casa.

No distrito de Maywood Place, em um bairro modesto não distante do Prospect Park, a casa alugada tinha dois andares e três quartos: um pequeno para Lina, o maior para o casal e um de tamanho médio para Nick, por ora compartilhado com Shan. Um banheiro privativo e portas de verdade no quarto eram luxos que Shan nunca mais consideraria garantidos. Havia uma sala de visitas, com mobília completa, e uma cozinha com armários e gavetas.

Shan torcia para que a casa do pai fosse igualmente adorável.

A senhora Capello flagrou o olhar de Shan e apontou para a última fatia de berinjela.

– Você quer mais? Ãh... sim? – ela lutava, como todos os demais, para saber como chamá-lo, como se uma autoridade de imigração pudesse estar ouvindo à porta.

– Estou satisfeito, obrigado.

– *Prosciutto?* – ela suspendeu a travessa de presunto salgado.

– Realmente não, mas obrigado. Meu estômago não aguenta nem mais um pedacinho.

Shan conseguia sentir o senhor Capello observando. A intensidade dos olhos dele poderia aniquilar o mais voraz dos apetites. *Quanto tempo mais isso vai prosseguir?*, o homem queria saber. Ou mais apropriadamente, com toda aquela conversa sobre dinheiro e cada um ganhar a própria vida: *Por mais quanto tempo terei de sustentar o filho de um desconhecido?*

– Senhor Capello – Shan disse, por fim –, eu já estava para lhe dizer isso. Encontrei um pouco de dinheiro do meu tio. Se concordarem, eu gostaria de contribuir de alguma forma.

A senhora Capello gesticulou, descartando a questão.

– Bobagem. Você vai precisar de dinheiro quando estiver morando com seu pai. Hum? – ela desviou o olhar dos olhos do marido, que simplesmente acabou de beber o vinho.

Nem era preciso dizer que a situação estava se mostrando mais custosa do que o casal havia imaginado. Se Shan pudesse fazer qualquer coisa para acelerar o processo, faria por todos os meios.

– Devo receber notícias da Marinha a qualquer momento, agora que eles têm a fotografia para ajudar.

A senhora Capello sorriu, mas não sem esforço.

– Diga, mama – Nick interrompeu. – Tem sobremesa?

– *Certo* – ela respondeu, com semblante aliviado, e se levantou de novo e orientou Lina a recolher os pratos.

Logo cada pessoa tinha uma fatia de bolo. Para decepção de Shan, estava encharcada de café amargo. Ele avançou pelas beiradas, o esforço tão grande quanto as tentativas da senhora Capello de manter uma conversa leve.

O Limite da Perda

Ela falou sobre seu choque ao descobrir que, nos breves anos que tinham passado fora, o preço do quilo da carne subira quarenta e quatro por cento, e sobre as notícias de uma prima de Gênova, grávida de gêmeos. Também falou sobre a lista de preparativos para as festas religiosas dos meses seguintes. Desse ponto, como consequência quase casual, ela passou a informar ao marido que Shan estava bem familiarizado com os santos que a comunidade iria celebrar – como se uma criação cristã sozinha já o tornasse bem-vindo sob o teto deles.

Infelizmente, a necessidade dela de confirmar aquilo apenas confirmou o contrário.

11

Mais tarde naquela noite, enquanto Shan se preparava para ir dormir, o assunto de sua presença pendia como fios de uma teia de aranha precisando ser espanados. Em frente ao guarda-roupa, ele abotoava o pijama de flanela emprestado de Nick, que preferia dormir de camiseta e ceroulas.

– Fecha a porta, sim? – Nick foi o primeiro a deslizar para dentro da cama, posicionada perto da janela. A lâmpada do abajur produzia uma luz cor de âmbar.

Assim que Shan cumpriu o pedido, Nick puxou uma revista de sob o colchão e elevou a cabeça com um travesseiro dobrado. A capa anunciava artigos de pescaria, um disfarce para o conteúdo de figuras nuas de peitos grandes em poses sugestivas. Admirando uma delas, ele deixou escapar um assovio.

– Rapaz, eu adoraria ver uma pequena de verdade se contorcer *assim*.

Mesmo sem olhar, Shan conseguia visualizar a posição de pretzel, de pernas sobre a cabeça; ele havia folheado a revista quando não havia ninguém por perto.

– Acho que ela teria de ser de borracha.

– Eu poderia suportar isso – Nick sorriu e começou a virar as páginas.

Shan ajeitou os cobertores na própria cama, que ficava no chão, perto da velha escrivaninha de carvalho. A senhora Capello tinha se desculpado de novo, hoje, por não ter ainda arranjado um estrado. Ele insistiu que estava perfeitamente confortável – uma verdade verdadeira, após dois anos em um colchão cheio de caroços com molas de metal espetando sua coluna. Além do mais, por que se dar ao trabalho, quando ele planejava partir em breve?

Quanto mais em breve melhor, provavelmente.

– Nick, eu andei pensando...

Nick murmurou em resposta, ouvindo apenas parcialmente.

Embora Shan não tivesse um lugar onde viver até entrar em contato com o pai, precisava oferecer à família, no mínimo, uma saída para aquela situação. Uma gentileza que ele vinha evitando.

– Nick – ele tentou de novo; reunindo coragem, pôs para fora o resto. – Talvez seja melhor eu ir.

Nick se virou com as sobrancelhas franzidas.

– Ir aonde? – Após uma pausa, ele pareceu entender.

– Vocês têm sido realmente incríveis, deixando-me ficar. Mas tenho certeza de que devem estar todos ansiosos por seguir com a própria vida.

Nick refletiu sobre aquilo e deitou a revista no peito.

– Olha, não se preocupa com o papa. Ele sempre foi assim, mesmo antes...

A frase morreu, mas Shan reconheceu a referência a Tomasso. Um menino de quem ninguém falara desde a chegada a Ellis Island. Shan, respeitosamente, fizera o mesmo. Não que ele mesmo fosse de tagarelar sobre os amados que perdera. Mas, agora que a conversa tinha levado ao assunto, pareceu apropriado perguntar.

– Foi uma doença que ele teve, o seu irmão?

Nick deu de ombros como se nada fosse, apesar da gravidade súbita.

– Era o coração dele. Impedia que ele corresse por aí como os outros meninos. Ele precisava ficar dentro de casa na maior parte do tempo.

— Entendi – se por um lado Shan não era de fuxicos, por outro o desejo de compreender a família o pressionava. – Ele... morreu na Itália? Depois que vocês foram visitar o seu avô?

Nick assentiu, corroborando a alegação da mãe sobre todos os três filhos terem viajado para Siena.

— Nós ficamos mais uns anos, depois disso. Daí, como eu falei, o meu avô melhorou, e chegou a hora de ir embora. Começar de novo.

Shan conseguia se identificar com aquilo. Assim como a maior parte dos imigrantes, ele supunha, que se arriscava a fazer a travessia. Mas sentia que havia na história algo além do que Nick estava dividindo, palavras não ditas pendendo como fios.

— Bom – disse Nick –, é melhor dormirmos.

Shan ainda quis dizer mais alguma coisa, mas pensou melhor. O recado era claro, Nick tinha encerrado o assunto, e reafirmou isso devolvendo a revista ao esconderijo e apagando o abajur com um puxão na correntinha.

Por vários minutos eles permaneceram deitados em silêncio. Por uma pequena abertura na cortina, um raio do luar invadia obliquamente o quarto. Shan rolou para longe da janela. Fechou os olhos e se aninhou. A escuridão do sono estava justamente o envolvendo quando a voz de Nick o trouxe de volta.

— Então, o que você vai fazer?

Bêbado de sono, Shan tentou entender a pergunta.

— Sobre?

— Se não encontrar, você sabe, o marinheiro.

Apesar de Nick ter usado a palavra "se", de alguma forma soara como "quando".

A visão de Shan se aguçou e ganhou foco na parede além da escrivaninha. Claro, a busca poderia fracassar. Ele seria um demente se não reconhecesse isso. Mas se recusava a desistir.

— Assim, não estou tentando criar problema – prosseguiu Nick. – Mas já faz bastante tempo desde que ele esteve com a sua mãe, certo? Até onde se sabe, o sujeito poderia ter a própria família a esta altura.

A sugestão provocou uma ferroada que levou Shan à completa consciência. Verdade, ele deveria ter pensado naquilo antes: como o surgimento chocante de um filho bastardo poderia desorganizar uma família feliz. Mas para ele a carta era recente, as palavras amorosas do homem parecendo frescas no papel.

Um farfalhar indicou que Nick se mexia sobre o travesseiro.

– Desculpa. Isso saiu errado. Eu estou preocupado, só isso.

Parte de Shan quis revidar, aguilhoado por uma sensação de traição. Mas o tom genuíno de Nick conseguiu suavizar a ofensa.

– Acho que o que estou dizendo é que, exceto ficar na esquina gritando o nome do homem como o menino dos jornais, tenho a impressão de que você já tentou tudo o que podia.

Shan desejou poder rebater aquele argumento. Era fato que ele estava ficando sem opção. Mas o mesmo poderia ser dito sobre sua hospedagem.

Ele simplesmente escolheu não responder.

Logo Nick adormeceu, deixando Shan totalmente desperto. Ele revirou a mente em busca de ideias, buscando esperanças que tinham se desgastado ao longo dos anos.

Do lado de fora, a lua subiu, e o bairro se acalmou. E de repente o comentário de Nick retornou, sobre o menino dos jornais berrando um nome. Flutuou na cabeça de Shan até se fundir a um detalhe que a secretária havia compartilhado. Unidos, eles formaram uma ideia.

Haveria alguns riscos, de invasão a fraude, e custos de montante respeitável. Mas nada disso teria importância se o plano funcionasse.

12

Já era domingo.

Shan tinha avaliado o lugar mais cedo na semana. O escritório de advocacia se mudaria em breve, de acordo com a secretária da Marinha. A partir de olhares furtivos através das janelas, Shan havia confirmado que a obra estava quase concluída. Ele teria preferido mais do que cinco dias para que seu anúncio no jornal espalhasse a informação, mas não havia tempo.

– Isso é de uma burrice sem fim – disse Nick, agachado do lado de fora da porta dos fundos da firma, com pequenas picaretas de metal em mãos.

A queixa fora alta o suficiente para chegar até Shan na quina do prédio, um ponto de observação a vários metros de distância. Ele quis dizer a Nick que fechasse a matraca, pois estava ficando farto das reclamações que levantavam dúvidas desnecessárias, mas se conteve. Afinal, Nick o estava ajudando a quebrar a lei.

Um relógio municipal soou, anunciando dez e meia.

Pessoas caminhavam de um lado a outro sob a abóbada de nuvens cinza. Embora todas parecessem concentradas nas próprias vidas, a pele de Shan se eriçava de nervosismo.

Ele cochichou para Nick:

– Pode acelerar?

– Se você acha que consegue fazer melhor, fique à vontade – Nick abanou a cabeça e continuou a se empenhar na porta.

Quando Shan perguntou sobre alguém capaz de arrombar uma fechadura com um pé de cabra, Nick respondeu o próprio nome antes de conhecer a razão por trás da sondagem. Tomara que ele não tivesse exagerado a própria habilidade. Em menos de trinta minutos, qualquer John Lewis que houvesse lido o anúncio ou ouvido falar a respeito iria certamente aparecer. Não que fossem surgir mais do que um punhado. O classificado veiculado em vários jornais de Nova York, que custara a Shan quase todas as suas economias, tinha sido bem específico:

DECLARAÇÃO DE HERANÇA

Procura-se membro ou veterano da Marinha norte-americana lotado na Inglaterra em 1906, um músico conhecido como John Lewis, para o recebimento de um legado de grande valor deixado por um conhecido agora falecido. Reivindicação contra verificação de identidade no escritório de advocacia.

Shan escolhera as palavras com cuidado. Incluíra o endereço do escritório, a data e o horário. Ser domingo havia garantido a ausência dos operários da obra e os funcionários dos escritórios vizinhos, dando-lhe uma chance melhor de entrar sem ser visto. Se é que ele iria conseguir passar da porta.

– Você não vai acreditar – Com uma risada, Nick se levantou e abriu a porta. – Estava destrancada o tempo todo.

Os operários haviam se esquecido ou julgado não haver necessidade de tanta precaução. Fosse como fosse, Shan estava grato. Nick apontou para dentro.

– Seu momento.

Fazia todo o sentido que Shan entrasse primeiro, uma vez que a missão pertencia a ele, mas um peso na consciência o deteve. Ele fora criado para cumprir as regras. Para obedecer aos pais, padres, freiras, professoras, médicos, os mais velhos e outros.

– Dúvidas? – Nick perguntou, claramente esperançoso.

Shan interpretou a pergunta como desafio. Entrou, e Nick o seguiu, com um suspiro.

Eles percorreram um corredor em forma de L, cheio de pó, ferramentas e escadas. O ar cheirava a madeira recém-cortada e tinta. Luz natural abundante brilhava através das janelas da recepção. Não havia exatamente escrivaninhas, armários nem poltronas, mas a mesa e as cadeiras de trabalho dos operários bastariam.

Shan se pôs imediatamente a trabalhar, lançando ordens. Nick ajudou a carregar e empurrar o que foi necessário, mas não sem resmungar. Quando o cenário estava montado, Shan usou as mangas do casaco para tirar a poeira da mesa e espanar as cadeiras. De um bolso do casaco, tirou um papel com um aviso, desdobrou e pôs na mesa.

ATENÇÃO: JOHN LEWIS
VOLTO EM INSTANTES!
FAVOR AGUARDAR AQUI.

Por fim, Shan destrancou a porta da frente e recuou para a sala que oferecia a melhor visão estratégica, localizada na lateral do corredor. Dentro, Nick estava sentado no chão de lajotas, apoiado contra a parede. Atirava cartas, uma por vez, de um baralho que sempre levava consigo, usando como alvo um chapéu rígido emborcado.

Shan manteve a porta entreaberta. Nervoso demais para se sentar, espiava pela fresta ao menos uma vez por minuto. Já deviam ser dez horas agora.

– Por favor, que alguém apareça – ele murmurou.

– Ah, não se preocupe – disse Nick. – Eles vão vir, com certeza. De repente, todo desocupado que não tenha uma moeda para esfregar na outra vai se chamar John Lewis.

Shan não era burro. Ele percebia o risco. Mas sabia também que aquele escritório em particular, famoso por seus especialistas em lei, funcionaria como barreira.

– Vai funcionar – Shan contrapôs. – Você vai ver.

– Se você diz. – E Nick atirou mais uma carta.

Shan apertou a mandíbula, o ressentimento crescendo. Sim, o plano todo era uma aposta, mas, considerando a vida que levara até ali, ele certamente merecia um golpe de sorte.

Finalmente ouviu-se um barulho na entrada. Shan ergueu a mão para deter os movimentos de Nick, mas este já havia se imobilizado. Espiando pela abertura da porta, Shan viu um homem de terno. Um chapéu-coco marrom ocultava o rosto, pois ele estava de cabeça baixa, lendo o anúncio que Shan mandara publicar. Uma eternidade se passou até que ele se endireitou e Shan conseguiu ver que não era seu pai.

O homem tinha nariz adunco e uma pele terrivelmente pálida. Ele fungava, suspendendo o lábio superior acima de dentes tortos, amarelados pelo fumo.

Shan mal havia absorvido sua decepção quando outra pessoa entrou. Tinha uma constituição promissora e vestia uma jaqueta transpassada, o casaco típico de um marinheiro. E uma boina de *tweed* como a de Shan.

Shan tentou enxergar o rosto, mas o primeiro homem bloqueava sua visão. Então o recém-chegado avançou na direção do aviso, revelando seus traços, nenhum dos quais familiar. Grisalho e abatido, ele tinha a aparência de um estivador. Ele tirou a boina e deslizou a mão sobre a careca.

Nick cochichou:

– Então?

Shan abanou a cabeça. De novo ele rumou para a porta da frente, imaginando o marinheiro da foto se aproximando.

Dez minutos devem ter passado antes que um terceiro camarada chegasse. De imediato, as esperanças de Shan caíram mais um nível. Mesmo desconsiderando o bigode de morsa, o homem não se parecia em nada com Shan.

O estivador se apoiou em uma parede e cruzou os braços grossos. Os outros dois se sentaram em cadeiras, o primeiro com as pernas cuidadosamente cruzadas e tamborilando uma melodia impaciente no chapéu-coco.

Pela meia hora seguinte, talvez mais, não chegou ninguém. Nick jogou várias partidas de paciência. De vez em quando, o grupo fazia perguntas sobre o anúncio, e depois uns sobre os outros. Desconfianças sobre quem estava ali sob falsos pretextos coloriam seus tons de voz, embora as acusações não fossem verbalizadas.

A dada altura, o estivador examinou o corredor de modo suspeito, e Shan afastou a cabeça da porta. Prendeu a respiração.

Havia uma janela na sala, mas nenhum modo de sair sem ser visto. O que aconteceria se o homem decidisse espiar?

Então Shan ouviu vozes.

Com cuidado, retornou à porta. Os três estavam discutindo o lugar, concordando que havia algo de esquisito. Dali a pouco, para alívio de Shan, eles puseram os chapéus, abotoaram os casacos e foram embora em direções opostas.

Mas o alívio durou pouco. Porque deixou atrás de si um espaço cavernoso que ecoava a dura realidade.

Ninguém mais viria.

Eles seguiram em silêncio no bonde, o corredor separando seus bancos. Shan olhava para fora da janela, sem nada ver. Não se atreveu a sustentar o olhar de Nick, temendo encontrar um brilho de presunção. Já era suficiente sentir sua presença, e essa certeza alimentou em Shan a frustração e a raiva cozinhando em fervura lenta nas profundezas de seu peito.

Estavam perto do ponto onde desceriam quando Nick falou.

– Então, sobre hoje... Eu sinto muito que não tenha funcionado.

Depois de dias de zombaria e resmungos, será que Shan deveria acreditar nele?

– Duvido muito – ele respondeu, entre dentes.

Depois de um instante, Nick disse:

– Olha, eu só pensei...

Shan se voltou para ele.

– Eu sei o que você pensou, droga. Que eu sou burro. Você falou isso cem vezes.

– Não, espera. Eu não estava dizendo que você... É que a ideia...

O bonde estava desacelerando. Shan não esperou. Ele se levantou e saltou para fora quando ainda estava em movimento. Depois de andar um quarteirão, ouviu os passos de Nick em seu encalço, mas continuou com passos firmes. Ele se recusava a ouvir mais uma palavra sobre a futilidade de sua busca, sobre como qualquer tentativa estava condenada desde o início. Sobre como ele deveria ter previsto aquilo.

Shan entrou em casa e arrancou o casaco. Jogou-o sobre uma cadeira na sala de estar, onde Lina estava deitada no chão, apoiada nos cotovelos. As tranças pretas dançaram quando ela levantou a cabeça da revista.

– A mama falou que precisa de mais farinha do mercado.

Deixando a tarefa para Nick, Shan subiu correndo para o quarto e fechou a porta. Apertou os punhos, querendo derrubar alguma coisa. Querendo que alguém se sentisse tão desanimado e vencido quanto ele estava.

Sentou-se na cadeira da escrivaninha em um esforço de controlar o humor e respirou fundo várias vezes. O que inalou foi cheiro de alho e de tomates cozidos, um lembrete explícito de que ali não era sua casa. Nem sua família. Nem seu quarto. Ele era um forasteiro tomando emprestada uma vida exatamente como tinha tomado emprestado aquele escritório.

A porta se abriu. Nick apoiava as mãos nos quadris.

– Escuta aqui – ele disse, com paciência forçada, como se do contrário Shan não fosse entender. – Eu só estava preocupado que você fosse trapaceado. Foi só isso que eu quis dizer.

– Ah, então você estava preocupado por mim – Shan riu com desdém, surpreendendo até a si mesmo. – Porque eu pensei que era pela sua necessidade de estar certo e de todas as outras pessoas estarem erradas.

A boca de Nick se fechou em uma linha dura. Quando respondeu, mal moveu os lábios.

– Quer saber? Vou lhe fazer o favor de ir embora.

Ele se virou para se afastar, mas Shan não conseguiu se conter. Levantou-se de um pulo.

– Não me faça nenhum maldito favor.

Agora era Nick quem ria desdenhosamente.

– Entendo. Então você não precisa da minha ajuda. É isso que está dizendo? Porque não era o que parecia quando você saiu daquele barco. Você se lembra, lá atrás, quando não havia ninguém mais para salvar a sua pele – Nick arquejava, tenso de sarcasmo. – Ah, não, espera. Você tinha um pai com quem *supostamente* ia se encontrar. O herói que sobreviveu à guerra e não é um nojento desocupado de rua qualquer.

As palavras atingiram Shan em cheio no estômago. Era de novo como o tio Will desferindo golpes, só que pior. Com o tio, pelo menos, ele estava preparado para o que viria.

– Niccolò? – A voz da senhora Capello chegava pela escada. – *Sbrigati*. Preciso de farinha para o jantar. Niccolò?

Hesitante, Nick se virou na direção do corredor.

– Estou indo, mama.

Ele lentamente girou de volta para Shan, recompondo-se, e levantou a mão em um gesto de trégua. Os dedos tremiam ligeiramente.

– Foi um dia difícil. Vamos... dar uma pausa. Está bem?

Quando Shan não respondeu, Nick começou a falar de novo, mas se interrompeu. Ele abanou a cabeça antes de se dirigir para a escada, deixando Shan sozinho. Do jeito que queria ficar. Do jeito que, na verdade, sempre estivera.

De repente, o teto parecia mais baixo, e as paredes, mais próximas. Elas se fechavam ao redor dele. Shan pressionou os punhos nas têmporas, desesperado por uma saída, exausto de se sentir indesejado.

Por que adiar o inevitável?

Ele cruzou o quarto e abriu o guarda-roupa em busca de suas sacolas. Nick tinha razão quanto a uma coisa: era hora de dar uma pausa.

13

Em seu quarto dia nas ruas, o dinheiro tinha acabado.

Shan se lembrou dos veteranos de guerra na Irlanda. Como os vira pelas ruas ou nos bares parecendo perdidos, sem objetivo, escondendo o pior de suas feridas muito abaixo da superfície, de ombros encurvados como se carregassem um peso que não podiam baixar.

Só agora ficava evidente que o que enchia os fardos deles era arrependimento. Pelo menos esse era o caso de Shan. Ele estava tudo, menos orgulhoso das coisas que dissera a Nick. Por outro lado, não fazia sentido olhar para trás. Não quando a prioridade era sobreviver.

No dia em que partira da casa dos Capellos, ele havia encontrado crianças carentes em uma fila por comida e abrigo nos fundos da Igreja de St. Patrick. Juntar-se a elas teria significado prolongar seus recursos, parcos que eram, mas um aviso na porta informava: Sociedade de Amparo às Crianças. No pouco tempo que estava no país, Shan já ouvira falar do grupo que alimentava e banhava jovens órfãos antes de entregá-los a qualquer um que os quisesse.

Fosse ou não verdade, ele não correria o risco.

Em lugar disso, escolhera passar a noite em um banco do Prospect Park, até que um guarda o enxotou. Todas as noites desde então ele se acocorava em um depósito, onde ratos o mordiscavam e interrompiam seu sono. Alguns tão grandes que poderiam ser confundidos com gatos. Eram o mesmo tipo de carniceiros com quem Shan competia por restos nas latas de lixo atrás dos restaurantes, a maioria já meio carcomida.

Agora, na décima manhã, sofrendo de fome e exaustão em todos os sentidos, ele sentia a escuridão do desespero. O dia anterior fora seu décimo segundo aniversário, mas nada significara. Recusava-se a mergulhar em recordações da mãe costurando para ele uma camisa ou assando uma torta. Especialmente a torta. Do que ele realmente precisava era comida de verdade, como aquela à venda do outro lado da rua. Frutas e legumes coloridos empilhados em cestos em uma carroça puxada a cavalo. A boca de Shan salivava conforme ele chegava mais perto, agarrado às sacolas, dizendo a si próprio que só queria olhar.

Porém, com o vendedor distraído por um cliente, um tomate se aproximou de sua mão como uma mariposa da luz. Uma vez tendo-o em mãos, o impulso de dar uma mordida o fez sair correndo com o fruto. Seus pais haviam criado um filho que jamais se degradaria ao ponto do roubo; no entanto, a vergonha era a última de suas preocupações, quando ele se agachou em um beco e devorou o tomate, o sumo escorrendo pelo queixo abaixo. Quando terminou, desejou ter pego dois.

Aquilo não o transformava em um ladrão, não em essência. Ele desejava poder comprá-los honestamente. Tentara mendigar e se apresentar nas ruas, mas o tempo ruim tinha invalidado as duas iniciativas. Por seis dias consecutivos, uma garoa incansável tinha encharcado a cidade e plantado um tremor em seus ossos. A garganta estava em carne viva e piorava a cada tosse ou espirro.

Para sobreviver, ele precisava de um trabalho. Já havia perguntado em incontáveis tavernas e bares, havia se oferecido para fazer uma apresentação meramente em troca de comida. Mas poucos se dignavam a lhe dirigir a palavra, exceto para manifestar repulsa por pedintes irlandeses imundos.

Na América, imigrantes eram classificados por ordem, tal como os órfãos. Shan aprendera a esconder seu sotaque.

Falando com sua melhor pronúncia ianque, ele se aproximou do proprietário de mais uma taverna. Um gesto da mão do homem, como se espantando uma mosca, foi a resposta. A moça do bar ao menos passou para Shan uma fatia de pão embolorado.

No bar vizinho, o atendente disse a ele:

– Sinto muito, garoto. Nova York tem diversão grátis mais do que suficiente. Mas, quem sabe, talvez um dia você seja a estrela de um show de variedades na Broadway.

O comentário, dito entre risos, pretendia ser zombeteiro, no entanto Shan nada tinha a perder por tentar. Ele ajeitou o cabelo sob a boina, usou chuva e saliva para limpar o rosto e partiu para a lendária rua. Ele bateria em cada casa de espetáculos se precisasse.

Menos de uma hora depois, descobriu que talvez realmente precisasse. Vendedores de entradas eram ainda menos acolhedores. Quando a necessidade surgiu, Shan sabia bem que não deveria pedir para usar o banheiro.

Na altura da Rua 43, não conseguiu mais segurar a bexiga. Escondeu-se atrás do Edifício Fitzgerald e se aliviou em uma parede. A chuva leve batia em velhos cartazes molhados e amarfanhados na sarjeta. Shan estava abotoando a calça quando a porta dos fundos de um teatro se abriu.

Dois homens surgiram, de terno, casaco e chapéu de abas, reclamando do tempo. O mais alto, com o nariz ligeiramente adunco, abriu um guarda-chuva com toda a facilidade e riu com escárnio da dificuldade do amigo em fazer o mesmo.

– Onde já se viu uma coisa dessas, o camarada comanda metade da Broadway, mas não consegue abrir um guarda-chuva sem um mordomo que ajude. Passe para cá.

– Não, eu consigo – o outro insistiu, os músculos do pescoço se retesando acima da gravata-borboleta. – Coisas de má qualidade estão sempre enguiçando.

– Ei, garoto! – O homem mais alto olhou para Shan. – Quer mostrar ao senhor Cohan aqui como funciona esta sofisticada geringonça? Aparentemente, é complicada demais para ele.

Com a mente nublada, Shan precisou de um momento para digerir o nome. Quando conseguiu, arregalou os olhos, incrédulo. Era George M. Cohan, cujo rosto era amplamente reproduzido em anúncios, panfletos e revistas. Um irlandês católico, como Shan, e um artista de variedades famoso que se tornara, com muito sucesso, produtor, compositor e tudo entre essas duas coisas. Em Dublin, Shan havia inclusive interpretado algumas de suas obras mais conhecidas, como "Bem ali" e "Dândi ianque".

E lá estava o homem, a meros passos de distância. Aquele encontro não poderia ser uma coincidência.

Shan endireitou a boina e ajeitou as sacolas no ombro. Avançou, tentando parecer mais confiante do que se sentia e estendeu a mão em cumprimento.

– Senhor Cohan...

– Está bem, está bem. Eu desisto – o senhor Cohan entregou o guarda-chuva.

Shan hesitou por um instante, mas logo percebeu como conquistar a gratidão do homem poderia garantir um favor em retribuição.

Aceitando o desafio, Shan puxou, empurrou e sacudiu. Insistiu, não querendo ceder, até que o senhor Cohan disse:

– Ei, ei. Você fez o melhor que pôde, garoto.

Bem nessa hora, a mão de Shan escorregou, provocando um rasgo no tecido.

– Ai, meu Jesus Cristinho! – ele disse, em um murmúrio encoberto pela explosão de riso do homem mais alto.

– Afinal você tinha razão, Cohan. O guarda-chuva tem problema, mesmo. – Outra risada.

– Senhor, eu... Eu sinto muito, senhor. Eu não queria... – Shan disse, devolvendo-o.

O senhor Cohan examinou o dano e suspirou.

– Suponho que já estava mesmo na hora de substituí-lo.

– Mas, senhor, eu...

– Não se preocupe com isso, garoto. – O senhor Cohan deu uma piscadinha. – Aqui, olha. Uma oferta de paz. – Ele tirou um lenço cinza do bolso, agitou brevemente e o entregou a Shan. – Agora, saia deste tempo, ouviu?

Shan aceitou o lenço, perplexo com o presente. Foi quando ele percebeu que a umidade em sua boca não era só chuva, mas também meleca. Tinha estado ali o tempo todo? Ele se apressou em assoar o nariz. Quando voltou a olhar para cima, os homens estavam a meio caminho da esquina, compartilhando o guarda-chuva intacto.

Shan estava perdendo sua grande chance. Possivelmente, a única.

– Senhor Cohan – ele gritou, e uma dor ardente dominou sua garganta.

– Está tudo bem, garoto – o homem gritou acima da chuva. – Fique com ele!

E desapareceu contornando o prédio.

Shan apertou o lenço elegante, com monograma bordado. O homem provavelmente tinha uma dúzia de outros como aquele. Lutando contra uma onda de lágrimas, Shan enfiou o tecido no bolso e se forçou uma deglutição que queimou durante toda a descida.

O ribombar de um trovão sacudiu o céu.

Quando se virou para ir embora, Shan notou que a porta do teatro estava um pouco aberta. Um teatro... Onde o calor preenchia o ar. Ele imaginou fileiras e fileiras de cadeiras de verdade rodeadas por paredes sólidas e um teto alto.

Se ao menos ele pudesse descansar em um lugar como aquele, um paraíso livre de ratos e chuva, poderia recuperar as forças e a disposição.

A porta aberta era praticamente um convite, não diferente daquele feito pelo escritório de advocacia. Shan se lembrou de como ele e Nick haviam entrado e saído sem serem descobertos.

Ele perscrutou o beco e não viu ninguém por perto.

"Saia deste tempo", o senhor Cohan dissera.

Então foi exatamente o que Shan fez.

Uns poucos escritórios e uma miríade de camarins se enfileiravam no corredor dos fundos da casa de espetáculos. Algumas portas exibiam nomes vistosos e estrelas douradas. Shan pensou em encontrar um canto vazio em algum deles, mas então ouviu música. Ele se empertigou ao som de carrilhões e uma flauta, uma melodia oriental.

Se fosse cuidadoso, poderia se misturar à plateia. Enquanto descongelava, poderia desfrutar de uma parte do show. Demoraria ainda muito tempo até que ele pudesse comprar ingresso para qualquer assento.

Acompanhando as notas, ele subiu uma escada caracol que levava à seção seguinte. Uma passagem para a gerência, ele supôs. Dali, ele prosseguiu para mais um lance de degraus de metal, para cima e mais para cima, até chegar aos últimos balcões.

Um filme de fim de semana tremeluzia atravessando a escuridão, projetando luz suficiente para confirmar que os assentos daquele andar estavam vazios. Shan analisou o teatro, boquiaberto. O exterior simples da construção mal indicava o interior extravagante, com colunas e camarotes e um arco exuberante que emoldurava a tela. Por todos os lados, pinturas decoravam as paredes, embora Shan não conseguisse discerni-las.

Ele ocupou um assento no meio do balcão e se afundou no estofado. Havia quase se esquecido do luxo que era sentar-se em algo macio.

No filme, um ator branco com roupas chinesas mexia a boca, conversando. Palavras explicativas surgiram na tela: *O homem amarelo do templo de Buda, antes de sua jornada contemplativa para uma terra estrangeira.*

Exceto pelos tons sépia, Shan nunca tinha visto um filme parecer tão real. "Flores partidas" era o título. Ele se lembrou de ter lido na marquise.

Continuou assistindo, conforme o monge se dava conta da inutilidade de sua missão de levar paz ao Ocidente. Por anos, o homem mergulhara em um poço de pecado e ópio, até que seu caminho cruzou com o de Lucy, também uma pária, que via esplendor em flores simples. Apesar disso, o pai, um bêbado que lutava por dinheiro, tinha por costume agredir a jovem.

As semelhanças óbvias com a vida de Shan deveriam tê-lo feito olhar para o outro lado. Em vez disso, ele foi conquistado por um vislumbre de para onde sua própria jornada poderia levar. Ansiava pela promessa de uma vida alegre no final.

Mas não era o fim que o espetáculo reservava. Shan soube disso quando o boxeador usou um machado para abrir o armário onde Lucy tinha buscado refúgio. Embora não houvesse vozes, Shan conseguiu ouvir os gritos dela. A plateia no andar principal pareceu ouvir também, pois se remexeu na cadeira e cochichou, incomodada. Algumas senhoras saíram, parecendo nauseadas, seguidas por mais um casal, quando Lucy forçou um sorriso por entre gotas de sangue, ao morrer.

Como parco consolo, o homem amarelo atirou no pai com uma arma, antes de tirar a própria vida com uma lâmina, um sacrifício de amor à sua inocente Flor Branca. Não houve aplausos quando a tela anunciou The End. O que restava do público permaneceu congelado nas cadeiras, assombrado e horrorizado. Privado da verdadeira justiça.

Shan sabia disso porque sentiu o mesmo. Ele afundou mais no assento, oprimido pela consciência de que o próprio destino iria provavelmente ser mais parecido com o de Lucy do que com o do mendigo. Ele não se tornaria um conselheiro do príncipe nem viveria o resto de seus dias na fartura de uma corte real.

Foi esse pensamento, essa aceitação de sua sorte que o arrastou para o túnel escuro do sono – apenas para ser sacudido por uma mão que agarrava firme seu colarinho.

14

    Shan não sabia dizer quanto tempo havia passado desde que adormecera. Não sabia de nada, exceto que o pânico tomava conta dele agora, enquanto era empurrado, suspenso no ar e posto de pé. Apertando os olhos por causa da claridade, ele reconheceu o uniforme do homem. Um lanterninha.

    Shan ainda estava no teatro, mas as luzes tinham sido acesas. A plateia havia sumido.

    – Isto aqui não é um albergue – o homem lhe deu um cutucão. – Não é um espetáculo grátis também.

    Shan cambaleou para o corredor. Saiu correndo do balcão rumo à escada principal, a visão ganhando nitidez. Empurrões ocasionais com a lanterna indicavam que ele estava sendo escoltado por todo o caminho. Quando passou pelo saguão e chegou à calçada, ouviu a voz do homem por cima da cortina de chuva.

    – Agora dá o fora daqui, ou chamo a polícia!

    A porta bateu com força, mas olhos ainda o observavam lá de dentro.

    Pingos grossos do aguaceiro escorriam pelo rosto de Shan. Arrepiou-se pelo frio que esperava ter deixado para trás, na Irlanda. Antes que o lanterninha pudesse cumprir a ameaça, Shan se afastou sem ideia de para onde iria.

Ele suspendeu a gola do casaco e esfregou os braços. O céu noturno continuava tão cinzento quanto estivera durante a manhã, só que mais escuro.

Um carro buzinou. Casais arrumados atravessavam a avenida sob guarda-chuvas, segurando as entradas para as últimas sessões.

Vários quarteirões se passaram antes que Shan percebesse uma ausência nos ombros: as sacolas! Ele as esquecera no balcão. As roupas não valiam um centavo furado, mas os livros... Os preciosos livros de sua mãe...

No entanto, o que ele haveria de fazer?

Não estando em posição de resgatá-los, ele refreou a agulhada de dor, pois não suportaria absorvê-la agora. Ele avançou penosamente até que um surto de tosse, semelhante aos do tio Will, obrigou-o a parar. Quando passou, Shan permaneceu curvado, mãos apoiadas nas pernas para se equilibrar.

– Ei, companheiro, você está bem?

Shan levantou os olhos e encontrou um homem com um chapéu esfarrapado e um casaco puído. Nada menos que três botões estavam faltando, e o mesmo valia para os dentes.

– Você tem uma casa?

Sem energia para falar, Shan balançou a cabeça.

– Imaginei – o homem suspirou. – Bom, vem comigo, então.

Segui-lo seria estúpido; nem as pessoas decentes eram tão gentis a ponto de acolher uma criança maltrapilha de rua por nada.

Isto é, exceto os Capellos.

O homem olhou para trás e deu de ombros.

– Não é da minha conta. A fila do pão fica a umas poucas quadras daqui, se você quiser um pouco de sopa.

Memórias vagas de caldo, ensopado e cozido fizeram o estômago de Shan se retorcer. Quando o homem se afastou, Shan o seguiu a alguma distância. Mesmo que quisesse emparelhar, não tinha certeza se conseguiria. Ele estava exausto, e as calças encharcadas dificultavam cada passo.

Pareceu uma eternidade, até que eles passassem em frente a vários edifícios e dobrassem a esquina até um pátio aberto coberto de cascalho. Homens devastados formavam uma fila que levava a um grande dossel. Debaixo dele, três mulheres com chapéus pontudos serviam um líquido fervendo em canecas de metal.

O homem que conduzira Shan tinha desaparecido na multidão. Shan se postou no fim da fila, as mãos nos bolsos. Os dedos esquerdos encontraram a moeda de seis centavos. Ele a tirou e brincou com ela; a fricção criou algo quase semelhante a calor.

A fila se arrastou lentamente, e Shan, com ela. Um ligeiro aroma de frango assado passou por ele. Dado que seu nariz estava entupido, Shan talvez tivesse apenas imaginado, mas o aroma o atingiu como o banquete de um rei.

– Ah, mas olha só para isso.

Um sotaque irlandês masculino agarrou Shan pela orelha. A familiaridade o envolveu como raios de sol. Ele se virou e viu um adolescente de calção manchado e nariz sujo falando com meninos da idade dele. O adolescente levantou uma moeda para que os outros vissem.

– Estou mais rico dos que os Rockefellers, vocês não acham?

Um menino forte de cabelo ruivo fungou com desprezo.

– Quem sabe agora você pode comprar um cérebro.

Os outros riram, e de repente Shan percebeu que sua mão estava vazia. A moeda de seis centavos devia ter caído no chão, os dedos amortecidos demais para que ele notasse.

– Eu deixei cair isso – o grupo se virou para olhar para ele –, é minha.

O menino com a moeda deu risada.

– Ah, claro, com certeza.

– Estou falando a verdade.

– Deixa eu adivinhar – o mesmo menino arregalou os olhos, encenando um choque exagerado. – Você é um *leprechaun*, e ela caiu do seu pote de ouro.

Mais risos sarcásticos.

O valor monetário não importava a Shan; seis centavos não compravam nada na América. E a moeda tinha claramente se revelado um fracasso como talismã. De fato, a importância estava na conexão com o passado dele, um último vínculo que, se rompido, poderia deixá-lo à deriva para sempre.

De algum modo, o menino entenderia isso. Com certeza ele não renegaria a origem comum a ambos.

– Por favor. Eu sou da Irlanda, como você. Só tentando sobreviver.

O menino jogou a cabeça para trás. Examinou Shan da cabeça aos pés.

– Vocês acreditam nisso, rapazes? Todo este tempo eu sonhei encontrar meu irmão desaparecido. Não fazia ideia que este ianque era parte do nosso clã.

Shan estava ficando tão acostumado a reprimir seu sotaque que trazê-lo à tona agora lhe dava a sensação de estar fazendo uma apresentação.

Independentemente disso, estava claro que o ladrão não cederia. Shan não tinha nada a oferecer em troca. E, sem a moeda, ele próprio também não era nada. Havia apenas um jeito de resgatá-la.

Antes que o grupo pudesse reagir, ele deu um bote. O menino conseguiu levantar a moeda fora de seu alcance e com a mão livre o empurrou. Shan tentou manter o equilíbrio, mas caiu no chão. Uma poça congelante ensopou suas calças. O grupo explodiu em gargalhadas. Os braços e as pernas de Shan tremiam. Não de frio, e sim da raiva, que subia como mercúrio e fervia em suas veias. Um instinto primitivo o dominou. Como um louco, ele se pôs de pé e atacou de volta com um urro nascido das entranhas. Soou como algo brutal, cru. Em outra circunstância, Shan teria parado para avaliar o efeito, mas uma escuridão crescente fora libertada. Cada parte dela impulsionava seus braços, que caíam esmurrando, movidos pela fúria, sem querer parar até que o inimigo estivesse reduzido a um saco de carne e ossos.

Shan registrou difusamente os outros meninos golpeando suas costas. Mas então um soco atingiu seus rins e o paralisou o suficiente para que fosse jogado no chão. Havia cascalho em seu queixo e nas palmas. Gritos clamorosos ecoavam em seus ouvidos. Em um segundo o viraram, e um mar de punhos desceu sobre ele. Seus antebraços se fecharam em X, um antigo reflexo, absorvendo os murros que vinham em uma sucessão molhada.

– Já disse que chega! – À voz do homem, os estrondos cessaram como se atirados de um precipício. – Saiam daqui, bando de delinquentes!

Shan viu pés passarem correndo pela fresta entre seus braços, ainda levantados como escudo. Seu coração socando o peito.

– Gaélicos duma figa! – O homem murmurou. – Ei, garoto, vamos. Você está machucado ou o quê?

Do fundo da cabeça de Shan veio uma letra de Billy Murray, "Perguntas bobas". Como uma pessoa podia despencar vinte e sete andares no poço do elevador e depois, ainda deitada inerte, ouvir como primeira pergunta "Oh, você se machucou?".

– Vamos, de pé – pingava chuva da aba do chapéu do homem, quando ele ergueu Shan.

Era um policial. Surpreendentemente, dados a pele escura e o comentário, não um irlandês.

– Qual é o seu nome?

Apesar de aturdido, Shan percebeu que anunciar sua nacionalidade não contribuiria para a situação. Ele murmurou a primeira alternativa que lhe veio à mente.

– Capello.

– O que disse?

– Tommy Capello – Shan repetiu, mas não muito alto.

O rosto do policial se desanuviou um pouquinho.

– Sua família está por perto?

Shan respondeu honestamente balançando a cabeça.

– Onde eles moram?

– No... Brooklyn.

– Onde?

O policial tinha grandes olhos redondos e um nariz bulboso, traços insuperáveis na identificação de mentiras. Mas, depois de todas as batalhas, Shan não poderia simplesmente se render a um orfanato. Não quando um endereço era tudo de que ele precisava para ser liberado.

– Maywood Place, número onze.

O policial se calou, a discrepância era óbvia. Aquele era um bom bairro. Se aquele garoto tinha uma família e uma casa lá, por que estava sozinho, na chuva, coberto de cascalho? Mas então ele respondeu:

– Eu diria que está na hora de você voltar. Concorda?

Shan assentiu gravemente.

– Sim. Sim, senhor.

Apesar das dores, ele cambaleou para apanhar a boina do chão e depois a moeda, que viu em uma poça rasa. Quando se virou para ir embora, teve uma sensação de alívio, até que o policial o deteve.

– Por aqui. Meu carro está para lá.

15

O ronco suave do motor teria feiro Shan adormecer, se não fosse pelos solavancos provocados pelas irregularidades do asfalto. Cada um o alertava para as partes do corpo atingidas com mais força. Se por um lado Shan não tinha vontade nenhuma de se afastar daquele banco, por outro torcia para que uma emergência forçasse o policial a deixá-lo sair.

Uma torcida que se evaporou quando eles estacionaram em frente à casa.

Shan se arrastou com dificuldade para fora, percebendo quanto estava grogue. O policial o escoltou pelo caminho curto, próximo como uma sombra. Shan precisou fazer um esforço concentrado para não tropeçar na meia dúzia de degraus que levava ao pórtico.

Sem dúvida, os Capellos não ficariam exultantes pelo reencontro com o irlandês ingrato que mal conheciam, imundo depois de uma briga e entregue por um policial. Fora isso, ele estava tão quebrado quanto possível, sem nada a oferecer, incluindo seu orgulho. Se a família negasse conhecê--lo, ele não os culparia nem um pouco.

O policial bateu à porta. Logo ela foi aberta pelo senhor Capello, cujo rosto rapidamente se fechou.

– Senhor, sou o oficial Barsetti. Creio que este menino seja seu filho.

O olhar do senhor Capello se desviou para Shan. Antes que pudesse responder, a esposa chegou correndo, em um avental florido. Ela pousou as mãos no peito.

– *Dio mio*. Onde você esteve? Estávamos tão preocupados. E o seu rosto!

Ela olhou para o policial, trespassada de aflição.

– Seu filho apanhou um pouco de uns meninos na fila do pão. Nada com o que se preocupar.

A senhora Capello franziu as sobrancelhas, discordando da avaliação. Ela tocou levemente o queixo de Shan, mas ainda assim a dor o fez recuar.

– Você está tão quente! E magro. – E gritou, por cima do ombro: – Lina! Encha uma tigela de *ribollita. Pronto*.

O oficial Barsetti cruzou os braços em pose de autoridade. Seu olhar voltou ao senhor Capello, que ainda não dissera uma palavra. Era evidente que o policial tinha mais a dizer, talvez ciente de que Shan vencera a primeira rodada, ou detectando alguma desonestidade.

– Senhor – ele disse –, eu não quero fazer suposições. Mas, pela aparência das coisas... Não parece que sua família precise de muita caridade. Aquela comida é para as pessoas desafortunadas, não para meninos em busca de um lanche grátis.

Ao ouvir isso, o senhor Capello se empertigou. Ele era um homem que acreditava em só aceitar o que fosse conquistado. Se alguma vez houvera motivo para refutar a alegação de Shan sobre pertencer à linhagem dos Capellos, era aquele.

Sem nem mesmo olhar para Shan, ele respondeu, em tom equilibrado:

– É claro, oficial. Não acontecerá outra vez.

Para fechar o acordo, ele estendeu a mão. O policial aceitou, mas acrescentou:

– Vamos esperar que esteja certo, senhor.

– *Grazie, signore* – a senhora Capello interveio, com uma pontada de gratidão.

Ela conduziu Shan para dentro enquanto o policial tocava a aba do chapéu. No instante em que se virou para partir, o senhor Capello fechou a porta.

Esta era a segunda vez que o pai protegia Shan de uma autoridade fazendo perguntas. Um gesto inesperado. Por outro lado, dadas as mentiras da família na Ellis Island, talvez ele se sentisse obrigado a ser consistente. Agora que o policial tinha ido embora, ele poderia mandar Shan para o olho da rua.

– Vá se sentar – disse a senhora Capello. – Eu vou buscar um pano frio.

Ela se apressou para a cozinha, enquanto o calor da fornalha transformava a sala em um forno. O senhor Capello parecia estar ponderando as palavras seguintes.

Shan se atrapalhou para retirar a boina; o suor brotava do couro cabeludo. Ele deu um passo na direção do sofá, mas, privados da adrenalina, seus músculos fraquejaram. O ar ficou turvo, e o chão começou a se inclinar. Um ribombar incansável começou a martelar sua cabeça. Ele percebeu vagamente a chegada de Nick à sala. Shan esticou o braço na direção da parede, mas sua mão pareceu atravessá-la.

– Niccolò, *aiutami* – ele ouviu o senhor Capello dizer, um tom de urgência na voz.

E depois tudo ficou escuro.

16

Quando Shan era pequeno, a mãe pediu que fosse ao celeiro. Ele estava pegando um pote de pêssegos quando um rato passou correndo. Apesar da caçada diligente, Shan nunca localizou o roedor, mas encontrou sua toca: restos de comida, pedacinhos de papel e folhas reunidos no canto de um caixote. Depois que ele animadamente contou em casa, seu pai marchou com uma vassoura e uma pá e com duas varridas o ninho estava desfeito.

Shan supunha que, de muitas formas, a memória era igual: uma coleção de fragmentos unidos uns aos outros. Fossem úteis e consoladores ou brutos e cortantes, combinados em um todo eles forneciam uma aparência de segurança. De identidade, inclusive. Até serem varridos.

Isso nunca tinha sido mais evidente do que agora, quando os retalhos de sua vida flutuavam em sua mente. Deitado na escuridão, ele encarava o teto, separando os sonhos da realidade. Ele se lembrava do senhor Capello de pé à porta, encarando. Depois lá estava a senhora Capello sentada perto, rezando com um terço, e mais tarde bordando. Ela estava lá outra vez servindo-lhe sopa, depois conversando com um médico em outra língua.

Claro, misturados às visões de Shan estavam sua família, especificamente o pai e a mãe, e o senhor e a senhora Maguire. Mas os rostos deles, ao contrário dos Capellos, careciam dos detalhes que antes tinham. Seus traços eram como cera deixada tempo demais ao sol, derretida em imagens que ele mal reconhecida.

– *Allora!* Você acordou.

Shan se virou para a senhora Capello, que entrou no quarto com uma bandeja. Ela a apoiou na mesinha de cabeceira e abriu as cortinas com um floreio. Atingido pelo feixe de luz, Shan piscou repetidas vezes, combatendo a visão turvada pela hibernação.

– A febre passou finalmente – curvando-se sobre ele, ela tocou sua testa com a parte de trás dos dedos. – *Bene* – ela disse, e sorriu.

Shan percebeu que não estava em um colchão no chão, mas na cama de Nick.

Com um avental sobre o vestido caseiro amarelo-claro, a senhora Capello se movia com a ligeireza de um beija-flor, zarpando de uma tarefa à seguinte: dobrando as roupas do armário, sacudindo o cobertor aos pés da cama. E suas palavras tinham um ritmo parecido.

– Nós ficamos tão preocupados. Mas o médico, ele falou que você só precisa de comida e sono – ela suspendeu a cabeça de Shan com um travesseiro extra. – Niccolò e Lina foram ao mercado. Eles vão ficar muito contentes de ver você.

Havia bons motivos para duvidar daquilo, em especial no que dizia respeito a Nick. Shan engoliu, apesar da secura da garganta:

– Quanto tempo...

Ela puxou para perto dele a cadeira da escrivaninha.

– Quatro dias. Você dormiu e acordou várias vezes. – Depois de sentada, ela retirou a tigela e a colher da bandeja. – Agora você come.

Com mãos experientes, ela levou o caldo aos lábios dele. O líquido morno aliviou sua garganta e todo o caminho até o peito.

De repente ele se lembrou da própria mãe, do modo como ela lhe dava sopa – um preparado de cebola e pimenta fervido em leite – para se precaver contra qualquer resfriado. No entanto, tão rápido quanto chegou, a recordação se foi, perdeu-se ao longe, um pedaço de papel carregado pelo vento.

Mais uma vez a senhora Capello estendeu uma colherada. Depois, limpou o queixo dele com um guardanapo, evitando, assim, que uma gota manchasse a camiseta do pijama. Ela provavelmente tinha cuidado de Tomasso do mesmo jeito.

A diferença era que Shan não merecia.

A família havia se arriscado ao mentir para a Imigração; havia fornecido comida e abrigo e, acima de tudo, usado o nome do filho falecido. E Shan retribuíra fugindo sem dizer uma palavra, exceto as que descarregou sobre Nick por ele afirmar a verdade. E isso ainda não era o pior.

Durante a briga na fila do pão, bem lá no fundo Shan tinha adorado dar vazão à sua fúria. Se não fosse por ser minoria, ou pela intervenção do policial, ele não tinha certeza se teria parado antes que o menino soltasse o último suspiro.

Aquela maldade agora assustava Shan. Ele temia que a mesma violência por trás dos surtos de ira do tio pudesse correr em suas veias como a peste. Uma doença fadada a infectar os outros. Embora tivesse medo de voltar para as ruas, ele precisava falar.

– Senhora Capelo... – A voz saiu áspera pela falta de uso. Quando ela tentou servir-lhe mais, ele delicadamente afastou a colher. – Eu quero que a senhora saiba que posso ir embora assim que estiver mais forte.

Ela descartou a observação com um estalo da língua.

– Anda, come – ela disse, mas Shan precisava explicar, deixar claro que não era um ingrato.

– Eu sei que tem sido difícil... E que eu só estou piorando tudo.

A senhora Capello se recostou ligeiramente na cadeira. A solenidade súbita confirmava que ela entendera a referência ao filho que havia perdido.

Ela pôs de lado a colher e a tigela. Distraidamente, secou as mãos no avental.

Shan desconfiou de que ela iria embora, precisando de privacidade, até que ela respondeu:

– Se você quer ir, pode ir. Antes, escuta – uma ordem dada com gentileza, mas uma ordem ainda assim.

Esforçando-se para se concentrar, Shan assentiu. Após um instante, o olhar vidrado da senhora Capello pousou na janela.

– Por muito tempo, o coração do Tomasso, ele não funcionava bem. Ele piorava, mas não podíamos fazer nada. Então, uma noite, tive um sonho. Tão nítido que me perguntei se estava acordada. Vejo minha mãe. Ela é um anjo lindo – a senhora Capello fez o sinal da cruz, explicitando que a mãe também era falecida. – Ela sorri para Tomasso. Ela aquece Tomasso com luz e ele fica bom de novo e está feliz. No outro dia chega um telegrama. Diz que meu sogro está doente. E sei que é um sinal. Meu coração diz que precisamos ir lá e que Deus e os anjos vão curar o nosso menino.

"Benicio diz que vai voltar a Siena para ver o pai. Mas eu digo que vamos junto, *come una famiglia*. As crianças, elas nunca viram nosso país natal, eu falo. Eu não conto do sonho. Vai parecer bobo. E minha fé tem que ser forte. *Pero...* No navio, outro sonho me vem. Minha mãe, de novo ela sorri para o Tomasso, e tem muita luz. Mas agora ele pega a mão dela, e eu vejo que eles estão indo para o céu. Eu vou atrás e chamo, mas eles já estão longe. Eu imploro, por favor, não vão. Daí a luz fica tão forte, eu não consigo ver mais nada. E daí eles somem. Eu acordo gritando. Eu quero voltar, quero estar longe da Itália. Mas é tarde demais..."

Durante a pausa tensa que se seguiu, Shane mal ousou respirar. Fora um erro trazer o assunto à tona; ele não tivera a intenção de reabrir uma velha ferida. Estava prestes a dizer isso, quando ela retomou a história, o sol cintilando em seus olhos cor de âmbar.

– Em Siena, minhas irmãs falam que devemos ir a *il duomo* rezar para a Madonna. Elas dizem que ela vai fazer milagres se rezarmos com muita fé. Lina e Niccolò, eles fazem isso. Mas é Benicio que vai duas vezes todo dia. Ele reza pelo pai, mas mais ainda por Tomasso. Finalmente eu vou à igreja, mas não para rezar. Levo Tomasso para mostrar para a Madonna que a minha mãe está errada.

Nesse ponto, a voz da senhora Capello se intensificou, e uma lágrima escorreu pela bochecha.

– Deus vai ver que ele é muito novo, que ele precisa viver muitos anos mais. Mas Tomasso, ele está nos meus braços, e ele olha para cima em *il duomo*. Os olhos estão muito abertos. Ele vê uma coisa que eu não vejo. Ele sorri para mim e fala *"va bene,* mama". "Está bem", ele me diz. E ele me abraça. Eu sinto tanta paz e tanto amor.

O espanto repentino na voz da senhora Capello combinava com o brilho em seu rosto, camadas sobrepostas de sofrimento e anos. Parecia que falar do filho não era tanto uma dificuldade, e sim uma dádiva por tempo demais trancada em um baú.

– Mais dez dias até Tomasso morrer. Fico triste, mas também feliz. Sei que ele está em um lugar bonito com a minha mãe. Mas o Benicio, ele só sente raiva. Ele amaldiçoa a Madonna e também Deus. Mais ainda, ele amaldiçoa Benicio. Ele é o pai de Tomasso e não conseguiu consertar aquilo. Mas depois... Depois você veio a nós em Nova York, e de novo foi um sinal para mim. Podemos salvar este menino, eu falo. Mas o Benicio, ele não concorda.

Shan baixou o olhar para a colcha. A resistência do senhor Capello fora evidente desde o princípio. Agora ao menos Shan conhecia a razão.

– Eu entendo – ele disse, e entendia mesmo. – Usar o nome do filho dele... Isso foi pedir demais.

– Não – ela inclinou a cabeça para Shan, corrigindo-o. – Ele não quer falhar de novo. Quando você foi embora, ele ficou tão preocupado que não encontraria você. Ele se culpou. Niccolò e Benicio, eles procuraram e procuraram.

Shan tentou esconder sua surpresa. Durante todo o tempo que esteve fora, não imaginou a família sentindo nada além de alívio. Como se para enfatizar o oposto, a senhora Capello estendeu o braço e enlaçou a mão dele.

– Uma noite eu acordo e Benicio não está. Desço a escada e vejo Benicio. Está de joelhos, rezando. Está rezando por *você*. No outro dia você vem para a nossa porta, e eu sei que você foi mandando pelo nosso doce anjinho Tomasso. Eu sei disso porque você já devolveu a fé para nós.

Onde uma dor horrível havia afetado a garganta de Shan, um calombo de emoção agora ocupava o seu lugar. Ou talvez fosse outra coisa. Quem sabe esperança, algo que ele há muito considerava perdido.

De toda forma, era uma ideia em que ele adoraria acreditar, aquela de haver um guardião olhando por eles. Se assim fosse, talvez sua mãe também o tivesse guiado para lá, para aquela casa e aquela família.

Entretanto, junto com o pensamento veio também um peso, a responsabilidade de se provar merecedor de tal bênção.

Passos soaram no corredor, batidinhas rápidas antecederam a entrada intempestiva de Lina no quarto.

– Que bom, você acordou!

Soltando a mão de Shan, a senhora Capello sorriu e discretamente enxugou as lágrimas. Enquanto isso, Lina se pôs a listar todos os itens que haviam trazido do mercado só para Shan. Ele tentava acompanhar a fala desordenada dela, quando uma segunda pessoa surgiu à porta.

Lina interrompeu a tagarelice e se pôs de lado para abrir espaço para Nick.

– E aí – ele disse.

– Oi – Shan conseguiu dar um sorriso hesitante e procurou algo a dizer que aliviasse a estranheza.

Mas Nick enfiou as mãos nos bolsos da calça e disse:

– Isso quer dizer que vou ter minha cama de volta? – Em sua boca desenhou-se um sorriso.

Aliviado, Shan respondeu:

– Quando quiser.

Nick refletiu.

– Não sei... Eu meio que prefiro a sua – respondeu por fim, dando de ombros.

– Então acho que estamos acertados.

– Sim, estamos acertados.

O Limite da Perda

A conversa foi tão simples quanto isso. Nada de explicações nem pedidos de desculpas, pois elas pertenciam ao indizível.

Então Lina voltou à carga, contando outra vez sobre a ida ao mercado. Enquanto Nick contribuía com comentários gozadores sobre os outros clientes, a senhora Capello pegou a tigela e retomou a tarefa.

E em algum lugar no meio daquilo tudo Shan tomou uma decisão. Quando estivesse recuperado, voltaria ao posto de recrutamento da Marinha. Não em busca de informações atualizadas, mas para informar à gentil secretária que já não havia razão de continuar a procura.

17

A sineta tocou quando o bonde se aproximou de outra parada. Shan tinha escolhido um banco junto à janela dos fundos, para aproveitar o sol da manhã e de alguma forma deixar para trás os vapores e a fumaça industrial que impregnavam a cidade. Era sua primeira saída desde a recuperação. Por oposição à serenidade da casa, cada som e movimento ali pareciam ampliados quase ao ponto do insuportável. Após sua visita ao posto de recrutamento, uma soneca poderia ser adequada.

A senhora Capello havia insistido para que Lina e Nick a ajudassem no jardim comunitário naquele dia, mas preferido que Shan ficasse em casa.

– Você não pode fazer demais – ela lhe dissera, com um suspiro de preocupação.

Era um conselho muito distante dos alertas que Nick sempre recebia do pai, para que evitasse ser visto como um italiano preguiçoso: "Nós sempre devemos mostrar orgulho de sermos americanos bons e trabalhadores".

Essa era a razão para os sapatos engraxados, as camisas para dentro e as calças passadas a ferro com vinco, independentemente da ocasião. Explicava também a motivação constante do senhor Capello pelo aprimoramento de seu inglês pela leitura do jornal noturno e a repetição vezes sem conta das palavras de pronúncia mais difícil. E era com certeza por que Nick recebera um ultimato, pois o pai não via motivo para esperar até o verão para que o filho ganhasse um salário.

– Você tem duas semanas, ou eu mesmo vou encontrar um trabalho para você – o senhor Capello tinha anunciado, no jantar da véspera.

Nem era preciso dizer que a segunda alternativa envolvia entrega de gelo ou coleta de lixo, empregos comuns entre meninos italianos da idade de Nick. A senhora Capello concordara, desde que o serviço não fosse perigoso nem interferisse na escola, a partir do outono.

O bonde desacelerou em outra parada. Em frente a uma cafeteria, um menino vendia jornais anunciando as últimas manchetes. Do lado oposto da rua, outro menino engraxava os sapatos de um empresário, que dava baforadas em um charuto. Embora não se exigisse de Shan que fizesse isso, nada lhe parecia mais justo do que procurar um trabalho semelhante.

Enquanto refletia sobre suas opções, as pessoas se levantaram para sair, antes que as seguintes entrassem. Em meio à movimentação, Shan notou um cavalheiro sentado na parte da frente. Usava um chapéu de abas e lia o jornal, como a maioria dos demais passageiros, mas uma virada parcial da cabeça revelou o perfil do senhor Capello. Uma surpresa estranha.

"Vou trabalhar na Staten Island o dia todo", ele dissera à esposa durante o café da manhã. Era fato que costumava usar terno quando tinha consultas, mas agora ele viajava na direção contrária. De repente, interrompeu a leitura e olhou ao redor, como se desconfiando de estar sendo observado.

Shan se afundou no banco e baixou a boina. O senhor Capello não parecia o tipo que sairia com outra mulher. Não quando tinha uma esposa tão adorável.

Após um intervalo de segurança, Shan deu mais uma olhadinha. A atenção do senhor Capello voltara ao jornal. Shan estava prestes a mudar de linha na parada seguinte. Ele sabia que deveria deixar as coisas como estavam, mas a curiosidade levou a melhor, e ele continuou no bonde até que o senhor Capello finalmente desembarcou. No Ozone Park.

O que será que ele iria fazer no bairro do Queens?

O bonde estava quase partindo de novo quando Shan saiu às pressas. A uma distância discreta, ele seguiu o senhor Capello por um mar de gente em direção a uma entrada de algum tipo. As conversas e a agitação aumentavam a cada passo, uma comoção explicada pela placa no alto: Hipódromo Aqueduct.

A possibilidade de o senhor Capello fazer apostas, mesmo que de apenas um centavo, bastava para congelar Shan no lugar. Ele percebeu que havia feito exatamente isso, quando um homem impetuoso pediu licença e passou por Shan com uma mulher a tiracolo. Ali perto, um guarda uniformizado vigiava a multidão. Shan desviou o rosto, inseguro quanto às regras de acesso conforme a idade, e se manteve perto do casal enquanto eles passavam lentamente pelo portão.

O sujeito, em uma tentativa espalhafatosa de impressionar sua acompanhante, despejava detalhes sobre os vários cavalos escalados para a corrida. O desinteresse óbvio da moça nada fez para interromper o empenho dele. Uma vez em segurança lá dentro, Shan partiu em busca do senhor Capello. Montes de apostadores, a maioria homens, lotavam o lugar. Shan atravessou nuvens de expectativa e fumaça de cigarro. Encontrou alívio em uma área ao ar livre na tribuna principal, onde o sol iluminava o céu. Membros do público conversavam e riam e trocavam apertos de mão enquanto aguardavam a corrida seguinte, não muito diferente de convidados de um piquenique de igreja.

Pensando bem, a visita do senhor Capello poderia não ser imoral. Ele poderia ter ido ali simplesmente para encontrar um amigo que apreciasse o esporte.

Shan tinha acabado de decidir que essa era a explicação mais provável quando se virou e se viu face a face com o senhor Capello. O homem estava ali parado sozinho. Seu rosto estava corroído pelo choque, aprofundado por um olhar de apreensão por encontrar Shan em um lugar daqueles. Shan tentou explicar:

– Eu vi... o senhor no bonde...

O senhor Capello tinha um papel em mãos. Já não era o jornal, e sim um pequeno bilhete branco. O recibo de uma aposta. O olhar do senhor Capello acompanhou o foco de Shan, e o pescoço dele ficou vermelho. Mais de vergonha, parecia, do que de raiva.

Incerto sobre o que dizer, Shan balbuciou:

– Prometo não contar.

O silêncio se prolongou entre ambos, até que um canto da boca do senhor Capello se ergueu. Era um fantasma de sorriso. Só então Shan compreendeu a graça da cena, como se uma criança tivesse sido flagrada roubando doces antes do jantar. Uma criança crescida, no caso.

Bem então, um sino tocou, e a corrida teve início. Muitos da multidão se aproximavam das grades. O senhor Capello olhou para os cavalos, uma curta indecisão em seu olhar, e depois ele indicou a pista com a cabeça.

– Vamos – ele disse.

Shan obedeceu de boa vontade.

Jóqueis em trajes e capacetes coloridos se agarravam aos respectivos cavalos. Gritavam comandos e batiam com pequenos chicotes pretos. Quando os animais completaram a primeira volta, as pessoas se tornaram mais expressivas. A julgar pelos murmúrios do senhor Capello, ele apostara no que trazia a identificação número 5. Estava três cavalos atrás, mas fazendo um progresso razoável. Quando chegou à segunda posição, o senhor Capello dava pequenos puxões com a mão, como se empunhando um chicote invisível. Parecia estar funcionando, quando o número 5 alcançou o primeiro cavalo.

Shan agarrou a grade, dominado pela excitação.

– Vamos, você consegue!

Os dois animais disputavam a vitória. Seus pescoços oscilavam, suas patas se esticavam, a areia voava dos cascos. No último trecho, o número 5 deu uma arrancada e assumiu a liderança. Os incentivos do senhor Capello ganharam força.

– Vai, vai! *Andiamo!*

Embora Shan não tivesse apostado pessoalmente, quando o número 5 cruzou a linha de chegada sua vibração se aproximou do eletrizante. Ele e o senhor Capello levantaram os braços no ar ao mesmo tempo. Pois, naquele instante, em uma estranha mudança de situação, eles estavam unidos como um time.

Quando a comemoração cedeu, o senhor Capello o conduziu até o guichê de apostas. Na fila para receber o prêmio, ele passou em revista a lista de cavalos e probabilidades da corrida seguinte.

Logo chegaram ao atendente que calculava o valor.

– Gostaria de fazer outra aposta?

O senhor Capello confirmou com um ar confiante, desta vez com as esperanças em Dusty Moon. Shan reconheceu o nome. O homem na entrada tinha comentado sobre aquele cavalo. Shan espremeu a memória, tentando recordar, não querendo falar bobagem. Então se lembrou:

– Não faça isso.

O senhor Capello se virou para ele, confuso.

Shan falou baixo, para o caso de não ser uma informação de conhecimento comum.

– Eu ouvi um homem falar que o Dusty Moon prefere grama e que não vai muito bem em pista de areia.

O senhor Capello sopesou a informação. Impacientes, os homens atrás deles na fila se mexeram sem sair do lugar, apertando os olhos.

– Bem? – o atendente pressionou.

O senhor Capello voltou à lista e pôs para fora as palavras, decidindo enquanto falava.

– Em vez disso, vou apostar no... Wild Shamrock[5]. Os irlandeses, eles têm sorte, certo?

O atendente riu.

– Como queira, amigo.

Shan ficou em silêncio enquanto a aposta era concluída.

---

[5] *Shamrock*: trevo, símbolo nacional da Irlanda. (N.T.)

Uma vez afastados do guichê, o senhor Capello parou e levantou a pule[6] diante do rosto de Shane.

– Você nunca deve arriscar mais do que está disposto a perder. *Capisci?*

Dessa forma, o vício do homem ainda se encaixava em sua ética. Mais ou menos.

– Sim, senhor.

Conforme o início da corrida se aproximava, o entusiasmo de Shan deu lugar à apreensão. E se o homem com as dicas de aposta estivesse errado? A cordialidade recém-descoberta do senhor Capello poderia muito bem terminar se Dusty Moon vencesse. E, o que era pior, ele poderia perder dinheiro em um cavalo que representava a origem de Shan. Potencial para duplicar a culpa.

Mas era tarde demais para voltar atrás. Os cavalos estavam alinhados na barreira de partida.

De novo os espectadores se amontoavam nas grades. Suspendiam binóculos e agitavam os chapéus. Em questão de minutos, a corrida tinha começado.

Assim como o senhor Capello, Shan torcia abertamente por Wild Shamrock, embora por dentro estivesse também torcendo *contra* Dusty Moon. Uma pista nunca pareceu tão comprida nem uma disputa, tão acirrada. Os cascos batiam com a mesma violência do coração de Shan. No trecho final, Dusty Moon e Wild Shamrock enfrentavam outros dois cavalos pela liderança. Shan estava agora berrando por Wild Shamrock, sentindo como se ele mesmo fosse o jóquei. Mas então o número 2 arrancou como se golpeado por esporas, deixando todos os competidores para trás.

Dusty Moon chegou em quarto, e Wild Shamrock, em segundo. Shan esperava que o senhor Capello ficasse decepcionado; em vez disso, o homem beijou a pule com gosto.

– Nós ganhamos!

---

[6] Comprovante de aposta em corrida de cavalos. (N.T.)

A aposta tinha sido apenas pela classificação, ele explicou. Aparentemente, sua fé nos irlandeses só chegava até aquele ponto.

No fim da tarde, por uma combinação de sorte, cálculo e outras dicas entreouvidas, o senhor Capello ganhara mais do que perdera. Os melhores momentos, porém, tinham sido os intervalos entre as corridas, quando eles descansavam na tribuna.

O senhor Capello falava sobre avaliar as chances paralelamente a confiar nos próprios instintos. Como exemplo, ele citou os feitos de bravura de Cristóvão Colombo – "Cristoforo Colombo", mais precisamente –, o que o levou a listar as maiores contribuições de outros italianos ao longo dos séculos: desde o Império Romano até o papa, de Dante a Michelangelo.

Ainda assim, seu ardor não foi maior do que quando abordou a questão do beisebol, os feitos de "Ping" Bodie em especial. Dizia-se que o meio-campista dos Yankees era um dos mais temidos batedores do jogo, sendo suas habilidades naturais devidas à ascendência italiana.

– O nome dele era Francesco Pezzolo – disse o senhor Capello. – E sabe o que ouvi dizer? Que na semana passada ele desafiou um avestruz para um duelo de comida.

Com certeza o sotaque do homem havia alterado a palavra certa.

– Um *avestruz*? – Shan repetiu.

– Onze pratos de macarronada, e só o Ping sobreviveu. Assim é que você reconhece um verdadeiro italiano.

O elogio foi feito com tamanha reverência que Shan tentou manter uma expressão séria, mas uma risada escapou.

Por sorte, o senhor Capello também riu, e acrescentou:

– Mesmo antes de ele ir para os Yankees, era o favorito do Tomasso.

Lá estava o nome outra vez: Tomasso Capello.

Variações dele tinham salvado Shan em mais de uma ocasião. Apesar disso, se por um lado ele aprendera bastante sobre como o menino tinha morrido, nada sabia sobre como Tomasso vivera. O sorriso persistente do senhor Capello indicava uma oportunidade para perguntar.

– Como ele era? – Shan arriscou, com doçura. – Seu filho, quero dizer.

O semblante do homem se fechou imediatamente. Como se tivesse por um instante se esquecido da morte do filho, e agora se lembrasse.

– Desculpe, senhor. Eu não deveria ter perguntado.

O dia estava correndo tão bem. Shan se xingou por tê-lo arruinado.

O olhar do senhor Capello mirou ao longe, na direção da pista. Ele inspirou como se fosse falar, certamente para anunciar que era hora de irem embora. Em vez disso, ele respondeu.

– Ele era um menino doce... Muito curioso – as palavras carregavam um pouco de angústia. – Ele tinha perguntas, sempre tantas perguntas. Queria saber por que isto, por que aquilo, papa? Como isso funciona, papa? – O senhor Capello abanou a cabeça, desfazendo imagens que Shan não conseguia ver. – Todos os dias ele me fazia dar risada. Era um bom menino, o meu Tomasso. Um menino muito bom.

Shan teve a tentação de tocar o ombro do homem, mas receou estar ultrapassando um limite. Respondeu, com simplicidade:

– Também tenho saudade dos meus pais. Principalmente da minha mãe.

O senhor Capello absorveu aquilo, uma admissão que Shan raramente verbalizava, e lhe deu um olhar de compreensão. Shan sentiu o surgimento de um vínculo tênue, quando ambos se sentaram em silêncio – um instante logo rompido pelo estrondo de uma voz feminina.

– *Signore! Signore* Capello!

O senhor Capello hesitou, ajustando-se à mudança de clima, antes de se levantar. Exibiu um sorriso fixo.

– *Signora* Allegri.

– *Che cosa fai?*

A mulher aparentava por volta de sessenta anos e era um pouco gorducha. Os traços do rosto eram diferentes dos que Shan atribuía aos italianos, pois tinha pele clara, olhos azuis e cachos loiros escapando do chapeuzinho.

– Que prazer vê-la – o senhor Capello lhe deu um beijo em cada face.

– Meu marido está ali, fazendo uma aposta – ela moveu os dedos enluvados na direção da entrada. – Ele vai ficar tão contente em vê-lo. Nós soubemos que vocês estavam de volta, mas não vimos sua família na missa.

– Sim... Estivemos ocupados. Com trabalho e as crianças. Nos acomodando.

– *Si, si*, é claro – ela assentiu, embora Shan percebesse que ela não havia acreditado completamente nas razões; afinal, nem todos os imigrantes tentavam deixar o passado na terra natal. Para alguns, Shan percebeu, o passado ficava apenas do outro lado do rio. – E quem é este? – a mulher reparou em Shan, sentado mais atrás, mas parecia insegura. – Você é... O filho mais velho?

Shan se levantou, sem saber o que responder. Ele mal tivera a oportunidade de sacudir a cabeça, negando, quando a mulher ofegou e bateu palmas.

– Eu ouvi falar de você. Você é o caçula, que está ótimo, depois de ir para a Itália – ela fez o sinal da cruz, antes de tomar o rosto de Shan nas mãos, perplexa. As mãos dela eram como as de um padeiro, fortes de modelar a massa. – Minha nossa, faz quantos anos? Você ficou tão alto!

Ela se voltou para o senhor Capello.

– É um milagre. Um presente de Deus, não?

A boca do homem se moveu em um puxão sutil, como se estivesse se decidindo entre possíveis respostas.

Talvez fosse a dor compartilhada que ele e Shan tinham encontrado, e a sugestão de que Tomasso os havia aproximado. Talvez fosse a esperança cintilando no olhar da *signora* ou porque, falando francamente, era mais fácil concordar. Fosse como fosse, por uma razão ou outra, o senhor Capello respondeu com um sorriso.

– *Veramente*. Um verdadeiro presente.

18

    Pela primeira vez, Shan apreciou o barulho e os solavancos do bonde, que esvaziavam qualquer pressão por uma conversa no caminho de volta. Na pista de corrida, ele e o senhor Capello já haviam falado demais.
    Quando finalmente entraram na casa, onde temperos italianos perfumavam o ar, Shan inalou o novo cheiro de lar.
    Nick estava deitado no sofá.
    – Esse compromisso demorou mesmo.
    A indiferença com que folheava a revista – uma apropriada aos olhos da família, desta vez – indicava que nada havia por baixo do comentário. Shan deu de ombros.
    – Por acaso encontrei seu pai – uma resposta honesta sem dados específicos, um segredo inofensivo.
    Na entrada, o senhor Capello tirou o chapéu e apontou, para dar mais ênfase:
    – E agora ele sabe por que os italianos engrandeceram este mundo. Sem eles, nós não teríamos o teto da Capela Sistina. Não teríamos a democracia nem, aliás, a América…

– Papa, de novo, não – Lina gemeu do tapete onde estava sentada, interrompendo no meio o ato de vestir uma boneca. – Nós já ouvimos isso mil vezes.

– O quê? Mil vezes, é? Então só precisam ouvir mais mil.

Era difícil julgar, a partir de sua expressão, se ele estava brincando. Antes que Shan conseguisse decidir, a senhora Capello emergiu da cozinha, enxugando as mãos no avental.

– *Bene*, vocês dois estão aqui. O jantar vai estar pronto em vinte minutos. Vou servir azeitonas e castanhas...

– Não – o marido interrompeu.

– Mas... Eu estava guardando o *prosciutto* para o jantar.

– Não – ele repetiu. – Você não vai fazer jantar.

A confusão de Shan se refletia no rosto dos demais, até que o senhor Capello esclareceu.

– Hoje eu vou levar minha família para jantar fora.

Pelo silêncio que baixou na sala, alguém poderia pensar que ele anunciara planos de saltar da Torre de Pisa. Ele jogou o chapéu para cima, rodopiando.

– O que estão esperando? *Andiamo*. Aprontem-se e vamos.

Com um sorriso largo, Nick atirou longe a revista.

– Para mim soa maravilhoso – ele disse, e correu para a entrada, enquanto Lina se levantava do chão.

– Espera, quero colocar meu vestido azul preferido – ela disse, já indo para a escada.

– Mas... Não podemos ir – a senhora Capello insistiu. – A comida está cozinhando...

– E nós a comeremos amanhã – o marido declarou.

Desde a infância Shan não jantava em um restaurante de verdade. A expectativa de escolher a partir de um cardápio fez sua boca salivar.

– Não sei quanto a você – disse Nick, pegando o casaco de um gancho na parede –, mas eu poderia devorar um belo bife suculento hoje.

Shan concordou, deliciando-se com a ideia de um de seus antigos pratos prediletos.

– Desde que venha com um monte de batatas.

Claramente em minoria, a senhora Capello voltou à cozinha, resmungando em italiano. Algo sobre sua aparência horrível e guardar a comida e, se Shan entendeu direito, sobre dinheiro não crescer em árvores.

Shan e o senhor Capello trocaram olhares, um reconhecimento de que recursos extras tinham vindo de outro lugar.

Vinte minutos depois, a família chegou a um restaurante pequeno, mas muito animado. A ironia da escolha do senhor Capello não passou despercebida por Shan nem pelo resto da família.

– Mas, papa – Lina reclamou, enquanto eram levados à mesa –, nós comemos comida italiana o tempo todo.

– Isto não é italiano, é siciliano.

Por cima de quadros da Itália, pendiam cordas decorativas de alho e pimentas. Os ingredientes, como o aroma, combinavam com os da cozinha dos Capellos, a apenas três quadras de distância.

– O que você acha?

A garçonete os deixou junto a uma mesa no canto, com toalha em xadrez vermelho e branco e uma vela acesa ao centro. Música operística tocava suavemente ao fundo. Ainda de pé, Nick disse:

– Papa, por que não podemos ir comer um hambúrguer? Você quer que nos vejam como bons americanos, certo?

Shan identificou o brilho nos olhos de Nick, uma admissão de estar usando as teorias do pai em favor do resto da família. Tomara que funcionasse.

– Mas vocês não são só americanos – disse o senhor Capello, sentando-se. – Vocês são ítalo-americanos. Agora, sentem.

Shan obedeceu, ainda grato pelo luxo de comer fora, e os demais o imitaram. Embora a senhora Capello agisse sem reclamar, seu rosto informava que em casa eles estariam comendo uma refeição bem parecida por um preço bem inferior. A alegação do marido, segundo a qual o Palermo

Ristorante tinha fama de ser um dos melhores da região, em nada alterou a postura dela.

Não demorou até que todos tivessem pedido, e logo os pratos chegaram. Só então Shan percebeu o real valor de jantar fora: a senhora Capello pôde comer sem ter de servir os pratos, arrumar a mesa ou limpar a cozinha. Exceto por um breve comentário sobre seu molho ser melhor do aquele que acompanhava o ravióli que pedira – provavelmente mais baseado no orgulho do que do sabor –, ela acabou parecendo tão contente quanto o restante da família.

Até Shan teve de admitir que sua "torta de tomate", feita de pão retangular grosso coberto de molho, anchovas e queijo, estava realmente uma delícia. Ele só desejava que o mesmo pudesse ser dito da *grappa*[7].

Por incentivo de Nick, Shan aceitara o digestivo pós-refeição, que parecia transparente como água. Nada impressionado pelo cheiro, ele decidira que virar de uma vez o copinho, como fazia com óleo de fígado de bacalhau, seria melhor do que bebericar. No entanto, quando engoliu, a bebida incendiou seu peito e convulsionou seu rosto como se ele tivesse mordido um limão.

Lina e Nick riram, e o pai não pôde evitar sorrir. A senhora Capello repreendeu Nick por não alertar devidamente Shan. Mas em seguida ela baixou o queixo e usou um guardanapo para limpar a boca, por tempo suficiente para sugerir uma risadinha.

Quando Shan se recuperou, seu encantamento ao ver a família daquele jeito intensificou a leveza na cabeça provocada pela *grappa*. Fazia muito tempo desde que fora pela última vez fonte de riso para as pessoas. Ele tinha esquecido a satisfação que é divertir uma plateia, quando se sabe ser diretamente responsável pelo sorriso em seus olhos.

Talvez ele tivesse mais a oferecer aos Capellos do que imaginara.

Ele se empertigou na cadeira e estufou o peito. A partir de várias semanas de observação do senhor Capello, Shan engrossou a voz para imitar o sotaque dele e declarou:

---

[7] Aguardente feita do bagaço da uva. (N.T.)

– Por que vocês estão rindo assim? Homens Capellos são sempre sérios. Há cinco gerações, é assim que sobrevivemos.

A família ficou paralisada, absorvendo a semelhança.

– Papa, é você! – Lina gargalhou de repente, assim como Nick, que pedia mais.

Confiando nos detalhes que havia recolhido, tanto consciente quanto inconscientemente, Shan prosseguiu com a personificação.

– Vejam o sucesso dos romanos, hein? – Ele jogou para cima moedas invisíveis. – Vocês acham que eles construíram um império dando risada o dia inteiro? Não. E quanto a Michelangelo? Ele seria contratado para pintar apenas... O teto do banheiro do papa, se ele passasse a vida sentado, rindo de piadas tolas. *Capisci?*

A senhora Capello cobriu a boca e riu a valer, desta vez se divertindo às claras – ao contrário do marido, que não deu nem pista de reação. Por um segundo, Shan temeu ter ofendido o homem. Mas então um brilho iluminou os olhos do senhor Capello, e Shan soube que estava a salvo.

– Faz essa de novo – Nick pediu, em meio às risadas.

Shan não teve nenhuma dificuldade em prosseguir, mas achou por bem variar o alvo. Ele afundou na cadeira, entrelaçou as mãos atrás da nuca, ocupando mais espaço.

– Papa, é como estou dizendo – ele disse, mudando para a entonação de Nick. – Se você me emprestasse uns trocados, eu mesmo poderia ter comprado a tinta para decorar aquela, ãh, Capela Sistina.

Por fim os lábios do senhor Capello se curvaram em um sorriso. Lina apontava para Nick e dizia que Shan o tinha imitado perfeitamente, a despeito dos débeis protestos do irmão, sobre ele não ter chegado nem perto.

A garçonete serviu as sobremesas enquanto o senhor Capello terminava a *grappa*. Ele pediu mais uma, enquanto Shan apresentava imitações afetuosas da senhora Capello e depois de Lina. A vela na mesa, derretendo, estava virando finos fio brancos. A chama acentuava o brilho no rosto da senhora Capello.

– Faz outra coisa, agora – Lina disse, após um intervalo de silêncio, não querendo que a noite acabasse. Na verdade, nem Shan.

Ele olhou para trás, para ter uma visão do restaurante a partir da mesa de canto em que estavam. A ópera tinha acabado, e muitos clientes haviam partido após a refeição. Ele achou que poderia interpretar uma música ou duas.

Incentivado pelo antigo frisson de se apresentar, Shan começou com "Perguntas bobas", ao estilo de Billy Murray. Ele se levantava de vez em quando, quando o movimento reforçava o humor. A senhora Capello estava no meio de uma mordida em seu *cannoli* quando Shan chegou à parte sobre a queda no poço do elevador. A gargalhada que resultou disso mandou pedaços da sobremesa dela voando direto para o cabelo de Lina, e a família inteira explodiu em gargalhadas.

Quando se acalmaram, Shan começou uma sequência de piadas. De algumas ele havia se esquecido, até a hora em que ressurgiram de repente. Claro, ele personalizou a apresentação para o público, pulando as partes mais indigestas e as observações que só irlandeses apreciariam.

Isso encerrou o ato, e Shan fez uma mesura exagerada. Mas os Capellos não foram os únicos que aplaudiram. Ele se virou para as mesas às suas costas, onde desconhecidos estavam batendo palmas e levantando seus copos de vinho. Com as bochechas queimando, ele curvou a cabeça de novo algumas vezes e rapidamente tornou a se sentar, desviando os olhos.

Um instante depois, apareceu à mesa deles um homem que se apresentou como o proprietário. Acima do avental baixo, ele vestia uma camisa branca de mangas compridas, uma gravata-borboleta preta e um colete. A atenção dele teria parecido um elogio, se não fosse pelos lábios apertados de tensão.

Um pedido de música claramente não estava entre as alternativas. Shan baixou os olhos, preparando-se para ser expulso.

Mas então o proprietário gesticulou para o lado contrário do salão.

– O *signore* Trevino disse que gostaria muito de conhecer o rapazinho.

Do lado oposto, três homens vestindo ternos risca de giz estavam sentados a uma mesa. No meio do trio, um sujeito fumando charuto levantou o queixo amplo como cumprimento. Tudo nele emanava importância.

O proprietário esperou pela aprovação do senhor Capello, que parecia desconfortável com o convite.

– Tenho certeza de que só vai demorar um minuto, *signore* – o proprietário argumentou. – Enquanto isso, terei prazer em fechar sua conta, se o senhor quiser. E a *grappa* é por conta da casa, é claro.

– Por conta da casa? – o senhor Capello se surpreendeu.

– *Si*. Pela apresentação do menino – mesmo ao dizer isso, o proprietário não sorriu.

Diante da relutância do senhor Capello, Nick afastou a cadeira e se levantou.

– Ah, papa, não se preocupe. Eu vou com ele. Como ele falou, só vai levar um minuto. Qual o mal?

Shan aguardou a autorização, a mente girando.

Sob a pressão do olhar do proprietário, o senhor Capello assentiu.

– Só até a conta chegar.

Nick deu um tapinha no ombro de Shan.

– Bem, vamos – ele disse, e Shan se levantou para segui-lo.

Os dois homens ladeando o *signore* Trevino estavam concentrados nas próprias refeições, uma massa em camadas chamada lasanha, conforme Shan aprendera, e o outro enrolava longos fios de macarrão com um garfo.

Shan e Nick ainda não tinham chegado à mesa quando o *signore* Trevino reclinou na cadeira, distanciando-se da tigela de mexilhões. Ele limpou os dedos grossos, um por vez, com um guardanapo.

– Então, garoto. Você gosta de se apresentar, hein?

Apesar do tom amigável, Shan sentiu como se fosse um cavalo de corridas sendo avaliado em suas chances.

– Às vezes, acho.

Ele desenvolvera o hábito de suprimir o sotaque, mas agora, sem intenção, ele se pegou soando um pouco como Nick.

– Ah, é? Bem, eu tenho um clube noturno no Bronx, pouco depois da Terceira Avenida. Chama Royal. Já ouviu falar?

Quando Shan hesitou, Nick se intrometeu.

– Que não ouviu? – ele disse, com tamanha confiança que Shan soube que era lorota. E o *signore* Trevino soube também, a julgar por seu sorriso.

O homem tirou o charuto da boca e exalou uma nuvem de fumaça terrosa.

– Então, o que acha?

Shan não entendeu a pergunta.

– Senhor?

– Faturar com isso. Fazer show regularmente.

Uma semana antes, quando estava nas ruas mendigando por uma plateia, Shan teria respondido com um sonoro sim. Mas agora, alimentado e hospedado e livre do desespero, ele se lembrou de que havia uma diferença enorme entre divertir uma família durante o jantar e apresentar-se sob encomenda, como já fizera em uma centena de bares decadentes.

– Não tenho certeza – ele disse, sinceramente.

Uma leve surpresa cruzou a expressão inalterável do homem, mas não tipo ofendida. Ele bateu a cinza do charuto no cinzeiro.

– Bem, quando você se decidir, venha me ver no clube. Estou por lá na maioria dos finais de semana. Diga que foi o Max quem chamou.

Shan assentiu.

– Obrigado, senhor.

– Ah, garoto. Isto é para você.

Max lançou um olhar para um dos acompanhantes, que prontamente parou de comer.

Sujeito magro de seus vinte anos, faces marcadas indicando cicatrizes de varíola. Do bolso interno da jaqueta, ele tirou uma carteira de couro e, de lá, cinco notas de um dólar. Ele as jogou na borda da mesa com a indiferença de quem livra os bolsos de bolinhas e fiapos.

– Pelas risadas – o *signore* Trevino explicou.

Shan só observou o dinheiro, como que à espera da piada. Estivadores ou operários provavelmente levavam semanas para ganhar tudo aquilo.

– Que foi, não quer?

Nick entrou em ação. Recolheu o dinheiro e o enfiou no bolso de Shan em um único movimento fluido.

– Claro que ele quer. E está muito agradecido, também.

Max recuou a cabeça, as sobrancelhas franzidas, como se dissesse: "E quem diabos é este?".

– Sou Nick Capello. E este é meu irmão mais novo, Tommy. É realmente um prazer – ele ofereceu a mão; porém, antes que o homem pudesse apertá-la, o senhor Capello interferiu.

– Niccolò – ele chamou, com certa aspereza na voz. – *Andiamo*.

Era hora de ir embora.

19

Um beco mal iluminado no Bronx não era um lugar para se estar em uma sexta à noite. Na fila com clientes embonecados, Shan ajeitou o colarinho. A gravata que tomara emprestada parecia uma armadilha.

Desde que Nick tinha sugerido que saíssem, três dias antes, Shan havia hesitado diante da ideia. Estar ali agora consolidava suas restrições. Não que ele tivesse escolha de fato. Se não fosse por Nick, ele estaria na rua ou preso em um orfanato em um país ou no outro. O mínimo que Shan podia fazer era acompanhá-lo por uma noite. Ele só desejava não ter agido sorrateiramente com os pais de Nick.

– Nós só vamos ver um show – Nick dissera para a mãe, antes que ele e Shan escapulissem porta afora.

De acordo com Nick, dada a desaprovação do pai à generosidade de Max Trevino, era melhor serem vagos quanto ao local do show.

– Tommy – Nick estava dizendo agora, impelindo Shan a mover-se na fila. A impaciência em sua voz indicava que várias outras tentativas já tinham sido feitas de chamar a atenção de Shan.

– Desculpe – Shan respondeu baixinho. – Não estou acostumado a responder a isso.

– Bom, é melhor mudar isso nos próximos cinco minutos. A última coisa de que preciso é um sujeito feito Max Trevino pensar que sou um mentiroso.

O Royal ficava no segundo andar de um grande prédio de tijolos, acima de uma farmácia e de uma barbearia, e entrada lateral. Shan espiou a escada estreita que levava ao porteiro, um italiano enorme com braços que pareciam canhões e deixavam Shan ainda menos entusiasmado com o passeio. Mais uma vez ele afastou o colarinho.

– Agora, lembre-se – Nick falou, mal acima de um cochicho. – Se você vai continuar sendo um tonto e recusar a proposta, ao menos me dê a chance de conseguir um emprego primeiro. E pare de se remexer, está bem?

Shan obrigou as mãos a ficarem alinhadas às pernas, mas torceu um ombro em busca de conforto.

– Não consigo evitar. A droga da camisa é muito pequena, e o paletó é muito grande.

Nem o chapéu parecia do tamanho certo.

– "Droga"? – Nick resmungou e abanou a cabeça. – Você não pode usar esse palavreado. Jesus.

Fazia algum tempo que a antiga vida de Shan tinha invadido seu vocabulário. Ele precisava se concentrar. Quanto mais rápido Nick completasse sua missão, mais cedo eles iriam para casa.

Por fim eles subiram a escada. À frente deles, dois casais – ambos os homens de *smoking*, as acompanhantes envolvidas em estolas de pele – receberam permissão e entraram gingando.

– Aqui vamos nós – disse Nick.

Eles pisaram no patamar ao mesmo tempo. O porteiro examinou Shan rapidamente.

– E você está o quê? No ensino fundamental? Cai fora – ele moveu a mão, chamando os seguintes na fila.

Mas Nick não moveu um músculo. Empertigou-se no paletó preto, que aliás lhe servia muito bem.

– Fomos convidados.

O homem riu.

– Ah, é? Por quem?

– Pelo Max – Nick respondeu, como se nada fosse mais óbvio. Atrevendo-se a aumentar a pressão, ele acrescentou: – Não acredita em mim? Vá perguntar para ele.

O homem pareceu imperturbável. Inclinou a cabeça, examinando-os em busca da verdade. Ou, com mais probabilidade, avaliando as consequências de expulsá-los indevidamente. Contrariado, ele apontou a entrada com o polegar.

– Vão.

– Muito gratos – disse Nick, e conduziu Shan pela porta. Quando ela se fechou atrás deles, Nick revirou os olhos. – Que besta quadrada.

O volume da música aumentou, conforme eles percorriam o corredor iluminado por uma série de arandelas. Nick tirou o chapéu e alisou o cabelo. Tal como o de Shan, tinha crescido bem uns dois centímetros e meio desde a chegada do navio, dois meses antes. Uma vida inteira antes.

– Agora, aja como se pertencêssemos a este lugar, e assim pareceremos perfeitamente encaixados. Ah! E, aconteça o que acontecer, não suje o paletó. Tenho de devolvê-los até meia-noite, antes que alguém perceba que não estão lá.

Quando absorveu as palavras, Shan estancou e imobilizou Nick.

– Você falou que os tinha pegado emprestados.

Nick ficou na defensiva.

– É, peguei – mas então explicou. – Tenho um amigo que trabalha na lavanderia do avô. Ele me devia um favor.

– Mas e os sapatos e chapéus?

Nick deu de ombros.

– De uma loja de penhores. Eles são só os guardiões.

Shan sentiu uma dor de cabeça se instalando.

– Mas vamos indo, vamos – Nick foi na frente, virou em um canto onde uma mocinha estava atrás de um balcão e na frente de uma fileira de sobretudos e xales pendurados. Ela piscou, supostamente devido à idade deles, ou talvez só pela de Shan, já que ela não poderia ser mais do que um ou dois anos mais velha do que Nick.

– Pois não? – ela disse para Nick. Então, um momento depois: – Vocês têm casacos para guardar?

Nick tinha se esquecido de como falar. Uma reação compreensível. A moça tinha pele de marfim e penetrantes olhos verdes, realçados pela fita da mesma cor nos cachos platinados.

Shan respondeu por ele:

– Hoje não.

Ela deu de ombros, com indiferença, antes de se dirigir aos clientes atrás deles. Shan cutucou Nick para quebrar o feitiço, e eles prosseguiram. Elevando a voz, Nick murmurou:

– Da próxima vez traremos sobretudos. Pilhas e pilhas de sobretudos.

Da próxima vez ele estaria sozinho. Shan pensou em dizer isso, mas o pensamento se desfez e caiu no esquecimento no momento em que eles passaram por uma porta emoldurada por uma cortina preguada de veludo cor de vinho, ao entrarem em um mundo que ele nunca tinha visto antes.

Toda a movimentação, as luzes e a agitação de uma cidade estavam contidas em um único lugar. Perfumes florais e colônias amadeiradas se misturavam à fumaça dos charutos dos homens. As mulheres também fumavam em longas piteiras pretas, ao mesmo tempo que seguravam coquetéis e taças de champanhe. O cristal retinia em brindes festivos.

A Lei Seca estava próxima, os jornais haviam declarado. No final do ano, a festa acabaria. Até lá, parecia que as pessoas queriam aproveitar até a última gota.

– Bem, isto é o que eu chamo de viver – disse Nick.

Shan não tinha como discordar, observando os músicos de cor no palco. Eles usavam *smokings* brancos com gravatas-borboleta pretas e tocavam trompete, trombone, saxofone e um piano. Casais dançavam no centro do salão, no centro de mesas e cadeiras dispostas em forma de U. O modo como saracoteavam lembrou Shan as danças nos bares.

– Gostaria de fumar, senhor?

Uma mulher usando um chapéu minúsculo com uma pena e um vestido brilhante, despudorado, acima dos joelhos, abordou Nick. Carregava uma bandeja cheia de charutos e cigarros.

– Agora não, boneca – disse Nick, uma frase que ele claramente havia ensaiado. – Mas talvez você possa me ajudar a encontrar alguém.

– Tem muitos alguéns aqui. Você tem algum específico em mente?

– O Max disse a mim e ao meu irmão para procurarmos por ele – Nick passou a ela uma nota dobrada de um dólar, uma nota que, verdade seja dita, havia anteriormente pertencido ao senhor Trevino. – Diga a ele que Nick e Tommy, do Palermo, estão aqui.

Ela olhou para Shan. Menos do que desconfiada, ela parecia intrigada. Então apanhou a cédula com a fluidez de um político experiente.

– Por aqui.

Ela os conduziu pelo mar de mesas com toalha de linho, cada uma tremeluzindo à luz de uma vela abrigada sob uma cúpula de cristal. Garçons serviam a comida em pratos de porcelana fina. Ali perto, um homem abraçava uma mulher por trás, orientando-a sobre como tirar a rolha de uma garrafa. Timidamente ela se desviou, de olhos fechados, e a rolha disparou contra o teto. Os amigos rugiram de alegria enquanto um jorro de bolhas respingava no piso quadriculado.

– Esperem aqui – disse a moça dos cigarros.

Ela prosseguiu sozinha até uma mesa recuada junto à parede. Uma cortina de tecido branco ocultava parcialmente a pessoa com quem ela conversava. Ao terminar, ela voltou até Nick e apontou para a área reservada.

– Seu desejo foi realizado.

Nick agradeceu e rumou para lá, com Shan seguindo hesitante. Ele não conseguia evitar a sensação de que as palavras dela embutiam um alerta.

– Ora, vejam só – o senhor Trevino disse, quando eles se aproximaram.

As sombras lançadas pelas luzes do palco davam ao sorriso dele um ar ameaçador. Desta vez, o *signore* aceitou a mão ansiosa que Nick estendeu.

Shan tirou o chapéu e amassou a borda.

– É um prazer vê-lo novamente, senhor Trevino.

– Max – ele corrigiu, antes de tragar o charuto. – Vejo que refletiu sobre a minha oferta.

– Na verdade, eu... – Shan sentiu o olhar de Nick enviando um lembrete – Sim, senhor.

– Bom, isso é bom. Aqui, sentem-se – Max apontou para os lugares vagos no banco acolchoado de couro branco.

Os dois mal haviam deslizado para o reservado quando Nick entrou na conversa.

– Max, só quero que você saiba que seria uma verdadeira honra trabalhar para você. Então, se houver qualquer posto que eu possa ocupar, ficaria muito grato.

Por "qualquer posto" ele quis dizer, é claro, qualquer um excluindo trabalho pesado, como recolher o lixo ou engraxar sapatos. Algo que exigisse usar bons paletós e chapéus, acompanhado por um salário que lhe permitisse comprar as duas coisas.

Max levantou as sobrancelhas, peludas como lagartas.

– Você é artista como seu irmão, hein? Um dueto – ele assentiu, imaginando a apresentação. – Gosto disso.

– Bem... Não, senhor. Não exatamente – a confiança de Nick cedeu sob os olhos apertados de Max; o homem não gostava de ser confundido. – O que estou dizendo é que, se houver qualquer outra coisa em que você consiga pensar, eu agarraria a oportunidade. Estou disposto a fazer qualquer coisa, é só dizer.

Max se recostou no banco, não aceitando nem refutando a ideia. Então se virou para Shan:

– E quanto a você, garoto?

– Eu?

– Você também está procurando uma oportunidade?

Shan varreu o salão com o olhar. Não havia dúvida sobre como o senhor Capello se sentiria sobre eles trabalharem em um lugar com coquetéis, champanhe e moças com vestidos acima dos joelhos. Shan estava se debatendo sobre como recusar, quando uma percepção o atingiu em cheio.

O cantor no microfone, Shan conhecia aquela voz. Conhecia aquele rosto. Em pequena medida, conhecia até o homem. Shan olhou para Max.

– Aquele é o George Cohan.

Max olhou de relance para o palco e soltou uma longa baforada.

– Meu camarada Billy deveria se apresentar nesta noite. Mas o velho Murray caiu doente no último minuto. O Cohan aqui era bom o bastante para substituir.

As revelações competiam por espaço na cabeça de Shan.

– O senhor está dizendo... *O Billy Murray?*

– O próprio e único. Eu imaginei que você fosse fã desses sujeitos, com aquelas suas músicas da outra noite. Quem sabe eles dividem o palco com você qualquer hora dessas. O que acharia disso?

Shan mal podia imaginar. Atuar com o senhor Murray em pessoa, ou contar piadas ao lado do Rei da Broadway, George Cohan. Quando se encontraram da primeira vez, Shan estava vivendo nas ruas, o nariz escorrendo, a garganta raspando, as roupas imundas e encharcadas. Ele deve ter parecido um vira-latas sarnento, um mundo de diferença de sua aparência agora. Shan de repente apreciou o paletó de Nick, independentemente do tamanho.

Segundos depois, um camarada, talvez um garçom, apareceu na mesa de trás. A um estalo de dedos de Max, ele se aproximou, inclinou e falou sussurrando. Max ouviu com atenção. A contrariedade turvou seus olhos, quando o garçom se afastou.

– Rapazes, tenho de ir cuidar de um assuntinho. Mas venham ao clube durante a semana, e trataremos dos detalhes. Tudo bem para vocês?

– Totalmente – Nick irradiava alegria. – Senhor, muito obrigado.

O homem se afastou sem dizer tchau. Tampouco esperou pela decisão final de Shan.

Para Max, o acordo estava selado.

1923

20

É fascinante, realmente, quando você para e pensa. Como uma pessoa pode deslizar para dentro de uma nova vida como se calçasse um par de sapatos. Primeiro, tem-se uma noção muito nítida do encaixe: a dureza no calcanhar, a tira na largura sobre o peito do pé, a curvatura pressionando o arco. Mas, com o tempo, e depois de suficientes passos, a sensação se torna tão natural que você quase se esquece de que os está usando.

Esse foi bem o modo como a vida de Shan se transformou ao longo dos vários anos seguintes.

Apesar das restrições do senhor Capello, e com a ajuda da habilidosa orientação da esposa dele, Nick e Shan aceitaram os empregos propostos por Max Trevino. Ou, no caso de Nick, ao menos arranjados por Max. No começo, Nick não ficou exatamente exultante por ser o menino de entregas da farmácia abaixo do clube, um trabalho muito menos glamuroso do que as apresentações de comédia de Shan. Mas era um começo, e também agradava ao pai pela constância do salário.

Assim, enquanto Nick transportava remédios pela cidade, Shan apresentava seu número do Royal três vezes por semana. Em duas delas, ele até atuava com o próprio George Cohan – que felizmente não o reconhecera do beco – e uma vez com o legendário Billy Murray. Até Steve Porter apareceu, em certa ocasião. Com acontecimentos tão surreais, Shan sempre receava que a alegria não duraria muito.

E realmente não durou.

No finalzinho daquele primeiro verão, a senhora Capello foi assistir, tendo já apreciado o show algumas vezes antes. Já incomodada pela atmosfera impudica influenciando um menino daquela idade, ela não ficou propriamente satisfeita ao descobrir uma fã à espera de Shan no camarim.

O fato por si só poderia não ter sido tão prejudicial se a adolescente tivesse usado um pouco mais de roupa. O incidente desconfortável, combinado à desconfiança que a senhora Capello tinha de homens como Max, levaram o período de Shan no clube a um fim resoluto.

A decepção de Shan, no entanto, durou pouco, pois ele aprendera o que valorizar na vida. Depois do clube, ele ganhou dinheiro com serviços aleatórios: jardinagem ou entrega de recados ou pintando as cercas dos vizinhos. E ele se juntou ao senhor Capello nos trabalhos como encanador, quando uma mão extra era necessária – de vez em quando, tais "trabalhos" eram visitas secretas às pistas.

Em resumo, Shanley Keagan – como Tommy Capello – se tornou apenas mais um menino trabalhador do Brooklyn, com poucos vínculos com seu passado.

Nunca retornou ao posto da Marinha, tendo decidido abandonar sua foto de John Lewis juntamente com qualquer ilusão de uma procura bem-sucedida. Quando Nick surpreendeu Shan ao resgatar suas sacolas do Teatro Cohan, Shan guardou a moeda de seis centavos e os livros, mas descartou a carta do marinheiro. Por que guardá-la, uma vez que já encontrara seu lugar em uma família verdadeira e amorosa?

Embora o senhor Capello não fosse do tipo mais afetuoso e permanecesse inflexível em uma variedade de assuntos, sua ternura vinha à superfície mais do que a de muitos pais italianos, de cujos temperamentos explosivos Shan estava mais do que grato por manter distância. Em retribuição, embora em essência não fosse fã de beisebol, Shan aprendeu a gostar do jogo que tanta alegria dava ao homem, em especial porque Nick não tinha interesse. Shan até surpreendia o senhor Capello, vez por outra, com entradas para o estádio dos Yankees. Na arquibancada, o homem disparava previsões antes de cada golpe do rebatedor e sempre fazia comentários elogiosos ou críticos. Uma vez, quando um arremesso levou a bola perto demais da cabeça de Ping Bodie, Shan praticamente precisou segurar o senhor Capello para que ele não arremetesse contra o campista.

A senhora Capello, por outro lado, era mais discreta sobre suas paixões. Nem se discutia o orgulho enorme que ela dividia entre a religião, a cozinha, o lar e a jardinagem. Tampouco havia dúvida de que cada um deles tinha para ela pouco valor, quando comparado à família. Shan acabou passando muitos finais de semana ajudando-a no jardim comunitário. No começo, enxergou o próprio papel como sendo o de puxador do carrinho e carregador de todas as frutas e legumes que ela colhia para a semana. Mas ouvi-la falar sobre as plantas que havia cultivado, aqui e na Itália – deixando brotarem também outras histórias sobre seu velho país –, era na verdade a maior contribuição dele.

Para Nick, Shan também era um ouvinte. Tipicamente, o assunto girava em torno da mais recente beldade, ou acerca das ideias dele para o futuro, o receio de fracassar frequentemente desmentindo suas palavras. Mas acima de tudo Nick gostava de jogar cartas. Foi assim que Shan aprendeu estratégias de canastra, bridge, bexigue, cacheta e ao menos uma dúzia de versões de pôquer. Entre as partidas, enquanto Nick embaralhava as cartas, Shan contava piadas que havia tomado emprestadas ou criado, e juntos eles riam até altas horas da noite, quando, com frequência, a senhora Capello aparecia e sonolentamente ordenava que fossem dormir. Aos finais de semana, ele e Nick também se divertiam assistindo a apresentações do teatro de variedades na Broadway ou a filmes mudos no cinema.

Quanto a Lina – bem, ela era diferente. Pois era uma observadora, como Shan. Ela encenava histórias ou as contava na forma de poemas a partir do que recolhia nos jornais, em conversas entreouvidas ou a partir de um detalhe que escapara a todos os demais. O modo como um senhor grisalho endireitava todos os talheres antes de começar a comer, ou como um botão do casaco de uma senhora do mercado não combinava com os demais. Como uma coletora de casos, ela aos poucos leu todos os livros de Shan, que ele compartilhava e sobre os quais debatia com prazer.

O restante do tempo de Shan era passado na escola, atento às notas e à limpeza do nariz. Nick às vezes zombava dele, chamando-o de São Thomas, por se manter longe de cigarro e bebida, ambas indulgências que Nick veio a apreciar – em especial pela excitação de furtá-las. Mas para Shan não era uma questão moral, e sim uma aversão a repetir o destino do tio.

Talvez essa possibilidade assustadora fosse a razão pela qual Shan nunca tenha se sentido perfeitamente ajustado. Mesmo agora, no segundo ano do ensino médio, ele mantinha os amigos a certa distância. O mesmo se aplicava aos namoros, todos breves. Dado que as famílias das moças frequentavam a mesma igreja que os Capellos, a missa às vezes era estranha, embora nunca no mesmo nível de estranheza enfrentado por Nick.

Em um dado domingo, três moças da congregação descobriram que Nick estava saindo às escondidas com as três ao mesmo tempo. Podia-se sentir o olhar delas, afiados como lâminas, passando por cima dos bancos. Era um milagre, Lina dissera, que elas não tivessem jogado o vinho da comunhão bem no rosto dele. Infelizmente, nem todo mundo que se sentia enganado por Nick Capello demonstrava tanta contenção.

Hoje era um desses casos.

Shan percebeu isso assim que saiu da casa dos Capellos a caminho da biblioteca. As carrancas de dois camaradas esperando do lado de fora deixavam claro que não tinham vindo para comentar sobre o tempo surpreendentemente agradável de março.

– Não tenho nenhum problema com você – disse o mais forte deles –, mas vou ensinar seu irmão a não tentar roubar a namorada de outro sujeito.

Antes que Shan conseguisse argumentar com ele, Nick saiu de casa com um sorriso casual.

– O que posso fazer por vocês, rapazes?

Não houve discussão depois disso. O camarada musculoso caiu sobre ele com golpes e ganchos de direita. Ao contrário da noite em que Shan e Nick se conheceram no navio, desta vez Shan não pensou duas vezes antes de sair em defesa de Nick. Previsivelmente, o amigo do fortinho se juntou a eles, e a batalha começou.

Esta não era a primeira briga em dupla de Shan e Nick. Para qualquer menino, as lutas eram inevitáveis, mas no Brooklyn em especial. Os conflitos começavam com xingamentos, sendo os de origem nacional os mais convenientes: polaco, carcamano, gaélico, judeu. Quando havia escolha, Shan ainda preferia se afastar. Mas o mesmo não poderia ser dito sobre Nick. Não que algum deles tivesse opção naquele momento, esquivando-se dos golpes de um namorado enciumado e do parceiro dele.

O resultado foi um empate, embora ninguém teria pensado isso ao ver Nick e Shan depois, com os queixos machucados, lábios cortados e olhos inchados. De volta à casa, a senhora Capello disse a Lina que fosse buscar curativos e iodo, bandagens e camisas limpas, em uma tentativa desesperada de conter os danos antes que o marido voltasse do trabalho.

Mas foi só o que puderam fazer.

À mesa do jantar, o olhar do senhor Capello reduziu Nick e Shan ao tamanho de bebês. E com muita coerência, pois o senhor Capello via o comportamento de ambos como típico de crianças de dois anos. As tentativas da esposa de ajudar, enfatizando que os outros meninos é que tinham começado a briga, foram ignoradas.

O jantar durou uma eternidade. Em lugar de conversarem, todos beberam mais vinho, incluindo Shan. Ele havia desenvolvido gosto pela bebida como acompanhamento das refeições, e nesta ocasião estava especialmente grato por tê-lo.

Finalmente, o trinado do telefone cortou a sala. O senhor Capello se levantou para atender, como sempre fazia, trazendo com isso um momento de alívio à mesa. Quando o toque parou, Shan ouviu o cumprimento do homem, e depois um longo silêncio.

– Entendo – disse o senhor Capello, repetidas vezes, entre pausas. A palavra ficava mais curta a cada repetição, e por fim: – Há quanto tempo isso vem acontecendo?

A julgar por aquele lado único da conversa, parecia um caso raro de cliente insatisfeito. Aquilo só faria piorar o humor. Olhares de preocupação foram passados de um a outro como se fosse o cesto dos pães. Em seguida o senhor Capello disse:

– Isso vale para quantas matérias?

Então o assunto ficou claro. Nick apertou o guardanapo de linho no colo.

– Sim, eu entendo. Vou falar com o meu filho. Obrigado por telefonar, senhor Gelow.

O momento era inevitável; porém, a artimanha havia funcionado sem problema por tanto tempo que Shan começara a acreditar no contrário, ou no mínimo a torcer pelo contrário.

Com passos impossivelmente lentos, o senhor Capello voltou à cadeira. Exalações audíveis saindo de seu nariz indicavam a abundância de palavras que se acumulavam dentro dele.

– Mama. Lina – ele não levantou os olhos da mesa. – Deixem-nos.

A esposa hesitou, mas após um momento ficou de pé e em silêncio gesticulou para que a filha fosse lá para cima.

Ao longo dos anos tinha havido uma abundância de sermões naquela mesa, às vezes dirigidos a Shan ou a Lina, mas na maioria a Nick, por suas variadas desobediências: chegar atrasado para o jantar, desrespeitar o horário de voltar para casa, ignorar os pedidos da mãe para limpar uma coisa ou outra. No entanto, nenhuma daquelas broncas tinha jamais incluído alguém sair da sala.

O senhor Capello finalmente ergueu os olhos, a voz tensa e controlada.

– O diretor diz que meu filho Nick Capello tem faltado muitos dias à escola. Ele diz que várias de suas notas são insuficientes para passar de ano e que agora ele talvez não se forme em junho. Eu penso que isso não é possível, pois vi os boletins com os meus próprios olhos. E isso significaria que meu filho tem *mentido* para mim.

– Papa, por favor – Nick argumentou. – Se você puder me escutar...

– Não! É *você* quem vai escutar. – Os punhos do senhor Capello bateram na borda da mesa, a louça trepidou. Ele olhou para Shan. – Você sabia disso? Você vai me dizer a verdade.

Shan se retesou ao ouvir a pergunta. Sim, ele sabia. Nas matérias em que não tivera suficiente habilidade para enfeitiçar os professores, Nick havia aprimorado a arte de alterar – com lâmina, borracha e caneta – suas notas para outras que iriam satisfazer aos pais, evitando, assim, um sermão exatamente como esse.

Mas, antes que Shan pudesse verbalizar sua admissão, Nick interrompeu.

– Ele não sabia, papa. Está bem? Eu fiz tudo sozinho. Seja como for, não vejo qual é o grande drama.

A atenção se desviou de Shan, mas nem por isso havia motivo de alívio. A insolência de Nick tinha feito o senhor Capello arregalar os olhos.

– Você acha que mentir para o seu pai não é um grande drama?

– Não. Eu só... Eu estava falando da escola – Nick gaguejou seu argumento, a frustração crescendo, e não só desde aquele momento. – Amigos meus abandonaram há muito tempo. Eles estão ganhando dinheiro para as famílias deles, exatamente como eu. A única diferença é que eu estou fazendo as duas coisas. Que inferno, eu tenho dezoito anos, mas vocês ainda me tratam como um garoto, com hora para voltar para casa e até arrumando a droga da minha cama.

Parecia que, uma vez libertadas, as palavras não podiam mais ser contidas.

– E os professores não são diferentes. Eles agem como se estivéssemos no ensino fundamental. E o que eles ensinam? Latim e química. Nada que eu vá usar. A verdade é que a única razão pela qual eu estou lá é porque a mama tem uma ideia ridícula de que é importante, apesar de isso não significar um tostão furado no mundo real, e...

– Basta! – o senhor Capello se levantou de um salto e bateu a mão no copo de vinho, que voou pelos ares e se espatifou contra a parede.

Shan tremeu ao se levantar, assim como Nick, cuja cadeira tombou para trás.

— Benicio — a senhora Capello chamou, súbitamente na sala. O nome soou como uma súplica.

Mas o senhor Capello a ignorou. Continuou encarando Nick, fervendo. O vinho produzia listras vermelhas no papel de parede creme. Quando ele falou, sua voz tinha uma aspereza profunda, do esforço para dominar a fúria.

— Você *não* vai falar dessa forma sob o meu teto! Acha que é crescido demais para estar aqui? Velho demais para regras? Que, por receber um salário, tem o direito de desrespeitar seus pais? Talvez, então, seja hora de você ver como um homem de verdade vive: sozinho.

Shan percebeu o olhar perplexo de Nick e, mais do que isso, a mágoa. Mas Nick rapidamente escondeu ambos. Através dos lábios apertados, ele respondeu:

— Vou pegar minhas coisas.

Nick mal tinha se virado para subir ao quarto quando o pai disse:

— Desculpe? E que *coisas* são suas aqui?

No rosto da senhora Capello via-se o impulso para interceder, reprimido pela consciência de que não lhe cabia.

Nick riu baixo, sombriamente.

— Tem razão. Fique com tudo.

— Niccolò, não! — disse a senhora Capello, andando em sua direção com o rosto molhado de lágrimas. Porém, sem lançar à mãe um só olhar, ele saiu intempestivamente da casa.

Segundos mais tarde, Lina entrou, o olhar quicando entre o pai e a porta aberta.

— Ele vai voltar, não vai? Papa? Ele não vai voltar?

Não houve resposta.

Shan não podia ficar ali parado sem ao menos tentar ajudar.

— Vou falar com ele — disse para Lina, tranquilizando também a mãe. Dirigiu-se para a porta, mas o senhor Capello agarrou seu braço. A vermelhidão nas faces do homem começava a sumir, substituída por uma sombra de tristeza.

– Deixe que vá – ele disse.

– Mas o Nick só estava bravo. Tenho certeza de que ele não quis dizer...

– Tommy, não.

Fazia muito tempo que Shan se acostumara ao nome, usado por colegas da escola, por professores e outras pessoas que não o conheciam por outro. Ele o aceitara como uma espécie de apelido, nunca sentindo realmente ter tomado o lugar de outra pessoa.

Até aquele momento.

21

Um punhado de palavras amargas, uns poucos minutos, e a família Capello nunca mais foi a mesma. Três anos haviam se passado desde que Nick se mudara, primeiro para morar com um amigo, depois sozinho. Mas mesmo agora, sentado em um canto da sala de estar, Shan conseguia ver a mancha de vinho na parede da sala de jantar. Desbotada pelo tempo e por ser muitas vezes esfregada, ela lembrava uma cicatriz deixada por uma ferida que poderia nunca sarar.

– Me salva.

As palavras o trouxeram de volta ao presente, enquanto Lina deslizava para a cadeira ao lado dele.

– É absolutamente enlouquecedor. Aquela mulher não desiste.

– Quem?

– A senhora Sarentino. Quem mais?

Shan se virou e espiou a senhora Capello. Misturada ao grupo, ela ouvia a tagarelice sem fim da amiga.

Lina apertou o joelho de Shan, quase derrubando o prato de bolo que ele segurava.

– Não olha, senão ele vai vir para cá.

Mas Shan continuou olhando até localizar o "ele". Para a comemoração do décimo sexta aniversário de Lina, a senhora Sarentino tinha levado um presente especial: o filho desengonçado, cujos óculos grossos eram tão proeminentes quanto sua mandíbula.

– Ora, vamos, ele não é *tão* horrível assim – Shan respondeu a Lina, tentando não rir. – Você sabe, qualquer dia desses ele pode herdar todo o boliche do pai.

– Não ligo se ele herdar a Woolworth[1] inteira. A mãe dele é uma *pazza*.

Não era difícil ver por que qualquer mãe, tonta ou não, aspirava a unir o filho a Angelina Capello. Seu rosto, antes doce e delicado, ganhara a elegância da mãe. Os lábios cheios, as maçãs do rosto bem definidas, o sedoso cabelo preto que descia ondulando até os ombros. Recentemente, o corpo também tinha ficado mais feminino, embora uma parte de Shan se sentisse esquisita de reparar na mudança.

Lina continuou:

– Você acredita que ela elogiou a largura do meu quadril?

Shan quase gaguejou.

– Seu quadril?

Lina arqueou uma sobrancelha.

– Para dar à luz.

– Ah! Certo – ele disse. – Bem, é compreensível. Seu quadril *é* bem largo.

Lina ficou boquiaberta. Quando Shan riu, ela empurrou o peito dele, mal contendo um sorriso.

– Ora, coma o seu bolo.

O tom de voz dela indicava o desejo de esmagar a fatia no rosto dele, o que ela teria feito, não fosse a necessidade de se comportar diante dos amigos dos pais. Era uma reunião festiva típica, com fartura de comida, vinho e trocas de beijinhos. O bandolim de um convidado estava encostado ao sofá, esperando para ser usado em uma apresentação mais tarde naquela noite.

---

[1] Rede varejista norte-americana fundada em 1879, agora chamada Foot Locker. (N.T.)

– Tommy, canta – alguém iria pedir, e ele os divertiria com um repertório repleto de canções tolas e música folclórica italiana.

Mas, por enquanto, as senhoras estavam conversando sobre receitas, jardinagem e as últimas fofocas do bairro. Os homens falavam sobre o presidente Wilson e beisebol e o impacto de Mussolini na Itália. E, durante o tempo todo, muitas histórias eram contadas. Nisso, os irlandeses eram iguais.

Shan agora ouvia o senhor Capello, do lado oposto da sala, contar uma de suas favoritas: sobre um certo "cliente não identificado" que sumira com as meias de seda da namorada mandando-as pelo vaso sanitário abaixo, o que causou o entupimento do cano e exigiu a intervenção especializada de um encanador. Shan participara da visita, ocorrida havia apenas seis meses, poucos dias depois de ele receber o diploma e começar a trabalhar com o senhor Capello em tempo integral.

Os homens ouvindo o relato riram com gosto. Pareciam não perceber os olhares que o senhor Capello dirigia seguidamente à porta.

Shan conhecia bem aqueles olhares. Eles ocorriam durante os jantares dominicais quando Nick não se juntava a eles, o que atualmente significava a maioria dos domingos. Shan precisara de muitos meses após o desentendimento familiar para convencer Nick a ir visitar. O primeiro encontro foi uma refeição tensa, e as desculpas meramente superficiais de Nick não tinham ajudado nem um pouco. Mas com o tempo as interações passaram de educadas a agradáveis. De fato, dadas as longas horas de trabalho de Nick, o senhor Capello já nem exigia que ele fosse à igreja com a família, apesar do desejo contrário da senhora Capello. O pai também não perdeu as estribeiras quando Nick só pôde ficar por uma hora, no almoço de Ação de Graças na semana anterior. A extensão daquela liberdade, porém, tinha limites, e isso estava claro pela atual agitação nos olhos do senhor Capello. A ausência do filho na festa não seria digerida tão facilmente.

– Alguma notícia do Nick? – Lina perguntou de repente. Também ela devia ter notado o desconforto do pai. Por outro lado, sempre fora boa observadora.

– Tenho certeza de que chegará logo. Eu sei que ele planejou vir.

Ela assentiu e exibiu um sorriso suficientemente iluminado para enganar outras pessoas.

– Ah, olha, eu tenho uma coisinha para você.

Shan alcançou um pacote no canto da mesa, uma pequena distração. Ele mantivera o embrulho separado dos demais presentes, empilhados na mesinha central, pois não queria perder o momento em que ela abrisse.

– Eu ia esperar até que a agitação diminuísse, mas pode ser que isso demore.

– Você sabe que não precisava...

Ele deu de ombros.

– É só para entreter você até que publique o seu algum dia.

Ela desfez rapidamente o laço e afastou o papel marrom. Quando viu que dentro dele havia um exemplar de capa dura, levantou os olhos, incrédula.

– Isto era da sua mãe.

– E agora é seu. Você vai ver, a prova está dentro.

Cuidadosamente ela abriu a capa, onde Shan escrevera *Angelina Capello* diretamente abaixo do nome manuscrito da proprietária original: *Moira Keagan*.

– Mas eu... Não poderia de jeito nenhum... Era o preferido dela, você me contou.

– Acho que ela não vai precisar dele no curto prazo.

– Ora, sim, claro, eu sei, mas...

– Lina, é *Razão e sensibilidade*. Tentar acompanhar a loucura de como todas aquelas mulheres pensam é suficiente para fazer meu cérebro explodir.

Havia certa verdade naquilo, e ambos riram.

Ela voltou a olhar para a capa e gentilmente acarinhou as palavras já bem gastas do título.

– Fico muito contente por você estar aqui – ela disse, e algo em seu tom de voz revelou a ele que ela não estava se referindo apenas àquela noite.

Shan apreciou ser valorizado, mas ao mesmo tempo o comentário reforçou a importância da presença do irmão real de Lina. Em uma sexta-feira à noite, Shan adivinhava o que o estaria retendo. Nick começara a trabalhar no Royal um ano antes, recebendo e acomodando os clientes. Um garçom glorificado, na opinião do senhor Capello. Mesmo assim, o emprego era a chave para seu futuro, alegava Nick, e da mesma forma exigia longas horas de dedicação. Uma desculpa conveniente para suas raras idas à casa.

– Aqui – Shan passou o prato para Lina, antes de se levantar. – Vou telefonar e saber do Nick.

– Você não precisa fazer isso.

– Ora, coma o seu bolo. Faz bem para o quadril.

Ela o fuzilou com os olhos, mas então um sorriso caloroso de gratidão cruzou seus lábios.

Shan serpenteou pela sala, cumprimentando, conforme fosse o caso, com abraços e beijinhos nas faces. O rosto dos recém-chegados estava gelado da noite de início de dezembro. Sapatos reluziam de neve.

Ele pegou o telefone na mesinha da entrada e segurou o fone junto à orelha. Por cima da conversa da festa, pediu à telefonista que o conectasse ao clube. Shan precisou repetir duas vezes, e, quando conseguiu completar a chamada, o ruído do outro lado impossibilitava a comunicação.

Bem nessa hora, ao lado do telefone, ele viu o pequeno trabalho de argila amarela que Lina fizera quando ainda estava no ensino fundamental. Tinha a forma de um girassol e servia de suporte para a chave da caminhonete Modelo T que o senhor Capello havia orgulhosamente comprado dois anos antes.

– Pensando melhor, esqueça – Shan falou no fone, sem fazer ideia se a pessoa conseguia ouvi-lo. – Estarei aí em um instante.

22

Cortinas pregueadas de veludo ainda emolduravam a entrada para o salão principal do Royal, onde clientes desfrutavam do brilho das velas e de um grande lustre de cristal. Shan se lembrou da impressão que o lugar havia causado quando visto pelas lentes de um menino de doze anos, e supôs que pareceria muito menos encantador agora, na realidade e gasto pelo tempo. Mas estava enganado. O clube noturno de Max Trevino estava tão impressionante quanto sempre fora.

– Dá licença, amigo?

Shan percebeu que estava bloqueando a entrada de um homem e sua acompanhante, e se afastou.

O casal estava adequadamente trajado para a ocasião, com roupas finas e arrumadas como o restante do público. Por todo o salão, senhoras exibiam mais penas e maquiagem do que nos anos anteriores. Os cabelos curtos, com franjas retas como réguas, eram uma afirmação, mas as exclamações vinham das meias-calças sete oitavos, que expunham coxas nuas por baixo de vestidos debruados.

No palco, músicos de jazz tocavam alto uma música animada, e as recordações de Shan voltaram em torrente. As risadas, os aplausos, o champanhe borbulhante.

– Eu devo estar vendo coisas – uma voz feminina provocante comentou. – O Tommy Capello que eu conheço é puritano demais para um lugar destes.

Ele sorriu para Josie, uma lembrança longínqua da moça que conhecera como "a menina da chapelaria". Sua pele ainda era de marfim, e os olhos ainda de um verde penetrante, mas os cachos platinados tinham sido remodelados em tranças, exceto por uma ou outra mecha solta. Ela usava o vestido longo e justo de uma anfitriã, de cetim roxo, com uma fenda em uma das pernas. O decote profundo acentuava o formato dos seios, acentuados por duas faixas sobre os ombros nus. Ele manteve o olhar no rosto dela.

– Como tem passado, Josie?

– Não posso reclamar.

– Já faz um tempo.

– Quatro meses. Mas quem está contando?

Da última vez que seus caminhos haviam se cruzado, coincidentemente, tinha sido na noite de aniversário de Nick, na festa oferecida pelos amigos. A busca de Nick por Josie Penaro havia levado anos até chegar a namoro e passara pelos altos e baixos típicos. As oscilações ficaram evidentes quando ela abandonou a festa cedo, com lágrimas escorrendo pelas faces.

– Só vim ver o Nick – Shan disse.

Os lábios rosados fizeram um beicinho amuado.

– E eu aqui pensando que você tinha vindo para me ver.

Quando Shan se debateu sobre como responder, ela riu.

– Ah, estou só brincando. Vem, eu levo você.

Ela pegou a mão dele, os dedos compridos em luvas de cetim branco, e o conduziu.

Casais no centro do salão dançavam o Charleston, remexendo quadris e mãos e fazendo balançar os colares de pérolas. Nas mesas ao redor, os clientes brindavam com xícaras de chá em lugar de copos e taças. No entanto, pelo modo como gingavam e entornavam as bebidas, a fachada de Lipton era claramente uma precaução para o caso de uma batida policial.

Quando passaram pelo bar principal, Shan reparou que as prateleiras não exibiam nenhuma evidência de bebida alcoólica. Ou os atendentes estavam escondendo as garrafas ou os clientes estavam trazendo o próprio estoque. Nenhuma das opções parecia muito prática.

– Onde as pessoas estão conseguindo bebida? – ele perguntou para Josie.

– Agora é você que está brincando – uma covinha se formou na bochecha dela pelo nascer de um sorriso, que desapareceu quando ela percebeu que ele falava a sério. – Na farmácia lá embaixo, seu bobo.

– Na farmácia?

– De lá vem o álcool puro.

A falta de conhecimento dele claramente a aturdiu. Continuaram a andar, e ela baixou a voz só um pouco.

– Eles preparam na escada dos fundos. Não fica extraordinário, não é como as borbulhas de verdade, mas, como você vê, ninguém aqui parece se importar.

Ele perscrutou o salão e viu os garçons servindo. De repente, sentiu-se terrivelmente ingênuo. Durante todos aqueles anos em que fizera entregas para a farmácia – sem dúvida para inúmeros destinatários –, Nick havia indiretamente trabalhado para Max. Sem jamais dizer uma palavra. Shan tentou não se deixar levar por pensamentos sobre não ser confiável.

– É uma quantidade de chá enorme que eles estão bebendo. Os policiais nunca fazem perguntas?

– Os espertos, não.

Tal situação, ele supunha, não era restrita ao Royal. Se por um lado nem todos os policiais ignoravam a fermentação de vinho nos porões italianos – policiais irlandeses, em especial –, os que compreendiam aquilo como parte da cultura, como o oficial Barsetti, tendiam a olhar para o outro lado.

– Max, querido – Josie parou em um reservado onde um homem estava sentado sozinho com seu charuto. Ela beijou o rosto dele. – Veja quem está aqui.

Da última vez que Shan tinha estado ali, Max Trevino estava instalado exatamente à mesma mesa. Por um momento, pareceu que poucos minutos haviam passado. Mas um olhar mais atento revelou menos cabelos na cabeça de Max, e mais fios grisalhos nas têmporas, e o rosto um pouco mais pesado do que antes. Ele estreitou a vista.

– Ora essa, mas se não é o menino maravilha.

Shan sorriu e apertou a mão do homem.

– Como tem passado, Tommy?

– Estou bem, senhor, obrigado.

– "Senhor"? Mas que raio é isso de "senhor" agora? Eu o conheço desde que você era um moleque, e você age como se acabássemos de nos conhecer.

– Desculpe, Max. É o hábito.

Max reclinou e deu um sorriso dúbio.

– Então, quer voltar à ação, hein? Finalmente se recuperou do agradinho que mandei para o seu camarim?

Shan precisou de um momento para entender a referência. Quando entendeu, procurou disfarçar o choque. Ele nunca se dera conta antes. A fã em trajes sumários que o surpreendera – e à senhora Capello – tinha sido evidentemente um presente.

– Creio... Que por ora estou estabelecido – Shan disse, tentando organizar as ideias.

Max tragou o charuto e soltou uma baforada de fumaça.

– Ah, sei. Bem, você sempre foi mais esperto do que o restante de nós – aprovação genuína brilhava nos olhos dele. – Aqui, sente-se. Conte-me o que posso fazer por você.

Shan de repente se lembrou de Lina, que ainda tinha esperanças de ver o irmão até o fim da noite. Permanecendo de pé, ele disse:

– Na verdade, eu vim procurar o Nick. Gostaria de conversar com ele, se não for incômodo.

– Nick, é? A noite está bem agitada. É alguma coisa importante?

– É um assunto de família. – O respeito pela família sempre estivera no alto da lista de valores de Max.

Josie interveio.

– Tudo bem se eu o levar? – Ela inclinou a cabeça com modéstia afetada e um toque de persuasão.

Max tragou o charuto de novo.

– Que diabo, não vejo por que não. Não tenho razão para não confiar no Tommy aqui. Não é assim, filho?

– Definitivamente, senhor.

Shan se perguntou com o que tinha acabado de concordar.

– Então vamos – Josie enlaçou o braço dele e o conduziu.

Logo estavam entrando na cozinha. Cozinheiros e garçons serpenteavam em sua rotina frenética de pratos, travessas e panelas. Filés picantes chiavam, e molhos cremosos ferviam. Legumes coloridos eram fritos na manteiga. Shan precisou se encolher para não colidir com uma bandeja desproporcionalmente grande.

Ele começava a se perguntar se Nick era mesmo um garçom, como o senhor Capello havia comentado, quando Josie entrou com ele em uma grande despensa. Atrás dos barris marcados como farinha, eles prosseguiram para baixo por uma escada estreita, uma lâmpada nua pendendo acima de suas cabeças.

– Atalho – ela explicou, quando eles desembocaram diante de uma parede de metal.

Ela bateu e agitou os dedos em frente ao olho mágico. Um som metálico rascante indicou a abertura de uma fechadura, e uma parte da parede deslizou e se abriu; uma passagem secreta.

– Mil vezes obrigada – Josie disse para o italiano enorme. O sujeito costumava vigiar a porta principal. – Você se lembra do Tommy, irmão mais novo do Nick?

O camarada ergueu o queixo como início de um aceno, como se baixá-lo fosse esforço demais. Então trancou o ferrolho de novo e reassumiu o posto na porta à direita.

Josie sorriu para Shan.

– Por aqui – ela o empurrou por uma cortina preta com uma abertura central.

O que ele encontrou, no fundo da toca, foi um salão de apostas em plena atividade.

Melindrosas e homens em ternos risca de giz se amontoavam ao redor de mesas de vinte e um, dados e roletas, os funcionários da casa com colete e gravata-borboleta. Risos e gritos perfuravam a névoa de cigarros. Uma parede distante exibia as possibilidades de aposta anotadas a giz, ao lado de uma mesa com vários telefones. Em um canto mais afastado, um atendente preparava uma bandeja de martínis e champanhe para que garçonetes servissem aos clientes.

Clientes que certamente eram mais apreciados do que os que frequentavam o salão.

– Nada mau, hein? – disse Josie, e riu do silêncio perdido dele.

Salas de jogos e bares clandestinos tinham explodido desde a Lei Seca. Isso era de conhecimento comum. Shan apenas nunca tinha suspeitado de que ambos existissem bem ali naquele prédio.

– Acho que o Nick nunca lhe contou – algumas das palavras de Josie foram derrotadas pelos guinchos de vitória de uma moça muito desinibida na mesa dos dados. – Ele está gerenciando o local agora.

– Gerenciando... O salão de apostas?

– Tudo que você está vendo. O Max ofereceu outros pontos para ele antes, em negócios menores que ele tem, mas o Nick não quis. Ele sempre quis ser um figurão do pedaço, você sabe.

Quando a frase chegou ao fim, Shan acompanhou o olhar dela até o ponto onde Nick estava, do lado oposto. Vestindo terno, o cabelo penteado com gomalina, ele falava ao ouvido de uma bela morena sentada à mesa de coquetéis do canto. Ela jogou a cabeça para trás em uma risada exagerada. A meia-calça enrolada no topo indicava a ausência de ligas.

Embora Shan sentisse a fúria do olhar de Josie, ele virou a cabeça e encarou sua nova descoberta. Nick disse algo para a mulher sentada, antes de se afastar dela e se aproximar de Shan com um sorriso interrogativo.

– Surpresa – disse Josie com indiferença.

Nick olhou para Shan, vacilante.

– Max o mandou aqui para os fundos?

– É – disse Shan.

E ao mesmo tempo Josie interrompeu:

– Aparentemente, ele sabe em quem pode confiar.

Nick bufou.

– Josie. Ela é uma cliente.

– Claro que é. Motivo pelo qual é melhor eu deixar você na função. Detestaria distraí-lo do seu trabalho.

– Ora, boneca, não seja assim. Ele tomou o queixo dela para dar um beijo, mas ela se desviou, e os lábios dele roçaram sua bochecha.

– Vejo você por aí, Tommy – ela disse, e voltou pelo caminho da ida.

Nick revirou os olhos e sorriu para Shan.

– E aí? O que acha?

Ele endireitou o corpo, permitindo uma visão completa do salão efervescente, da bebida correndo solta, do dinheiro trocando de mãos. Os grandes grupos sugeriam uma clientela de alta estirpe.

– Você não sabia que a verdadeira festa acontecia aqui atrás, hein?

Shan sacudiu a cabeça sentindo que "festa" era uma redução.

– Levei anos para subir na carreira. Estou gerenciando o salão inteiro agora, acredita?

– É, eu soube. Pela Josie.

Nick pareceu perceber as implicações de não ter confiado em Shan.

– Faz algum tempo que venho querendo contar para você e também para o resto da família, para vocês não acharem que eu simplesmente sirvo as mesas. – Ele soava tão orgulhoso pela revelação que Shan optou por não mencionar os riscos evidentes do trabalho.

– Parabéns. É ótimo, Nick.

– E pensar que tudo começou quando nós nos esgueiramos para dentro do clube, tanto tempo atrás. Você naquele paletó velho imenso. – Nick riu enquanto ajustava as próprias lapelas, chamando a atenção para a jaqueta cinza chumbo que vestia, sem dúvida de seda e feita sob medida.

Exatamente como outrora, Shan de repente se sentiu comparativamente inferior. Apesar de agora eles se encararem olho no olho com seus quase um metro e setenta e cinco, de alguma forma Nick ainda parecia mais alto. Shan espiou de relance para as próprias unhas, para a graxa que nunca conseguia remover por completo, e fechou os dedos para escondê-las. Contudo, sentiu que Nick já percebera.

Shan foi direto ao assunto.

– Alguma chance de escapar logo? A Lina esperava ver você nesta noite.

– Por quê? O que está acontecendo?

– A festa. Do aniversário dela.

Nick gemeu.

– Merda. Me fugiu da cabeça.

– Não é tarde demais. Você ainda poderia dar uma passada.

– Gostaria de poder. De verdade – Nick não soava totalmente sincero. Será que não conseguia imaginar a tristeza que Lina sentiria quando Shan voltasse sozinho?

– Nick, é o aniversário de dezesseis anos dela. E você teoricamente é o irmão mais velho dela, pelo amor de Deus.

A mandíbula de Nick havia enrijecido perceptivelmente, assim como seus olhos.

– Bem, infelizmente, não tenho um cronograma como o de vocês. Não posso simplesmente sair quando me dá vontade.

Ambos caíram no silêncio espesso de tensão que se acumulava com facilidade demais naqueles dias. Mas, então, Nick sacudiu a cabeça e desanuviou.

– Ah, que diabo. Você sabe como sou com essas coisas de família. Sou uma decepção, quer esteja lá ou não – uma verdade inconveniente desmentia a ligeireza de suas palavras.

O responsável pela roleta levantou a mão, como se obedecendo a uma deixa, chamando Nick.

– Olha, eu tenho de ir. Diga a Lina que vou recompensá-la, está bem?

Sem esperar por uma resposta, Nick se afastou e cruzou a sala. Nem mesmo pediu a Shan que mantivesse segredo sobre as revelações da noite. Evidentemente, era o esperado. Afinal, compartilhar tal informação comprometeria outras pessoas.

No entanto, foi só ao passar de volta pela cortina, onde o porteiro o encarou com olhos inexpressivos, que Shan percebeu que não tinha impedido a mesma coisa em relação a si próprio.

23

– *Fai attenzione* – disse o senhor Capello, claramente irritado.

Shan olhou para baixo, na direção do homem ainda sob a pia da cozinha, a mão esticada para fora.

– Desculpe, papa. O que você pediu?

O senhor Capello resmungou.

– Chave de cano.

Mais uma vez Shan estivera com o olhar perdido para fora da janela, para além da névoa da manhã, debatendo-se sobre como abordar o assunto. Ele vasculhou a caixa de ferramentas de metal sobre a bancada e estendeu uma ferramenta, que o senhor Capello pegou com uma ligeira torção do punho.

– Por que você se deu ao trabalho de vir hoje?

A pergunta não era necessariamente retórica. Era só uma pia de cozinha que precisava de substituição na casa dos Rigonis, na Rua Laurel. Nada que o senhor Capello não pudesse fazer sozinho. Mas Shan insistira em acompanhá-lo, tinha até vestido o macacão – idêntico ao do senhor Capello –, apenas não conseguia se forçar a dizer por quê.

– Pensei que gostaria de ter companhia.

– Mas você nem está conversando. Como isso pode ser "companhia"?

– Bem, eu não disse que seria uma boa companhia.

O senhor Capello não respondeu. Ele sabia que aquele não era um caso típico. Na maior parte dos trabalhos feitos em conjunto, eles discutiam as últimas notícias, desde as políticas do presidente Coolidge e boatos sobre uma greve próxima até comentários sobre campanhas políticas, menos previsíveis agora que mulheres podiam votar; e, sempre, sobre beisebol. Mais especificamente, sobre Tony Lazzeri. Depois que Ping Bodie foi vendido, ainda uma questão dolorosa para o senhor Capello, o novato dos Yankees havia se tornado um sinal de esperança.

Hoje, porém, as preocupações de Shan estavam em outro lado. Claro, ele estava preocupado com a realidade e os riscos do trabalho de Nick, para não falar no próprio apuro depois de, literalmente, espiar atrás da cortina. Mas, acima de tudo, ele estava com inveja. Não da riqueza e do glamour, mas da autossuficiência, das conquistas concretas.

– Eu andei pensando – ele disse, por fim. – Agora que tenho dezenove anos e terminei o colégio, quem sabe eu deveria... Ir morar sozinho.

O senhor Capello cessou todos os movimentos. Depois, em silêncio, lentamente retomou o trabalho no escoadouro.

– Eu continuaria ajudando a família, é claro. Eu só arranjaria outro emprego. Talvez encontrar alguém com quem dividir um apartamento – ele esperou por uma reação. – O que acha?

– Então, você quer outro trabalho também.

Shan estava se referindo a um segundo, não a uma substituição, mas, agora que a sugestão pairava ali, ele não poderia negar seu apelo.

– Não sei. Talvez.

Ele tinha sentimentos confusos quanto a viver de suas atuações, mas certamente o salário seria maior, dado que tantos clientes pagavam o senhor Capello com trocas. O proprietário da casa de hoje, por exemplo, tinha oferecido uma paisagem da costa de Gênova pintada pela esposa. Como o senhor Capello conhecia um produtor de vinhos que era daquela região e colecionava arte, ele aceitara o acordo, planejando trocar a pintura por algumas boas garrafas de tinto.

O senhor Capello mais uma vez calou, o rosto ainda oculto pela pia. No dia em que Nick se mudara, a briga decisiva tinha girado em torno de ingratidão. Shan esperava que sua atitude não fosse interpretada da mesma forma.

– Eu não quero parecer ingrato. Tudo que vocês fizeram por mim é inacreditável. Honestamente. Eu só acho que chegou a hora, nada mais que isso.

O senhor Capello deslizou de sob a bancada. Ficou de pé com uma demonstração de esforço e enxugou as mãos em um trapo. Tomou fôlego e se virou para a pia.

– Você tem razão, chegou a hora – ele disse.

Simples assim. E depois começou a instalar a torneira.

Shan teria ficado aliviado, se não fosse pelo vislumbre que teve dos olhos do homem. A névoa tênue que viu ali lançou sobre Shan uma onda de culpa que a lógica lhe dizia para combater. O senhor Capello devia ter antevisto a aproximação daquele dia. Shan não poderia viver sob as asas dos Capellos até atingir a meia-idade. Não tendo um pingo de orgulho.

Se ele economizasse, talvez pudesse abrir um negócio. Uma loja de algum tipo na cidade, onde todos os dias usaria um paletó garboso, com sapatos bicolores engraxados tão brilhantes quanto suas unhas. E à noite voltaria a pé para casa, para encontrar a esposa e os filhos, um menino e uma menina que jamais precisariam temer a fome, o abandono ou coisa pior.

Por ora, no entanto, ele guardaria tais planos para si.

O serviço estando quase terminado, Shan recolheu as ferramentas do chão de pequenas lajotas brancas. Ele estava enxugando os pontos molhados quando o senhor Capello falou, com voz equilibrada.

– Soube que você encontrou o Nick.

O comentário pegou Shan desavisado.

– É, encontrei sim.

A atenção do senhor Capello continuou focada no bico da torneira.

– Suponho que ele tenha tido uma boa razão para não ir à festa da irmã.

– Foi o clube... Ele não podia sair.

O senhor Capello não respondeu; já ouvira aquela desculpa vezes demais.

– O Nick falou que queria muito ir – Shan acrescentou, sem saber, no começo, por que estava se dando ao trabalho, já que a demonstração de desapontamento do senhor Capello não era novidade.

Antes, havia algo por baixo daquilo. Bem no fundo, o homem precisava saber que seu filho mais velho ainda ansiava pela aprovação do pai. Foi a desconfiança de Shan nesse sentido que o fez dizer as palavras seguintes:

– Ele está trabalhando muito duro, papa. Você ficaria orgulhoso.

O senhor Capello olhou para Shan e absorveu a informação. Fez um aceno quase imperceptível antes de girar o misturador para liberar a água. Teste realizado com sucesso. O serviço estava terminado.

Antes de irem embora, eles precisariam descartar a antiga cuba de ferro e o escoadouro, corroídos por ferrugem e muito uso. Em lados opostos, eles se agacharam e pegaram a bancada pelos cantos de baixo. Contando até três, eles a suspenderam do chão. Foram em direção à porta da cozinha, mas após uns poucos passos o senhor Capello caiu, fazendo com que a pia se inclinasse.

– Minha nossa – disse Shan, recuando.

Ele conseguiu pousar a pia no chão sem trincar as lajotas. O senhor Capello estava apoiado em um joelho, a mão pressionando as costelas.

– O que aconteceu? Você está bem?

Era mais do que um músculo estirado. A respiração do homem soava custosa.

– Papa... Papa, o que foi? – Shan se aproximou. – Diga o que está errado.

A pele do senhor Capello empalideceu. Suor brotava da linha do cabelo. Shan olhou ao redor, procurando ajuda. A esposa do dono da casa tinha ido à padaria, e não havia telefone à vista.

– Vou buscar um médico – ele começou a se levantar, mas o senhor Capello segurou-o pelo braço.

– Não – ele disse, com voz rouca. – Estou bem.

– Papa, juro que volto em um instante.

O senhor Capello não o soltava. Ele respirou fundo, reequilibrou-se e o soltou, encarando Shan com olhar decidido.

– Eu *não* preciso de um médico.

Shan tinha quase se esquecido. Lá estava um homem que fizera incontáveis visitas ao hospital, todas para ajudar um menino cujo coração não pôde ser salvo.

– Eu me levantei muito depressa e fiquei zonzo, só isso. Já estou melhor.

O senhor Capello estava realmente recuperando a cor. Apesar disso, era espantoso vê-lo fraquejar tão rápido e sem aviso. Shan rezava a Deus para que não tivesse sido sua notícia de pretender se mudar o que causara o problema.

– Vou buscar um pouco de água.

Ele encheu um copo e se ajoelhou para entregar.

– Você sabe que a mama vai dizer que tinha razão sobre você estar trabalhando demais – um comentário leve, mas verdadeiro.

– É por isso – disse o senhor Capello após um gole – que você não vai contar a ela.

24

Delicados flocos de neve flutuavam pelas redondezas, em pacífico contraste com a inquisição em casa. Shan e o senhor Capello mal tinham chegado à entrada quando a senhora Capello apertou os olhos. Estava embrulhada em casaco e xale.

– O que há com você? – Ela perguntou ao marido. – Está doente?

O senhor Capello se virou e pendurou o chapéu no gancho da parede.

– Estou só cansado.

– Suas bochechas estão vermelhas.

– Está frio lá fora – ele disse, pendurando o sobretudo. Shan fez o mesmo sem dizer uma palavra.

Ela tocou a testa do marido com as costas da mão e pareceu satisfeita com a temperatura dele, mas não com a resposta.

– Você comeu?

– Sim, eu comi. Nós comemos.

– Então, o que foi?

– Basta, basta – ele gesticulou para afastá-la e rumou para a escada. – Você parece uma galinha velha, sempre bicando, bicando.

O olhar dela se voltou para Shan, que imediatamente buscou mudar de assunto. Ele apontou para o casaco dela.

— Você estava indo a algum lugar?

Ela o examinou, desconfiada.

— Ao mercado.

— Eu posso ir. Fique e descanse. — Ele apanhou o casaco de volta e o vestiu. — O que precisa que eu compre?

Apesar da reserva persistente, ela entregou a lista de compras. Shan pegou e, esquivando-se de uma investigação, dirigiu-se para a porta.

A loja ficando a apenas cinco quadras de distância, ele decidiu não ir de carro, mas logo se arrependeu da escolha. As calçadas estavam escorregadias e sujas de lama, e o ar da tarde estava frio. Um carro passou correndo, deixando marcas que congelariam durante a noite.

Ele manteve a gola do sobretudo levantada sobre as orelhas, o rosto baixo contra o vento. Nuvens brancas de vapor subiam de sua boca até a aba do chapéu. Ele quase passou pelo mercado, antes de perceber que tinha chegado.

Uma sineta na porta tocou quando ele entrou no Mercado Carducci. Um sortimento de latas, potes e caixas se perfilava nas prateleiras de parede e em dois corredores no centro da loja. O ar cheirava a carvalho, dos barris agrupados, repletos de vários tipos de grãos.

Atrás do longo balcão de madeira encontrava-se o dono, de avental preto e as mangas da camisa arregaçadas até os cotovelos. Ele entregou uma grande sacola de papel a uma mulher e lhe agradeceu por ter ido.

— Tommy — ele chamou, os olhos iluminados —, *come stai*?

— *Bene, grazie*. Como vai, senhor Carducci? Está com ótima aparência.

O homem flexionou um braço, tão magro quanto o rosto enrugado.

— Cinquenta flexões por dia, agora. Logo estarei forte como um touro.

Shan sorriu.

— Assim sendo, é melhor eu lutar logo com o senhor, ou não terei a menor chance.

— Ah, então você acha que tem alguma chance agora?

– Sabe... É triste dizer, mas provavelmente não.

Ambos riram. O senhor Carducci disse:

– Você veio fazer as compras da sua mama?

Shan tirou do bolso a lista rabiscada e a exibiu em resposta.

– *Va bene*. Se tiver alguma dúvida, venha me perguntar.

Shan assentiu, e o senhor Carducci pegou um lápis. Ele se inclinou para fazer uma anotação do livro de registros, murmurando uma melodia.

A loja oferecia uma proteção segura contra o frio, no entanto Shan estaria mais sossegado depois de voltar para casa e confirmar que o senhor Capello estava totalmente recuperado. Apanhando um cesto trançado, ele começou pelo alto da lista.

Farinha, sal, fermento...

Ele apanhou os itens indo de uma área à outra. Ficava mais fácil quando se era o único cliente na loja. Chegando ao último item, ele se agachou diante das azeitonas e pousou o cesto. Incerto sobre qual dos dois tipos a senhora Capello iria querer, ele apanhou os dois potes, esperando que o senhor Carducci soubesse.

Atrás dele a porta tilintou, indicando um recém-chegado.

Prestes a se levantar, Shan ouviu um homem gritar, a voz áspera como um latido:

– Abre a caixa registradora! Agora!

Shan se abaixou mais ainda. Girando com cuidado, ele espiou pelo corredor, para além da barreira de barris. Dois homens estavam ao balcão, com chapéus baixados e lenços pretos escondendo o rosto todo, exceto os olhos. O mais pesado dos dois apontava uma pistola para a testa do senhor Carducci.

– Eu mandei abrir! Você é surdo?

O sujeito mais alto, magro, mas ainda forte, segurava a arma de um jeito mais casual, como se fosse um gim com tônica.

– Vamos, velhote, você ouviu – sua voz tinha o tom barítono de um cantor de barbearia. – Não queremos machucar você.

O mais forte jogou uma pequena sacola de lona no balcão.

– Passa a bufunfa. Tudo, até o último centavo.

Shan tentou não se mexer, nem mesmo respirar. O coração batia acelerado, enquanto o senhor Carducci enchia a sacola com o dinheiro do caixa, as mãos tremendo. O que mais qualquer um poderia fazer? Só nos filmes os heróis salvavam o dia. Bastava ler qualquer jornal: quando se tratava de roubos, os camaradas tentando ser nobres eram os que morriam e provocavam a morte de outros. Aqueles criminosos só queriam o dinheiro – ou assim Shan esperava.

– E, agora, o cofre – disse o mais alto. – Onde fica?

O senhor Carducci sacudiu a cabeça.

– Está tudo aí.

– Você não mentiria para nós, não é?

– Não. A loja não tem cofre.

O mais forte girou a pistola e deu um soco no senhor Carducci, que tombou no chão.

Shan conseguia ouvir o próprio coração batendo dentro da cabeça. Ele queria intervir. Queria ajudar. De repente, à esquerda, uma porta começou a se abrir. O neto do senhor Carducci, Henry, espiava com olhar interrogativo. O menino de cinco anos descera de casa, provavelmente atraído pelos gritos.

Em pânico, Shan fez movimentos bruscos com a cabeça, sinalizando que Henry subisse de volta. Quando não houve reação, Shan fez movimentos para o alto com as mãos, esquecendo-se dos potes de azeitona. Um deles caiu, produzindo um baque, e saiu rolando pelo chão.

– Ei! – um dos criminosos gritou, e Henry desapareceu atrás da porta.

Shan se agarrou ao outro pote, sua única defesa, enquanto era erguido pelo colarinho. Ele foi atirado com o rosto para a frente contra uma parede de prateleiras. O lado direito de sua testa atingiu o canto externo. Caixas despencaram sobre ele, arrancando-lhe o chapéu. Ele levantou os braços em um reflexo para cobrir a cabeça, e o segundo pote escorregou e se partiu. Desorientado, tentou se virar, mas um murro no peito o jogou de volta para trás.

— Parado aí, seu filho duma puta.

Um metal frio pressionava a nuca de Shan. Era a pistola, empunhada de perfil pelo grandalhão. O hálito dele cheirava a cebola e cigarro.

— Pensa que tá fazendo o quê? Esperando a chance de atacar? É isso?

Duro, Shan negou com a cabeça, evitando olhar diretamente. Não queria parecer que estava memorizando os olhos do marginal, para um eventual reconhecimento.

— Quem você acha que é, seu merdinha? Hein?

Shan respondeu, gaguejando:

— Eu... Tommy Capello.

O sujeito pressionou a arma com mais força.

— Eu tô cagando pra quem você é.

Shan fechou os olhos, sem saber o que responder desta vez. Permaneceu em silêncio e ouviu uma voz muito baixa, abafada. Fraca demais para que ele escutasse. Ele arriscou uma espiada e viu o sujeito alto cochichando para o parceiro. A arma foi baixada para o colarinho de Shan, mas o dedo grosso ainda pairava sobre o gatilho.

Quando a conversa acabou, o homem mais forte correu os olhos pelo rosto de Shan. Depois recuou um passo e levantou as mãos, junto com a arma, até a altura dos ombros.

— Minhas desculpas. Eu não percebi.

Shan assentiu porque pareceu que ele deveria.

O mais alto girou nos calcanhares e voltou ao senhor Carducci, agora de pé, com sangue pingando da boca.

— Da próxima vez, tenha o cofre pronto pra nós, velhote – então agarrou a sacola de dinheiro, enquanto o bandido mais forte espiava lá fora. Decidindo que a área estava livre, eles partiram porta afora rumo à neve.

No mesmo instante, Shan tomou consciência do tremor nos joelhos.

— *Nonno?* – uma voz amedrontada passou por Shan vinda da porta. Henry se arriscara a voltar. – Os homens maus já foram embora?

Mas o senhor Carducci não respondeu, parecia confuso pela pancada na cabeça.

– Senhor Carducci, o senhor está bem?

O homem se virou para Shan, e então viu o neto.

– Para cima. Vá. *Pronto!*

Henry subiu correndo, deixando a porta escancarada. Com movimentos ausentes, o senhor Carducci fechou a caixa registradora vazia. Shan esperava que a loja tivesse de fato dinheiro extra guardado em um cofre.

– O senhor quer que eu fique? Terei prazer em conversar com a polícia, se isso ajudar.

Ao ouvir isso, o senhor Carducci arregalou os olhos.

– Não. Nada de polícia.

– Mas... Eles roubaram o senhor.

O senhor Carducci sacudiu a cabeça, inabalável, com o olhar pesado e perdido, antes de desviar os olhos e murmurar:

– Não temos assalto aqui.

Perplexo, Shan deu um passo à frente, esmagando vidro sob os sapatos. Ele tinha se esquecido do pote.

– Posso ao menos ajudá-lo a limpar? – Uma poça de água de conserva de azeitonas tinha se espalhado pelo piso. – Senhor Carducci?

– Por favor – o homem disse, com súbita determinação. – Simplesmente vá embora.

25

    Shan saiu do mercado imerso em incertezas. Um quarteirão adiante, desacelerou até parar, lutando para entender o que acabara de acontecer e como prosseguir a partir daquilo. Tendo ido embora até sem a lista de compras, ele estava voltando de mãos vazias. Poderia dizer que o vento levara a lista. A última coisa que faria seria sobrecarregar a senhora Capello com mais preocupações.
    – Tommy!
    Shan se virou e viu uma mulher sob o toldo de uma cafeteria. Ela acenou através do tênue véu de flocos de neve.
    – Josie?
    – Caramba, eu estava bem ali batendo – ela disse, apontando para uma mesa junto à janela a poucos metros de Shan.
    – Acho que não ouvi.
    – Foi o que pensei – sorrindo, ela abraçou os próprios braços envoltos em um cardigã branco que trazia por cima de um vestido azul-marinho de bainha larga até o meio da panturrilha. Exceto pelo cinto branco que realçava a cintura esguia, o traje era muito mais conservador do que os acetinados que usava no clube.

– O que está fazendo aqui fora?

– Eu... Fui ao mercado. A mama precisava de umas coisas.

– Chegue mais perto, pode ser? Assim não preciso gritar.

Shan não estava na disposição mais comunicativa, mas educadamente se aproximou. Assim que chegou ao toldo, os olhos dela se arregalaram.

– Minha nossa, Tommy, o que aconteceu com a sua cabeça?

Relembrando a batida na prateleira, ele tocou a testa. Um calombo estava se formando, o que explicava em parte a dor que sentia atrás dos olhos.

– Eis uma história que quero ouvir – ela disse. – Venha para dentro, onde está quentinho.

Antes que ele pudesse pensar a respeito, ela pegou sua mão e o puxou para o café, onde o aroma de *espresso* preenchia o ar.

– Ei, Josie – um homem de óculos chamou de trás do balcão, quando eles passaram. – Pronta para mais uma rodada?

– Seria ótimo. E mais uma xícara e um pires também.

– Chegando num minuto.

Nesse lugar, Josie era claramente uma cliente sendo servida, e não o contrário. Em uma mesa nos fundos, ao lado da janela, ela reocupou seu lugar. Um casaco preto de inverno, com gola de pele, pendia nas costas da cadeira. Uma xícara de chá e um livro esperavam sobre a mesa quadrada de madeira. Shan se sentou à frente dela.

– Está sozinha?

– Geralmente.

– Eu não sabia que você vinha muito para esta região.

– Não até recentemente. Eu me mudei com uma amiga para um prédio dobrando a esquina, alguns meses atrás. Um apartamento bem decente. Quando a irmã dela se mudar daqui para Maryland, terei de encontrar outro lugar, mas por enquanto está bom. Foi muita sorte, na verdade, já que foi uma mudança de última hora.

Shan precisou fazer um esforço para acompanhar aquela linha de raciocínio.

– O que aconteceu?

Ela ergueu um ombro.

– Houve um problema com a proprietária da pensão. Você sabe, lá perto do clube. De todo jeito ela nunca aprovou meu estilo de vida – a expressão de Josie deixava claro que a reprovação era antiga. – Então, quando ela flagrou o Nick no meu quarto, bem tarde uma noite, ela conseguiu a desculpa que queria para me expulsar.

Shan de repente imaginou a atividade que a proprietária tinha interrompido.

– Ah – ele disse.

Josie entendeu o semblante dele.

– Sshhh. Nada do tipo. – As faces ganharam um tom rosado, assinalando a primeira vez que Shan se lembrava de ter visto um toque de rubor no rosto dela. – O Nick estava em pé de guerra porque eu disse a ele que estava tudo acabado. Ele me seguiu até lá dentro e se recusou a ir embora se eu não o aceitasse de volta. A proprietária acordou com toda a discussão, e foi isso.

A história fazia sentido. Shan sabia como Nick podia ser obstinado quando punha algo na cabeça. Bem então, o homem de óculos surgiu com uma xícara e um pires e trocou o bule de chá de Josie por outro. Quando ela agradeceu, ele respondeu:

– Sempre às ordens, Josie Camela – supostamente, uma alusão à quantidade de chá que ela conseguia tomar.

Ela deu uma risada que soou diferente do costume. Talvez fosse um reflexo de sua aparência – menos maquiagem, os cachos presos com simplicidade nas laterais –, mas algo nela parecia mais real. Como uma atriz flagrada fora do palco.

Enquanto o homem se afastava, Josie serviu duas xícaras fumegantes que exalavam aroma de menta.

– Parece que vem bastante aqui – disse Shan, aceitando a bebida que ela empurrava para ele. – Estou surpreso por nunca ter visto você; eu passo por aqui a toda hora.

– Normalmente eu me sento ali no canto, mas aquelas imbecis estão estacionadas ali há mais de uma hora.

Espiando por cima do ombro para acompanhar o olhar dela, Shan viu três mulheres afetadas, cobertas de pérolas e broches. Não pareciam estar com a menor pressa.

– Então, vai me contar as boas? – Josie pôs dois cubos de açúcar no chá. – Ou vou ter de arrancar de você?

Shan precisou de um momento para organizar os pensamentos. Ele soprou o chá e deu um longo gole. Recontar os fatos daquela noite poderia ajudar a dar sentido a tudo.

Com a cena fresca na memória, ele começou desde o início e compartilhou tudo o que sabia.

– Eu estava no Carducci e ouvi a porta.

Dali em diante, os detalhes fluíram, e Josie ouviu atentamente.

No meio do relato, um pensamento ocorreu a Shan. No começo, ele interpretara os modos frios do proprietário da loja como sendo trauma pelo roubo, mas poderia ter sido algo além disso. Talvez ele culpasse Shan por não ter intervindo. Para ser totalmente honesto, uma parte dele se envergonhava de sua inação. Mas ele também tinha consciência de que, em face do perigo, seu instinto infantil punha a própria sobrevivência em primeiro lugar.

– A mim parece que o senhor Carducci estava certo – Josie observou, quando ele terminou.

– Sobre?

– Ele não foi roubado. Ele foi avisado.

– O que quer dizer?

– Você já ouviu falar de lojas que pagam uma taxa especial, certo? Por proteção.

– Sim, é claro.

Um menino não tinha como crescer no Brooklyn sem ouvir histórias sobre "proteção" dos Mãos Negras[2] e assemelhados. Bilhetes extorsivos ameaçando donos de negócios eram às vezes assinados com uma mão

---

[2] A organização criminosa italiana Mãos Negras, associada à máfia, praticava extorsão contra comerciantes. Chegou aos Estados Unidos no final do século XIX com imigrantes. (N.T.)

preta como assinatura. Diziam os boatos que seus métodos podiam ser bastante persuasivos.

Tendo oportunidade de refletir, Shan enxergava agora como um roubo, por exemplo, poderia demonstrar a necessidade de uma segurança apropriada. Um esquema absolutamente nojento.

– Não é certo – ele disse.

– Não. Mas é como as coisas são.

Ela mexeu o chá com uma colherinha e tomou um gole.

– Mas e quanto a mim? Por que aqueles bandidos me deixaram impune daquele jeito?

– Quem você acha que protege esta área?

Ela esperou, forçando-o a adivinhar. O que não demorou muito. Havia apenas um conhecido de Shan com aquele tipo de autoridade, uma pessoa com quem ele tivera um contato amigável poucos dias antes.

– O senhor Trevino.

Josie confirmou com uma longa piscada.

– Mas que maravilha – Shan murmurou.

Não era segredo que Nick Capello trabalhava no clube havia anos, mas, como o resto da família, Shan tinha sido até agora tratado como uma entidade à parte.

– Eu não pedi nenhum tratamento especial.

– Quem falou que é preciso pedir? – ela ergueu a xícara para dar mais um gole, mas em vez disso abanou a cabeça. – Meu bom Deus. É difícil acreditar que você e o Nick sejam parentes.

Associado a um lento sorriso malicioso, algo no tom de voz dela fez com que as palavras ficassem pairando ali, como se tivessem sido escolhidas de propósito.

Incerto sobre como responder, Shan retornou ao chá e o tomou até o fim. Nunca antes ele tivera razão de questionar, mas agora ele se perguntava se Nick teria dado com a língua nos dentes sobre a identidade de Shan...

Não. Ele não faria isso. Apesar das diferenças dos respectivos estilos de vida e até de sangue, eles ainda eram irmãos. Shan se lembrou do livro na mesa de Josie, um assunto novo.

– Então você gosta de ler, é? – ele inclinou o exemplar, de capa verde e muito gasta, para ler o título, esperando uma história romântica bem ao gosto de mocinhas. O que viu foi *O homem da máscara de ferro*. – Isto é seu?

– Você parece surpreso.

– Eu só... Eu não sabia que você lê este tipo de história.

– Quer dizer, do tipo sem figuras?

Ele abriu a boca, esforçando-se para responder, mas ela começou a rir.

– Relaxa, estou só provocando.

Shan riu um pouco; porém, ainda percebendo o clima tenso, manteve o foco no livro.

– Você já leu?

– Umas cem vezes.

A encadernação esfarrapada e os cantos amassados informavam que ela não estava exagerando. Fazia uma década desde que Shan lera aquele romance, um dos muitos que o tio Will o forçara a vender.

– É uma boa história – ela disse, servindo mais chá a ambos. – Há um rei francês malvado. Ele tem um irmão gêmeo que foi trancado e mantido em segredo. Bom, daí, uns sujeitos traem o rei e o substituem pelo irmão, e esse irmão vai para o palácio e leva uma vida fabulosa. Exceto que... Bom, mas eu não quero estragar a surpresa. Você deveria ler.

Shan perscrutou os olhos de Josie, um sinal de que ela sabia.

– Sim, eu li.

– Ah. Então você sabe o que acontece. Claro que não é um final feliz. Mas é realista, não acha?

– Está querendo dizer... Que não poderia ter funcionado melhor do que aquilo?

Ele não esclareceu se estava se referindo à história como um todo ou apenas à troca de identidade dos personagens. Mas ela sacudiu a cabeça e respondeu como se já tivesse refletido sobre aquilo antes.

– Na vida real, segundas chances e finais felizes... Eles só vêm dos contos de fadas.

26

Três dias haviam transcorrido desde que Shan encontrara Josie, e apesar disso as palavras dela continuavam a assombrá-lo, reforçadas a cada pausa em sua rotina. Na padaria para um sanduíche, na banca para um jornal, no restaurante para o almoço, no barbeiro para um corte. Pelos olhares dirigidos a ele, era dolorosamente claro que a segunda vida que Shan tinha construído, tão brilhante e dourada por tanto tempo, estava sendo manchada por rumores.

Os vendedores não eram antipáticos, mas não ofereciam nada além de cortesia. Shan era cliente de muitos deles desde os doze anos, mas uma distância subitamente os afastava. Uma fenda constituída de medo, desconfiança ou decepção.

Nesse momento, no pórtico frontal do produtor de vinhos em Flatbuch, Shan detectava uma sensação parecida. Ao mesmo tempo, talvez fosse normal que o homem agisse com desdém quando entregava bebida alcoólica, especialmente para um cliente desconhecido.

Shan havia se oferecido para ir entregar a pintura de Gênova, completando a última negociação do senhor Capello, por não querer que o homem se esfalfasse carregando peso. E isso tinha sido antes de saber que o acordo era por três caixas, não uma.

Ele mal dissera "*grazie*" quando o vinicultor fechou a porta e trancou à chave, uma precaução que os moradores raramente tomavam, a menos que tivessem algo a esconder.

Uma lua parcial lançava um brilho sobre a neve irregular, velha de um dia, e os carros se recolhiam para a noite. De uma casa vizinha chegavam latidos fracos, enquanto um senhor idoso punha o cão para dentro. A rua estava, de resto, sem pessoas. Shan equilibrou as três caixas e desceu os degraus do pórtico, com cuidado para não escorregar na lama.

Ele acomodou o vinho na carroceria da caminhonete do senhor Capello. Quando terminou de esconder as caixas com um pedaço de lona, uma sirene começou a gritar. Seu estômago se encolheu e retorceu como um trapo. Em uma rua lateral a certa distância, uma viatura policial passou correndo, e o ruído desvaneceu.

Shan se apressou em retomar seu lugar atrás do volante. Embora ansioso por chegar em casa, ele dirigiu com cuidado, para evitar atenção indesejada. Em poucos minutos, que pareceram muitos, ele estacionou em frente à casa; das janelas saía uma luz avermelhada. Com um frisson de alívio, ele não conseguiu impedir uma risada. A maior parte dos italianos transportava vinho regularmente. Provavelmente, o mesmo valia para irlandeses e suas garrafas de uísque. E lá estava ele, sentindo-se um grande contrabandista a serviço de Al Capone.

Ele já ia sair do carro quando um ruído o deteve. Um tamborilar no vidro. A silhueta de um homem estava bem perto da porta. Através da sombra, Shan distinguiu os olhos redondos e o nariz bulboso que compunham um rosto que ele conhecia. Ele ordenou aos nervos que se acalmassem, enquanto baixava o vidro. Era só o policial Barsetti. Nada com o que se preocupar. Além do mais, ele parecia estar de folga nessa noite, com um chapéu civil e sobretudo.

– Tommy Capello. Eu pensei que poderia ser você.

– Oficial. Que surpresa.

– É "investigador" agora.

– Ah, é mesmo?

Barsetti deu de ombros.

– Com essa bagunça da Lei Seca, achei que o FBI poderia precisar de mais um par de mãos. Fiz a mudança na última primavera.

Shan sentiu os poros se abrirem no couro cabeludo. Ele resistiu ao impulso de tirar o chapéu.

– Eu não soube. Tenho certeza de que o senhor será de grande ajuda.

– Obrigado – Barsetti sorriu. – Diga-me, eu estava torcendo para que você tivesse um minuto. Importa-se? – ele apontou para o banco do passageiro, e os músculos da nuca de Shan se contraíram.

– Não. Claro que não.

Barsetti circundou o carro e entrou. Quando fechou a porta, as garrafas tilintaram baixinho atrás.

Como policial, um ítalo-americano morando no Brooklyn, Barsetti era em geral considerado um amigo da vizinhança. Mas como agente federal? Mesmo que continuasse sendo um dos compreensivos, sua opinião sobre tomar uns goles durante o jantar poderia ser muito diferente de seu conceito sobre transportar três caixas cheias. Uma quantidade que insinuava uma intenção errada.

– Rapaz, está frio como gelo lá fora, não está? – Barsetti soprou as mãos e as esfregou. – Dizem que vai ser um inverno longo e brutal. Acho que estão certos.

– É o que parece.

– Sabe o que é engraçado? Eu estava pensando justamente em você outro dia. – Os lábios de Barsetti formaram um sorriso, exibindo uma pequena separação entre os dentes inferiores centrais.

– Ah, é?

– É. Eu estava me lembrando do primeiro dia em que o encontrei naquela fila do pão. Você estava brigando com uns garotos irlandeses. Lembra?

Shan assentiu por cima do incômodo, tentando apreender o objetivo da história. O objetivo da visita.

– Eu tinha certeza de que você ia terminar como um rato de cadeia, como metade daqueles vagabundos ainda soltos nas ruas. Mas olhe só para você. Tem diploma, trabalha com o pai. Ganha a vida honestamente. Sua mãe, ela tem todo o direito de ficar muito satisfeita e orgulhosa.

Faróis de outro automóvel subitamente iluminaram o rosto do investigador. A luz varreu o interior do carro como a mão de um fantasma. O olhar de Barsetti vagou e pousou em um ponto invisível na escuridão.

– Uma coisa eu lhe digo – ele suspirou. – Para um sujeito na minha profissão, não há nada mais triste do que ver jovens promissores desperdiçarem a vida. Estou falando daqueles que começam a achar que tudo o que eles têm não é suficiente. Eles olham para outros rapazes, um irmão, talvez, fazendo dinheiro fácil. Daí ficam curiosos. Não se pode culpá-los por isso. – Ele abanou a cabeça como que lamentando. – Mas então eles vão e começam a se meter com uns tipos questionáveis, a se relacionar com homens que fariam *qualquer coisa* para manter as extorsões em andamento.

Shan apertou a parte inferior do volante, preparando-se, compreendendo.

– Porque, você vê, é muito fácil se iludir, achar que é importante impressionar esse tipo de homem. Então pode ser tentador fazer coisas como, não sei, ajudar a pegar dinheiro de comércios que não sejam muito... colaborativos. Ou quem sabe não se trata dos homens, absolutamente: talvez seja para impressionar uma moça bonita, uma com quem se pode ter longas conversas em uma cafeteria. Você conhece o perfil.

Aturdido por estar sendo observado, para não falar das implicações, Shan lutou para encontrar uma resposta.

– Policial... Investigador... Eu juro ao senhor. Sei o que pode parecer, mas não sou parte de nada disso.

– Tommy, eu honestamente quero acreditar em você. – Após uma pausa, Barsetti se virou para ele. – Quando tudo for desbaratado, eu odiaria ver você e o seu irmão pegos no meio. A verdade é que meu chefe se importa muito mais com quem está fornecendo para o negócio do Trevino do que com o homem em si. Mas, que diabos, às vezes você tem de pegar o que está ao alcance.

As palavras de Barsetti, embora talvez fossem um aviso, soavam mais como ameaça. Shan olhou para fora através do para-brisa. No Brooklyn, um alcagueta nunca acabava bem.

– Enfim – disse Barsetti. – Você provavelmente está ansioso para entrar e se aquecer. Mas estou contente por termos tido essa conversa. Caso você algum dia sinta que devemos ter outra, venha me ver no birô.

Por fim o agente saiu do carro, um pequeno alívio, até que ele se virou.

– Ah! E, Tommy, certifique-se de não deixar nada valioso na caminhonete nesta noite. As baixas temperaturas vão congelar... Bem, congelar qualquer coisa.

Então ele tocou a aba do chapéu e fechou a porta.

27

Era uma impressão da qual não conseguia se livrar. Ao longo de vários dias seguintes, a sensação de estar sendo seguido oprimiu Shan. Ele se tornou agudamente consciente de qualquer um exibindo o mais leve ar de desconfiança, estivesse sentado em um carro de praça ou tendo os sapatos engraxados ou andando por perto na cidade.

– Algum problema? – Lina tinha cochichado durante a missa ontem, depois de flagrar Shan lançando olhares por cima do ombro.

Ele havia notado um homem de óculos escuros vários bancos mais para trás, um dos poucos que não liam o hinário, como o restante da congregação.

– Pensei ter visto um velho amigo – ele lhe disse, e virou para a frente.

Shan preferia não preocupar a família além do necessário. Ficou especialmente grato por não ter dito nada quando o estranho de óculos escuros se levantou com uma bengala branca e percorreu o corredor central da nave para receber a comunhão. Prova de que Shan estava sendo paranoico. Mas como poderia não estar, com tantas de suas ações sendo monitoradas? Sem dúvida, as autoridades estavam vigiando Nick ainda mais de perto.

Temendo uma operação de desmonte, Shan tinha por duas vezes tentado telefonar para ele, mas sem sucesso. Uma coisa boa, no fim das contas, pois era mais prudente conversar pessoalmente, eliminando, assim, a chance de uma telefonista ouvir. No entanto, quando ele bateu à porta do apartamento de Nick, ninguém atendera.

Shan estava agora afundado na poltrona em casa e se concentrava na música de orquestra transmitida pela estação de rádio RCA. Inapetente, havia comido pouco durante o jantar, alegando já ter feito um lanche antes, e tomou uma taça extra de vinho para acalmar os nervos. Um efeito apenas marginal.

– O que está perturbando você? – a senhora Capello baixou o bordado.

Ela estava sentada no sofá ao lado do marido, cuja boca se movia enquanto ele lia o jornal e exercitava a pronuncia mentalmente.

– Nada, mama. Por quê?

– Você sobe e desce, sobe e desce, está sempre olhando pela janela.

Com toda a honestidade, Shan não tinha percebido. Afinal, de que adiantava? Pouco se podia ver na escuridão. O inverno fazia as oito horas da noite parecerem dez. A senhora Capello agitou a mão:

– Vá passear, fazer alguma coisa divertida.

Ela pensava que ele se sentia confinado. O problema não era nem de longe tão simples, embora servisse lindamente como desculpa para sua inquietação. Ele estava prestes a concordar quando se lembrou da conversa que tivera com o senhor Capello sobre a necessidade de dar uma escapada – um impulso que tinha caído no esquecimento.

– Estou feliz bem aqui. De todo jeito, está congelando, lá fora.

A senhora Capello estalou a língua em discordância.

– Isto é Nova York, não o Polo Norte. Vá para a cidade com algum amigo. Já é quase Natal. Mesmo em uma segunda-feira há muito o que fazer.

Ao ouvir isso, um pensamento lhe ocorreu. Nick trabalhava no clube às segundas-feiras. Estaria menos cheio do que no fim de semana. Àquela hora relativamente cedo, as chances eram boas de que Nick pudesse sair discretamente para uma conversa particular. Poucos minutos eram só do que Shan precisava. Fingindo casualidade, ele disse:

– Acho que você tem razão. Eu poderia dar uma volta, quem sabe ir ao cinema.

Ele se levantou para pegar o casaco, e a senhora Capello sorriu. Contente com a própria façanha, ela retomou o bordado. O senhor Capello levantou os olhos do jornal.

– Você deveria ver aquele filme novo. Com a... Norma... Ora, como é o nome dela?

– Shears – disse a senhora Capello.

– É Shearer – corrigiu Lina, descendo a escada com os livros escolares.

– Shearer? – disse a mãe. – Isto não pode estar certo.

Shan estava abotoando o casaco quando Lina disse:

– Mama, nenhuma atriz de Hollywood usaria "Shears".

– Por que não?

– Porque é sinônimo de tesoura.

– E Shearer é melhor? Significa a pessoa que tosquia a lã das ovelhas.

O senhor Capello suspirou e voltou aos artigos, parecendo arrependido do que havia começado. Aquela não era a primeira vez que a esposa questionava a lógica da escolha de um nome de atriz, por exemplo, Joan Crawfish[3] certamente soava mal, mas Craw-ford parecia um automóvel.

Shan acabara de pôr o chapéu quando Lina lhe lançou um olhar que dizia "Por favor, me leva com você". Antes que ela pudesse verbalizar o pedido, ele saiu às pressas.

Conforme esperado, havia menos clientes no Royal do que em uma sexta ou em um sábado típicos. Ainda assim, mais de metade das mesas no andar principal estava ocupada. O mesmo valia para a pista de dança, onde os casais ondulavam, avançavam e recuavam os braços enquanto a banda tocava "Black Bottom Stomp".

Shan perscrutou o lugar em busca de olhares suspeitos. Ele odiava que a ida até lá fosse só confirmar as suposições de Barsetti.

---

[3] Camarão de água doce; pitu. (N.T.)

— Na porta lá em cima – disse um garçom, depois de levar Shan à escada que levava ao escritório do clube.

— Obrigado por sua ajuda.

Quando o camarada se demorou, Shan pescou uma moeda do bolso do casaco e a entregou a ele.

— Sempre às ordens, senhor – assentiu e se afastou.

Shan subiu a escada estreita até o escritório retirado. Com Max fora, como era seu costume nas noites de semana, dizia-se que Nick cuidava da papelada. Mas, conforme Shan se aproximava da porta, uma voz feminina se fez ouvir acima da música. Era Josie.

— O que estou dizendo – o tom dela soava como se verbalizado através de dentes cerrados – é que você nunca me põe em primeiro lugar. Nunca.

— Deus todo-poderoso. Não tenho tempo para essa merda hoje.

Ao ouvir a resposta de Nick, Shan decidiu esperar antes de bater, não querendo interromper.

— Ah, é? Muito bem, senhor Mandachuva. Vou sair do seu caminho. De uma vez por todas.

— Caramba, Josie. Para com isso.

Passos se aproximaram, depois estancaram, e o tom dela mudou.

— Me solta.

— Josie...

— Eu disse *me solta*!

O som de um tapa fez Shan recuar, mas só por um instante. Ele girou a maçaneta, grato porque não estava trancada, e abriu a porta. O casal rapidamente voltou os rostos na direção dele. Embora fosse a bochecha de Nick que corava com a bofetada, eram os olhos de Josie que transbordavam de pânico.

— Está tudo bem aqui?

Josie puxou o braço com um repelão, como se o aperto de Nick queimasse. Os dedos dele tinham deixado marcas vermelhas na pele dela.

— Estamos bem – Nick respondeu. – Só um pequeno desentendimento.

— Josie? – Shan queria ouvir a resposta dela.

Ela endireitou o vestido branco lustroso, os punhos rígidos mantidos ao longo do corpo. Delineador preto grosso sublinhava seus olhos.

– Uma maravilha – ela disse, e saiu com o olhar fixo em frente. Seus saltos estalaram pela escada abaixo e por fim se mesclaram a um jazz alegre, acelerado.

Nick se dirigiu para a mesa de mogno. Alisou o cabelo em desordem e arrumou a gravata e o colete, um esforço para se recompor.

– Ela fica assim depois de tomar umas e outras – ele disse, sentando-se. À frente dele espalhavam-se documentos, uma pilha de pastas. Pontas de charuto entupiam um cinzeiro de cristal. O escritório poderia pertencer a um banqueiro, se não fosse pelas garrafas de bebida. – Do que você precisa, Tommy?

Recordando seu objetivo, Shan fechou a porta. Estava claro que Nick não iria debater os apuros de sua vida amorosa. Tampouco, naquele momento, Shan queria ouvi-los.

– Bem? – Nick pressionou.

Shan tirou o chapéu e o segurou apoiado em uma poltrona de frente para a mesa.

– Preciso conversar com você. É sobre o clube e seu envolvimento com as atividades lá de baixo. E sobre Max e os acordos comerciais dele.

Nick abanou a cabeça e exibiu um sorriso desanimado.

– Se isso é algum tipo de discurso sobre moralidade, agradeço a intenção, mas realmente não preciso...

– Não é isso – Shan ouviu a falta de convicção na própria voz.

Quando ele recordava a cena do senhor Carducci apanhando com uma pistola, era impossível permanecer indiferente. Mas aquela discussão ficaria para depois.

– É a polícia.

– Os tiras? O que têm eles?

– Lembra do Barsetti? É um agente federal agora.

– Ouvi dizer.

– Bom, então. Ele quis conversar uma noite dessas. Fez parecer que eles sabem de tudo que acontece aqui. E que é só uma questão de tempo até que fechem tudo.

– Deixe-me adivinhar. Eles querem saber quem está arranjando o rum e o uísque?

Shan fez uma pausa, admitindo sua surpresa.

– Isso mesmo.

– E... Foi só isso que você veio me contar?

O uso de "só" fez Shan hesitar.

– Acho que sim.

Nick deu uma risada, que não pareceu nem um pouco mais amigável do que o sorriso anterior.

– Não esquenta. O Barsetti é um idiota. Todos eles são.

Shan captou uma indireta de que ele mesmo estava incluído no grupo, no mínimo por ser ingênuo. Sentiu suas defesas se mobilizarem.

– Eu sei que o Max provavelmente tem uma porção de tiras no bolso, talvez até alguns políticos. Mas isso não significa que isto vai durar.

– O que está dizendo? Que eu deveria dedurar todos eles?

– Não. Claro que não. – À parte os desdobramentos, Shan não podia negar que Max Trevino tinha sido muito generoso de várias formas. – Só acho que agora poderia ser um bom momento para sair.

Nick afundou na cadeira, sobrancelhas franzidas.

– Para o inferno com tudo isso. Não vou sair correndo por causa de umas ameaças vazias do pessoal da Lei Seca.

– Nick, basta um senador querendo mais votos. Ou o prefeito, até. Eles vão querer receber o crédito por alguma coisa nos jornais. Lugares como este são desbaratados a todo momento. É só ler qualquer jornal.

– Sim, e é por isso que o Max já cuidou de tudo.

Quem estava sendo ingênuo agora?

– Tenho certeza disso, cuidou de tudo... Para si mesmo. Mas e quanto aos sujeitos como você?

O ar ficou pesado. Uma expressão de afronta cruzou o rosto de Nick, antes que ele baixasse os olhos. Endireitando-se na cadeira, ele concentrou sua atenção na papelada.

Shan não tinha pretendido menosprezar a posição de Nick, fosse qual fosse a estranha hierarquia estabelecida naquele ramo de trabalho; estava apenas sendo honesto. Apesar disso, tentou outro ataque.

– Pense na família. O que aconteceria se você fosse preso. O papa não é mais tão jovem...

Nick bateu a mão na mesa.

– Eu falei pra não se preocupar com isso. Eles não são problema seu!

A frase pairou suspensa entre eles, afiada como uma lâmina. Com certeza ele não pretendera dizer que Shan não tinha um direito legítimo de se preocupar. Nenhuma outra palavra se seguiu, e eles ficaram simplesmente se encarando, até que o telefone tocou. Nick atendeu, relutante.

– Está bem, está bem, já vou descer. Você é surdo? Eu falei que já vou descer, mas que droga. – Ele destinou a Shan meramente um olhar de perfil. – Olha, eu preciso ir trabalhar, então...

Shan assentiu em resposta e recolocou o chapéu.

– Eu sei o caminho.

Serpenteando pelo salão principal, Shan ficou ainda mais incomodado com os idiotas bêbados demais de diversão e álcool para perceberem que ele queria passar. Uma mulher distraída virou sua xícara de chá e derramou metade da bebida na lapela do casaco dele. Ela se desculpou entre risadas, mas Shan seguiu em frente, desejando ter tido o pressentimento de ficar em casa. Se Nick estava enredado demais na própria ganância e arrogância para dar atenção ao aviso, não era problema de mais ninguém a não ser dele mesmo.

Uma vez lá fora, após descer a escada da entrada, Shan chegou à calçada e ficou imóvel para se recuperar. Sua respiração se elevava em nuvens de vapor, e o ar gelado penetrava sua pele. Ele estava grato pelo vinho do jantar, que o defendia do frio.

Um quarteirão depois, carros passavam correndo pela rua principal. Ele se lembrou de onde havia estacionado e partiu rumo à esquina. Ali, viu Josie. O casaco desafivelado se agitava por cima do vestido leve, enquanto ela tentava acenar para um táxi, que passou sem parar. Parecia uma ocorrência repetida, pelo modo como ela xingou o motorista em uma voz agravada pela raiva e pelo desespero. Ela só parou quando o salto escorregou em um ponto congelado. Ela mal conseguiu evitar o tombo, quando Shan chegou por trás e agarrou seu cotovelo.

Ela se encolheu de medo, deixando cair a bolsa estilo carteira.

– Josie, sou eu.

Ao ver o rosto dele, ela cobriu a boca. Suas mãos tremiam visivelmente. O ar frio tingira seu nariz de vermelho, e lágrimas tinham deixado rastros de rímel preto nas bochechas. Ele nunca a vira em tal estado antes.

– Vamos, Josie – ele disse delicadamente, como se resgatando um animal ferido de uma armadilha. – Vou levá-la para casa.

28

A viagem transcorreu em silêncio, exceto por uma ou outra instrução de que Shan precisou para chegar ao apartamento de Josie. O prédio marrom de três andares ficava a apenas poucas quadras da casa dos Capellos, o que não o desviou demais do caminho. Não que a conveniência fosse um fator decisivo no fato de ele a acompanhar.

Depois de estacionar, Shan deu a volta correndo para ajudá-la a sair do carro. Uma vez de pé, ela o observou fechar a porta; parecia procurar as palavras.

– Você vai ficar bem?

– Ah, sim. Muito bem. – O meio sorriso dela foi ainda menos convincente do que o tom de voz.

– Quer que eu a acompanhe até lá em cima?

Ela deu de ombros.

– Se você quiser.

Shan assentiu e foi com ela para dentro e para cima, até o segundo andar. O lugar estava totalmente em silêncio; o saguão, vazio. Chegando à sua porta, Josie encontrou a chave na carteira, mas não se entendeu com a fechadura.

– Deixe-me ajudar – disse Shan, e agilmente assumiu a tarefa.

No instante em que ele abriu a porta, ela se retirou para dentro. Ele combateu uma sensação de inadequação e deu apenas um passo para o interior para pousar a chave dela sobre uma mesinha.

– Bem, se você realmente vai ficar bem, já vou indo.

Na sala de estar, ela puxou a corda de um abajur de chão, que emitiu uma luz coada pela cúpula de vidro de mosaico. Ela parou em frente a um espelho oval.

– Misericórdia. Eu não estou horrível? – Ela tocou o pescoço, como se para se certificar de ser a própria pele.

– De jeito nenhum, Josie. Você só parece cansada.

– Cansada – ela repetiu, como a senhora Capello com frequência repetia uma palavra nova, seu olhar ainda fixo no reflexo do espelho. – Nisso você está certo.

Ela enxugou as faces, apenas espalhando ainda mais o delineador. Interrompeu-se, frustrada, e se virou para Shan.

– Você me daria um minuto para me limpar?

– Claro – ele respondeu sem pensar.

Ela se virou para se afastar e desapareceu no banheiro.

Uma voz abafada vinda do saguão lembrou a Shan que a porta estava aberta. Ele a fechou rapidamente, apesar de saber que eles nada tinham a esconder. Ele tirou o chapéu e coçou a parte de trás da cabeça, mais do que precisada de um corte de cabelo, enquanto absorvia o ambiente.

Uma escrivaninha de tampo corrediço estava encostada a uma parede revestida de papel de parede azul celeste, como o restante da sala. Centralizado sob uma janela ampla havia um sofá de veludo azul marinho com aparadores de tecido sobre os descansos de braço curvos. No canto, uma curiosa árvore de Natal perfumava o ar com o aroma de pinheiro. Os galhos estavam decorados com delicadas pipocas e bulbos brilhantes, um anjo costurado à mão no topo.

Shan estava tentando imaginar Josie amarrando pessoalmente as pipocas nos galhos, quando um objeto captou seu olhar. Havia um gramofone em um armário baixo, no fim da parede à esquerda. Ele foi até lá examinar a engenhoca e passou o dedo no carvalho delicado da trompa. Era tão parecido com o gramofone da loja do senhor Maguire que a lembrança o aqueceu. Shan se sentiu reencontrando um velho amigo.

Pousando o chapéu, ele abriu o armário e encontrou duas prateleiras de discos. Percorreu-os até encontrar um de Marion Harris, uma das muitas cantoras que costumava ouvir na antiga salinha dos fundos em Dublin.

– Ponha um, se quiser – Josie disse às suas costas.

Shan se virou e hesitou diante da aparência dela. O fato de Josie ter vestido um roupão não era, em si e por si, uma surpresa; era o tamanho da peça, a estampa floral desbotada por anos de lavagem, os chinelos felpudos em seus pés. Com o rosto sem maquiagem e os cachos indomáveis pendendo soltos sobre os ombros, ela não se parecia nem um pouco com a moça que representava no clube. Sem dúvida, os clientes a imaginavam relaxando em casa entre sedas e penas, saída diretamente das cenas de toucador dos filmes.

Disso, Shan admitiu, ele era igualmente culpado.

– Os discos são todos da Doris, mas ela não se importa – disse Josie, e foi para a cozinha, não muito maior do que a de um barco.

Incapaz de resistir, Shan pôs o disco no lugar e girou a manivela até o fim. Um feixe de luz se refletiu nas ranhuras pretas que rodavam. Cuidadosamente ele baixou a agulha. Fechou os olhos, saboreando os estalidos que sempre precediam a gravação; então, doces notas musicais preencheram o ar e levaram Marion Harris a cantar "Depois que você partiu". Perdido na melodia melancólica, Shan teve um sobressalto ao ser tocado no cotovelo. Era um copo alto de bebida cor de âmbar, uísque, a julgar pelo cheiro, oferecido por Josie.

– Um não vai matar você – ela disse, ante a hesitação dele. – Acredite, ou eu já estaria morta há muito tempo.

Ele aceitou, não porque ela parecia necessitada de uma companhia para beber, o que de fato estava, mas porque o acumulado da semana tornava o potencial da bebida singularmente sedutor. Ela se afastou com o próprio copo cheio, enquanto Shan dava um golinho. O líquido queimou ao descer pela garganta e esquentou seu peito e suas entranhas. Ele mal atingira a adolescência quando pela última vez tivera contato com a coisa, por insistência de Nick, naturalmente.

O segundo gole desceu mais suavemente, assim como o terceiro, dissolvendo os nós de tensão.

Encarapitada no sofá, Josie estendeu um maço de Lucky Strike. Ao contrário da bebida, Shan não teve o menor mal-estar em recusar os cigarros; algumas vezes, em sonho, ele ainda via o lenço ensanguentado na mão do tio, ainda escutava a tosse impiedosa.

Depois de acender um para si mesma, Josie disse:

– Você não vai perguntar?

– Perguntar o quê?

– O que tanto me abalou.

Ele abanou o cabeça.

– Não é da minha conta o que acontece entre você e o Nick.

Ela tragou e soltou a fumaça.

– Não foi culpa dele. Não, na verdade.

Shan deu o último gole, nem um pouco propenso a ajudar a inocentar o camarada.

Uma luz azul de um painel luminoso do outro lado da rua se infiltrava pela cortina de renda e lançava delicadas manchas no rosto de Josie. Ela terminou o uísque. Se não fosse pelo cigarro que ainda pousava em seus dedos, Shan não teria visto o ligeiro tremor que restava.

Ele se apoiou na parede ao lado do gramofone, esfregando o polegar no aro dos óculos. Em outra ocasião, com qualquer outra pessoa, ele não teria se metido; mas conseguia perceber que havia uma história dentro dela, corroendo-a, ansiando por ser libertada.

– Você pode conversar comigo se quiser, Josie. Nada sairá desta sala.

Ela assentiu como quem diz que já sabia.

– Você é um dos bons, Tommy. Sempre foi.

Ela bateu a cinza do cigarro em um cinzeiro apoiado na mesa. Com o cotovelo encostado à cintura, ela continuou a fumar.

– O que houve? – ele perguntou, um estímulo gentil.

O olhar dela baixou para um ponto distante no chão de madeira. Ela suspendeu um ombro.

– Eu tinha quatorze anos. Meu pai não queria que eu saísse com ele; Albert, quero dizer. Não só porque ele tinha dezoito, mas porque era judeu. Então, durante meses, eu saí em segredo. Daí, uma noite, eu voltei para casa depois de sair às escondidas, e meus pais tinham voltado mais cedo de uma partida de bridge. Viram a manga rasgada do meu vestido de chiffon, meu olho inchando. O meu pai não precisou de muito esforço para preencher as lacunas.

O polegar de Shan continuava nos óculos. Ele pensou que não deveria perguntar mais, dada a natureza pessoal da história dela, mas Josie continuou.

– Eu deveria ter explicado ali mesmo. Que o Albert não era o único culpado. Que diabos, fui eu que sugeri irmos à calçada dos apaixonados. Mas eu esperei tempo demais para dizer não a ele, e, quando ele não parou, eu entrei em pânico. Empurrei feito louca para me libertar e bati o olho no cotovelo dele. Quando arranhei o rosto dele, ele congelou. Acho que aquilo assustou mais a ele do que a mim. Ele tentou se desculpar, mas eu só queria ir embora. Ele provavelmente só estava tentando me manter ali para conversar, quando rasgou a minha manga, mas eu saí correndo do carro e corri todo o caminho até em casa.

Josie fez uma pausa, os olhos banhados em lágrimas. Aquela rara demonstração de vulnerabilidade por fim atraiu Shan até o sofá, onde se sentou a certa distância, dando espaço a ela.

– O meu pai ficou tão bravo – ela disse, depois de outra tragada. – Ele exigiu saber quem era o responsável, bem quando o Albert apareceu à porta. Eu e o Albert, nós dois tentamos dizer a ele que não era o que parecia. Mas não havia como argumentar com ele àquela altura. E de repente o meu pai tinha um bastão de beisebol em mãos. Até hoje, não sei de onde veio, meu irmão sempre o guardou no armário. Mas depois do golpe o sangue jorrou, e nós só ficamos ali parados. Porque sabíamos. Quando a polícia chegou, foi meu pai quem falou, principalmente; disse que eu estava em choque. E acho que estava mesmo. Ele e o policial frequentaram o clube Elks juntos por muitos anos e tinham a mesma opinião sobre judeus. Tornou mais fácil para ele acreditar que o Albert tinha me perseguido até em casa e me forçado a me defender...

Quando ela parou, uma lágrima solitária escorreu por seu rosto. Então o volume da voz diminuiu, indicando haver na garganta um nó tão grande quanto o que havia na de Shan.

– O enterro foi alguns dias depois. Eu assisti do lado de lá do cemitério quando o pai do Albert precisou arrastar a mãe dele para longe do caixão. Foi no mesmo dia que eu saí de casa. E nunca olhei para trás.

Naquele instante, Shan ficou pasmo com o papel que Josie vinha representando por todos aqueles anos, as roupas vistosas escondendo seu luto, sua culpa. Tudo fazia sentido agora. A vida dela aqui, o trabalho no clube. Isto era para ser sua segunda chance. No entanto, parte dela jamais saíra daquele carro, daquela casa. Daquele cemitério.

Um longo momento se arrastou entre eles antes que Shan percebesse que a canção havia terminado. A agulha arranhava os sulcos internos do disco. Para interromper a repetição da estática, ele pousou os óculos e esticou as pernas para se levantar. Josie olhou para cima.

– Por favor, não vá ainda – a voz saiu áspera e abafada. Shan mal reconheceu como sendo dela.

– Não vou – ele disse, e ela assentiu.

Junto ao gramofone, não querendo ficar em silêncio, mas sem condição mental de procurar uma música, Shan acionou a manivela e tocou outra vez o mesmo disco. Voltou a seu lugar no sofá. O cigarro dela, agora mais cinzas do que tabaco, prestes a se desfazer. Delicadamente ele o tirou dos dedos dela e apagou no cinzeiro. Quando se sentou de novo, ela finalmente o encarou. Em seus olhos havia um apelo por consolo, um desejo de não se sentir sozinha.

Sentindo que ela não ousaria pedir, ele a aproximou de si, e ela rapidamente pousou a cabeça no ombro dele. As notas da música se misturavam ao ritmo da respiração dela. Não demorou muito e, como se relaxada por fazer a confissão, ela afundou mais nos braços de Shan, moldando-se à lateral dele.

Embora hesitante por um momento, ele acarinhou o cabelo dela, muito consciente, todo o tempo, de ter intenções decentes.

– Tudo vai ficar bem, Josie. Vai mesmo.

Nenhum deles era do tipo de fazer ou de acreditar em tais promessas. Mas naquele momento não pareceu importar.

A ausência de música foi o primeiro indicador para Shan de que ele tinha adormecido. Suas pálpebras estavam tão pesadas quanto o ar ao redor. Foram necessários vários segundos até que ele distinguisse o ambiente e o peso em seus braços como sendo Josie.

Por baixo do casaco, o braço dela enlaçava o peito dele. A cabeça se aninhava na curva do pescoço dele, os cachos sedosos contra seu queixo. O cheiro de uísque se misturava ao perfume de limão dos cabelos dela. Partes do roupão haviam se soltado, expondo o vale entre seus seios sob o sutiã. Uma abertura atraiu o olhar dele para a coxa nua.

Josie deve ter sentido quando ele se mexeu, porque levantou a cabeça no mesmo instante. Poucos centímetros separavam seus rostos. Ela o encarou, um olhar enevoado e confuso, e tocou a bochecha dele como que para separar ilusão de realidade. Então seu corpo relaxou, e os dedos dela deslizaram para baixo, pousando na cicatriz de dois centímetros na lateral do pescoço dele. Ela alisou a marca que ele trazia da infância, parecendo entender a natureza de sua origem, embora não tivesse como saber.

Quando ela continuou passando o dedo pela clavícula, a sensação o obrigou a fechar os olhos. Sua respiração se tornou tensa, os músculos se contraíram.

Ele não saberia dizer exatamente como aconteceu, mas de repente seus lábios se encontraram. O beijo começou com movimentos de ternura que se metamorfosearam em algo sensual. Quando a boca de Josie repetiu a descida pelo pescoço dele já traçada pelos dedos dela, um arrepio o percorreu. Ele sentiu as fibras macias do roupão dela roçarem suas mãos, e ele agarrou o tecido. Ele a enlaçou pela cintura, puxando-a para si, arrancando um gemido da garganta dela. Um desejo primitivo o percorreu quando ouviu aquele som.

Shan a puxou para cima, para mais uma vez colar sua boca à dela. Conforme os beijos se aprofundavam, sua mão direita deslizou para baixo do roupão e explorou a lateral dela. O som de um segundo gemido rouco dissolveu qualquer senso de autocontrole que restava.

Em um movimento único e ágil, ele deslocou o corpo dela para que ficasse sob o dele, e abriu o roupão por completo. Seus lábios baixaram famintos sobre o pescoço dela e o intervalo entre os seios, levando-a a se arquear na direção dele.

Um ruído estridente.

Uma vez, duas...

O telefone.

Lentamente eles pararam, a respiração pesada e irregular. A campainha metálica berrava de novo e de novo. Cada toque jogava mais um pouco de água fria. Ele olhou para o rosto de Josie. Josie Penaro. A Josie de Nick.

Lúcido sobre o que estavam fazendo, sobre o que estavam prestes a fazer, Shan se recompôs e sentou reto. Josie se recolheu do mesmo modo. Com ambas as mãos, ela fechou o roupão.

– Josie, eu... Eu não pretendia...

– Eu sei.

A chamada telefônica parou. Estranhamento e remorso preenchiam a sala em igual medida, não deixando espaço para palavras, só para o silêncio.

– Tommy – ela disse, por fim –, eu acho que você deveria...

– É, eu sei. – E então, como deveria ter feito no início, ele foi embora.

29

O som de batidas parecia parte de um sonho, até que algo cutucou o braço de Shan. Ele entreabriu as pálpebras.

– Bom dia, flor do dia! – disse Lina, excessivamente animada.

A boca de Shan tinha virado uma poça de lama. Uma olhada rápida revelou que ele ainda vestia as roupas do dia anterior.

– Que horas são?

– Meio-dia e meia.

– Meio-dia?

Lina abriu as cortinas, inundando-o de luz. Ele virou a cabeça para escapar da claridade.

– Eu vim para casa para almoçar, e a mama me pediu para ver se você estava bem. Ela falou que o papa foi fazer o seu serviço no Bedford Park.

Shan pressionou as têmporas para suavizar as marteladas atrás dos olhos.

– Eles tinham certeza de que você estava resfriado, dormindo até tão tarde – ela disse, e depois e baixou a voz: – Apesar de você e eu sabermos exatamente o que aconteceu.

Através da visão que lentamente ganhava foco, ele a viu de braços cruzados, a expressão de reprovação. E, com isso, toda a noite anterior voltou, aos borbotões. A bebida, a música... O sofá.

Ah, Deus.

Mas como a Lina poderia saber?

Shan recorreu à ignorância.

– Não sei do que você está falando.

– Não mesmo? Porque eu tenho certeza de que não foi um arrombador que entrou às duas da manhã. Você não é tão silencioso quanto pensa. E, mesmo que fosse, eu teria sentido o cheiro de fumaça e bebida a quilômetros. Falando nisso, minha nossa, seu hálito está fedendo como alguma coisa morta. – Ela desviou o nariz e abanou o ar.

Uma comparação adequada, dado como ele se sentia.

– Preciso voltar para a aula. Tem sopa para você no fogão. – Ela se dirigiu para a porta. – Se quiser café forte, vai ter de preparar sozinho.

Ele relaxou no travesseiro com um alívio ínfimo. Se pudesse, nunca sairia daquela cama.

– Ah, quase me esqueci – ela se virou, já na porta. – O Nick telefonou. Quer que você vá ao apartamento dele assim que você se levantar.

Quando ela desapareceu no corredor, as palavras o penetraram. A garganta de Shan se fechou. Ele não se lembrava da última vez que Nick fizera um convite.

– Ele disse por quê? – Shan gritou, torcendo por uma pista. Mais que isso, por algo que o tranquilizasse.

Mas Lina não respondeu.

Por todo o tempo durante o qual Shan se preparou para o dia, ele tratou o recado como um achado arqueológico: avaliando, analisando, buscando um significado.

Ele saíra do apartamento de Josie apenas algumas horas antes. Por que se precipitar em tirar uma conclusão? Ele simplesmente iria lá e veria o que Nick tinha a dizer.

O plano pareceu sólido, até que Shan vestiu o casaco e uma descoberta o congelou: esquecera o chapéu na casa dela.

Uma pista que não revelava nada. É só um chapéu, ele disse a si mesmo. E, ainda que o objeto pudesse falar, diria que eles haviam dado um beijo. Certo, vários beijos. Mas nada mais.

Ele se concentrou nessa argumentação durante todo o trajeto no bonde, tentando ignorar a mentira que nela se escondia. A verdade era que, se não fosse o telefone ter tocado, Shan não sabia dizer se eles teriam voltado à razão antes que fosse tarde demais. Mas era igualmente verdadeiro seu arrependimento por terem chegado até onde tinham.

Diante da porta do apartamento de Nick, Shan inspirou fundo e soltou devagar, um procedimento confiável antes de subir no palco. E depois bateu.

Bateu de novo.

Enquanto durou o silêncio, ele sentiu o medo e o alívio de subir ao patíbulo para ser enforcado e depois perceber que a corda estava faltando.

– Espera um pouco – Nick gritou lá de dentro.

Shan estava tentando dominar o crescente nervosismo, quando a porta se abriu.

– Eu estava no privado – disse Nick sobre a demora. Nenhum traço de sorriso. – Entra.

Ele se virou apenas o suficiente para permitir que Shan entrasse, antes de fechar a porta e trancar.

– Soube que você ligou – Shan tentou ser leve e curioso, tateando a situação, mas Nick ignorou e deu uma ordem.

– Sente-se.

Shan assentiu e foi para a sala de estar. Desde sua última visita, mais itens de decoração haviam sido acrescentados. Uma mesa pata de leão agora separava duas cadeiras vitorianas, tudo sobre um tapete oriental. Uma natureza-morta havia se expandido para três, apesar do habitual desinteresse de Nick por arte, e penas de papagaio preenchiam um vaso enorme ao lado da janela.

Shan se acomodou no canapé, que parecia ter sido recentemente estofado. Ele aguardou, enquanto Nick sentava em uma das cadeiras perfeitamente de frente para ele.

– A Lina falou que você queria conversar. – Shan estava aflito para que as coisas avançassem.

Nick apoiou os cotovelos nos descansos e entrelaçou os dedos.

– É sobre o que aconteceu ontem à noite. Com a Josie e você.

A insinuação pairava como uma lâmina no silêncio entre eles. Uma referência a um interlúdio de cinco minutos.

Sob aquela ótica, parecia ridículo que as consequências pudessem atingir qualquer tamanho significativo. Mas Shan também reconheceu a oferta que lhe era apresentada: confessar por iniciativa própria. Se tivessem tido a mesma oportunidade, Josie e o antigo namorado poderiam ter conseguido impedir a tragédia irreversível.

– Nick, estou contente que você me perguntou. – Ele se endireitou no assento, preparando-se. – Porque eu queria dizer...

Nick levantou a mão.

– Simplesmente me escute, está bem?

Ele assentiu.

– Olha, sei que eu estava sendo um escroto. É só que estou sob muita pressão e não quero estragar tudo. Estou tentando dar uma boa vida para ela, sabe? Para que ela tenha tudo o que quiser. Admito que às vezes perco isso de vista e não dou a atenção que ela merece. Mas eu nunca a traí. E quero que você saiba – ele apontou o dedo para enfatizar – que eu nunca a machucaria. Nunca, jamais.

A mudança de direção do assunto deixou Shan sem voz. No entanto, o silêncio dele foi interpretado como necessidade de ouvir mais.

– O ponto é que na noite passada você foi tentando me ajudar e eu o tratei feito merda. Lamento por isso, de verdade. E pelo aniversário da Lina também.

Shan podia contar nos dedos das mãos a quantidade de vezes em que Nick se desculpara e, dessas, as que tinham sido realmente sinceras se reduziam ainda mais. Havia uma ironia taciturna no fato de que, dadas as circunstâncias, era Nick quem merecia um pedido de desculpas.

– Acho que me envolvi demais com esse novo trabalho e todas as responsabilidades. Custou tanto chegar até aqui, não quero perder. E também não ajuda quando os federais estão respirando no nosso cangote...

Recuperando o raciocínio, Shan tentou de novo:

– Nick...

– Tem razão, tem razão, estou me desviando do assunto. – Nick agitou as mãos e se reclinou um pouco. – Seja como for, eu só queria dizer isso cara a cara, só nós dois. Sabe? Para ter certeza de que estamos entendidos.

A culpa de Shan só fez crescer diante das palavras de Nick. Porém, percebendo que as coisas poderiam se encerrar tão simplesmente, ele se forçou a responder:

– Está tudo bem.

Nick sorriu.

– Maravilha – após uma pausa desconfortável, ele completou. – Bem, isso era o que eu tinha a dizer. Não permita que o atrase, tenho certeza de que você tem trabalho a fazer.

Shan sorriu de volta, até conseguiu agradecer a Nick pela conversa, antes de tomar o rumo da porta. Nick destrancou e abriu a porta, mas no momento de sair a consciência de Shan levou a melhor.

Se ele explicasse o incidente em linhas gerais, certamente não soaria tão terrível. Nick sabia melhor do que ninguém como era fácil cometer um erro de conduta com uma moça bonita; bolas, aquele era justamente o tipo de incidente que havia levado à amizade entre eles mesmos. Um relacionamento que Shan não devia subvalorizar.

Bem naquele momento, porém, um homem se aproximou pelo corredor. Alto, de terno, ele tinha no rosto cicatrizes típicas de varíola. Ao longo dos anos, Shan o considerara como parceiro de negócios de Max.

– Sal – disse Nick. – Eu não o esperava até mais tarde.

O homem respondeu em voz baixa.

– Nick.

– Você se lembra do meu irmão?

O olhar de Sal percorreu Shan sem interesse.

– Claro.

Ficou evidente então, pela altura do homem e o tom de barítono de sua voz, que Shan também o conhecia de algum lugar. Sal fora o assaltante sangue-frio do Carducci, o responsável por deixar que Shan fosse embora.

Shan sorriu de novo para disfarçar a descoberta. Quanto menos ele soubesse dos negócios de Max Trevino, melhor.

– Bem, vou deixá-los à vontade.

– Sim, está bem. Nos vemos por aí.

Sal entrou no apartamento enquanto Shan rumava para o corredor. Estava quase na escada quando Nick o chamou.

– Ei, Tommy! Por que não diz para a mama que vou jantar no domingo? Provavelmente chegarei atrasado. Além do mais, ainda tenho de dar o presente da Lina.

– Claro – Shan respondeu.

– Vamos ver, quem sabe eu até leve a Josie. Já faz algum tempo que quero levá-la. – E, com um aceno, Nick voltou para dentro.

30

Em cinco dias, Shan e Josie estariam compartilhando uma refeição em família. Desde já ele sabia que a interação de ambos – ou, mais provavelmente, a falta dela – ficaria totalmente clara.

No trem elevado depois de sair do apartamento de Nick, Shan sufocou o pensamento. Ele teria tempo mais do que suficiente para mergulhar naquela bagunça quando estivesse com as ideias mais claras. Por agora, ele só queria voltar para a cama.

Ele acabara de mudar para um bonde quando se lembrou do pedido da senhora Capello. Já que ele estava bem o bastante para sair, ela dissera, será que não poderia passar no Carducci e trazer pasta de dentes e sabão de lavar roupa? Ele concordara alegremente, embora planejasse escolher outra loja. Agora, no entanto, ele reconsiderou. Depois de seu encontro com Nick, a ideia de corrigir qualquer erro subitamente tinha algum apelo.

Logo ele desembarcou e se aproximou do mercado. Através da porta de vidro, ele viu o senhor Carducci e o netinho brincando perto da caixa registradora. Sentado no balcão, o pequeno Henry mantinha as palmas estendidas, um centímetro abaixo das mãos do avô. Após alguns segundos intensos, o menino girou as mãos em uma tentativa de bater nas do senhor Carducci, mas o homem a retirou rápido demais, e Henry só acertou o ar. O senhor Carducci estava rindo quando Shan abriu a porta.

A sineta tocou como sempre havia tocado durante todos os anos em que Shan fora recebido calorosamente. Como sempre, o lugar cheirava a carvalho por causa dos barris abertos. O senhor Carducci olhou para a porta, e sua alegria desapareceu.

– *Nonno*, faz de novo! – Henry estendia as palmas.

O senhor Carducci se voltou para o menino.

– Faremos de novo mais tarde.

– Só mais uma vez. Eu quase consegui.

– *Basta, basta* – ele baixou Henry do balcão e lhe de um pirulito de maçã verde. – Vá para cima. Deixe o *nonno* trabalhar, sim?

Uma mulher com dois potes chegou ao balcão, e o senhor Carducci a cumprimentou. Shan decidiu retardar a conversa até o momento em que fosse pagar. Ele estava a meio caminho no corredor quando Henry passou correndo. Shan lhe deu um sorriso, mas o menino voou para a escada que levava à residência dos Carduccis e fechou a porta.

Até que Shan pegou a lata de pasta de dentes e a caixa de Lux, a cliente tinha partido. Ele pousou os produtos no balcão.

– Oi, senhor Carducci.

– *Buongiorno* – o homem direcionou toda a atenção ao livro de registros, anotou a compra e guardou as mercadorias em um saco de papel. – Cinquenta e dois centavos, por favor.

Shan tirou do bolso da calça duas moedas de um quarto e uma de cinco centavos. O senhor Carducci as depositou na gaveta da registradora e empurrou três de um centavo.

– Senhor Carducci – Shan não continuou até que o homem olhou para ele. – Eu entendo o que deve ter parecido, quando aqueles ladrões vieram na semana passada e o atacaram. – A sineta da porta confundiu seus pensamentos, uma distração breve. – O que estou tentando dizer é que quero que o senhor saiba...

– Com licença – um homem chamou. – Senhor Carducci?

O corpo de Shan se enrijeceu. Sem precisar se virar, ele soube que era o investigador Barsetti.

– Poderia me dizer de novo onde fica o fermento?

O senhor Carducci apontou para a parede mais distante.

– Na terceira prateleira.

– Ah, é isso mesmo. Sempre bom ter um lembrete.

Pelo canto dos olhos, Shan viu Barsetti ir para as prateleiras do fundo. O fato de o agente ter decidido não o reconhecer transmitia uma mensagem inequívoca: Barsetti não tinha intenção de interferir.

O senhor Carducci, de pé atrás do balcão, aguardava que Shan retomasse o que dizia, mas a oportunidade havia minguado.

– Feliz Natal – Shan disse, e deixou as moedas para trás.

Uma voz sussurrada se fez ouvir. Shan a teria ignorado por completo e continuado a subir os degraus do pórtico dos Capellos se não fosse por uma segunda tentativa.

– Tommy, aqui.

Ele localizou a voz nos arbustos altos do vizinho. De chapeuzinho preto e casaco com gola de pele, Josie entrou em seu campo de visão. Shan olhou ao redor para confirmar ausência de plateia, antes de chamá-la para a lateral da casa, que não tinha janelas.

– Sua mãe falou que você voltaria logo – Josie explicou, falando em uma altura cautelosa. – Pensei em esperar.

Ele piscou.

– Você conversou com a mama?

– Só disse a ela que você esqueceu o chapéu no clube e que eu estava por perto e quis trazer. Pedi a ela para entregar.

Shan suspirou e assentiu. Shan afrouxou a firmeza com que segurava o pacote enquanto Josie agitava as mãos enluvadas. Ele lutou contra o impulso de tomá-las nas suas. Ela continuou.

– É verdade que você foi à casa do Nick? Isso foi o que a sua mãe disse, que você tinha ido vê-lo.

– Ele telefonou hoje de manhã pedindo que eu fosse lá.

– E?

– E... Eu não contei.

Josie sorriu e afagou o peito.

– Quando soube que você estava lá, fiquei tão preocupada.

A suposição dela ficou clara: ela presumira que a culpa levara Shan a correr para lá e absolver o pecado – se é que era isso que eles haviam cometido. Ela não percebia que eles ainda estavam encrencados.

– Josie, ele quer trazer você para jantar neste fim de semana. Todos juntos, com a família.

Ela refletiu por um mero segundo antes de dar de ombros.

– Então vamos jantar. Vamos seguir adiante. Não há razão para não fazermos isso.

Aturdido pela confiança dela, ele abanou a cabeça e desviou o olhar.

– O que foi, você tem alguma ideia melhor?

– Eu só não quero me arrepender por não termos contado antes. Eu fico pensando – ele baixou a voz, respeitando a confiança dela – sobre o que aconteceu com o seu pai. Como ficou tarde demais para corrigir o que ele estava pensando.

– Isso não é a mesma coisa – ela disparou, e depois se conteve.

Shan deu uma olhada para a calçada para se certificar de que a área ainda estava limpa. Depois de um instante de silêncio, ela se aproximou e inclinou a cabeça até que Shan a olhasse nos olhos.

– Olha, Tommy, eu não posso voltar e mudar as coisas que fiz. Isso inclui a noite de ontem. O que eu sei é que amo o seu irmão. Na verdade, percebo isso agora mais do que nunca. Eu não quero perdê-lo. Eu conheço o Nick, e nós temos nossos problemas, às vezes, como qualquer casal.

Especialmente lá no clube. Ele é diferente lá, você viu. Tentando parecer um mandachuva durão. Mas no fundo ele não é assim, não quando está longe de tudo aquilo. Ele tem um bom coração. Eu sei que você sabe disso.

Ele tinha de admitir: hoje, no apartamento, Nick foi de novo o amigo de quem Shan se lembrava. A pessoa que tinha ficado ao lado dele quando ninguém mais ficara. Acima de tudo, ele era o mais próximo que Shan teria de um irmão, um que ele não desejava ferir. Como Shan aprendera da própria mãe e do passado dela, havia momentos em que zelar por alguém exigia o fardo de manter um segredo. Assim, ele concordou.

– Está bem.

Josie apertou os olhos.

– Você vai manter isso debaixo dos panos, então?

Nem era preciso mencionar que, para além do namoro, a própria vida dela poderia estar em risco. Mas Shan também sabia que ela era uma sobrevivente. O apelo nos olhos de Josie revelava que a preocupação de Josie era Nick.

– Não darei um pio – ele prometeu.

Ela deu um sorriso e se iluminou de afeto, uma gratidão que ele não exatamente merecia.

– Tommy, eu espero sinceramente que as coisas não fiquem esquisitas entre nós. Somos amigos há muito tempo. Não destruímos isso, não é?

– Absolutamente, Josie. Está tudo bem.

– Um cumprimento para selar? – ela fingiu cuspir na luva antes de estender a mão, que Shan aceitou com um sorriso. Antes de soltar, ela disse: – Obrigada de novo por me ouvir ontem à noite. Foi bom colocar para fora.

Ele assentiu, compreensivo, e Josie virou para ir embora. Shan deu alguns passos a caminho da porta da frente, mas ela se voltou para ele com uma palavra final.

– Eu falei a sério, sabe? Você é mesmo um dos bons, Tommy. É mesmo. – Ela se esticou e lhe deu um beijo na bochecha. Quando tornou a afastar a cabeça, olhou para o rosto dele e riu. – Ai, caramba. Não se mexa.

Ela retirou um lenço da bolsa e começou a limpar a marca de batom, mas parou de repente. Mirando para além do ombro dele, o olhar dela ficou sombrio.

Shan acompanhou.

A senhora Capello os encarava do pórtico, segurando entre os braços garrafas de leite vazias.

– Mama...

Ignorando o tímido esforço dele, ela depositou as garrafas para a retirada semanal, o vidro tilintando ao contato com o chão. Depois ela voltou para dentro sem dizer uma palavra.

31

Shan não conseguiu pensar em nenhuma desculpa que não soasse francamente desprezível. *Não era o que pareceu. Não é o que você está pensando. Não somos nada além de amigos.*

Entretanto, esse não era o principal motivo que o levava a evitar abordar a senhora Capello. Era o medo de enfrentar a decepção que certamente veria nos olhos dela. Assim, nada disseram. Eles simplesmente se agarraram às respectivas distrações, ela preparando comida na cozinha, Shan lendo distraidamente no quarto.

Logo o senhor Capello chegou com suficiente estrondo para atrair Shan para fora. O homem havia arrastado para dentro uma árvore de Natal que comprara na cidade. Shan arremeteu em seu auxílio, suspendeu a árvore e a depositou, reta, em um canto da sala de estar. Agulhas de pinheiro deixaram um rastro.

– Papa, você deveria ter dito alguma coisa. Eu poderia ter ajudado.

– Soube que você estava doente.

Mais uma contribuição para a já imensa culpa de Shan.

– É, mas eu poderia ter ido com você amanhã.

– Por que esperar?

– Porque é pesada, eis por quê.

O senhor Capello resmungou algo sobre ele estar sendo ridículo.

– Ah! *Guarda* – ele se virou, alertando Shan para a presença da senhora Capello. – É bonita, não?

Ela suspirou, mãos no quadril por cima do avental.

– Não deixem pingar seiva no chão – ela disse, cansada. – Vou buscar a vassoura.

Apenas superficialmente intimidado, o senhor Capello falou, com um aceno de mãos:

– Sempre ela se preocupa que vou bagunçar as coisas.

Shan conseguiu sorrir, sem comentar que, hoje, o senhor Capello não estava sozinho.

Não muito depois, Lina voltou da escola. Ao ver o pinheiro, agora firmemente posicionado em uma base, ela se iluminou de alegria e foi correndo buscar a decoração.

Shan ajudou colocando no alto uma estrela feita à mão, depois de Lina haver pendurado os demais ornamentos. A maioria tinha sido feita à mão por elas duas e Nick ao longo dos anos, exceto por um anjo de lã, já se descosturando, feito por Tomasso. Esse pendia bem no centro.

Quando chegou a hora do jantar, Shan agradou a Lina acendendo as velas dispostas nos galhos, todas em pontos seguros. A senhora Capello permitiu que o rádio ficasse ligado enquanto eles comiam. Sua razão para abrir a exceção era óbvia para Shan: hinos natalinos instrumentais substituiriam qualquer silêncio incômodo. Os hinos contribuíram também para disfarçar o parco apetite dela e dele. Foi o primeiro jantar em muito tempo em que ele recusou vinho.

Quando a refeição terminou, Shan se preparou para pedir licença.

– Estou muito cansado – ele disse, e não era mentira.

De repente, batidas fortes sacudiram as paredes. A família congelou, assustada, antes que a porta da entrada fosse escancarada. Nick entrou pisando duro em direção à mesa do jantar. Cambaleava ligeiramente e estava sem casaco, a gravata frouxa e torta. Seu olhar se fixou em Shan.

– Nós vamos conversar. Agora mesmo!

Shan se levantou da cadeira. Desta vez, não havia possibilidade de engano quanto ao assunto.

– Niccolò – exigiu o senhor Capello –, o que é isto?

– Nick, por favor – disse Shan. – Vamos a algum lugar, só nós dois, como fizemos mais cedo.

Mas ele não se moveu.

– Tenho de saber que eles estão errados. Que o que eu escutei não é verdade.

A senhora Capello pousou a mão no braço da filha, um sinal para que Lina permanecesse sentada. Shan atraíra aquilo sobre si mesmo.

– Veja, ontem à noite, depois do trabalho – Nick começou a zanzar de um lado a outro, a pele se avermelhando –, eu telefonei para a Josie para ter certeza de que estava tudo bem com ela. Quando ninguém atendeu, imaginei que ela estava ignorando minha chamada porque estava magoada comigo. Então, hoje de manhã, um dos rapazes do Sal foi até verificar. Não a encontrou em lugar nenhum. Então cá estou eu, preocupado com o que ela quis dizer quando falou que estava me deixando de uma vez por todas. Imediatamente, começo a investigar por aí. E descubro que, pela hora da minha ligação, Josie e um cara foram vistos na janela dela, e só o que ela estava vestindo era um roupão.

A voz de Nick tremia do esforço violento de manter a calma.

– Uma vez que a Josie se recusa a conversar comigo, estou aqui para obter a verdade. Porque a descrição do filho da mãe nojento por acaso combina com a *sua*.

– Chega! – O senhor Capello agora estava de pé. – Você está embriagado. Como ousa vir a esta casa fazer uma acusação dessas!

A atenção de Nick guinou para o pai.

– Um vizinho o viu saindo às escondidas no escuro. No seu carro, papa. No seu carro!

Shan tinha ficado tão perturbado com tudo que já havia percorrido metade do caminho para casa quando um carro buzinou para alertar que as lanternas estavam apagadas. Um erro não intencional, como todo o resto.

– Nick, espera – ele tentou de novo. Arriscou-se a se aproximar, mãos elevadas em um gesto de paz. – Me escute. Não é o que você está pensando. – Ele se encolheu ao ouvir as próprias palavras, que soaram tão horrorosas quanto ele temia.

– Ah, é? – Nick o encarou. – Então olha nos meus olhos. Quero que você jure que não encostou um dedo nela.

Shan captou o olhar de expectativa do senhor Capello, que aguardava uma negativa.

Se ao menos Shan pudesse oferecer-lhes uma.

– A Josie estava aborrecida, depois da briga entre vocês – ele começou. – Eu a levei para casa, e nós tomamos uns drinques. Mas estávamos apenas conversando... – sua voz falhou, não havia modo fácil de concluir a frase. – Nós adormecemos no sofá. Não tivemos intenção de que acontecesse nada.

– Então você se aproveitou dela – Nick terminou, apertando a mandíbula. – É isso que você está me dizendo.

Shan queria protestar contra aquilo, mas, depois de dedicar uma fração de segundo à reflexão, a vergonha daquela possibilidade o impediu de argumentar.

– Nick, eu sinto muito – ele disse, simplesmente. – Eu ferrei tudo. Eu sei. Mas, sinceramente, não é tão ruim quanto...

A desculpa foi interrompida, e Shan se viu no chão, tendo a cabeça acertado uma perna da mesa. Só então ele registrou por completo o soco no queixo que o havia derrubado.

– Levanta! – Nick gritou, com as duas mãos fechadas em punhos. – Eu falei pra levantar!

Uma confusão de gritos e urros irrompeu na sala. Erguendo-se cambaleante, Shan estendeu uma mão para manter Nick distante, mas ela não impediu outro golpe em seu rosto, seguido por mais um. Uma taça se espatifou ao longe.

Através da caverna que eram seus pensamentos, uma voz interior o mandava curvar-se e suportar o castigo merecido. No entanto, uma parte mais sombria dele, uma raiva amarga nascida de sua inabilidade para reagir, fez crescer uma fúria antiga. Um instinto cru de sobrevivência.

Com toda a força que foi capaz de reunir, ele investiu contra Nick, empurrando-o para trás, até que os dois bateram contra uma parede no cômodo seguinte. Nick tentou empurrá-lo, mas era a vez de Shan de desferir no outro uma série de socos no rosto, no estômago. Os móveis estavam revirados, e mais berros soaram. O pêndulo então balançou, e Nick prendeu Shan na mesinha de centro. Agarrando o colarinho de Shan, Nick armou o braço para mais um murro. Quando o punho desceu, Shan o agarrou para evitar mais um golpe. Nick estava se debatendo para se libertar, quando um clarão alaranjado entrou no foco de Shan.

Fogo... A árvore de Natal. Estava em chamas.

– Meu Deus – disse Shan, no mesmo instante em que Nick percebeu.

Velas tombadas tinham espalhado cera no piso de madeira. O fogo estava se alastrando pelos galhos. O senhor Capello jogou um cobertor em cima, tentando freneticamente conter as labaredas.

Nick e Shan se separaram para ajudar. Shan correu para a cozinha para buscar água, encontrando Lina já com uma tigela cheia. Na pia, a senhora Capello estava enchendo uma grande panela, que Shan apanhou semipreenchida, deixando-a para que preparasse outra. Se eles não trabalhassem rápido, a casa logo seria engolfada.

De volta à sala de estar, Nick estava batendo nas chamas, abafando-as com o cobertor, enquanto Lina corria para a cozinha com a tigela vazia. Shan jogou a água nos galhos da direita enquanto o senhor Capello atacava os da esquerda. A fumaça tomava conta da sala e os fazia tossir.

Shan esvaziou a panela e arrancou a camisa, fazendo saltar todos os botões, e se uniu ao senhor Capello nos golpes contra a árvore. Lina reapareceu e atirou mais água.

– Papa, deixa comigo – disse Nick, tirando o cobertor das mãos do pai, cujos gestos estavam desacelerando.

Tocos de vela rolavam pelo chão. Juntos, Shan e Nick trabalharam para apagar o fogo, lançando mais fumaça no ar. Eles circundaram a árvore, os sapatos esmagando a decoração caída. Não descansaram até que a última ameaça estava reduzida a cinzas. A mais ínfima fagulha era pisoteada e extinta, cada galho da árvore deixado sem vida e nu.

Nick enxugou o suor do rosto escuro de cinzas. Não havia como negar o dano que haviam provocado à casa e um ao outro. Uma mancha de fuligem escurecia o papel de parede.

Shan se agachou diante do caule central. Ali, o anjo de Tomasso pendia, mole e carbonizado. De todos os arrependimentos de Shan, aquele era o maior.

– Mama, ajuda!

O grito de Lina fez com que todos se virassem. Ela estava ajoelhada ao lado do senhor Capello, que caíra ao lado do sofá como se não tivesse conseguido chegar a ele.

Shan e Nick correram, chegando quando a senhora Capello vinha às pressas da cozinha carregando toalhas. Empurrando os dois para o lado, ela caiu diante do marido.

– Benicio, o que houve? – Ela tocou a mão direita dele, que se agarrava ao braço oposto.

A respiração dele estava curta, e os olhos transmitiam dor.

– *Rispondétemi* – ela suplicou, mas ele não respondeu.

– Vou chamar um médico – Lina partiu para o telefone.

– Não – disse Nick. – Precisamos de um hospital.

Shan concordou.

– Eu posso dirigir. Lina, abre a porta.

Ele se curvou, largando o trapo chamuscado da camisa, e gesticulou para Nick.

– Eu pego este braço, você pega o outro.

Enquanto eles ajudavam o senhor Capello a ficar de pé, a senhora Capello providenciou vários casacos para cobri-lo durante o trajeto.

– Não se preocupe, papa – disse Nick. – Vamos conseguir ajuda.

32

O tempo desacelerou a um ritmo excruciante no Hospital do Brooklyn. Choro de criança e uma vibração tensa enchiam o ar, preenchido por um cheiro forte de desinfetante e pelo aroma metálico de sangue.

Uma enfermeira daria informações atualizadas dali a pouco. Isso foi dito aos Capellos toda vez que perguntaram, até que "daqui a pouco" se tornou uma expressão que Shan desprezava. Sim, é fato que eles não eram os únicos à espera. Amontoados na recepção estavam muitos outros cujas faces se contraíam de medo. A maioria era de famílias imigrantes, que lutavam para falar inglês e confiavam no voluntário do hospital para obter qualquer chance de cura – fosse pólio, febre escarlatina ou a maldita tuberculose.

Finalmente chamaram o nome:

– Senhora Benicio Capello?

A família se sobressaltou. Eles correram em direção à enfermeira que estava em frente ao balcão da recepção, de touca branca e um avental por cima do vestido de algodão, de caneta e prontuário em punho. Sua altura e os ombros largos impunham respeito.

– Meu marido, Benicio... Ele está bem? – A senhora Capello apertou o rosário que vinha usando para rezar.

— Ele precisa de repouso, mas vai ficar bem.

— Graças a Deus — ela murmurou.

A senhora Capello engasgou e fez o sinal da cruz, transbordando do mesmo alívio visível no rosto de Nick. Lina abraçou os casacos extras que pendiam em seus braços. Até aquele momento ela não derramara uma só lágrima, mas agora, enquanto sorria, elas escorriam aos borbotões.

Nick perguntou à enfermeira:

— O que ele teve?

— Aparentemente o senhor Capello sofreu um ataque cardíaco.

Eles todos caíram em silêncio. Problema no coração, como Tomasso.

— Digam-me — disse a enfermeira, abrindo o prontuário —, ele já teve problemas cardíacos no passado?

A senhora Capello sacudiu a cabeça.

— Não — ela disse, e Lina concordou.

Enquanto a enfermeira fazia uma anotação, Shan se lembrou da última vez que o senhor Capello havia caído, e como a respiração tinha se encurtado praticamente do mesmo modo. Naquele instante, ele percebeu o que deixara escapar.

— Na verdade — disse Shan, e o grupo todo se voltou para ele. — Isso pode ter acontecido antes.

Lina piscou, confusa.

— Quando?

— Na semana passada. Estávamos fazendo um serviço, e ele quase deixou cair a pia. Ficou sem fôlego e suava muito, mas disse que foi só uma tontura.

— E por que diabos você não disse nada? — perguntou Nick. Eram suas primeiras palavras para Shan desde que a família chegara ao hospital.

Shan quis explicar, justificar-se — mais a si mesmo do que aos outros.

— O papa falou para eu não dizer. Ficou com medo de que a mama iria se preocupar.

A senhora Capello baixou os olhos, levando Shan a desejar ter escolhido melhor as palavras. Se havia algum culpado, era ele próprio.

— Seja qual for o caso — a enfermeira interveio —, o doutor recomendou que ele passe a noite aqui, em observação e fazendo mais exames.

Dependendo do resultado, ele poderá ir para casa. Enquanto isso, se desejarem vê-lo, a família é bem-vinda, mas apenas por uma hora.

Lina deu um passo à frente, segurando o ombro da mãe:

– Sim, é claro que queremos.

– Muito bem – a enfermeira fechou o prontuário. – Por aqui – ela girou nos calcanhares e abriu caminho pela multidão. Lina e a senhora Capello se apressaram para acompanhar.

Shan começou a segui-las, mas Nick pôs a mão em seu peito e o deteve. A cólera anterior em seus olhos havia perdido temperatura até ficar fria como aço, e agora se refletia em sua voz.

– Ela disse *família*.

Shan ficou simplesmente parado ali. Tão chocantes eram as três palavras que bem poderiam ter três mil volts. Ele observou enquanto Nick desaparecia pelo corredor, perguntando-se se Lina e a mãe chegariam a perceber sua ausência.

Pior ainda, se ficariam aliviadas.

Àquela altura, Shan não se sentia no direito de firmar posição.

Ele sentiu olhares pousarem sobre ele na recepção, provavelmente devido a seu estado lastimável. O cabelo em desalinho, o lábio cortado, a mancha de sangue na camiseta suja de fuligem. Ele fechou o casaco, grato por a senhora Capello tê-lo trazido, e percebeu que um modo de colaborar seria dar espaço para a família.

Shan vagou pela escuridão e logo se viu no Fort Green Park. A exaustão se instalando, muito mais do que a briga, ele se sentou em um banco solitário no parque. Uma lâmpada brilhava no alto de um poste, iluminando um palco vazio. O ar frio fazia seus olhos marejarem e seu nariz escorrer, ou talvez a emoção era a principal fonte.

Do bolso do casaco ele tirou o lenço que vinha guardando havia anos. Depois de enxugar o nariz e a boca, olhou para o tecido sedoso. Com o polegar, alisou o monograma elegante, as iniciais bordadas de George M. Cohan, um lembrete do dia em que seus caminhos tinham se cruzado pela primeira vez.

De várias formas, ele ainda se sentia como o garoto que fora naquele beco, não com menos frio nem menos solitário. Os Capellos haviam oferecido mais generosidade do que qualquer órfão merecia, mas, no fim, Nick tinha razão: Shan não era verdadeiramente parte da família. Um fato que ele havia permitido a si mesmo esquecer.

Tudo começara com um débito quitado muito tempo antes. Era chegada a hora de seguir em frente. Mesmo antes do caos daquela noite, ele já tinha chegado a esta verdade. O escrutínio de pessoas como o investigador Barsetti e o senhor Carducci, e seus assemelhados, só reforçava sua certeza.

Ele amassou e retorceu o lenço e pensou no senhor Cohan. Um artista mundialmente famoso, que excursionava se apresentando de cidade em cidade. Uma existência nômade, que permitia poucos vínculos e não era recomendável para todo tipo de gente.

Mas claramente uma vida destinada a Shan.

1935

33

Todas as coisas passam a existir através de oposição, e todas fluem como um rio[1]. Ou, simplificando, nada permanece igual.

Shan tinha memorizado aquela filosofia – de Platão, talvez? – para uma prova, quando estava no ensino médio. Apesar disso, não dedicara muito pensamento ao conceito. Agora, a comprovação de sua validade estava em todas as coisas, e não apenas na aparência dele, embora os anos de excursão, bebida e mulheres tivessem certamente deixado marcas.

O velho filósofo também acertara quanto à tendência humana de combater a mudança. Ele apenas deixara de mencionar que os artistas de variedades, mais do que qualquer um, estavam na linha de frente.

– É só um período de baixa – os artistas afirmavam, quando as vendas começavam a diminuir. – O pessoal ainda ama uma boa apresentação de variedades.

E, em certa medida, eles estavam certos. Mas o que o pessoal amava mais?

---

[1] Heráclito de Éfeso (500 a.C. – 450 a.C.), filósofo pré-socrático e Pai da Dialética, defendia a ideia de um mundo em movimento perpétuo. "Nenhum homem pode banhar-se duas vezes no mesmo rio, pois na segunda o rio já não é o mesmo, tampouco o homem" é um de seus conceitos mais famosos. (N.T.)

Seios.

No país inteiro, os homens sempre queriam mais. Não importava que fosse rico ou pobre, culto ou obtuso: uma vez que as cortinas se abriam e as coristas apareciam, cada homem no teatro trocava suas preocupações cotidianas por um vislumbre daqueles melões celestiais. Alguns clientes gritavam e assoviavam; outros grudavam nas cadeiras, hipnotizados pelo ondular e balançar. E, quando chegava o rodopio dos pompons[2], nem as mulheres da plateia conseguiam esconder o espanto.

Shan tinha de admitir: em suas primeiras semanas como comediante burlesco, era preciso uma concentração ferrenha para impedir a própria excitação. Um *striptease* de duas moças tinha precedido o espetáculo dele, e Shan era, afinal de contas, um homem. Quem poderia culpá-lo? Mas, com o tempo, a luxúria minguava – durante o show, apenas –, e o foco voltava para a plateia.

Em termos de apresentação, um número de música diferia pouco do teatro de variedades, no qual ele fizera sua estreia com a ajuda do senhor Cohan. Foi quando Shan aprendeu sobre a falta de glamour de tudo aquilo. Os ensaios esmagadores e os shows constantes, até oito no mesmo dia em "pouco tempo", mal deixavam um momento de folga. Cada semana se desdobrava na seguinte, o mesmo para os meses e, em última instância, para os anos. Depois de viajar atravessando tempestades de chuva e neve, ele desmoronava em outro hotel, que em nada lembrava o Plaza, e encontrava formas engenhosas de cozinhar no quarto e lavar a roupa na pia.

Mas, que diabos, era uma vida. E nenhum emprego podia ser tomado como garantido, depois da derrocada da Bolsa de Valores no outono de 1929. Aquilo acontecera pouco mais de dois anos depois que Shan se juntou à sua primeira excursão, e estava disposto a fazer o papel do homem sério em um esquete duplo no qual o piadista que fazia os improvisos recebia todas as risadas. A única vantagem foi que levou Shan a diversificar suas habilidades, permitindo que se apresentasse sozinho.

---

[2] Em alguns números burlescos, as dançarinas fazem girar as borlas que pendem dos bustiês. (N.T.)

Então, depois de seis anos no ramo, ficou claro que os giros habituais, as turnês, estavam morrendo. O fato era que a maioria dos homens desempregados tinha o bom senso de não gastar o último centavo para assistir a um terrier dançar o chá-chá-chá, ou ver um anão cantar em falsete enquanto se equilibrava em uma monocicleta; porém, tendo a chance de ver uma beldade seminua, eles esvaziavam os bolsos até o último fiapo.

Quando Shan pela primeira vez anunciou sua decisão de mudar de rumo, foi alvo de escárnio, principalmente por parte das mulheres do teatro de variedades, por estar sendo seduzido pelo apelo carnal. Elas estavam erradas. Era do dinheiro que ele estava atrás, nada mais. Um extrato bancário polpudo garantiria que ele jamais precisaria depender de ninguém outra vez.

O que tornou seu ato surpresa daquela noite muito mais arriscado.

Sem dúvida haveria um preço a pagar, apesar de ele trabalhar para os famosos irmãos Minskys fazia já dois anos. Mas também haveria consequências se Shan não colocasse Paddy O'Hooligan de volta a seu devido lugar.

O comediante recentemente somado ao grupo, filho de um judeu húngaro, tinha adotado aquele nome artístico para combinar com o papel de um imigrante mal saído do barco, vindo de Limerick, Irlanda. Durante um mês, Shan reprimiu sua irritação. Como se já não bastasse o ego do sujeito, o sotaque exagerado que fazia soava mais como um escocês das Highlands. Era compreensível que as tentativas dele de ganhar o estrelato em Hollywood tivessem obtido pouco sucesso.

No entanto, Shan não sentira nenhuma ofensa pessoal até hoje.

No final da manhã, "Paddy" havia batido à porta de seu quarto de hotel com a notícia de que o ensaio para os censores tinha sido adiado em uma hora. Em toda a cidade, Pittsburgh, neste caso, todos os espetáculos precisavam de aprovação prévia antes de serem executados perante o público. Nada lascivo o bastante para levar a uma batida policial era permitido. Uma lista típica bania nudez total, movimentos vulgares, o uso de "merda" e "cacete".

Claro, como tudo na vida, sempre havia como contornar cada regra. Por exemplo, nas cidades que haviam proibido o *striptease* no palco, as meninas iam para trás da cortina a cada vez que tiravam uma peça de roupa, antes de voltarem à cena. Além do mais, depois de passar pelos censores, a maioria das obscenidades era simplesmente posta de volta no roteiro. Isso transformava o processo de aprovação uma farsa lamentável, mas ainda assim a participação era vital.

Não caiu bem, portanto, quando Shan chegou no último minuto da apresentação para os censores, que havia sido antecipada em uma hora, não atrasada.

– Eu podia jurar que falei "mais cedo" – disse Paddy a Shan, mais tarde, embora um discreto brilho em seu olhar dissesse o contrário.

O diretor baixo e pedante, senhor Bagley, que não era de aceitar desculpas, manifestou seu descontentamento movendo Shan para cima na ordem das apresentações, com isso mudando Paddy para uma posição de mais destaque. No que dizia respeito ao pagamento, quanto mais para o fim, mais prestigioso o artista. A única exceção era o número de encerramento, reservado a uma apresentação musical horrorosa – como, por exemplo, uma tocadora de harpa que dedilhava enquanto soprava um apito, para ajudar a dispersar a plateia antes do show seguinte. "Tocar para os penteados", eles chamavam, porque a parte posterior da cabeça dos clientes era só o que o artista veria.

A colocação de Shan certamente não era assim tão baixa. Mas talvez logo viria a ser, se ele não mandasse uma mensagem clara, que informasse a Paddy que ele não era tão esperto quanto se achava.

Agora, esperando na coxia, Shan sacudia os pés e endireitava o colete do *smoking*. Kitty Lovely estava no meio de seu número clássico de banho, o que exigia que um par de coristas se escondesse na banheira e soprasse bolhas de sabão Ivory por dez minutos consecutivos – ou até que uma ou ambas desmaiassem.

Shan sabia como Kitty veria seus planos. Sempre ponderada, acima de tudo quanto ao trabalho, ela pensaria que se tratava de um erro terrível, precipitado pela cabeça quente, e naquela noite, na cama, ela lhe diria exatamente isso. Supondo que os poderosos da vez não o tivessem mandado cair fora...

A possibilidade concreta daquilo de repente levou Shan a uma pausa.

Será que ele estava mesmo preparado para ir embora, caçar sozinho outra oportunidade? Será que a ideia sairia pela culatra e espalharia o boato de que ele não valia os problemas que causava? Sabotar outro comediante rotularia Shan de mesquinho e desprezível. Mais importante ainda, era um risco para a venda de entradas. Segundo muitas pessoas, o espetáculo burlesco estava um degrau abaixo do teatro de variedades. Se empurrado para lá, ele acabaria vivendo à custa de uns trocados em bares imundos repletos de bêbados.

O círculo completo da vida – de todos os piores modos.

Shan enfiou a mão no bolso onde sempre guardava sua moeda de seis centavos. *Você tem talento de verdade, rapazinho*, a mulher lhe dissera. *Não desperdice.* Ele mantivera a moeda como lembrete. No entanto, estaria prestes a desperdiçar tudo?

– Capello – cochichou Carl, empoleirado em uma banqueta nos bastidores. Usando um xale xadrez escocês, o contrarregras, que parecia um *basset hound*, apesar de jovem, acenou para que Shan se aproximasse, a deixa final.

No poço, a orquestra estava encerrando a apresentação de Kitty. Sedutoramente ela se enrolou em uma toalha, concluindo o número com não menos roupas do que o roupão com que o iniciara – mais uma lei inútil. Ela lançou para trás as longas madeixas loiras, antes de soprar um beijo para o público. Em meio aos aplausos, os homens gemiam, implorando por mais.

Shan fez o melhor que pôde para ignorar o ressentimento contra os olhares e a baba deles. No metrô, exceto pela maquiagem no rosto e pelo cabelo arrumado, Kitty mal atrairia uma segunda olhada. Mas jogue luz sobre seus pontos fortes esculturais, observe a maestria com que ela se move, e não restará dúvida sobre sua popularidade.

Quando a música chegou ao fim, Kitty saracoteou para fora do palco sem olhar para Shan. Depois de quatro meses de, na falta de expressão melhor, namoro sem compromisso, ele sabia muito bem que não deveria esperar nem mesmo uma piscadela de Kitty que lhe dissesse que sua atenção era a única que importava.

No entanto, a ausência desse olhar agora reforçava sua decisão.

Se tipos como o senhor Bagley e o velho Paddy tinham passado a considerá-lo um nadinha que podia ser dispensado, Shan estava a meio caminho de dispensar a si mesmo, apesar de tudo. O mínimo que podia fazer era preservar o orgulho. Ele devolveu a moeda ao bolso e pegou o pequeno apito que pegara emprestado de um músico da casa. Ao sinal de Carl, ele se dirigiu para o microfone.

Um membro da plateia gritou uma referência ao flautista de Hamelin[3], mas Shan se manteve nos trilhos e não se deu ao trabalho de responder. Para maior impacto, ele não podia simplesmente roubar o roteiro de Paddy, a ser exibido dali a dois números; ele tinha de fazer uma apresentação melhor e conquistar visivelmente mais risadas. Para isso ele ouviria, como ouvia sempre, a plateia. Sem dizer uma palavra, eles lhe diriam quando fazer uma pausa, quando mostrar uma careta, como dizer as frases finais de modo a ter o melhor efeito.

A sala se acalmou, e Shan começou.

– Bela linda manhã procêis tudo – ele disse, com um floreio. Bagley estaria espumando por baixo da peruca de topete agora.

Shan continuou e recitou as piadas de Paddy sobre *leprechauns*, cervejas inglesas e histórias sobre "a Terra Mãe". Em poucos minutos, a antiga entonação voltou à naturalidade de que tanto sentia falta, pois ao longo dos anos ele havia resgatado seu sotaque apenas em uma ou outra apresentação ocasional.

Por cima das gargalhadas do público, ele ouviu a voz de Paddy antes de o ver. Nos bastidores, vermelhíssimo, o sujeito discursava violentamente, com amplos movimentos de mão, ao pobre e aturdido Carl. O dilema era claro: como poderiam pôr Shan no gancho, quando ele estava enfeitiçando a plateia?

---

[3] Conto do folclore alemão segundo o qual, em 1284, a cidade de Hamelin sofreu uma invasão de ratos. Um flautista os hipnotizou e conduziu ao rio, onde morreram afogados. (N.T.)

Shan resistiu a sorrir de satisfação; havia mais a caminho. No passado, enquanto fazia turnês com os famosos dançarinos Irmãos Nicholas, ele desenvolvera algumas módicas habilidades de sapateado. Também tocara flauta aqui e ali, mas nunca fizera ambos ao mesmo tempo. Era uma combinação única, da qual Paddy se orgulhava muito. Ou tinha se orgulhado até agora. Pois, a julgar pela expressão dele, aquela autoconfiança toda estava desabando, enquanto a imitação de Shan ganhava mais uma rodada de risos.

Agora, Paddy estava francamente em pânico. E deveria mesmo estar, Shan supôs, com todo um período a preencher depois do ato seguinte, um número de contorcionismo de três mulheres de tapa-sexo. Ao contrário de Shan, que tinha burilado um amplo espectro de números confiáveis para proteger sua carreira, Paddy parecia ter dado polimento apenas a uma pequena parte. O sujeito talvez quisesse pensar melhor a respeito depois desta noite.

Shan encerrou com uma pose extravagante. Aplausos preencheram o teatro, acompanhados por assovios e gritos de alegria. Ele se deixou ficar um pouco mais no palco, absorvendo tudo. Talvez levasse algum tempo antes que despertasse aqueles sons outra vez, se é que despertaria. Independentemente do resultado, ele se lembraria daquela sensação. Saboreando-a na língua como se fosse um caramelo, ele fez mesuras para os três setores. Quando se endireitou pela última vez, o perfil de uma pessoa chamou sua atenção.

Sua respiração congelou.

Sentada no centro, a moça tinha os longos cabelos escuros e a pele azeitonada de Lina Capello. Era uma visão que uma parte dele sempre tinha, na maioria das vezes com medo.

Os telefonemas regulares de Shan para ela e os pais os haviam mantido em contato ao longo dos anos, mas ele ainda não vira a família desde o inverno em que partira. Depois que tudo chegou ao fim, com o senhor Capello são e salvo em casa, ele havia apresentado suas desculpas a todos – exceto Nick: entre eles, nada mais restava a ser dito – e, contra os doces protestos da senhora Capello, Shan havia partido a tempo de deixar a verdadeira família comemorar o Natal reunida.

Ele jurou a si mesmo jamais olhar para trás. Mas agora o passado estava sentado exatamente no meio da fileira central.

Seja como for, esse foi o temor dele, até que a moça se virou para a frente e ele percebeu, mais uma vez, que tinha se confundido com um rosto na plateia. Algo que acontecia de vez em quando, um golpe de vista, uma assombração da consciência. Felizmente, aquela ilusão em particular causava menos dano do que ver Nick, ou até o tio Will.

Recompondo-se, Shan se apressou para fora do palco, ansioso por escapar de uma vida que nunca parecia muito distante.

34

Depois da apresentação, a reprimenda de Bagley foi mais suave do que o previsto. Isso não significa dizer que não incluiu gritaria: disso houve bastante. A porta do camarim de Shan poderia até ter estado aberta, dado o modo como a voz do diretor se espalhava.

Mas ele não fez menção a demitir Shan nem de reter seu pagamento. Ele até reverteu a mudança no pagamento a tempo da apresentação da meia-noite, embora sob algumas condições.

– Não vá pensando que isso é uma maldita recompensa. Faça algo parecido com aquilo de novo, e eu lhe dou uma coça antes de jogar você no olho da rua. Estamos entendidos?

Em seu íntimo, ele talvez concordasse que a arrogância de Paddy O'Hooligan precisava ser domada. Provavelmente, porém, mais do que isso, ele estava desesperado para evitar que o improviso de Paddy fosse repetido.

Privado de seu sotaque, Paddy havia arriscado uma imitação britânica que perdeu a graça em um minuto, o único aspecto redentor da apresentação dele. O pior tinha sido uma sequência de piadas tolas, apropriadas à festinha de aniversário de uma criança de oito anos. Risadas foram ouvidas na plateia, mas tinham sido principalmente em resposta a comentários perspicazes feitos por membros do próprio público. A certa altura, eles interferiram tanto que Paddy esqueceu a linha final de uma piada e pegou um livro de bolso para comediantes para procurar a resposta. Isso assinalou a única ocasião em que a plateia riu com ele e não dele – até perceberem que ele estava realmente folheando as páginas, quando então se tornou o cúmulo da piada.

Normalmente, Carl o teria posto no gancho, mas a estrela do número seguinte não conseguia encontrar a rolha gigante que usaria em sua cena com o champanhe, e eles precisavam ganhar tempo.

No instante em que ela ficou pronta, Paddy fugiu com aparência derrotada. Shan quase teve pena do coitado, mas não exatamente. Além disso, tais lições eram essenciais para sobreviver no negócio. Era certo, e estava tudo bem almejar se tornar o melhor dentre os melhores, mas prejudique a pessoa errada e até o comediante mais engraçado poderia ver-se reduzido a um vendedor de balas e divulgador das atrações no início do show.

Assim que Bagley descarregou sua fúria moderada sobre Shan, girou nos calcanhares e saiu furibundo do camarim, ao mesmo tempo que Carl entrou. Para esconder uma cicatriz de queimadura na mandíbula, devida a um acidente com uma luz de palco, o camarada sempre usava um xale, em ambientes fechados ou ao ar livre.

– Isto chegou para você durante o espetáculo – ele entregou a Shan um envelope. Bilhetes de fãs eram mais comuns durante seus dias no teatro de variedades, mas ainda chegavam com alguma frequência. – Você com certeza soube fazer aquele sotaque irlandês – disse Carl com um sorriso malicioso.

Por um momento, Shan se perguntou se teria feito a imitação parecer autêntica demais, levantando suspeitas sobre uma história havia muito enterrada. Mas então o rapaz acrescentou:

– O velho Paddy bem que mereceu, se quer saber minha opinião – e com isso ele deixou o camarim.

Shan tombou na banqueta estofada, o couro rasgado nas costuras.

Lâmpadas de luz dura emolduravam o espelho à sua frente, aprofundando as sombras de cansaço sob os olhos. Aos vinte e oito anos, ele já enfrentava alguns fios grisalhos precoces, eriçados o bastante para desafiar a gomalina. Ele deu um longo suspiro. Os cheiros do ambiente combinavam com a aparência de sótão empoeirado, com sua miscelânea de figurinos, paredes descascadas das histórias que já tinham testemunhado.

Ele voltou a atenção ao envelope, grato, nessa noite, por uma demonstração de reconhecimento. No entanto, o que encontrou lá dentro foi um telegrama. Cada palavra, da mensagem até o remetente, foi um choque.

EMERGÊNCIA EM CASA
FAVOR VOLTAR IMEDIATAMENTE
LINA

Shan leu e releu, a mente aturdida. Teria sido essa a razão pela qual ele imaginara tê-la visto na plateia? Uma premonição de algo a caminho?

Eles tinham falado por telefone poucos dias antes, em 1º de junho. Era a chamada de contato que Shan fazia todos os meses, em respeito à promessa feita à senhora Capello, cumprida fielmente durante todos aqueles anos.

Ele repassou a conversa mentalmente. Lina insistira para que ele fosse visitar, como insistia sempre, mas sua voz não indicava nada de excepcional.

– Qualquer dia desses – ele dissera, sua resposta-padrão.

Depois de dar um suspiro, Lina mudou para um tema mais seguro: sua mais recente história publicada na *Woman's Home Companion*. Aquilo só reforçava como os Capellos estavam indo bem desde que ele partira. Pelo que soubera, sem ter perguntado, Nick até se juntava a eles regularmente para o jantar de domingo.

A senhora Capello tinha vindo ao telefone em seguida.

– Você está comendo? – tinham sido suas primeiras palavras, como sempre; e as últimas: – Não se esqueça de comer.

Entre uma frase e outra houve uma atualização sobre os vizinhos, o jardim, um evento de caridade da igreja. Da mesma forma, a conversa ligeira do senhor Capello se centrava no trabalho e no tempo e em como o novo presidente, Franklin Delano Roosevelt, logo poria o país nos eixos de novo.

— Alguma moça bonita nas suas apresentações? — ele perguntara em seguida, ao que Shan respondera "Algumas".

Ainda não vendo razão para informar à família sobre sua entrada nos espetáculos burlescos, ele em vez disso se desviara para detalhes sobre as cidades seguintes. Ao se despedir, o senhor Capello tinha dito:

— A mama está dizendo que você precisa sossegar logo.

E Shan havia concordado, sem nenhum plano de fazer aquilo.

Nada tinha havido de incomum. O que poderia ter acontecido desde então?

Shan olhou para o espelho manchado, buscando uma resposta. A saúde do papa estava indo bem, disseram todos. Se tivesse piorado, será que a Lina não teria escrito exatamente isso no telegrama? Talvez fosse outra coisa, um assunto que ela preferiu não colocar por escrito.

Seus pensamentos recuaram para os dias que ele e o senhor Capello costumavam passar nas pistas de corrida. Nunca houve causa de preocupação, com o lema do homem de nunca arriscar mais do que estava disposto a perder. Claro, isso foi antes que um quarto do país perdesse o emprego. Com menos clientes capazes de pagar pelos serviços do senhor Capello, por quanto tempo ele e a família haviam sobrevivido à base de trocas de vinho, pinturas e cortes na barbearia? Talvez, para conseguir um extra, ele tivesse apostado em um cavalo infalível que afinal falhara. Ou quem sabe não se tratava das pistas, em absoluto.

Ao telefone, quando Shan mencionou a derrota dos Yankees para os Red Sox, um dia desastroso, de derrota por seis a zero, o senhor Capello evitara o assunto e encerrara a ligação. A reação tinha parecido típica para Shan, pois o homem detestava quando seu time do coração falhava em assegurar uma vitória. Mas haveria mais coisa envolvida? Teria o jogo custado a ele algo maior do que orgulho ferido?

Até saber, Shan não teria sossego, por mais que tentasse.

No dia seguinte, o sol do meio da manhã se infiltrou pelas cortinas do quarto do hotel, que nunca eram abertas antes das dez horas, devido aos espetáculos muito tardios de Shan. Enquanto ele acabava de se vestir, Kitty estava na cama desfrutando de um café e um Parliament, seu desjejum habitual. Um lençol branco envolvia do peito para baixo o seu corpo nu.

Shan sempre ficava intrigado por a flagrante falta de recato dela no palco não se estender ao quarto. Prova de que mesmo artistas de variedades ainda eram atrizes.

– Quantos anos faz que não os vê? – ela perguntou.

Ele estava prestes a dizer seis, mas percebeu o engano.

– Quase nove, acho.

As lembranças da briga, da árvore em chamas. Da corrida para o hospital – eram todas ainda tão vívidas. Confundia-o que tanto tempo já houvesse transcorrido.

Kitty apoiou a caneca na mesa de cabeceira e o observou tirar do armário uma mala com várias mudas de roupa ainda dentro. Vivendo na estrada, nunca havia tempo para desfazer totalmente a bagagem.

– Quanto tempo você acha, até voltar?

– Não sei ainda. – Ele deu de ombros.

Depois de recebido o telegrama, outro telefonema para Lina não tinha resultado em nada além de um apelo para que ele voltasse, e ela explicaria tudo pessoalmente. Sua voz era de tal pavor que ele não teve como não concordar.

– Mas deve ser logo – ele acrescentou.

– É bom mesmo que seja – Kitty se virou e ficou de lado, a mão direita sustentando a cabeça, o cigarro mantido na outra. Os longos cabelos loiros caíam sobre o travesseiro como cascata. – Se eu ficar muito solitária, vou ter que procurar companhia. – Ela sorriu para suavizar a sinceridade.

A especificidade do corpo que a mantinha aquecida vinha em um longínquo segundo lugar, depois de meramente haver algum. Isso não era segredo em relação a Kitty – nem em relação a Shan, de fato.

Assim como todas as mulheres com quem ele havia se aventurado durante as turnês, um vazio compartilhado os atraíra com a força de um ímã. No calor do sexo, eles atingiam uma aparência de completude. E, por um momento, conseguiam se esquecer das peças escondidas em seu interior, quebradas demais para algum dia serem consertadas.

– Então acho que é melhor eu me apressar – Shan respondeu secamente, e continuou a fazer as malas para o trem noturno.

A ideia da viagem o aguilhoava de medo. Quando a mala ficou pronta – o resto ele deixaria com Kitty –; ele mostrou o telegrama a Bagley. O diretor concordou com a folga, mas com uma relutância combinada a ameaça: se, enquanto estivesse em casa, Shan tivesse a ideia de romper o contrato para juntar-se a outro grupo, era melhor que contratasse um bom advogado.

Shan garantiu que voltaria e não se deu ao trabalho de corrigir a referência à sua "casa".

Sua casa não era mais o Brooklyn. Não era nenhum lugar em particular, atualmente.

Não, isso não era verdade. Sua casa era a estrada. Shan pensou nisso pouco depois, enquanto se instalava no vagão-restaurante do trem, os vapores e estalidos oferecendo o conforto do movimento em frente. Essa não era a primeira vez que voltava a Nova York; turnês o haviam arrastado para lá ao longo dos anos, mas sempre em paradas rápidas e com um elenco de artistas que formavam um escudo protetor.

Desta vez, ele estava sozinho.

– Senhor, aceita uma bebida? – perguntou o garçom.

Apesar da revogação da Lei Seca dois anos antes, Shan só bebia à noite; meio copo de uísque era um sedativo confiável depois das apresentações da meia-noite. E até hoje ele não fumava, não quando dependia da própria voz para sobreviver.

Mas agora, à luz do destino de amanhã, ele decidiu que o dia exigia uma exceção.

– *Bourbon* – ele disse. – Duplo.

35

A balbúrdia de locomotivas e passageiros partindo e chegando transformava em um turbilhão as plataformas da Grand Central de Nova York. Carregadores se esfalfavam para manobrar os carrinhos pelo meio da multidão do sábado e eram atrasados pelos grupos em alegres reencontros. Por cima de tudo isso, os condutores cumpriam seus roteiros habituais de anunciar "todos a bordo" e "última chamada".

Shan pousou a mala e escrutinou os rostos ao redor. Na última fotografia enviada, Lina tinha apenas dezoito anos. A memória dele tinha congelado aquela imagem em uma pedra imutável. Não lhe ocorrera, até agora, que os anos adicionais pudessem ter alterado os traços dela.

Tirando o chapéu, ele enxugou a testa com um lenço de bolso. O ar matutino já dava pistas da umidade de verão vindoura.

– Tommy – uma voz feminina se fez ouvir atrás dele.

Ele se virou, mas não conseguiu localizar Lina. Então ouviu seu nome de novo e muito surpreso encarou quem chamava.

– Josie...

Ela estava de pé na frente dele, segurando a bolsa estilo carteira, as mãos cobertas por luvas marfim. O amplo chapéu de abas combinava com o vestido preto e branco de bolinhas. O corte moderadamente justo comprovava que seu corpo não havia mudado.

– Bem-vindo de volta – ela disse.

Seus lábios vermelhos se curvaram em um sorriso tão estranho quanto o beijo superficial que em seguida, na ponta dos pés, deu na face dele. Quando se abaixou de novo, Shan reprimiu a reencenação de uma antiga cena.

Desta vez, ele usou o próprio lenço para limpar qualquer marca, e uma aguilhoada de ressentimento o tomou de surpresa. Como se de alguma forma ela fosse a culpada por tudo que acontecera. Ele olhou ao redor.

– Supostamente a Lina viria me encontrar. Você não a viu, por acaso?

– Na verdade... Ela está em casa.

Shan percebeu então, embora devesse ter percebido de imediato: aquele encontro não era uma coincidência. Josie rapidamente explicou:

– Ela achou que não haveria problema se eu viesse no lugar dela. Mas é claro que ela está felicíssima por rever você. Toda a família está.

Ele ergueu uma sobrancelha.

– *Toda* a família?

Outro sorriso amarelo.

– Bem, o seu pessoal.

Shan assentiu, proibindo a si mesmo a mais ínfima decepção.

– Foi o que eu imaginei.

E era verdade. Menos óbvia era a relação de Josie com o telegrama de Lina. Pelo pouco que lhe haviam dito, depois de sua partida Josie continuara trabalhando para Max, mas o relacionamento com Nick chegara ao fim de repente, e isso tornava sua presença ali muito mais intrigante.

– Josie, é ótimo ver você e tudo, mas... por que está aqui? – Ele reformulou, não querendo soar rude. – Você está ciente do que está acontecendo?

Após uma pausa, Josie olhou para a estação.

– Por que nós não entramos? E tomamos um café no Oyster Bar, o que me diz?

O tom de voz dela tinha conseguido atingir a casualidade, mas a preferência por se sentarem para a conversa só fez aumentar a apreensão de Shan. Ele gesticulou com o chapéu.

– Depois de você.

Ela o conduziu pela estação, e nenhum dos dois falou até estarem ambos sentados no restaurante barulhento. Ela pedira uma mesa de canto com relativa privacidade. Assim que a garçonete trouxe os cafés, Shan foi direto ao ponto.

– Josie, se você sabe o que me fez vir, quero que me conte. A Lina mandou um telegrama sobre uma emergência, mas, quando eu telefonei...

– Fui eu – Josie interrompeu. – O telegrama. Fui eu que mandei.

Shan se encostou na cadeira. Saber que tinha sido enganado o deixou ainda mais alerta.

– Eu não sabia outra forma de fazer você vir. E a Lina falou que não tinha problema usar o nome dela...

– Bem, eu estou aqui. Agora me diga por quê.

Ela tomou um gole de café, o queixo franzido transmitindo o desejo de uma bebida mais forte. Finalmente, ela o olhou nos olhos.

– É o Nick. Estou preocupada com ele.

– Nick?

– Ele já se envolveu em muitas encrencas antes e sempre escapou. Mas acho que desta vez ele passou dos limites.

O ressentimento de Shan agora se justificava. Ele passara toda a viagem se preocupando com as finanças e o bem-estar do senhor Capello, levando em consideração inclusive problemas que poderiam ter atingido Lina e a mãe dela. Em vez disso, a "emergência" se referia a uma enrascada inevitável para um sujeito com propensão e cutucar a lei com vara curta. Como se lesse seus pensamentos, Josie acrescentou:

– Acredite em mim, Tommy. Ele precisa de verdade da sua ajuda.

– E ele disse isso para você. Certo?

Ela deu de ombros, conformada.

– É do Nick que estamos falando. Você sabe que não pediria ajuda a ninguém.

– Então, por que ele de repente resolveu pedir a minha?

– Porque você é irmão dele – a resposta foi dita de modo tão óbvio que era como se ela tivesse se esquecido do que os havia separado.

Shan desviou o olhar. Dois meninos sentados do lado oposto do salão estavam rindo em meio a restos de pudim. O afeto da interação deles sublinhava quanto Shan e Nick tinham sido opostos durante anos, mesmo antes da briga. Josie se inclinou para a frente, cotovelos sobre a mesa.

– Eu não sou idiota, está bem? Com você e a sua família, eu sempre soube que havia alguma coisa. Que você era adotado ou algo assim. Mas o Nick se importa com você. Mais do que você imagina.

As palavras dela, a inegável sinceridade, inesperadamente comoveram Shan. Ele sentiu a fagulha de velhos arrependimentos, no entanto os descartou. Se por um lado ele não podia ignorar os muitos anos em que pensara em Nick como família, por outro o sujeito tinha deixado bem claro que Shan já não possuía aquele título.

Além do mais, nada garantia que Shan poderia ajudar, supondo que Nick permitisse. Quem poderia saber a profundidade do buraco que ele cavara para si mesmo? Se ele e Max não estavam mais vendendo bebida ilegal, sem dúvida tinham encontrado algum outro esquema lucrativo, e Shan sabia bem até demais como Nick lidava com alertas.

– Deixe-me adivinhar: os federais o apanharam.

Ela sorriu palidamente.

– Eu gostaria que fosse só isso.

A curiosidade esmagou a má vontade de Shan a continuar ouvindo.

– O que foi, então?

Josie pegou a xícara na mesa e baixou a voz.

– No clube, segundo os boatos, alguns dos sujeitos foram pegos passando a perna no alto escalão. E Nick foi um deles.

– Roubando de Max? – Shan percebeu o próprio tom estridente. – O Nick não seria tão estúpido, seria?

– Honestamente? Eu não sei. Teve uns períodos difíceis. A bebida ainda é vendida, tudo dentro da lei agora. Mas o movimento no clube tinha diminuído, e as pessoas tinham menos dinheiro para apostar. Os donos das lojas, eu imagino que eles também estejam sofrendo. E isso significa menos grana rolando.

– E daí ele se desesperou – Shan murmurou. Isso, ele detestava admitir, era algo que compreendia. – Quanto ele pegou?

– Eu tentei descobrir mais. Fui à casa dele quando ele não foi trabalhar, na semana passada. Falei que estava preocupada.

– E?

– E ele falou que estava bem. Não disse mais nada. Só que, por outro lado, não seria em mim que ele confiaria... Desde... – ela deixou a referência inacabada, desobrigada de detalhar. – Só o que eu posso dizer é que ele não parecia nada bem, Tommy. Desde que conheço o Nick, nunca o vi desse jeito.

– O resto da família sabe?

– Só a Lina. Eu contei tudo isso para ela também, e ela concordou que você era quem poderia ajudar.

Shan definitivamente não compartilhava do entusiasmo das duas. Mas ao menos elas ainda não tinham incomodado os pais de Nick, em especial o senhor Capello.

– Olha, eu estava pensando – ela continuou – que você poderia ir e falar com o Max. Ele sempre gostou muito de você. Tenho certeza de que ele ouviria, quem sabe até faria alguma coisa.

– Josie, eu não vejo o sujeito há quase uma década.

– Mas você poderia tentar, mesmo assim. Você poderia fazer isso, não?

Independentemente da história, Shan receava imaginar o pior. Ele convenceu a si mesmo de que Max era um homem de negócios; dado o longo e sólido relacionamento entre ele e Nick, sem dúvida ambos seriam capazes de chegar a um acordo razoável.

Shan quis dizer isso, mas o ar de súplica no rosto de Josie o impeliu a ter alguma compaixão, tanta de quanta ele fosse capaz.

– Vou pensar a respeito.

Depois de uma pausa, ela assentiu. Seu semblante murchara de decepção. Deixando o café intocado, Shan se levantou e jogou na mesa duas moedas de dez centavos.

– Tenho de visitar o resto da família, visto que estão me esperando.

Graças a Josie, conforme fora revelado.

– Sim, claro – ela disse, sem o olhar nos olhos.

Ele apanhou a mala, lutando contra uma culpa crescente, e foi embora. Antes de sair da estação, ele compraria uma passagem de volta para Pittsburgh. Uma noite aqui seria mais do que suficiente. Os Capellos eram boas pessoas, sem dúvida. Eles apenas não eram mais parte do mundo dele, e o melhor que Shan faria era não se esquecer disso.

36

A recepção que aguardava Shan na casa dos Capellos não foi como ele esperava.

Foi muito superior.

Meros segundos após ele ter batido, Lina escancarou a porta. A força do abraço dela o fez deixar cair a mala. Antes que conseguisse recuperar o fôlego, a senhora Capello abriu caminho, repreendendo-o seriamente.

– Por que demorou tanto a vir para casa? – Ela mantinha os punhos no quadril, por cima do avental, as rugas felizes ao redor dos olhos desmentindo suas palavras.

Quando Shan sorriu, ela tomou sua face com as mãos fortes de sempre. Mechas cinza ao longo dos cabelos presos comprovavam a passagem do tempo.

O senhor Capello se aproximou da entrada em silêncio. Também os cabelos dele estavam prateados, e as bochechas e a cintura, mais finas. Uns poucos dos quilos perdidos pareciam ter se transferido para a esposa, mas ambos emanavam um brilho de saúde.

Quando Shan estendeu a mão, o senhor Capello ignorou a oferta. Pela primeira vez na vida, cumprimentou Shan com um abraço. Durou apenas um momento, mas bastou para enfraquecer as defesas que Shan tinha se acostumado a manter de prontidão.

A senhora Capello o enxotou para dentro.

– Vem, descansa – ela disse, fechando a porta. – Lina, me ajuda com o almoço.

As duas mulheres – uma descrição estranhamente adequada a Lina agora – foram para a cozinha. Sem esperar pelas ordens da esposa, o senhor Capello passou a mão na mala e a levou para cima. Ele parecia mais forte do que nunca.

Só então Shan absorveu realmente o ambiente. Os mesmos sofá e rádio. As mesmas poltrona, mesa de jantar e cadeiras. No entanto, foi o aroma de almôndegas e temperos e caldo sendo fervido que lhe deram o maior conforto. Ele havia se esquecido de quanta falta sentira de uma refeição preparada em casa.

Havia, no entanto, uma mudança na sala. O papel de parede tinha sido substituído por outro, com desenho de flores miúdas em meio à vegetação enevoada. A mancha de vinho se fora. O mesmo se aplicava aos chamuscados deixados pelo fogo.

Se uma pessoa não soubesse, seria custoso convencê-la a acreditar que algo além de felicidade tinha alguma vez preenchido aquela casa.

A tarde passou em um festim de comida, vinho e palavras. À mesa, Shan ouviu Lina contar as últimas: quem havia se mudado para e da região, quais comércios haviam aberto ou fechado, que adolescentes tinham sido desonrados por uma ou outra transgressão, desde fugir com a namorada ou namorado até trabalhar como acompanhante para danças de salão, a dez centavos por rodopio.

A senhora Capello contou, então, sobre a nova variedade de abóbora que tinha plantado, a qual aparentemente recebera muitos elogios das outras donas de casa do bairro. Ela também descreveu um passeio noturno com o marido até o Teatro Palace – que estava entre os palcos menos prósperos de espetáculo de variedades –, assim como os recentes filmes.

Naturalmente, isso levou a um debate com Lina quanto à adequação dos nomes nos títulos e dos astros. Para encerrar aquilo, o senhor Capello desviou o assunto para programas populares no rádio. Muitos comediantes estavam não só salvando as carreiras desse jeito, mas de fato obtendo muito sucesso. O senhor Capello proclamou para Shan:

– Você deveria estar em um desses shows.

Como se fosse assim tão simples.

– Vamos ver, papa. Nunca se sabe.

Ser contratado de uma rádio exigia se enraizar, uma ideia que Shan banira muito tempo antes. Mas aqui, agora, provando de novo dos confortos de um verdadeiro lar, pareceu uma opção que ele talvez pudesse avaliar.

A verdade era que seu espetáculo atual não poderia durar para sempre. Os políticos estavam desbaratando as diversões *risqué*[4], especialmente o prefeito LaGuardia. Fora isso, a concorrência estava se tornando feroz. Se por um lado um níquel comprava um dia inteiro de apresentações no balcão superior, assentos para programas transmitidos eram gratuitos. E, para os que podiam pagar, rádios estavam se tornando a atração principal.

Mas aquelas reflexões poderiam esperar, pois ele sentia preocupações muito maiores em Lina, a crescente ansiedade dela por uma conversa em particular.

Um vizinho então chegou, pondo fim à refeição. O senhor Capello o acompanhou para ajudar com um ralo entupido. Enquanto a senhora Capello recolhia os pratos, Lina pediu licença para ajudar Shan a se instalar.

Então lá veio.

Uma vez que entraram no quarto dele, ou melhor, no quarto que costumava ser dele, ela fechou a porta.

– Suponho que a Josie já tenha contado tudo – ela soltou de uma vez, sussurrando.

– Contou o que ela sabia.

Lina ficou à espera de mais, pressionando-o com aqueles olhos profundos. Ele se sentou na cadeira da escrivaninha.

---

[4] Picante, malicioso; em francês no original. (N.T.)

– Como falei para a Josie, se é que vou ser capaz de ajudar, não sei por que vocês duas acham que o Nick me deixaria. Nosso relacionamento já estava comprometido desde antes.

Lina estalou a língua em discordância, exatamente como a mãe.

– Aquilo foi um ciúme bobo. Seria diferente agora.

– Ciúme? – ele arregalou os olhos, incrédulo.

É, houve uma época em que ele poderia ter nutrido certa inveja de alguns aspectos do sucesso de Nick. Os luxos do estilo de vida dele não eram propriamente pequenos. Mas os luxos não vieram senão bem mais tarde.

– Foi isso que vocês pensaram? – ele perguntou, e então caiu em si. – Porque, se vocês acharam que eu fui ao apartamento da Josie naquela noite para provar alguma coisa, ou para tentar me tornar mais parecido com ele...

Lina o interrompeu com um gemido.

– Não você, seu bobo. Estou dizendo que o Nick estava com ciúme.

Depois que o choque inicial cedeu, Shan riu.

– De quê?

Lina ergueu o queixo, tomando aquilo como um desafio.

– Suas notas, para começar. Seu diploma – ela contava nos dedos. – Sua proximidade com o papa, até trabalhando juntos. Depois, seu trabalho divertido nos palcos. Para piorar, você divertia todos os amigos deles nas festas. E, durante todo esse tempo, o Nick queria a aprovação do papa mais do que qualquer outra coisa. Ele finalmente pensou que conseguiria, caso se tornasse uma espécie de saco de dinheiro. Por que você acha que ele foi trabalhar para o Max, para começo de conversa?

A recapitulação inesperada fez a mente de Shan rebobinar. Talvez aquela fosse a real razão para que ela e Josie exigissem o retorno dele, porque elas o viam como a causa. Ele se levantou, as defesas reavivadas.

– Eu não tive nada a ver com as escolhas do Nick e ainda não tenho. Ele sempre odiou a escola e, certo como o inferno, nunca quis consertar canos para viver.

– Eu sei, você está certo...

– Quanto ao clube, foi ele que insistiu que fôssemos lá em busca de trabalho, não eu.

– Espere um momento. Eu nunca quis dizer que você era o culpado. – Ela levantou as mãos em um movimento tranquilizador. – Por favor, escute. – Ela olhou de relance para a porta, recordando a Shan que eles não estavam sozinhos.

Ele sentiu o calor subindo ao rosto. Cruzou os braços e sentou no canto da escrivaninha. Embora tivesse muito a acrescentar, meramente esperou enquanto Lina atravessava o quarto. Ela se sentou nos pés da velha cama de Nick. Entrelaçando as mãos, disse:

– Meus pais alguma vez lhe contaram algo sobre o Tomasso?

Shan foi pego de surpresa. Como as duas coisas poderiam estar relacionadas? Receoso com aquela digressão, ele deu de ombros.

– Um pouco, assim que cheguei.

– Você sabia que ele era o favorito do papa?

Shan tinha de admitir que sempre pressentira uma adoração especial de ambos os pais, o que era compreensível, dadas as circunstâncias. Apesar disso, abanou a cabeça, negando.

– Pais sempre dizem que amam todos os filhos da mesma forma. Mas, mesmo quando eu era pequena, sabia que isso não era verdade. Não era culpa do papa. Ele e o Tomasso simplesmente tinham um vínculo especial. E mais ainda depois que o Tomasso ficou doente. Foi quando o Nick descobriu que atenção negativa era melhor do que atenção nenhuma.

Lina fechou os olhos por um instante e continuou.

– Uma noite, em Siena, logo depois da morte do Tomasso, o Nick saiu da cama para rezar. Ele devia ter onze anos na época. Pensou que eu estava dormindo, mas eu o escutei chorando. Ele disse a Deus que não estava de verdade contente por Tomasso ter morrido, que só estava bravo e triste quando falou aquilo, e implorou a Deus por uma segunda chance.

Uma recordação atravessou a mente de Shan. Mal fazia umas poucas semanas que ele estava com os Capellos quando ele e Nick falaram sobre o falecimento de Tomasso. Havia algo que Nick escondia, e agora Shan sabia o que era.

– Você não percebe? – Lina o encarou. – Quando você apareceu, saído do nada, precisando de um lar, de uma família e até de um nome, você era a segunda chance dele. Mas daí você e o papa ficaram bem próximos. Saíam juntos, conversavam sobre beisebol o tempo todo. E o jeito como você o fazia rir...

Shan recordou uma das poucas vezes que o senhor Capello mencionara o menino. A revelação daí resultante o atingiu como uma tempestade de inverno, roubando-lhe o fôlego.

– Era exatamente como o Tomasso fazia – ele completou a frase.

Ela assentiu.

– Exatamente.

Pela maior parte da vida, Shan havia se gabado da habilidade de ler as pessoas, de imitá-las, identificar seus trejeitos e singularidades. Mas de alguma forma não tinha enxergado aquilo, embora não fosse difícil adivinhar a razão.

Conscientemente ou não, ele havia aproveitado o lugar acolhedor que herdara na casa dos Capellos, nunca parando para pensar quanto aquilo poderia custar aos demais. Estivera preocupado demais com a preservação do que havia ganhado.

Sob aquele ponto de vista, talvez Shan merecesse mais culpa do que havia pensado.

37

A viagem até o apartamento de Nick pareceu uma viagem ao passado. Nas ruas, pouco havia se alterado. Nem a caminhonete Modelo T que Shan dirigia tinha mudado. No entanto, sacudida por uma nova perspectiva, a vida que ele levara aqui parecia, agora, muito diferente.

Ele estacionou em uma vaga a meio quarteirão do prédio de Nick. O sol do início da tarde pontilhava a rua, filtrado por árvores intermitentes. Uma mulher passou empurrando um carrinho de bebê. Shan a observou desaparecer na esquina, enquanto aproveitava a oportunidade para organizar os pensamentos.

Da primeira vez que fugira dos Capellos, estava muito zangado com Nick. Na verdade, estava ferido. Nick parecia determinado a esvaziar qualquer esperança de Shan de encontrar o pai americano. Finalmente Shan sabia por quê: Nick não queria se arriscar a perder mais um irmão.

Por muitos anos, Shan tinha lutado para esquecer os olhos e a voz de Nick no hospital, uma mensagem gélida que informava que Shan não era bom o bastante para ser membro da família. Agora, a explicação de Lina significava justamente o contrário. O incidente com Josie tinha sido meramente a gota d'água, percebido como mais uma tentativa de se apossar de algo que Nick valorizava.

Talvez fosse tarde demais para consertar as coisas. Shan não tinha ideia de por onde começar. Mas, como Josie dissera, ele poderia ao menos tentar.

Bem nessa hora, Nick apareceu na entrada carregando uma mochila.

Querendo alcançá-lo antes que ele se afastasse, Shan levou a mão à maçaneta da porta. Estava prestes a sair da caminhonete quando outros três homens saíram do prédio. Faces com marcas de varíola deduraram o mais alto. Mel... Não, Sal era o nome dele. O camarada ao lado tinha um corpo robusto que também pareceu familiar a Shan. Sem dúvida era o mesmo bandido que havia atacado a loja do senhor Carducci. O terceiro sujeito era magro e usava um bigodinho à Charlie Chaplin. Shan não o reconheceu, mas supôs que todos respondiam ao mesmo chefe.

Esse conhecimento, combinado ao modo como eles olhavam ao redor, investigando a área sob a aba dos chapéus, levou Shan a se afundar no assento. Os sobretudos pretos que vestiam tinham parecido estranhos naquele clima, até que o longo cano de uma arma espreitou para fora do casaco de Sal, embrulhado como uma capa. Era razoável presumir que ele não era o único armado.

O do bigodinho jogou fora o cigarro sem se dar ao trabalho de pisar para apagar. Depois, seguiu à frente do grupo rumo ao Packard estacionado, onde assumiu o volante enquanto Nick entrava com os outros. O carro saiu segundos depois, rumo ao fim da rua, e logo desapareceu como a mulher com o carrinho, sem deixar rastro.

Shan sabia que deveria permanecer onde estava. Apesar disso, preocupação e uma curiosidade mórbida envolviam a mochila, as armas e os modos suspeitos. Quanto mais soubesse sobre a situação de Nick, maior a chance de conseguir ajudar. Sem tempo para grandes meditações, deu a partida na caminhonete e seguiu o Packard a certa distância.

Não demorou até que eles entrassem em um túnel comprido, que se estendia a perder de vista e parecia não ter fim. Quando Shan percebeu que estava dirigindo sob o Rio Hudson, sentiu as paredes arqueadas se fecharem ao seu redor. Ele apertou a direção com mais força e tentou não imaginar um filete de vazamento explodir em uma inundação.

No fim do túnel, o céu foi uma visão reconfortante. Shan tornou a se concentrar na direção em que o Packard seguia, três carros adiante. Eles tinham chegado a Nova Jersey e continuavam avançando. Até onde iriam? Shan considerou dar meia-volta, mas insistiu mais um pouco, e logo o Packard estacionou.

Ao passar por eles, Shan mais uma vez se afundou no assento. Esperava não ter sido visto. Na rua seguinte, virou à esquerda e cautelosamente deu a volta no quarteirão. Tendo a lateral do Packard totalmente visível, ele desacelerou até parar atrás de um Chevy estacionado.

Shan espiou através do para-brisa do Chevy. O motorista de Nick continuava ao volante, mas os passageiros tinham sumido.

A placa no prédio de tijolos dizia "Banco da Cidade de Jersey".

Nick não faria isso. Faria?

Também não havia um alarme tocando. Com certeza um caixa teria acionado um, a essa altura, caso houvesse algum problema.

Talvez Nick estivesse apenas fazendo um grande depósito em nome de Max. Isso explicaria a mochila. E alguns acompanhantes com armas escondidas talvez fossem uma precaução padrão. Isto é, supondo que eles estivessem lá dentro. Shan na verdade não vira para onde eles tinham ido. Eles poderiam ter entrado em outro prédio, talvez para algum tipo de reunião.

O desejo de Shan de acreditar naquela possibilidade estava em franco combate com suas entranhas.

– Vamos, Nick – ele cochichou. – Aparece aqui fora.

Ele perscrutou a área, sentindo como se Barsetti fosse aparecer a qualquer momento. Desta vez, Shan quase desejava que o investigador estivesse ali, para interferir antes que as coisas fossem longe demais.

Então houve um som de disparo. Outros três se seguiram em rápida sequência, confirmados pelos transeuntes, cuja atenção se voltou imediatamente para o banco, antes de se espalharem às pressas em busca de um lugar seguro.

– Ah, meu Deus – disse Shan.

Seu coração martelava. Ele segurou a maçaneta, hesitante. Olhou para a porta do banco, respiração presa, até que ela foi escancarada.

Sal e o bandido saíram correndo. Tinham lenços pretos do nariz para baixo, e cada um carregava uma metralhadora. Com Sal transportando a mochila, presumivelmente cheia de dinheiro, eles entraram aos trambolhões no Packard.

Eles não podiam ir embora sem Nick.

A cabeça de Shan buscou freneticamente possíveis razões para a demora. Finalmente, o alarme começou a tocar, e o Packard saiu em disparada. Deram uma guinada para contornar o quarteirão e deixaram o quarto homem para trás. A polícia apareceria a qualquer minuto.

– Merda.

Shan pulou para fora da caminhonete e atravessou a rua correndo, por pouco não sendo atropelado por um táxi. O motorista buzinou, mas Shan não parou até entrar no banco. Cerca de uma dúzia de pessoas estava deitada com o rosto para baixo, as mãos cobrindo chapéus e cabeças. Os poucos que se atreveram a levantar os olhos se encolheram quando Shan gritou:

– Nick!

Ele andou para o fundo e estancou ao descobrir um vigia uniformizado esparramado no chão de lajotas brancas. Uma mancha vermelha se espalhava em volta do revólver na mão frouxa.

– Nick! – Shan gritou mais alto, o pânico crescendo.

Ele espiou por uma porta que levava para trás dos guichês dos caixas e, certamente, também ao cofre do banco. Perto do batente, gotas de sangue formavam uma trilha. Ele as seguiu porta adentro e encontrou Nick sentado no chão, apoiado na parede. Nick levantou a pistola para fazer mira, e Shan ergueu os braços.

– Para, Nick! Sou eu.

Um assombro absoluto dominou os olhos de Nick, e ele baixou a pistola.

– Tommy... – Acima do lenço preto amarfanhado no queixo, os cantos de sua boca se curvaram em um sorriso. – O que você... Como você... – a voz soava exausta, suas forças escoavam.

Por dentro da capa impermeável, a mão esquerda de Nick segurava a lateral direita da cintura. Shan se ajoelhou e abriu a capa. Sangue empapava a camisa branca de Nick e vazava por entre seus dedos vermelhos.

O coração de Shan batia como punhos em seu peito. Ele espiou ao redor. Havia sussurros e movimentos discretos entre os supostos reféns. O medo deles estava diminuindo, e a confiança, crescendo. Um cavalheiro com aparência de ser o gerente estava gesticulando para um sujeito grandalhão com roupa de operário.

Ao longe, soou uma sirene.

Shan precisava ganhar tempo apenas o suficiente para colocar Nick em segurança. Ele agarrou a pistola e se pôs de pé, transformado em um homem de estatura muito superior.

– Abaixados, todos vocês!

Ele agitou a arma na direção das pessoas, mas apontando para o teto. Ouviram-se suspiros quando as pessoas se deitaram de volta. Uma matrona de chapéu cor de rosa juntou as mãos em oração. Ao lado dela, um adolescente fechou os olhos com força, o corpo plano e rígido como se tentasse sumir no chão.

Bem que Shan gostaria que fosse tão fácil. Ele se voltou para Nick.

– Se segura em mim, tá bem?

Não esperou pela resposta antes de agarrar Nick pelas costas e manobrá-lo até que ficasse ereto. Nick gemeu, e o braço direito aumentou a pressão nos ombros de Shan.

– Com calma – disse Shan, e conduziu Nick, que se arrastava de um jeito estranho, na direção da porta. – Só continua segurando o ferimento.

– Tá... Tá bom... – Nick falava entre respirações custosas. – Acho que eu... Ferrei tudo de verdade... Né?

– E você só percebeu agora?

Nick começou a rir, mas foi interrompido por uma inspiração brusca de dor.

Shan sabia que aquela não era hora para piadas, mas a alternativa era encarar totalmente a gravidade da situação. Eles estavam a meio caminho de chegar à porta quando Nick tropeçou. Shan se esforçou para reequilibrar a ambos. A sirene soou mais alto. Os tiras estavam quase lá.

– Vamos, estamos quase fora – Shan incentivou, retomando os passos.

– Me desculpa... Por tudo...

– Continua andando, merda! Não diminui.

– Por ela também... Fui tão idiota... De deixar a Josie ir embora...

A voz embargada de Nick levou Shan a olhar. Em todos os anos de convívio, era a primeira vez que via lágrimas nos olhos dele.

Então um tiro foi disparado de trás, e aqueles mesmos olhos se arregalaram até quase sair das órbitas. Nick gemeu e tombou, levando Shan junto para o chão. Shan não entendeu o que tinha acontecido, até se virar para olhar. O homem com roupa de operário estava perto do guarda morto, apontando na direção de Shan um revólver manchado de sangue.

O mundo imediatamente desacelerou.

Shan viu o polegar do homem deslizar sobre o cão da arma, um milímetro por vez. O cilindro girou gradualmente, colocando um projétil no encaixe. O estalido resultante se tornou o único som na face da Terra. Ele curvou o indicador ao redor do gatilho e Shan fechou os olhos, preparando-se para o impacto. Outro disparo soou.

Mas ele não sentiu nada.

Ocorreu-lhe que a ausência de dor era um benefício da morte. No entanto, quando abriu os olhos, o operário estava deitado no chão, agarrando a perna.

Shan olhou para a pistola que estava segurando. Soltou a arma, chocado pela consciência do que acabara de fazer.

O pensamento foi eclipsado pela visão alarmante de Nick.

De bruços. Olhos fechados.

Sem sinal de respiração.

– Ah, meu Deus, não...

Shan o sacudiu uma vez, duas, para despertá-lo. Mas o corpo de Nick estava flácido e pesado como rocha. Shan o tateou em busca da pulsação, pressionou o pescoço, os pulsos. Diabos, onde estava?

– Não faça isso – Shan ordenou, querendo gritar, entretanto o nó que fechava sua garganta reduziu as palavras a um murmúrio rouco.

Um apelo inútil. Pois ele já sabia.

Nick estava morto.

Naquele momento, tudo que os havia separado – os anos e os erros, as diferenças e as confusões –, tudo esvaneceu. E eles eram simplesmente dois amigos tornados irmãos pelo destino ou por Deus, dois amigos que receberam uma segunda chance. E ambos tinham falhado.

– Polícia!

O grito jogou Shan de volta ao presente. Um mar de policiais e viaturas preenchia a vista para além da porta de vidro do banco. Um deles segurava um microfone.

– Joguem as armas e saiam com as mãos para cima!

Shan olhou ao redor, aturdido. O gerente do banco tinha ido em socorro do operário. Ajoelhado, ele disse a Shan:

– Acabou, filho. Não torne as coisas mais difíceis do que precisam ser.

O homem tinha razão. Estava acabado – de mais formas do que Shan poderia entender naquele momento.

Levado por uma sensação de flutuar fora do próprio corpo, ele lentamente se levantou, despediu-se de Nick pela última vez e ergueu as mãos em rendição.

38

Se houve uma coisa que deu sustentação a Shan ao longo dos eventos depois do assalto, foi sua experiência de atuação. Ele estava acostumado à nudez vulnerável de se ver sozinho em um palco. A partir especialmente das noites ruins, submetido a uma plateia indiferente, ele havia desenvolvido um escudo protetor que mantinha a realidade a distância.

Por enquanto, isso incluía até os Capellos.

Eles fizeram tudo o que puderam para apoiá-lo durante o julgamento, é claro. Além de o ajudarem a contratar um advogado – o filho italiano de velhos amigos da igreja –, Lina e os pais se sentaram vigilantes, semana após semana, nos bancos do tribunal. Quando levado para dentro, Shan assentia de leve, em reconhecimento ao cumprimento preocupado deles; fazia o mesmo em resposta às palavras de incentivo deles a cada vez que era levado para fora. Da mesma forma, fazia um esforço consciente para evitar seus rostos, receoso de que a armadura rachasse pelo sofrimento no olhar deles. Ou, pior ainda, pela gratidão por ele ter tentado ajudar.

Em uma breve visita à prisão do condado onde Shan era mantido, o senhor Capello garantiu que ele e a esposa tinham sabido de toda a verdade por Lina, sobre os boatos de uma dívida de Nick com Max, e que Shan não era culpado.

Shan não rebateu, apesar de saber que não era aquilo. A ironia de tudo era que, se Shan não tivesse interferido, Clive Smead – o operário, agora a caminho da plena recuperação – poderia não ter visto motivo de bancar o herói, e deixado esse papel para a polícia. No estado debilitado em que estava, Nick provavelmente não teria resistido.

Se ao menos Shan tivesse ignorado o telegrama, ou continuado a turnê de apresentações, ou adiado a viagem...

Hipóteses inúteis. Não havia como modificar o passado.

Ele foi levado a julgamento por assalto armado a banco, agressão à mão armada e agressão com intenção de matar. Embora Shan não fosse inocente no caso, tampouco se sentia culpado de todos esses crimes. Entretanto, o advogado recomendou que ele aceitasse a proposta de delação premiada. E não foi o único.

– Não é de você que eles estão atrás, garoto – o investigador Barsetti disse, através das barras da cela de Shan, antes da primeira audiência. – Seja como for, não acredito que você tenha tido nada a ver com o assalto àquele banco. Mas meu instinto me diz que você sabe quem mais estava envolvido.

Shan estava sentado no beliche, olhando fixamente para o chão de concreto manchado. Se Max tinha ordenado o roubo como uma maneira de reembolso ou se seus homens tinham agido por conta própria, todos os caminhos levavam a Max Trevino, e, definitivamente, Shan não estava disposto a entregar o caminho das pedras. Barsetti agachou para o nível de Shan, mãos cruzadas, cotovelos sobre as coxas.

– Tommy, olha, serei direto com você. Nunca dei a mínima para a bebida do Trevino. Eu mesmo fui criado mais com vinho do que com leite – ele fez uma pausa, tomou fôlego. – O negócio é que o Vincent, filho da minha irmã, era um bom menino. Mas se misturou com os caras errados, como o seu irmão. Acabou fazendo uns trabalhos sujos para os Mãos Negras.

Recordando as extorsões brutais conhecidas como "serviços de proteção" e os sequestros por dinheiro, Shan levantou os olhos e se virou para Barsetti, que então prosseguiu.

– Anos atrás, minha irmã me procurou para pedir ajuda. Você vê, o Vincent queria sair. Mas o Trevino chegou a ele antes de mim; aparentemente, ele não gostava quando a concorrência invadia a área dele. O corpo do Vincent foi encontrado na Baía de Newark. Nunca encontramos o parceiro desaparecido dele, mas eu arriscaria o palpite de que ele não está de férias. O ponto é que eu prometi à minha irmã fazer tudo que estivesse em meu poder para pegar o filho da mãe responsável.

Por fim Shan entendia a verdadeira motivação de Barsetti. Para ele, era uma questão pessoal. Por outro lado, o mesmo poderia ser dito quanto a Shan.

– Investigador, eu gostaria de poder ajudar... Mas não posso.

Barsetti retrucou asperamente:

– Eles vão acabar com você, garoto. Vão usá-lo como exemplo. Está entendendo? Estamos falando de uma sentença pesada, a menos que você dê o que eles querem. – Ele abanou a cabeça e desviou o olhar. Ao menos uma parte da frustração dele parecia ancorada em uma preocupação genuína por Shan. – Jogue um osso para eles, pelo amor de Deus. Um nome. Simples assim.

Mas ele estava enganado. Nada era simples assim.

No dia seguinte à prisão, um guarda tinha parado na cela de Shan dizendo que queria se certificar de que tudo estava confortável. Aquilo pareceu estranhamente reconfortante, até que o guarda acrescentou que, se Shan visse algum rato passando furtivamente por ali, ficasse à vontade para lhe aplicar uma boa esmagada, já que os presos tendiam a lidar melhor com aquele tipo de problema pessoalmente.

A indireta quanto a delatores foi devidamente captada. Shan teria adivinhado quem a mandara mesmo antes de ver Max sentado em uma fileira dos fundos no tribunal. Não que Shan precisasse de qualquer incentivo extra.

Uma delação premiada poderia resultar em uma pena mais leve. Porém, como delator confirmado, ele poria em risco a própria vida e a dos Capellos. Ele decidiu se arriscar com o júri.

Shan pôs em dúvida essa decisão, porém, quando Clive Smead foi empurrado na cadeira de rodas até a tribuna, levando alguns jurados a gemer. O gesso enorme na perna do homem talvez tivesse o tamanho padrão para coxas feridas, mas a impressão que causou não foi favorável a Shan.

Tampouco a exibição da pistola que Shan usara, segurada pela ponta dos dedos enluvados do promotor. Se, por um lado, Shan estava aliviado por saber que uma única bala tinha sido disparada dela, o que absolvia Nick de assassinato, por outro o sangue de Nick ressecado no punho ainda fazia seu estômago se revirar.

A sensação continuou quando uma pesarosa caixa subiu à tribuna e descreveu o guarda do banco assassinado pelo bandido mais forte.

– A esposa dele morreu alguns anos atrás – ela disse –, então ele passava os finais de semana fazendo projetos pela comunidade ou alimentando os pombos no Central Park.

Mais uma vez Shan se agarrou à armadura. Sem isso, seu desejo por justiça certamente teria vindo à tona e o levado a estragar tudo.

Outras testemunhas depuseram, a maioria recontando sua provação com muita intensidade. Cada um apontou para Shan ao identificar o homem que os havia ameaçado a todos ao apontar a arma na direção deles, mandando que ficassem abaixados, embora nenhum conseguisse identificá-lo com certeza entre os três assaltantes originais.

Exceto a matrona. Com um novo chapéu cor de rosa, ela alegou firmemente que Shan havia tirado a máscara antes de voltar para buscar o irmão.

O primeiro pensamento de Shan foi que ela havia sido coagida. Mas a sinceridade transbordava de cada poro da mulher; ela acreditava verdadeiramente no próprio testemunho. Shan não podia culpá-la por isso. A memória, afinal, era de certa forma curiosa: uma pessoa poderia convencer a si mesma de praticamente qualquer coisa se quisesse o suficiente acreditar, em especial quando buscava consolo e segurança. E isso era o que a condenação dele significava para ela: um passo enorme em direção à restauração de seu mundo anterior, onde um homem considerado malvado era pego e punido por seus crimes.

Finalmente chegou o momento de a defesa apresentar seu caso.

Cada um dos Capellos procurou testemunhar em favor de Shan, mas o advogado os aconselhou a moderar. Como membros do núcleo familiar de dois assaltantes de banco, ele explicou, com a delicadeza possível, que sua credibilidade já comprometida não traria benefício nenhum ao caso. Pelo contrário: o fato de terem permitido que Shan, em tenra idade, trabalhasse em um clube noturno de reputação duvidosa poderia insinuar que os pais haviam desde cedo traçado o curso da destruição de ambos os filhos.

Em lugar disso, a defesa chamou o senhor Bagley. Sem dúvida o homem estava irritado por ser convocado e afastado da turnê, embora, justiça lhe seja feita, ele tenha disfarçado bem. O testemunho dele era para refutar a alegação de que o plano de Shan de visitar a família por um único dia, após nove anos de distância, demonstrava uma tentativa premeditada de fugir após o roubo. A acusação havia apresentado a passagem de volta de Shan, encontrada em seu bolso durante a prisão, como prova C.

– Eu lhe disse que ele tinha um contrato a cumprir, de modo que era bom voltar logo – afirmou Bagley, uma versão suavizada da ameaça jurídica que fizera.

Ele prosseguiu admitindo que Shan citara uma "emergência familiar" como razão para a viagem, um pedido vago sem pormenores. Bagley dificilmente seria do tipo que se importava com detalhes pessoais de quem quer que fosse, no entanto a acusação tinha ignorado esse aspecto e ido diretamente para tentativa de estabelecer a linha de trabalho de Shan, realçando a natureza imoral do burlesco como reflexo fiel do caráter do réu. Fotografias dos atos mais engenhosos, incluindo um número em uma rede, estrelado por Kitty Lovely – "companhia noturna nos hotéis" – aumentou ainda mais os olhares de desdém do júri.

Quando Bagley desceu da tribuna, Shan pensou que a única testemunha que poderia causar maior dano era Paddy O'Hooligan.

Ele logo foi corrigido.

A despeito de sua parcialidade por ser uma amiga de longa data, Josie subiu à tribuna. Tinha um ar determinado. Pelo modo como evitou os olhos de Shan, ele percebeu que o âmago da missão dela era a culpa, o dever de diminuir o estrago de um único telegrama.

Em seu depoimento, ela afirmou que o intervalo entre a chegada do trem de Shan e a ida dele à casa dos Capellos não foi gasto tramando contra criminosos, apenas jogando conversa fora enquanto tomavam um café.

Ela exalava confiança e tomou muito cuidado para não abordar a conversa que tiveram no restaurante, menos ainda os negócios de Max. A menina não era boba. Ela se concentrou na força de caráter de Shan: notas estelares na escola, nenhuma passagem pela polícia, trabalhando dedicadamente para o pai, aceitando trocas como pagamento dos clientes que enfrentavam tempos difíceis.

Alguns jurados demonstraram aprovação com sorrisos que logo se dissolveram quando o promotor começou o contra-interrogatório. Escavar a vida de Josie havia de alguma forma revelado seu passado complicado de fugitiva de casa, a tendência a "circular com homens duvidosos" – uma referência dolorosa ao menino judeu que ela supostamente matara em autodefesa – e, mais recentemente, a indiscrição com Shan.

– Bem, sim, mas nós paramos imediatamente – Josie afirmou. – O Tommy e eu sabíamos que era um erro.

– Ah, certamente, senhorita Penaro. Eu compreendo. E vocês dois lamentaram o ocorrido, estou seguro.

– Isso mesmo.

– Provavelmente se sentiram culpados também.

– Sim, claro que sim.

– Tão culpados, na verdade, que o irmão dele, o Tommy aqui, poderia se sentir obrigado a compensá-lo por isso um dia. A senhorita não concorda?

O advogado de Shan protestou, insistindo que não se poderia de modo nenhum esperar que a senhorita Penaro testemunhasse sobre o que o cliente dele estava ou não sentindo. O juiz deferiu a objeção, e o promotor se sentou, mas o estrago estava feito. Shan conseguia sentir a conclusão coletiva se consolidando no júri: bem-intencionado ou não, Tommy Capello tinha um motivo.

E eles o julgaram culpado.

De todas as acusações.

Antes de ler a sentença, o juiz perguntou se a defesa gostaria de se pronunciar. Shan conseguiu ficar de pé, esquivando-se da dor de ouvir Lina e a mãe fungando para reter as lágrimas. Ele pediu desculpas por ferir o senhor Smead. Nunca tendo ferido ninguém antes, ele estava tentando ajudar.

Por isso, ele pegou vinte e cinco anos.

Mais de duas décadas em uma penitenciária federal.

39

O juiz o mandou para o Kansas.

Ou, pelo menos, Shan gostava de pensar assim, formando uma imagem de campos e fazendas mais agradável do que Leavenworth. Mais de uma vez, durante o sono agitado em catres ao estilo do exército, ele se imaginara em um palco da Broadway encenando "O mágico de Oz". Batendo os calcanhares algumas vezes, ele acordaria do pesadelo em que sua vida tinha se transformado. Uma vida horrível demais para incluir outras pessoas.

– Você não tem nada o que fazer em um lugar como este – ele disse para Lina, após cumprir um mês da sentença. Na sala de visitas, todas as cadeiras estavam ocupadas, na longa fileira de mesas.

– Eu poderia dizer o mesmo sobre você.

Ela sorriu com uma ligeireza tensa. Tinham sido necessários um bonde, dois ônibus e três dias de viagem de trem para chegar ali. Absolutamente excessivo para que ela enfrentasse sozinha. Ele estava prestes a lhe dizer isso quando ela levou a mão sobre o vidro que os separava na altura do queixo, procurando tocá-lo. Shan hesitou, com medo de colocar em risco a armadura da qual precisava agora mais do que nunca.

– Mãos para trás! – um guarda latiu.

Lina se afastou. Foi a única vez que se retraiu, apesar do ambiente circundante. O aroma de talco do perfume dela era um contraponto ao fedor de suor e desespero da sala.

– Como estão a mama e o papa? – Shan mudou de assunto, parte dele desejando ter tocado a mão dela.

– Estão bem – a resposta soou genuína, pelo que ele se sentiu grato. – É claro que eles estariam melhor se você estivesse em casa – ao contrário de Shan, ela não tinha desistido. – Nós ainda podemos apelar – ela insistiu na mesma mensagem das cartas.

– Lina, eu já falei. Seria inútil.

Até o advogado tinha concordado que, a menos que o rosto dos cúmplices surgisse de repente na lembrança de Shan, a decisão certamente persistiria. Além do mais, no que dizia respeito a injustiças, ele dificilmente seria o único. Todos os internos em Leavenworth alegavam ter sido condenados injustamente.

– De toda forma – ele disse a ela –, aqui não é tão ruim quanto seria de imaginar.

Às vezes, aquilo era verdade.

Às vezes, era pior.

Ele passava os dias cercado por todo tipo de criminoso, de insignificantes a famosos. Quase três mil, na verdade, alojados em uma prisão construída para metade disso. Com meros setenta guardas, os presos tinham de proteger a si mesmos.

No dia seguinte a seu encontro com Lina, Shan foi liberado da "A&O", as celas de admissão e orientação reservadas aos recém-chegados, e se juntou à população em geral. Um camarada chamado Mitty, cuja constituição lembrava a de um atacante de futebol, convidou-o a dividir a cela. No começo, Shan era cauteloso com qualquer interno buscando uma companhia muito próxima, mas ele logo descobriu que aquele só queria novas amizades. E mais: ele tinha origem italiana. Como no Brooklyn, os homens aqui cuidavam de seus semelhantes.

Cumprindo dez anos por extorsão e outros crimes menores, Mitty tagarelava como um calhambeque sobre antigos companheiros, amores e colegas encarcerados famosos, mas também era generoso na distribuição de conselhos. Ele listou quais refeições, condenados, guardas – chamados de "parafuso" ou "picareta" – e serviços evitar. Fora isso, você cumpria as regras e seguia a rotina, sempre de olhos e ouvidos abertos.

Ajudou quando Shan aprendeu o jargão. Por algum motivo, tudo na prisão tinha um apelido. Shan, por exemplo, se tornou "Macaco" – para um condenado, ao menos.

Era o segundo sábado de Shan com a população. No pátio, um sujeito de nome "Atarracado" usou o corpo amplo para impedir Shan de passar.

– Ouvi dizer que você andou no circo. Como aqueles macacos que dançam. Que tal mostrar uns truques pra gente?

Shan sentiu olhares sobre si vindos de todas as direções. Sacudiu a cabeça.

– Não era no circo.

Ele pretendera apenas corrigir o mal-entendido, que deveria ter surgido das poucas conversas mantidas com Mitty, mas a sombra que desceu sobre os olhos de Atarracado informava que não era assim que a fala tinha sido interpretada.

– Está dizendo que sou mentiroso? É isso?

Mais olhares, mais tensão. Mais internos se aproximando. Shan os via babando por uma briga, sem dúvida apostando no desafiante. Shan podia ser mais ágil, mas o físico de Atarracado lhe conferia uma vantagem óbvia.

Shan olhou para a passarela suspensa. O guarda mais próximo trazia um rifle de atravessado no peito, a atenção voltada para outra direção.

– Qual o problema, Macaco? – Atarracado rosnou. – Esqueceu como falar? Talvez umas pancadas na cabeça te façam lembrar.

O estômago de Shan se retorceu, resgatando parte dos nós que haviam se desfeito apenas parcialmente desde sua primeira, longa noite na cadeia. Racionalidade e diplomacia nada valiam ali dentro. No entanto, restava uma alternativa, uma habilidade em que ele confiara muitas e muitas vezes para sobreviver.

Os homens queriam um show. E Shan, o macaco, um show ofereceria.

Agachando-se, ele reagiu com os movimentos selvagens e os "uh-uh" típicos de um símio. Afinal, todo número de variedades com animais – os verdadeiros, pelo menos – sempre fazia sucesso.

Atarracado, aturdido, contorceu a cara.

– Corta essa – ele ordenou, mas suas palavras perturbadas provocaram risos entre os encarcerados.

Quando Shan fingiu comer uma mosca tirada das costas do outro, as gargalhadas aumentaram. Irritado pela provocação, Atarracado desferiu um golpe contra Shan, cuja posição agachada facilitou que se esquivasse. Os gozadores na plateia incentivavam, batendo palmas em ritmo irregular. Atarracado pareceu se preparar para uma segunda investida, o pescoço grosso se avermelhando, mas o sistema de som tocou o alarme.

Hora de formar fila e voltar para as celas.

Um guarda na passarela gritou lá para baixo:

– Vocês ouviram! Pra dentro! – ele empunhou o rifle, um alerta ao qual Atarracado cedeu com relutância.

Em um esquete cômico, dois personagens contenciosos com frequência se davam as mãos em sinal de trégua, algumas vezes ficando amigos. Mas não era assim que a vida real funcionava; certamente, não em Leavenworth.

– É melhor ficar esperto – Mitty disse a Shan assim que eles entraram. – Piada é legal e tal, mas só por um tempo. Se você apanhar, vão te rotular de fraco. Se for tachado de covarde, está liquidado. E não só pelo Atarracado.

Shan assentiu, embora preferisse uma alternativa que não exigisse ser espancado.

Conforme logo se descobriu, não havia nada que Atarracado mais desejasse fazer. No jantar do dia seguinte, sua sede de vingança superou qualquer ameaça de consequências. No refeitório, ele marchou na frente de todos os outros – com certeza, o objetivo era esse – e arrancou Shan da cadeira. Quando Shan cambaleou tentando ficar de pé, Atarracado o atingiu em cheio no queixo, e a gritaria encheu o lugar.

A visão de Shan ficou desfocada, e mesmo assim ele identificou olhares de avaliação ao redor. Seguindo o aviso de Mitty, ele reuniu forças e atacou de volta, lançando Atarracado sobre outra mesa. Comida espirrou por todo lado, e um ricocheteio de pancadas começou. Os golpes no corpo de Shan sem dúvida causaram mais estrago do que o contrário. Tanto assim que ele sentiu alívio quando os guardas os derrubaram no chão.

Shan, assim como Atarracado, foi mandado para a solitária. Cela individual nua, o "buraco" continha uma peça única de pia e privada e nada mais. Um colchão era entregue à noite e recolhido ao amanhecer. As duas refeições diárias eram servidas em uma assadeira, amontoadas como lavagem de porcos. Ele foi avisado para comer tudo.

Não era uma mansão, mas em uma vida distante Shan tinha morado de modo não muito diferente. De certa forma, dado o raro simulacro de privacidade, ele até gostou da suspensão. Ele só gostaria que as horas de isolamento não reavivassem tantas recordações de Nick, do último momento que tiveram juntos, dos Capellos perdendo mais um filho.

Por outro lado, o que Shan estava fazendo agora senão se redimindo por tudo aquilo?

Na terceira semana no buraco, as sensações de nostalgia e privacidade tinham chegado ao fim. Na quarta semana, Shan havia executado pelo menos cinquenta vezes todos os atos cômicos alguma vez já encenados antes. Por um lado, aquilo ajudava a passar o tempo, mas em especial o impedia de ficar louco. Ele começava a duvidar de que algo pudesse evitar isso, quando a porta da cela se abriu.

Os trinta dias haviam terminado.

Ao regressar para a população em geral, finalmente banhado e barbeado, ele percebeu pequenos sinais de aprovação. Um olhar de reconhecimento, um leve assentir de cabeça. Uma ordem hierárquica vigorava em Leavenworth, tal como ao longo de toda a História, onde quer que humanos reinassem. Embora Shan estivesse longe do topo – tais postos reservados aos Mais Procurados do FBI –, ele apreciava o fato de não roçar a base.

– Considere isso uma iniciação – Mitty lhe dissera, com um sorriso dentuço.

Atarracado tinha uma interpretação diferente. Para ele, o conflito estava longe de encerrado. Seus olhares gélidos deixavam isso abundantemente claro.

Shan tentou ao máximo evitar que seus caminhos se cruzassem, uma estratégia que nem sempre funcionava. Em diversas ocasiões, Atarracado o cercava e vomitava escárnios, procurando acabar o que tinha começado. Porém, antes que eles partissem para os socos, a presença de um guarda interrompia as escaramuças. Só duas vezes eles chegaram às vias de fato. Em ambas, alguns condenados, incluindo Mitty, tinham conseguido interromper a pancadaria antes que um guarda próximos interferisse.

Até agora, os ferimentos de Shan não tinham passado de pequenos cortes e hematomas pesados, mas aquilo não perduraria. A "lampiana"[5] de Atarracado, da qual ele só por pouco conseguira se livrar na última briga, indicava isso.

Agora, sentado na biblioteca, observando Atarracado entrar, Shan ficou tentado a permanecer calado. Em vez disso, porém, ele se viu declarando:

– Ah, que pena, estamos sem livros de figuras.

Embora não tivesse dito isso diretamente para Atarracado, a cara vermelha do sujeito dizia que ele tinha entendido a indireta, assim como outros presos, que espiaram por cima das revistas. Se não fosse por o vice-diretor da prisão entrar bem naquele momento, nada teria segurado Atarracado.

Na verdade, Shan não estava tentando piorar as coisas. Simplesmente, ele passara tempo suficiente sentindo medo na vida. Ao contrário da época do tio Will, ele agora tinha a coragem e a habilidade para revidar.

Verdade seja dita, uma parte dessa coragem vinha do fato de saber que Atarracado estava cumprindo pena por lavagem de dinheiro e extorsão, não por assassinato em primeiro grau. O bônus era que, enquanto a rivalidade continuasse, com sorte os condenados por esse crime não demonstrariam interesse por Shan.

---

[5] Na gíria carcerária, arma improvisada a partir de uma escova de dentes sem as cerdas, com uma das extremidades limada no concreto para ficar pontuda. (N.T.)

Surpreendentemente, agora, no marco dos três meses, a situação como um todo havia se tornado suportável. Os riscos e as regras, os guardas e os presos. Shan estava refletindo sobre isso quando chegou uma carta da senhora Capello. Era parecida com todas as demais, cheia de carinho, preocupação e atualizações sobre a vida cotidiana. Porém, naquele momento, enterrado em uma gaiola de ferro e concreto, algo nas palavras dela o atingiu fundo: a consciência abrasadora de que aquela seria sua vida pelos quinze ou vinte e cinco anos seguintes. O que restaria dele quando finalmente fosse libertado?

Ele engoliu a angústia até que Mitty saiu, com a maioria dos outros encarcerados, para o filme semanal no auditório. Então Shan se encolheu no fundo da cela e deixou que as lágrimas rolassem. A entrega não durou. Pois aí vinha Atarracado entrando, direto na direção de Shan, armado com mais do que uma lampiana.

– Mas olha só o que temos aqui – ele disse, segurando na lateral um cano curto de aço. Era a perna de um catre, o pino de madeira ainda preso à ponta. – Tá querendo a mamãe agora, é? Hein, Macaco?

Contra a parede, ele estava encurralado. Uns poucos guardas e presos sem dúvida ainda estariam nas redondezas, mas nenhum imediatamente à vista. Para sobreviver, ele precisava fugir.

Enquanto ele movia as pernas em falso tentando se levantar, Atarracado balançou a barra como um bastão. Shan ergueu os braços, e o metal esmagou o antebraço esquerdo. A dor lancinante não o impediu de tentar pegar a arma. Eles lutaram pela posse, as quatro mãos no cano, até que Atarracado lhe deu uma joelhada no estômago. O impacto levou Shan ao chão. Encolhido e arquejando, ele viu que Atarracado estava decidido a esmagar seu crânio, afinal, ou quem sabe atravessá-lo com o cano.

Um vislumbre da pia revelou a Shan sua única chance. Ele se arrastou para chegar até a cuba, sob a qual Mitty guardava a haste de uma ferramenta em uma fenda estreita na parede. Enquanto Atarracado se aproximava, Shan soltou a lâmina e golpeou enlouquecido, ao mesmo tempo que se levantava. Ele cortou Atarracado no peito, fazendo o filho da mãe recuar tropeçando. Ao cair no chão, bateu com a cabeça no beliche, e a perna do catre saiu rolando. Os olhos dele se turvaram. Sangue empapava sua camisa.

A visão deveria ter abrandado Shan, talvez até o paralisado por completo. Mas naquele momento seu desespero se transformou em fúria de um modo que ele pensava que jamais aconteceria de novo, e ele se viu chutando a barriga de Atarracado, cada vez mais forte, alimentado por um ódio devorador. Uma cólera sombria, sinistra, por tudo que ele havia perdido, pelo sofrimento que causara a terceiros, por escolhas que jamais poderiam ser revertidas.

E de repente acabou.

Sua recordação da briga terminava ali.

Shan acordou no buraco com dores pulsantes no antebraço e na cabeça. Um calombo sólido e sensível a poucos centímetros acima da orelha indicava o golpe de cassetete de um guarda. Atarracado também seria punido, Shan soube, mas apenas depois que voltasse do hospital penitenciário. De acordo com o detento que entregava as refeições, o dano se compunha de uma concussão, duas costelas fraturadas e diversos pontos no peito. Seu tom de voz sugeria que Shan deveria sentir-se orgulhoso. Ou, no mínimo, desforrado.

Shan não sentia nada – talvez o aspecto mais assustador de tudo.

Uma semana depois, fedendo, imundo e dolorido como o diabo, ele foi levado ao escritório do vice-diretor. O homem não disfarçou a irritação pelas brigas de Shan e Atarracado.

– Tal como me parecem as coisas – ele disse, plantado atrás da mesa –, você foi o provocador, o que indica que seu período na solitária não está ajudando muito.

Shan sorriu amplamente da graça daquilo, mas o vice-diretor interpretou como zombaria. O olhar e a voz dele se tensionaram.

– Considerando sua posse de uma faca e a condição em que Elmer foi deixado, posso apenas supor que esta não será a última de suas explosões. A natureza da sua condenação criminal também é gritante.

No papel, o assalto de Shan e as tentativas de assassinato certamente ultrapassavam os pequenos crimes de Atarracado. Uma reviravolta irônica. Mas, naquele momento, Shan só conseguia pensar que o nome de Atarracado era Elmer[6]. A disparidade, combinada à privação de sono, levou Shan a gargalhar.

– Tudo isso para dizer – o vice-diretor interveio asperamente – que um de vocês precisa de um lugar mais adequado.

Não havia dúvida sobre qual dos dois ele tinha escolhido.

---

[6] Homem honrado e íntegro, com espírito comunitário, respeitado por todos. (N.T.)

40

Eles a chamam de "Ilha do Diabo".

Shan descobriu por que mesmo antes de colocar os pés em Alcatraz. Ele ainda se lembrava do dia em que fora transportado, junto com outros "peixes" novos, na lancha da prisão. Unidos por algemas e ferros nas pernas, eles tinham sacolejado nos bancos enquanto cruzavam a baía encrespada. São Francisco tinha desaparecido atrás deles, a névoa criando uma sensação de ser engolido, esquecido.

Então, mais à frente, uma torre de vigilância tinha surgido através do cinza manchado. Uma costa pedregosa entrara deslizando no campo de visão, seguida pela fortaleza formidável, que parecia suspensa no ar.

Condenados consideravam aquilo o fim da linha. Era precisamente como parecia a Shan.

Originalmente uma prisão militar, Alcatraz visava a alojar os mais irrecuperáveis entre os irrecuperáveis. Algumas vezes, segundo se dizia, bastava um guarda de mau humor para ser punido com uma transferência para A Rocha. Ao mesmo tempo, nenhum condenado era um anjo. Mais do que uns poucos entre eles eram gângsteres que por anos haviam produzido manchetes, suas condenações sendo um triunfo nada pequeno para J. Edgar Hoover[7]. E havia, claro, riscos consideráveis em uma fuga.

Se havia uma coisa da qual o diretor Johnston se orgulhava era do título "à prova de fugas" que havia conseguido manter. Shan compreendeu isso desde o princípio. O homem parecia ter pensado em tudo: contagens frequentes, celas individuais com barras à prova de ferramentas, visitas limitadas e atrás de vidros à prova de balas, vigilância draconiana – ao ponto de um guarda para cada três presidiários. A rigidez do regime dele era incomparável. Regras determinavam o comprimento dos cabelos, como se deveria comer, onde se sentar, defecar e se banhar. Nem mesmo o modo de vestir uma camisa era deixado à escolha: apenas o botão superior desabotoado, mangas sempre para baixo.

– Obedeçam ao manual, e teremos um bom relacionamento – o diretor anunciara durante a orientação.

Ele tinha a aparência de um banqueiro, usava paletó e óculos, os cabelos brancos como uma pomba. Seus modos pareciam brandos para um homem que controlava todas as facetas da vida deles, e isso incluía o que ficavam sabendo.

Todos os eventos eram ocultados dos presos por meio do banimento do rádio e da censura à correspondência, evidente pelas marcas nas cartas dos Capellos. Jornais também eram proibidos, pois veiculavam anúncios que supostamente haviam facilitado fugas em outras prisões, uma tática que jamais teria ocorrido a Shan.

No entanto, nada disso impediu "Dutch" Bowers de escalar um alambrado na primavera de 1936. Incumbido de operar o incinerador, ele estava ao ar livre queimando lixo. Fazia seis meses que Shan tinha chegado à ilha e estava trabalhando ali perto, na lavanderia. Através de uma janela gradeada, ele viu o sujeito ignorar os tiros de aviso de um guarda na torre. A bala seguinte mandou Bowers para um mergulho de vinte e um metros rumo à morte nas pedras pontiagudas lá embaixo.

---

[7] John Edgar Hoover (1895 – 1972) foi o primeiro diretor do FBI, cargo que exerceu por trinta e oito anos. (N.T.)

O diretor Johnston chamou aquilo de tentativa de fuga, uma história preventiva para outros com rodinhas nos pés. Alguns internos disseram que Bowers tinha simplesmente perdido os parafusos e estava tentando alimentar as gaivotas. Para Shan, parecia um ato suicida explícito. Fosse qual fosse o caso, depois de um ano em Alcatraz o camarada havia chegado ao limite, e com razão.

Claro, o confinamento não era nenhum piquenique, em uma cela de 1,52 x 2,74 metros que parecia encolher a cada dia, um fedor pavoroso de uma privada cheia de água salgada. A monotonia implacável desafiava a resistência de qualquer um. Mas a verdadeira tortura vinha da "Regra do Silêncio".

Alguns guardas menos rígidos faziam ouvidos moucos para um ou outro cochicho. Exceto no pátio e nos prédios de trabalho, no entanto, era proibido conversar. Uma regra que acentuava a sensação de isolamento.

Muitas noites, lutando para dormir por entre o ronco dos presos e os gritos das sirenes de nevoeiro, Shan lamentou a ausência de Mitty. Embora Shan tivesse proibido os Capellos de fazerem a viagem até ali, parte dele se arrependia da decisão. Ele tinha saudade de suas vozes, de suas risadas. Os sons de sua vida haviam se reduzido ao apito dos guardas, sapatos marchando em fila, o grasnado das gaivotas. Para não mencionar o estrondo das portas automáticas das celas. Em Alcatraz, nunca ninguém se perguntou por que o chamavam de trovão.

Mas então chegou janeiro e, com ele, vieram mudanças.

Após mais de um ano do mesmo velho massacre, Shan recebia as notícias com um ceticismo cansado. A regra do silêncio fora suspensa – ou melhor, "relaxada", na frase que o diretor Johnston usara. Canto e grito não seriam tolerados, definitivamente não se podia assoviar, mas falar de um modo respeitoso e em uma altura normal passava a ser permitido.

Os rumores creditavam políticos e jornalistas por afirmarem que as regras severas de Alcatraz estavam provocando loucura. A discussão surgiu depois que um condenado cortou os próprios dedos com uma machadinha. Prisioneiros desconfiados alegaram que ele havia fingido loucura apenas para ganhar uma transferência para um hospital confortável. Fosse como fosse, ninguém estava reclamando. O resultado beneficiava a todos.

No começo, Shan simplesmente ouviu a tagarelice copiosa dos outros. Parecia que as histórias guardadas nunca acabariam de ser contadas. Para os tipos curiosos, o mesmo se aplicava às perguntas.

Certa noite, um rapaz jovial da cela vizinha, conhecido como Digs, falou:
– Capello, posso perguntar uma coisa?
– Por que não? É um país livre – a ironia aparentemente não foi percebida pelo sujeito.
– Os camaradas aqui, eles dizem que você acabou com um falador duas vezes o seu tamanho, em Leavenworth. Que o cara ficou meses na enfermaria. É verdade?

A história envolvendo Atarracado tinha aparentemente acompanhado Shan e crescido ao longo do caminho. Àquela altura, ele não viu razão para esvaziar a história.
– É o que dizem – foi sua resposta.

Quando foi transferido, Shan temia a possibilidade de Atarracado ter na Rocha parceiros ansiando por uma vingança. Ou que um novo processo de iniciação o jogasse no necrotério. Aquilo, afinal, era Alcatraz. Para estar pronto, Shan trocara cigarros por uma barra que um condenado fez na serralheria. A arma comum, feita de latão, era de alguma forma imune aos detectores de metal, ou "caixa dedo-duro", e podia ser facilmente escondida em uma meia.

Nem uma só vez, porém, Shan precisara empunhá-la. Talvez a história exagerada, mais do que o estoicismo austero dele, tivesse forjado um escudo protetor. Uma única razão para ser grato a Atarracado.

Sob a regra modificada, Shan foi gradualmente encontrando a própria voz. Ele nunca foi do tipo matraca como Mitty, mas também não desejava ficar tão isolado que acabasse aplicando uma machadada à própria mão. Al Capone, outrora um criminoso dos mais temidos, também servia como lembrete.

Inicialmente, "Cicatriz" também jogava palavras ao vento com outros condenados, dedilhava o banjo no pátio. Agora, porém, ele passava muitas horas recolhido à cela, algumas vezes murmurando sozinho. Exatamente o que estava fazendo agora.

Shan viu a cena de relance, enquanto passava a caminho da exibição do filme. Realizado no auditório no andar de cima, era um evento mensal a que poucos condenados faltavam, nem que fosse apenas por uma mudança de ritmo e cenário. Para muitos, o filme em si não era a atração.

Sempre condicionados à aprovação do capelão, os filmes eram invariavelmente estrelados por tipos como Shirley Temple e Buster Keaton, e não por Jean Harlow e Clark Gable. Nada de crime, nada de mostrar a pele, nada de violência. Mas Shan não se importava: as películas o faziam lembrar-se de seus dias no teatro de variedades, da vida para além desses muros. De uma época em que ele tinha não apenas liberdade, mas também uma sensação de controle – sobre si e sobre a plateia. Ele puxava as cordas, e eles riam ou se engasgavam ou gritavam.

Ele estava se lembrando disso enquanto via "Sossega, Leão" tremular na tela, com o Gordo e o Magro encadeando piadas em série. Um ou dois anos depois de se mudar para os Estados Unidos, Shan tinha visto o magro Stan Laurel em um show de variedades em Manhattan. O esquete cômico era do mesmo estilo de Shan.

Rapaz, como suas vidas tinham se diferenciado.

Os internos explodiram em uma gargalhada, atraindo a atenção de Shan.

Laurel e o gordo Oliver Hardy estavam conspirando em uma cabine telefônica quando um bêbado se espremeu lá dentro para atender a uma ligação. Enquanto ele corria para o telefone, a dupla de comediantes tentava abrir caminho para fora. O puxa e empurra fez tombar a cabine, e a multidão riu de novo.

Shan estava saboreando aquele som, até mais do que a exibição, quando o filme foi interrompido. O silêncio perplexo durou apenas um instante, antes que vários na sala resmungassem "Ah, não, isso de novo".

Na semiescuridão, um velho condenado encarregado do evento correu para o projetor no fundo da sala. Digs se juntou a ele, como sempre solícito para lidar com engenhocas. Pegando emprestada a lanterna de um guarda, eles investigaram a questão enquanto os outros conversavam baixo.

Cerca de dez minutos depois, "Ranger Roy" – o apelido dos presos para um tenente texano querido – anunciou lá da frente:

– Bem, rapazes. Parece que estamos sem sorte desta vez. Parece que teremos de esperar até o próximo mês.

Umas poucas vaias se fizeram ouvir, misturadas a ordens para que Digs se apressasse e consertasse logo a porcaria da coisa. Alguém brincou que queria de volta o valor do ingresso.

– Todo mundo se acalme agora – disse Ranger Roy.

Digs declarou:

– Só precisamos de uma chave de fenda. Tem uma coisa enguiçada na parte que alimenta o rolo.

Ranger Roy suspirou, em dúvida. Antes que pudesse recusar, Digs acrescentou:

– Enquanto isso, o Capello ali pode contar umas piadas e manter todo mundo entretido enquanto esperamos a ferramenta.

Todas as atenções se voltaram para Shan. Seus músculos se enrijeceram e o prenderam ao assento. Ele deveria ter adivinhado que, se histórias de briga tinham chegado à penitenciária, outros detalhes teriam chegado também.

Diversos condenados o incentivaram a se levantar. Um murmúrio de aplausos rapidamente ganhou corpo. Certamente, muitos no grupo não faziam ideia do histórico de Shan no palco. Era a ameaça de voltar para as celas que fazia deles fãs instantâneos.

Ranger Roy ergueu uma sobrancelha para eles, perguntando: *E então?*

Assim como tudo em Alcatraz, havia pouca escolha. A menos que Shan quisesse transformar em inimigo cada condenado da sala, era melhor reunir algumas piadas, e rápido.

Seus nervos estavam se retorcendo quando ele se levantou. Um sujeito na mesma fileira apontou para a frente, onde uma luz branca iluminava a cela. Shan teria descartado a sugestão, não fosse o fato de que andar até lá lhe dava uma oportunidade de organizar os pensamentos.

Uma vez ali, ele piscou pela claridade excessiva do projetor, e isso quase o fez cair. Então teve um estalo.

Shan começou a cambalear, transformado no bêbado do filme. Um preso logo comentou isso, e a curiosidade virou diversão. Engrolando as palavras, ele anunciou sua necessidade de ir para casa, voltar para a esposa – isto é, depois que se lembrasse de onde morava e se tinha uma esposa!

As risadas o impulsionaram a continuar. Quando foi falar, fingiu um soluço no meio e recomeçou a frase desde o início. Funcionou para ganhar tempo enquanto pensava na piada seguinte e angariou ainda mais risadas.

De sua posição sob o foco de luz, os rostos nas sombras poderiam pertencer a qualquer plateia, o auditório, ser qualquer teatro aconchegante. E, por um momento, Shan foi apenas um artista. Mas um artista que poria tudo a perder, e com consequências graves, se fracassasse.

Ele logo parou de mimicar Laurel e Hardy; imitar ambos sozinho era um risco. Alguém como Charlie Chaplin seria mais seguro, sendo seu famoso personagem do Vagabundo amado pela maioria. Torcendo para que aquilo fosse verdade também na penitenciária, Shan mudou para a pantomima e endireitou a gravata-borboleta invisível. Depois fez com o dedo indicador um sinal para que aguardassem, e olhou ao redor à procura de um substituto para a bengala, mas não encontrou nada. Em vez disso, inspirado pelo filme "Em busca do ouro", ele arrancou o sapato e reencenou o Vagabundo comendo uma bota fervida como se jantasse costelas na grelha.

Um condenado gritou:

– Na cadeia de Atlanta, o gosto da gororoba era bem esse!

E todos riram, incluindo os guardas.

Shan tirou o segundo sapato. Com uma mão enfiada em cada um, fingiu que eram pães e os fez dançar como Chaplin certa vez fizera. As risadas continuaram, e o número de Shan, também. No sótão de sua mente, um velho baú se abrira. Personagens voltaram como figurinos que tivessem ficado várias temporadas na naftalina. A partir de lembranças de apresentações ao vivo e de comédias de dois rolos[8], ele se tornou Groucho Marx de sobrancelhas sacolejantes e charuto imaginário; Buster Keaton como o caubói que não ria.

---

[8] Nos filmes mudos, cada rolo durava cerca de quinze minutos. (N.T.)

O Limite da Perda

Quando Digs anunciou que o projetor estava consertado, Shan tinha se esquecido totalmente de que o propósito inicial era preencher aquele intervalo. Ele fez uma mesura, e a sala aplaudiu, alguns ainda dando risada. Shan voltou ao assento no mar de camisas azuis de cambraia. Ao desfrutar do velho e conhecido frisson, ele achou difícil se concentrar no filme.

Mais tarde, quando foram postos em fila para sair, Shan recebeu elogios e tapinhas nas costas. Mas depois, como qualquer outro condenado, ele ficou de pé na cela para ser contado e esperou que as barras de aço batessem com estrondo.

41

Um sonho de infância: Shan havia finalmente chegado à Broadway. Só não era a Broadway que ele tinha previsto.

Broadway era o apelido do corredor principal entre os blocos B e C; levava a uma área com um relógio apropriadamente chamada de Times Square. Quando o grupo de Shan chegou a Alcatraz, eles foram revistados ao ar livre usando nada além das roupas que vestiam ao nascer. A penitenciária inteira os havia recebido com uma raramente tolerada balbúrdia de gritos, assovios e canecas de metal batendo nas barras.

Dois anos depois, Shan ainda vivia ali, no andar inferior, conhecido como "os apartamentos". Em adição à extrema falta de privacidade, a área era pouco desejada pelo frio inerente ao longo e ensebado corredor de cimento – o que fazia do presente de Roger Roy uma preciosidade tão grande.

Na noite seguinte ao número improvisado de Shan, na sessão de cinema de fevereiro, o carcereiro flagrou Shan tremendo tanto que não conseguia dormir. Ranger Roy ordenou que um guarda silencioso conhecido como "Yappy" arranjasse um cobertor mais grosso do que o material padrão. Era uma missão muito diferente das habituais de Yappy, de aplicar uns cascudos na cabeça de um detento que estivesse armando muita confusão, principalmente os doidos, apelidados de "insetos", que do contrário ficavam fazendo sons de pato ou repetindo uma única frase por horas a fio. Shan aceitou o cobertor com gratidão; foi a primeira vez que ele dormiu na Rocha sem interrupções até de manhã.

Claro, essa não foi a única razão pela qual ele concordou em se apresentar de novo. Se por um lado um choque cruel de realidade se seguia a cada amostra dos tempos gloriosos do teatro de variedades, por outro qualquer escape era melhor do que escape nenhum. De prontidão para enguiços do projetor, ele servia também como aquecimento para os filmes.

Naturalmente, isso exigia a permissão do diretor Johnston, que concedeu dez minutos, não mais. No dia em que ele passou por lá para conferir pessoalmente, cumprir os dez minutos significou Shan interromper uma piada no meio. A luz baixa impediu uma avaliação das reações do homem, mas devem ter sido favoráveis; pouco depois, Ranger Roy convidou Shan a se apresentar no Clube dos Oficiais, para os guardas e respectivas esposas – "convidou" sendo outra palavra para "ordenou". Francamente, como ele poderia ter recusado?

Quanto a isso, o comentário de Atarracado sobre Shan ser um macaco bailarino não estava muito longe da verdade. Mas ao menos Shan tinha novas atividades com que ocupar a cabeça.

Antes do evento, o vice-diretor fez um alerta tão severo – como se algum condenado bom da cabeça fosse causar problema justamente perante aquela plateia em particular – que Shan mal pôde controlar os nervos. Mas, algumas piadas depois, a risada mais uma vez se provou uma necessidade universal, como se via em qualquer bebê risonho. Por acaso, foi exatamente assim que uma esposa corpulenta soou, quando riu até às lágrimas. Parecia que todos os residentes da ilha, incluindo as famílias dos funcionários, ansiavam por uma quebra da rotina.

Shan percebeu quanto estava à vontade quando quase usou a mulher risonha como alvo da piada seguinte – potencialmente, um erro. Assim como quando se apresentava para os condenados, ao imitar alguém ou fazer troça, era melhor não ofender alguém que tivesse o poder de espancar você, esfaqueá-lo ou jogá-lo na solitária.

O bom senso tinha dado frutos. Shan foi convidado a se apresentar no clube outras duas vezes, antes de ser chamado ao escritório do diretor. Embora tivesse certeza de não ter feito nada errado, o trajeto ainda o levou a se questionar, até que Johnston revelou seu objetivo.

– Vou dar uma festa de aniversário para a minha esposa na semana que vem, e ela adoraria que você animasse a comemoração.

Chocado tanto pela surpresa quanto pelo alívio que sentia, Shan gaguejou ao responder.

– Sim, s-sim, senhor. Claro, senhor. Será uma honra.

– Alguns amigos muito importantes virão do continente – Johnston tirou os óculos de cima do nariz sardento, de veias azuis, e limpou as lentes com o lenço. – Portanto, tenho certeza de que não preciso lhe explicar como é importante que você mantenha seu comportamento exemplar.

Ele estava correto quanto àquilo, e Shan não decepcionou em nenhum aspecto.

Na verdade, imediatamente depois da apresentação, a senhora Johnston deu um jeito de o encontrar na cozinha, onde ele estava se arrumando para ir embora. Para o show, ele havia conseguido um *smoking* relativamente aceitável, feito pelos condenados da oficina de costura, com bolsos estratégicos onde esconder pequenos artifícios como um leque e uma gaita. Conseguira até uma bengala torta e calçados com sola de madeira, graças à oficina de carpintaria e à do sapateiro.

– Isso foi adorável, simplesmente adorável – disse a senhora Johnston.

Ela parecia uma dessas professoras rurais da Irlanda, com ombros largos e óculos, o cabelo grisalho e boca descaída. No entanto, em contraste a isso, ela agradavelmente curvou os lábios para cima e apertou a mão dele como teria apertado a de qualquer convidado. Por um momento, ele quase se esqueceu de ter sido forçado pelo alto escalão a ir lá.

Por sua vez, Shan fez elogios sinceros à casa luxuosa. Decorada com móveis lustrosos de nogueira produzidos pelos condenados, a mansão ao estilo das missões espanholas tinha, segundo se dizia, assombrosos quatorze quartos e dúzias de lareiras. Ela sorriu dessas palavras, mas se iluminou sinceramente quando ele a cumprimentou pelo jardim vitoriano do pátio lateral.

Logo eles estavam conversando sobre as amoras, rosas e papoulas dela. Shan sugeriu que lírios-tocha e bocas-de-leão poderiam ir bem no clima costeiro; eram flores resistentes, segundo ele se lembrava de ter aprendido durante as muitas horas passadas no jardim comunitário no Brooklyn.

Dado o conhecimento de Shan sobre o assunto, a senhora Johnston supôs que ele tinha sido designado para trabalhar na jardinagem. Ele contou a ela que havia se candidatado, mas que ainda estava lidando com o lixo. Se por um lado estava grato por ter conseguido um serviço ao ar livre, por outro cuidar de plantas era em todos os aspectos melhor do que recolher dejetos.

– Bem, quem sabe se pode fazer algo a respeito – ela disse, bem quando Ranger Roy apareceu para levá-lo de volta.

A senhora Johnston se manteve fiel à palavra. Em poucos dias, Shan recebeu uma mudança de trabalho. Foi designado para a estufa na face leste da ilha, ao pé da caixa-d'água. As melhorias que implementou e as plantas semimortas que recuperou não passaram despercebidas. Tanto assim que, quando o condenado responsável pelo jardim e pela estufa da casa do diretor foi enviado para liberdade condicional, suas obrigações foram transferidas para Shan. Na verdade, isso o promoveu ao regime semiaberto, no qual um número restrito de condenados, escolhidos a dedo, trabalhava na residência do diretor. Os demais no mesmo regime trabalhavam principalmente na cozinha e na limpeza da mansão. Shan conquistou o posto mais depressa do que o habitual, graças a seu comportamento exemplar e a uma ficha criminal invulgarmente curta. Mas ele atribuía o crédito principalmente à senhora Johnston e ao apoio do diretor e de diversos guardas. Era fascinante a facilidade com que o humor gerava confiança e simpatia.

Como as atividades de jardinagem de Shan ocupavam a segunda metade do dia, começando na casa do diretor e terminando na caixa-d'água, pela manhã ele trabalhava como assistente de biblioteca. Seus conhecimentos literários com frequência permitiam que ele atendesse ao gosto de um preso com uma variedade de livros adequados, uma habilidade que mesmo inimigos públicos como Karpis "Arrepiante" apreciavam. Como regalia, Shan podia pegar antes dos demais qualquer novo título que chegasse. De longe, os volumes mais solicitados eram sobre como jogar bridge.

Os detentos ficavam muitas horas nas celas; exceto sonhar com uma fuga, os passatempos mais comuns eram fumar, ler e jogar. Shan usava a própria ração de fumo exclusivamente para fazer permutas, trocando cigarros enrolados à mão por uma barra de Hershey's ou jujubas contrabandeadas. Porém, em relação a jogos e livros, envolvia-se até o último fio de cabelo.

Depois do toque de recolher, ele e Digs frequentemente jogavam damas ou xadrez das respectivas celas, cada um com tabuleiro e peças próprios, anunciando as jogadas. O bridge, no entanto, era a obsessão da penitenciária. Para muitos, era o único tema de conversas, noite e dia. Um homem enjaulado, mais do que qualquer outro, precisava de um foco para não enlouquecer.

Graças a anos de estratégias de jogo contra Nick, Shan acabou vencendo três torneios no pátio. Ali, os detentos tinham permissão para competir com dominós de madeira especialmente produzidos: não apenas eram práticos contra ventanias, como também não tinham o verniz inflamável geralmente encontrado em cartas de baralho.

Como sempre, nada escapava ao diretor Johnston.

Bem... Melhor mudar isso para quase nada.

42

– Qual a pressa, Capello? Tem um encontro?

Shan estancou. Ele apertou a barra no cesto de tomates que havia esvaziado e se virou para Bert. O falsificador loiro de Ohio estava na cozinha do diretor enxugando as mãos em um pano de prato. O outro preso em regime aberto, "Canhoto", estava distraído do outro lado. Shan deu de ombros, tentando entender o que Bert sabia.

– Tenho muita coisa para fazer.

– As plantas não vão a lugar nenhum, a menos que você esteja plantando feijões – as palavras saíram ligeiramente distorcidas por entre mordidas em uma cenoura. – Posso descolar um lanche se você quiser.

O rumo da prosa deixou Shan à vontade.

– Estou bem, obrigado...

– Shh! – Canhoto interrompeu. – Estou tentando ouvir.

De jaqueta e calças brancas civis, combinando com a roupa de Bert, o confeiteiro de Boston tinha cabelos castanho-avermelhados e uma pequena cicatriz no queixo. Estava curvado sobre a mesa da cozinha, limpando. Ou pelo menos esfregando a toalha várias e várias vezes no mesmo ponto, enquanto se inclinava na direção da porta vaivém para acompanhar os Red Sox.

Com alguma frequência, a senhora Johnston por acaso deixava o volume do rádio da sala em uma altura que chegava à cozinha, especialmente durante partidas de beisebol. Da mesma forma, também jornais eram às vezes deixados por ali, para uma folheada rápida. A mulher não era nada menos que generosa.

– Aí vem Lazzeri dando mais um lance – disse o radialista. O batedor dos Yankees ainda estava entre os favoritos do senhor Capello. – Ele está esperando o arremesso, demonstrando autoconfiança agora… E aí vem… E é um golpe certeiro! Uma rebatida simples na segunda base.

– Ah, aí sim – Bert deu um tapa no balcão. – O DiMaggio vai safar essa, fica olhando.

Canhoto sibilou:

– Sorte de principiante, essa do carcamano. Dou três temporadas para ele, no máximo.

Shan vislumbrou o senhor Capello no sofá de casa, sintonizando o rádio naquele mesmo instante, dizendo, *Na próxima semana, vocês vão ver. Com os italianos afiados, Lazzeri e DiMaggio, e Crosetti também, eles vão levar a série inteira.*

Como Shan sentia falta de ter aquelas conversas.

Enquanto Bert e Canhoto se provocavam com estatísticas, Shan deslizou porta afora. Ele contornou a quina, um caminho que vinha percorrendo pelos últimos cinco meses. O som das ondas e das aves o lembrou da cidade irlandesa de Dunmore, assim como o ar, esfriando agora que o verão tinha acabado muito antes. Nuvens delgadas emplumavam o céu de sexta à tarde.

De carona na brisa marinha, aromas de chocolate e café sopravam das fábricas na cidade. Talvez Shan tivesse apenas imaginado, mas a percepção atraiu seu olhar para além da baía, para a vista que assombrava todos os condenados na Rocha: civilização, a pouco mais de dois quilômetros de distância.

Em dias como aquele, com horizonte claro ou enevoado, parecia ainda mais perto. Impedindo a travessia curta estavam, é claro, as correntezas traiçoeiras, águas congelantes e os tubarões desesperados por uma refeição. Ao menos era isso que diziam os rumores. Johnston deve ter receado que os detentos tentassem nadar, apesar de tudo, pois os chuveiros da prisão eram aquecidos além do normal, para evitar que os condenados se acostumassem à água fria. Ou era o que se dizia na Rocha.

Alguns camaradas até alegavam ouvir mulheres rindo no iate clube. Shan ainda não tinha escutado, mas agora mesmo ouvia risos em abundância na ilha. Na face sul, abaixo da casa do diretor, crianças corriam, alvoroçadas depois de voltarem de balsa da escola. Estavam amarrando patins e se preparando para jogar bola. Em fantasias de caubóis e índios, brincavam de "guardas e prisioneiros", trancando-se alternadamente.

Era uma imagem estranha, à luz do contexto, mas uma de que Shan ainda assim sentiria falta muito em breve.

Ele entrou na estufa, fechou a porta e desceu. Flores luxuriantes – malmequeres, margaridas, frésias e outras – salpicavam os balcões que cobriam o comprimento e a altura das paredes. Ele pousou o cesto e enxugou a mão no macacão. A identificação AZ-257 brilhava na sarja, um lembrete de sua identidade.

De uma planta próxima, ele colheu um tomate-cereja maduro e o levou para o armário de provisões. No canto mais afastado, ele se abaixou até ficar agachado.

E lá estava ela, precisa como um mecanismo de relógio. Sob o balcão, oculta por hortênsias e pilhas de vasos de barro, estava Sadie Martin, sentada de pernas cruzadas, de vestido vermelho-queimado e casaquinho amarelo. Como sempre, mechas pendiam do rabo de cavalo castanho, desarrumado pelo dia na escola e pelas viagens na lancha.

Ele segurou o tomate antes de fechar a mão ao redor dele. A criança de dez anos esperou, os olhos cor de avelã brilhando de interesse. Ele movimentou os dedos opostos em volta da mão, que fechou e tornou a abrir, revelando a palma vazia. Era o mesmo truque que fizera da primeira vez que haviam interagido – ou interagido diretamente, pelo menos.

Bem antes, em maio, ele havia detectado a presença dela de imediato, mas prosseguido com o trabalho normalmente durante semanas. Entre as regras no manual de Johnston, o *Velho marinheiro*, havia uma proibição estrita de qualquer contato com civis na ilha. Raramente aquilo era uma dificuldade, dado o labirinto de cercas, portões e arame farpado. Mas a menina evidentemente tinha descoberto maneiras de circular à vontade.

Shan estava determinado e não pôr em risco a boa posição que ocupava, e a nova atribuição acima de tudo. No entanto, sentia os olhos curiosos dela observando, do modo como Lina costumava fazer, e certo dia ela deixou uma lembrancinha.

Conchas grudadas tinham a forma de uma pessoa, com olhos e boca acrescentados com tinta. A figura carregava um cesto, trançado com ervas daninhas, deixando claro que se tratava de Shan.

Na tarde seguinte, ele a ouvira rastejando de volta para dentro. Ela sempre entrava por um painel corrediço baixo, usado para acesso à torneira. Ele estava saindo para ir se apresentar à contagem da meia hora – nem mesmo os condenados em regime semiaberto tinham autonomia total –, mas teve uma ideia. Tirou do bolso do macacão um ovo cozido que tinha guardado para fazer um lanche. Sob uma pequena rachadura na casca, ele desenhou um rosto usando terra dos vasos e deixou o ovo do lado de fora do esconderijo. Quando Shan voltou da contagem, Humpty-Dumpty[9] tinha sumido junto com a menina.

Por um período, eles continuaram assim, trocando furtivamente arte feita de conchas – de animais, sóis e flores – pelas criações engenhosas de Shan com frutas, pãezinhos e folhas. Então, certa tarde, ele colheu algumas batatas de sob o balcão, onde as estava cultivando em uma pilha de pneus. Como treino para o número cênico mensal, ele estava fazendo malabarismos com os legumes, quando viu de relance a menina espiando para fora. A consciência de haver uma plateia despertou seu artista interior e, sem refletir muito, ele se transformou em um palhaço desajeitado, quase derrubando as batatas de novo e de novo, até apanhá-las com as duas mãos e uma debaixo do queixo. Embora a menina tivesse sumido no esconderijo, ele a ouviu reprimir uma risada.

---

[9] Ovo com rosto, braços e pernas, popular em contos infantis da Mamãe Gansa. (N.T.)

Depois, ele não soube dizer o que lhe havia dado coragem exatamente. Talvez fossem as regras "frouxas" que os do semiaberto desfrutavam na casa da senhora Johnston. Talvez fosse o anseio por fazer alguma coisa que não fosse anotada, censurada ou autorizada. Ou talvez fosse a identificação que ele sentiu com a menina, um tipo solitário cujas defesas não baixavam facilmente. Fosse qual fosse a causa, ele se atrevera a aproximar-se dela com uma ervilha torta cujas textura e doçura teriam a aprovação da senhora Capello. Hesitante demais para aceitar, porém, a menina se retirou para trás dos vasos, um cervo desconfiado de um caçador oferecendo frutinhas.

Shan estivera prestes a colocar o presente no chão, deixando que ela decidisse, mas reconsiderou. Pegando emprestado um truque das turnês, ele, em vez de pousar a ervilha, exibiu-a grandiosamente e, com uma torção do punho, fez com que desaparecesse. Quando ela não reagiu, ele se conformou, dando de ombros. Ao menos, tinha tentado.

No entanto, quando ele se pôs de pé, ela disse, maravilhada:

– Pra onde foi?

Desde então, as palavras dela tinham aumentado a cada truque, até ultrapassá-los em muito. Ele fizera legumes e flores surgirem da orelha dela, do ar acima dela, até da mão dela.

Desta vez, Shan continuou exibindo a palma vazia, passando-a diante dos olhos da menina. Então ele passou a mão em frente à boca e fingiu estar mastigando o tomate. Ao longo dos meses, tinha ficado mais difícil impressionar Sadie.

– Eu sei que você não está comendo de verdade – ela disse.

Ele engoliu exageradamente e enxugou o queixo.

– Ora, mas por que diz isso?

Ela cruzou os braços à beira de um bocejo.

– Onde está então, espertinha?

Ela examinou as mãos dele e o macacão, e apontou:

– Em um dos seus bolsos.

Ele sacudiu a cabeça e virou os bolsos do avesso.

– Não tem nada aqui.

Ela espremeu os olhos, raciocinando.

– Ou – ele disse – será que você quis dizer dos *seus* bolsos?

Ela se apressou a investigar o bolso do casaquinho, do qual tirou o tomate. Um largo sorriso cruzou seu rosto redondo.

– Como você faz isso? – ela disse, antes de enfiar o fruto na boca.

– Faz o quê? – ele deu de ombros e voltou ao trabalho.

Era um lugar apropriado para mágica. Um mundo à parte onde terra e flores perfumavam o ar, uma estufa de cores e botões e esperança. E as plantas concordavam. Muitas iam tão bem que transbordavam dos vasos originais. Shan precisava replantá-las enquanto ainda tinha a chance.

Era já o começo de outubro, e o trabalho dele no jardim do diretor logo se encerraria pelo ano. Em meados do verão, ele conseguira autorização para estender a jornada aos sábados, pois sempre havia arbustos extras a podar ou folhas caídas a recolher. Mas em breve as tarefas na estufa seriam reduzidas até o fim da estação, notícia essa que ainda não transmitira para Sadie. Embora ele receasse passar mais um inverno engaiolado na prisão, fazia algum tempo que sua maior preocupação era deixar a menina sozinha. Pelo que ele sabia, a reclusão inicial parecia resultar da morte da mãe, um ano antes, o que levou à mudança para Alcatraz, e talvez o mesmo se aplicasse ao silêncio do pai dela, Yappy. De toda forma, Shan temia que a menina, sem irmãos nem amigos com quem conversar, rapidamente se retraísse.

– Está gostoso lá fora hoje – ele disse, arrumando os vasos no balcão para o replantio. – Você deveria respirar um pouco de ar fresco, sair para brincar com outras crianças.

– Está ventando demais.

– Ventando? Você está em uma ilha. Isso não vai mudar.

– Então por que *eu* tenho que mudar? Eu gosto daqui.

Shan suspirou. Sadie era mais esperta do que seria bom para ela mesma.

– Sabe o último livro de que você falou comigo? – ela disse.

Com uma espátula, Shan começou a afrouxar a primeira planta pelas bordas.

– *Razão e sensibilidade*.

Quando ele mencionou o livro preferido de sua mãe, que Lina também tinha adorado, Sadie decidiu pegá-lo na biblioteca da escola.

– Eu tentei avisar que seria difícil demais – ele lhe recordou.

– Não foi isso. É que era bobo. Igual ao *Mulherzinhas*. – Sadie estava esmigalhando folhas secas. – Todas aquelas moças que ligam para os rapazes que gostam delas, ou sobre o que vestir em algum baile estúpido. Eu tinha vontade de socar o nariz de cada uma.

Shan não conseguiu rebater. Os sentimentos dele quanto às histórias de Jane Austen não eram muito diferentes, embora ele não chegasse ao ponto de querer socar.

– Bom, enfim, eu comecei outro. *O conde de Monte Cristo*. Você já leu?

Ele não pôde conter um sorriso diante da ironia inerente à pergunta.

– Muito tempo atrás – ele respondeu, simplesmente.

Um romance sobre um detento condenado injustamente, que escapa de uma prisão hedionda e passa a levar uma vida de fausto e felicidades, por alguma razão não constava da lista de títulos aprovados da biblioteca de Alcatraz.

– Até agora é bem legal. Mas...

Diante da hesitação dela, ele se virou.

– O quê?

– Eu estou na parte em que Dantes e o padre estão cavando túneis debaixo da prisão. Eles só têm umas ferramentas feitas de tocos de vela e coisas assim. Como isso seria possível?

Que Sadie refletisse a respeito. Suas próprias aventuras ousadas – fosse explorando a ilha, colhendo conchas ou escalando o paredão de proteção costeira – estavam sempre em evidência em todas as partes de seu corpo não protegidas pelos vestidos. A menina era uma futura Nellie Bly[10], fadada a dar a volta ao mundo para desafiar as probabilidades.

---

[10] Pseudônimo da norte-americana Elizabeth Cochran Seaman (1864 – 1922), jornalista, escritora, inventora e pioneira em reportagens investigativas, famosa principalmente por circunavegar o globo em setenta e dois dias. (N.T.)

E ela estava certa. Ao menos em Alcatraz, se houvesse qualquer maneira de cavar um túnel para a liberdade, algum detento já teria feito isso.

— Acho que por isso é uma ficção — disse Shan, e retomou o trabalho.

Ele preferia concentrar os pensamentos em algo real, e não no impossível.

Bem então, algo se moveu em seu campo de visão periférica. Através das paredes de vidro, uma pessoa vestindo sarja se aproximou. Shan gesticulou para Sadie, e ela recuou, sumindo de vista.

A porta de abriu.

Era Ralph Roe. Mais ou menos da mesma idade de Shan, com um tufo de cabelo castanho ondulado, ele era um assaltante de banco cumprindo uma pena praticamente perpétua. Dos breves contatos que tiveram, Shan captara no sujeito um ligeiro sotaque originário do Missouri.

— O que posso fazer por você, Ralph?

— Preciso de uma mangueira extra.

Ralph segurava uma pá, ambas as mãos com luvas, apetrechos de suas funções no terreno. Seu rosto e o macacão estavam manchados de barro.

— Moleza, só me dá um minuto e eu trago pra você.

— Eu mesmo pego.

Ralph entrou, e Shan soube exatamente para onde estava se dirigindo. As mangueiras de lona ficavam empilhadas perto dos vasos vazios, a barricada de Sadie.

— Sabe — disse Shan, tentando detê-lo —, seria mais fácil se eu jogasse no carrinho pra você.

— Está tudo bem — Ralph continuou avançando, Shan em seus calcanhares.

— Olha, não é trabalho nenhum.

Ignorando-o, Ralph apanhou a mangueira ao mesmo tempo que Shan percebeu que Sadie tinha desaparecido.

Shan recuou, casualmente. Deu a Ralph um amplo espaço de passagem, o que o homem fez de um jeito mais frio do que o que usava com outras pessoas.

Não era segredo que os privilégios dos presos em regime semiaberto provocavam ressentimento em muitos condenados, agravado por desconfiança, dada a quantidade de horas que passavam na residência do diretor. Seu papel extra como "cômico" fornecia alguma margem de manobra com a maioria, mas não com todos – Ralph pertencendo à minoria. Isso deixou Shan especialmente aliviado com a saída discreta de Sadie, por mais razões do que um descumprimento das regras.

Os boatos se espalhavam na penitenciária como as fofocas nos prédios de Dublin, onde mesmo amizades eram transformadas em algo sujo e sombrio. Um criminoso condenado que gosta da companhia de uma menina de dez anos?

Imagine o que eles diriam.

43

Em Alcatraz, não parecia possível que o tempo transcorresse mais devagar – até que se ia à missa de domingo.

Mais uma vez, ligeiramente curvado em seus trajes, o padre Anthony pregava ainda mais monotonamente do que o capelão anterior de St. Anne. Pior ainda, seus gorjeios idosos tornavam mais difícil absorver as palavras. Se não fosse pelos salmos responsoriais e por precisar se levantar repetidas vezes, Shan estaria cochilando como Bert. Na fila de bancos adiante, a cabeça do sujeito caía a toda hora, antes de se endireitar de volta.

Shan sufocou um bocejo e olhou de novo para o missal. O programa datilografado confirmou que eles estavam mais ou menos na metade do caminho. Quando o padre Anthony começou a entoar a homilia, a atenção de Shan vagou para o altar. A impressionante estrutura de madeira esculpida pelos presos transformava o auditório em uma capela repleta de flores, velas e uma grande cruz.

Em alternância com as protestantes, as missas católicas eram realizadas no segundo e no quarto domingos. Apenas para mudar de cenário, diversos condenados informavam pais de fés diferentes, para comparecerem todas as semanas. Entretanto, mesmo esses internos gradualmente paravam de ir à missa.

Considerando a trajetória de Shan na vida, ele não sabia como se sentia acerca de Deus atualmente – até aqui, os planos todo-poderosos Dele não se qualificavam para aplausos em pé –, mas as missas de domingo pelo menos conectavam Shan a uma aparente sensação de normalidade.

Por fim, afinal e finalmente, o padre preparou a eucaristia. Dois coroinhas ajudavam, entre eles Kelly "Metralhadora". A missa era a única ocasião em que o detento não estava se gabando de alguma façanha – metade delas, de acordo com os outros, era cascata.

Depois do toque da sineta sagrada, da comunhão, das rezas e de mais levanta, senta, ajoelha, a missa chegou ao fim. O padre Anthony abençoou e dispensou a congregação, provocando murmúrios de alívio.

Shan precisou fazer força para se obrigar a levantar. Ele foi para o fim da fila, onde depositou o missal em um cesto de lixo.

Os companheiros se reuniram em grupos, sem nenhuma pressa de sair. O padre Anthony estava distribuindo apertos de mão, encorajando a participação no recentemente inaugurado serviço de confissão pós-missa. Em um canto, um biombo de quatro painéis, entalhado em madeira e pintado de branco, dava privacidade e protegia duas cadeiras situadas a menos de três metros de um guarda. Nada em Alcatraz era totalmente sagrado.

Shan quase conseguiu passar despercebido pelo padre, mas o sagrado homem captou seu olhar e esticou a mão para cumprimentar.

– Que a paz esteja com você, meu filho.

Forçando um semblante agradável, Shan disse:

– E também com o senhor, padre.

O aperto do religioso, mais forte do que o esperado, prolongou-se, enquanto ele falava.

– Eu notei, depois da última missa, que você preferiu não visitar o confessionário.

O comentário causou em Shan uma pontada de culpa, mas não significava muito, dada a carga que ele já carregava. Além disso, o que um católico poderia fazer se não sofresse de culpa por um pecado ou outro? Ele delicadamente puxou a mão.

– Não estou pronto para isso, padre. Quem sabe da próxima vez.

– Entendo – o tremor vocal não escondeu o desapontamento do capelão.

Shan queria escapar do estranhamento que cresceu entre eles, mas os movimentos da multidão o retiveram ali.

– Bem, então eu lhe peço que leve isto com você – o padre Anthony enfiou um missal na mão de Shan, os olhos firmes em meio às rugas. – Releia a mensagem do Senhor, meu filho. Permita que ela chegue ao seu coração e ofereça salvação.

– Sim, padre – um apaziguamento arraigado desde o ensino médio.

O padre Anthony sorriu e abordou outro pecador.

À porta, um guarda chamado Finley fungou de seu modo roedor habitual, franzindo o nariz. Ele ordenou que os internos formassem fila e saíssem, com uma exceção. Os que ficassem para se confessar deveriam esperar a vez em silêncio na fileira da frente. Depois que todos tivessem terminado, também eles voltariam juntos.

Shan seguiu a procissão em fila indiana. Ele estava se aproximando dos degraus quando o grupo parou e o pequeno congestionamento despertou sua consciência.

Algo no padre Anthony o havia incomodado. O aperto de mão, os olhos, as palavras eram menos insistentes e mais suplicantes.

Shan abriu o missal, que tinha planejado simplesmente descartar. Na margem superior, ele encontrou uma anotação feita à mão.

> *Êxodo 10:15 As grandes águas hão de se abrir*
> *E a liberdade pertencerá a ti.*

Êxodo... Águas... Liberdade...
Não poderia ser realmente uma referência a... Poderia?

– Acorda, Groucho Marx – Bert falou, do fim da fila.

Sobressaltado, Shan dobrou o folheto e espiou por cima do ombro. Diretamente atrás dele estava um detento chamado Ted Cole. As sobrancelhas severamente curvas e as narinas amplas do nariz arrebitado condiziam com sua fama sinistra. Finley gritou:

– Pare de atravancar as coisas, Capello. Você está atrasando todo mundo.

Diante da ordem do guarda, Shan desceu os degraus às pressas para alcançar os outros. Os prisioneiros foram levados às celas para receberem casacos de lã. Shan escondeu o missal no livro da biblioteca guardado na prateleira da parede, antes de receber ordens para ir para o pátio.

Condenados que não tinham ido à missa haviam ficado ali desde o café da manhã. Como crianças em uma quadra de educação física, passavam o tempo com softball ou jogando argolas em uma estaca. Alguns se divertiam jogando handebol, os mais dedicados tentavam ficar fortes o bastante para nadar para a liberdade. Na lateral, um grupo de jogadores de bridge, em banquinhos baixos, disputava partidas acaloradas.

– Capello, está dentro? – Digs gritou do meio deles.

Shan se esforçou para se concentrar, sacudiu a cabeça. Digs se virou de volta para o dominó.

Uma rajada de vento açoitou o rosto de Shan no entanto, era a mensagem do padre que provocava arrepios em sua espinha – embora, francamente, não devesse. Shan estava tirando conclusões precipitadas. O padre Anthony dificilmente pareceria o tipo conspirador tramando uma fuga da prisão. O versículo poderia ser uma anotação para si mesmo, transcrito para uma homilia futura.

Para ter certeza, ele precisava esclarecer, e conhecia a pessoa perfeita para ajudar.

Devagar e com calma, Shan atravessou a "selva", um apelido incorreto para o pátio. Deveriam chamá-lo de "zoológico", com seus muros de concreto de seis metros de altura encimados por cercas e arame farpado. Seria um lugar seguro para tentar domesticar animais capturados na natureza.

Da passarela externa, os guardas supervisionavam o rebanho, prontos para reprimir um dos periódicos enfrentamentos. Shan sentia que observavam agora. Com toda a calma, ele abriu caminho até o pseudoabrigo, onde Canhoto mais reclamava do time do que torcia por ele.

– Você é cego, seu burro? Que diabo foi isso? – ele vociferou, e enfiou os dedos entre os cabelos, criando tufos ruivos pontudos.

Shan deslizou até sentar ao lado dele, mãos nos bolsos do casaco. Yappy estava bem acima, segurando o rifle, o semblante sombrio e ossudo. A atenção dele estava voltada para outra direção, como Shan regularmente tentava mantê-la. Se distúrbios barulhentos na penitenciária significavam levar umas pancadas na cabeça, andar com a filhinha do agente garantiria algo bem pior, se descoberto.

– Ei, Canhoto – Shan disse. – Eu queria perguntar uma coisa...

– Ãh? O quê? – como filho de um pastor batista, Canhoto era sabidamente versado nas escrituras, ainda que nem mesmo praticasse o que elas diziam.

– Na missa, hoje, eu estava tentando lembrar um versículo da bíblia que minha mãe adora. Acho que era Êxodo, dez, quinze. Você conhece esse?

– Vamos, vamos! Arre, vai! – Canhoto batia palmas, incentivando um membro do time.

– Canhoto? – Shan pressionou.

– O quê? Ah, sim. Dez, quinze. Esse é sobre... Ãh... Os gafanhotos atacando o Egito, devorando tudo.

Gafanhotos. Egito. Não grandes águas.

– Tem certeza?

Canhoto se virou para ele e riu, ofendido.

– Pode acreditar, tenho certeza – ele disse, e depois voltou a se concentrar no jogo.

Com a cabeça girando, Shan se afastou. Alguns meses antes, o padre Anthony tinha sido transferido de Leavenworth para substituir o padre Clark, tendo instituído um confessionário duas missas atrás. Seria Shan o motivo? Nesta manhã, teria o padre tentando uma conversa particular? Alguma coisa nisso tudo seria possível?

A ideia parecia ridícula. Francamente, quem teria poder de manipular uma coisa dessas?

Bem – além de Max.

O Limite da Perda

Shan supunha que o homem pudesse ter esse tipo de influência, e certamente dinheiro suficiente. Com o valor que dava à confiança e à lealdade, não seria totalmente descabido imaginar que Max quisesse retribuir a Shan por seu silêncio no tribunal.

Mas, se esse fosse o caso, os números teriam de significar alguma coisa. Dez, quinze.

Um código? Um horário, uma data?

Era um enredo saído diretamente de um filme. Ele se sentiu idiota só por alimentar a ideia... Até que se lembrou.

Mês dez, décimo quinto dia. Quinze de outubro, a data da festa seguinte do diretor...

O evento seria dali a menos de uma semana.

Mais uma vez, Johnston desejava dar mostras de seu nobre objetivo de reabilitar em lugar de punir. E, para isso, tinha convocado Shan a se apresentar. Ou teria outra pessoa armado isso também? Muitos dos convidados seriam autoridades, o tipo de figura poderosa que Max Trevino certamente conheceria.

Se é que algo naquilo tudo fazia algum sentido – e podia ser que nada fizesse sentido nenhum –, mais detalhes com certeza surgiriam. Mas a verdadeira pergunta era: será que Shan os queria?

Durante as refeições, ele ouvira uma dúzia de histórias sobre fugas em outras penitenciárias. Algumas tentativas estavam condenadas desde o começo, ao passo que outras eram impressionantemente engenhosas. Muitas vezes eles tinham tido sucesso, caso se desse crédito às vanglórias que contavam. Mas as falhas não ficavam impunes: espancamentos e meses no buraco, sentenças estendidas, invalidação de toda a redução de pena obtida por bom comportamento.

Ou você podia acabar como Dutch Bowers, desmilinguido feito alga na costa rochosa.

Shan avaliou o entorno. Toda a sua vida fora passada em ilhas: primeiro na Irlanda, depois em Long Island, agora ali. Embora não estivesse propriamente às portas do paraíso, Alcatraz também não era a casa dos horrores que os jornais faziam parecer. Arranje encrenca, e você terá encrenca de volta – e mais alguma de troco. No entanto, ao se manter na linha, Shan construíra para si uma existência tolerável. Com o tempo, aceitara a realidade de sua situação e tinha certeza de que acabaria por chegar inteiro ao outro lado.

Claro, ele tinha sonhos de fuga como qualquer outro condenado, sonhos de escalar uma cerca ou mergulhar de cabeça na baía. Mas será que alguma dessas tentativas valia o risco?

44

Na estufa do diretor, Shan arrancou mais folhas mortas do vaso de gerânios e as jogou no chão. A planta estava morrendo, apesar de todos os esforços dele. Mas não era isso o que mais o aborrecia.

Durante a noite inteira ele tinha pensado sobre aquele padre e sua anotação. Shan duvidava de que tivesse dormido sequer por uma hora. Faltavam quatro dias para a festa. E quase duas semanas até a próxima missa. Em uma ocasião ou na outra ele confirmaria se suas ideias sobre um complô eram infundadas. Por mais estranho que pareça, a verdade é que ele estava indo muito bem, até a maldita mensagem enfiar ideias em sua cabeça.

– Senhor Capello – a voz de Sadie o sobressaltou.

Ele havia quase se esquecido de que a menina estava ali, escondida no lugar de sempre. Ela delineava distraidamente uma marca de sujeira e mancha no joelho, observando-o com olhos expectantes.

– O quê?

– Bom… Lembra?

– Lembro o quê?

– Você se lembra da sua mãe?

– Claro que sim.

Se ela estivesse se referindo à mãe real dele, à mãe de sangue, aquela resposta não seria totalmente verdadeira, e isso o agitou ainda mais. Ele se concentrou na remoção de mais folhas.

– Como o quê?

– O que quer dizer com isso, "como o quê"?

– Do que você se lembra?

Ele sabia que a pergunta não era uma provocação, mas não pôde evitar sentir como se fosse.

– Muitas e muitas coisas, está bem?

Um pingo frio caiu em sua bochecha, depois na orelha. Ele olhou para cima e recebeu outro no olho. Xingando baixinho, ele esfregou a pálpebra com as costas da mão. A imundície da pele piorou a situação, e ele precisou expulsar a sujeira piscando.

A mangueira de irrigação superior estava vazando. Uma invenção brilhante que ele mesmo havia instalado.

Ele marchou até a torneira e apertou a válvula, mas os pequenos pingos se recusaram a parar.

– Merda de mangueira – ele sibilou, como se isso fosse ajudar.

Após bufar com raiva várias vezes, ele se lembrou outra vez da visitante. A menina havia se calado e recuado parcialmente para trás dos potes. Preocupação transbordava de seus olhos, fazendo-o sentir-se ainda pior.

Este era um dos dias tristes, quando ela sentia saudade da mãe. Shan também costumava tê-los. Normalmente, ele animaria Sadie com um truque de mágica ou um número de malabarismo ou uma piada inteligente, mas não estava no clima. Mais uma razão pela qual ela precisava ter um amigo de verdade.

Ele caminhou até ela com determinação. Ciente da sensação hesitante dela, ele baixou o tom.

– Olha, Sadie, só não está sendo um dia bom para mim. Entende?

Ela absorveu aquilo e assentiu, mas a tensão permaneceu.

Ele olhou para o teto de vidro empoeirado. Nuvens pesadas estavam escurecendo o céu, formando chuva.

– É melhor você se pôr a caminho, se quiser permanecer seca. A senhora Leonard está à sua espera, não?

Sadie assentiu de novo, desta vez com uma careta.

Aos fins de semana, quando o turno do pai terminava tarde da noite, a família de outro guarda, no apartamento vizinho, recebia Sadie para o jantar. A maior parte das refeições era borrachuda e cozida em excesso, de acordo com Sadie, embora Shan desconfiasse de que elas simplesmente não podiam competir com as recordações que a menina tinha dos pratos preparados pela mãe.

– Muito bem, então – Shan disse. – Eu preciso de uma ferramenta para consertar isso, então... Vejo você mais tarde.

Sem esperar resposta, ele marchou para fora em direção à casa. Nem mesmo a brisa marinha fresca conseguiu melhorar seu humor. Quando chegou ao armário da cozinha para retirar uma chave inglesa da caixa de ferramentas – cujo conteúdo era contado diariamente –, ele percebeu a raiz de sua frustração.

Muitos anos antes, ele cometera o erro de confiar em outros para sobreviver e jurou jamais deixar que aquilo se repetisse. Uma fuga dessa magnitude exigiria uma dependência injustificável de pessoas por trás da cena, desconhecidas e sem nome. O espaço para erros, enorme; as chances de fracasso, altíssimas. No fim, seria Shan a pagar.

Ele fez o melhor que pôde, no entanto, para não pensar nisso enquanto voltava para a estufa do diretor. Haveria tempo mais do que suficiente para matutar a respeito durante a longa noite na cela.

Ele estava quase na porta quando uma voz vinda de trás o fez parar.

– Espera, Capello – era Ralph Roe. Que maravilha.

– Do que precisa?

Ralph se aproximou até ficar bem perto. Olhou por cima dos dois ombros antes de responder, em voz sussurrada:

– Meu parceiro Ted e eu, nós temos uma proposta pra você.

Os modos furtivos dele deixaram Shan tão desconfortável quanto a menção a Ted Cole.

– E o que seria?

– Olha, a gente andou pensando que já é hora de dar o fora desse pardieiro. Nós três, a gente podia trabalhar juntos.

Embora eles todos tivessem sido transferidos de Leavenworth no mesmo lote, Shan raramente trocava uma palavra com qualquer dos dois. Pelo que tinha ouvido da história de ambos, preferia assim. Eles não eram apenas criminosos que assaltavam bancos e lojas e até uma fábrica de garrafas da Coca-Cola; eles trocavam tiros com a polícia e faziam reféns. Além do mais, a violência, para Ted, não se limitava ao exterior: ele assassinara um companheiro de cela em outra penitenciária, embora supostamente em autodefesa.

Esfaqueando o desgraçado vinte e sete vezes.

– Agradeço a oferta. Mas, sinceramente, eu só quero cumprir a minha pena.

– É mesmo? – Ralph esfregou o queixo com a mão enluvada. – Porque não é o que parece.

– Ah? E o que é que parece?

– Tenho que dar o braço a torcer, por um tempo eu te entendi errado. Tirando o corpo fora das greves, conseguindo todos esses privilégios. Mas agora eu saquei que você estava ganhando tempo, achando jeitos de se comunicar e conseguir o que precisava.

Shan ficou calado, perguntando-se para onde aquilo estava indo.

– Que nem na igreja, por exemplo. O Ted falou que você estava carregando um bilhete especial ontem. Que você estava bem nervoso.

Isso era exatamente o que Shan não queria. Esperou para ouvir o que mais Ted vira, mas Ralph apenas sorriu. Parecia que o estava testando em busca de uma reação, sondando algum pressentimento, e interpretou o silêncio de Shan como confissão. Shan se apressou em negar.

– Aquilo não era nada – ele se forçou para estabilizar a voz. – Eram uns versículos de que eu tinha gostado. No programa. Da missa.

– Relaxa, Capello. Sou um detento confiável, e o Ted, também. A gente não está tramando contra você, a gente só quer ser incluído no plano. E você sabe, pela nossa história, que a gente podia ser uma mão na roda.

O sujeito não estava mentindo. Condenados que haviam cumprido pena com eles em McAlester elogiavam os antigos esquemas de fuga de ambos, mas de Ted em especial. Um perfeito Houdini[11], ele supostamente havia escapado em um saco de roupa suja, depois tentou o mesmo em um latão de luxo, e chegara a cerrar as barras com uma lâmina.

Apesar de tudo, Shan não estava interessado.

– Olha, tenho certeza de que vocês têm ideias ótimas. Mas eu não quero dar o fora.

– É mesmo? Então por que será que eu não estou botando uma fé?

Shan sustentou deliberadamente o olhar, uma vez que desviar os olhos poderia alimentar as dúvidas do outro.

– Você já olhou em volta? Este lugar é à prova de fugas.

– E o *Titanic* era à prova de naufrágio, mas vê como as coisas acabaram bem praqueles caras.

– Ei, Coe! – Finley passou pela estufa do diretor, uma bem-vinda interrupção. – Para de embromar. Volta lá e termina as coisas, está quase na hora de entrar.

– Imediatamente, senhor Finley – Ralph gritou. – Estou só perguntando sobre como acabar com ervas daninhas. – Quando Finley finalmente se afastou, Ralph cochichou para Shan. – Como eu ia dizendo, tudo tem seu ponto fraco. Que diabos, às vezes pode ser uma coisinha muito pequena. – E, com isso, ele olhou para dentro da estufa, na direção do painel corrediço baixo, a presunção se espraiando pelo rosto, antes de girar nos calcanhares e seguir os passos de Finley.

Ralph sabia.

Ele sabia sobre Sadie. Era isso que ele tinha querido dizer quando falou sobre Shan se comunicar e usar pessoas para o que precisava. No entanto, não era seu conhecimento nem suas suposições que realmente perturbavam Shan: era que ele visse Sadie como moeda de troca; era o risco de que Ralph

---

[11] Harry Houdini, pseudônimo de Ehrich Weisz (1874 – 1926), foi um ilusionista húngaro famoso por escapar de correntes, cordas, baús trancados e camisas de força sob a água. (N.T.)

pudesse levar a cabo sua ameaça, estando designado para um trabalho ao ar livre. Não por muito tempo mais, mas por tempo suficiente.

Shan o observou se afastar, e seus punhos se fecharam. Até então, ele havia se esquecido da chave inglesa que tinha em mãos. Uma coisa boa, ou ele poderia ter tido dificuldade em combater o impulso de atacar.

Ele entrou voando na estufa e bateu a porta com força.

O som de uma respiração ofegante o sobressaltou. Pela primeira vez, Sadie estava fora do esconderijo, de pé em plena vista. Ele achou que a esta altura ela já tinha ido embora para casa.

– Você vai embora? – ela disse. A apreensão dominava seu rosto, sua voz; ela não estava se referindo ao dia de trabalho.

– Não sei do que você está falando – ele murmurou. – Não estou indo a lugar nenhum.

– Mas eu ouvi vocês. Você e aquele homem, Ralph. Falando sobre o seu bilhete e fazendo planos de fugir.

Meu Deus do céu. Ele nunca deveria ter conversado com a menina. Jamais. Pelo próprio bem, sim – mas também pelo dela.

– Nós não vamos fazer nada nem parecido com isso. Você escutou errado.

– Mas... Aquele homem, ele falou...

– Ele não falou nada disso – as palavras saíram mais ásperas do que ele pretendia.

Shan percebeu isso quando ela se encolheu. Mas os pezinhos não se moveram.

– Sadie, você precisa ir.

Perguntas rodopiavam nos olhos dela, escurecidos pela dúvida.

– Você ouviu? – Pressionado pela emoção, ele deu um passo duro à frente. – Eu falei pra cair fora!

O rosto dela empalideceu. Como um gato assustado, ela disparou de volta para o esconderijo e saiu por onde tinha entrado.

Shan fechou os olhos, as mãos trêmulas. Ele amaldiçoou a si mesmo por ter criado aquela bagunça ou, pelo menos, por não ter visto que ela estava se formando. De alguma forma, independentemente de suas intenções, ele acabava pondo em perigo todos ao seu redor.

45

A fila avançava como uma cobra pelo gramado, procurando a próxima refeição. Nesse sentido, Shan e os prisioneiros que o cercavam não eram diferentes. Pouco depois do meio-dia, todos passaram pela caixa dedo--duro, as armas escondidas escapando do alarme, e entraram no refeitório.

– Bom dia, cavalheiros – o diretor Johnston assentiu para a fila, repetindo o cumprimento a intervalos.

Shan murmurou uma resposta cortês e evitou contato visual, um esforço para se misturar sempre que podia.

Digs o cutucou atrás.

– Uau, você viu? Quiabo e bolo de banana. Cara, eu adoro isso.

Shan não prestara atenção à placa com o cardápio, suas prioridades em outro lugar. Durante toda a manhã, enquanto catalogava livros e revistas censurados, ele pensara sobre os eventos da véspera na estufa, sobre a conversa que Sadie não deveria ter escutado e que, ele esperava, ela não dividiria. Especialmente com o pai.

Embora ela pudesse dedurar Shan com base em mágoa ou moralidade, ele temia isso menos do que o desejo dela de o impedir de fugir. Era por isso que, após a refeição, ele voltaria à estufa do diretor, onde esperava que ela aparecesse. Ele precisava que ela acreditasse que havia simplesmente ouvido mal e concordasse em manter-se longe de outros detentos. Então ele iria com toda a delicadeza mandá-la embora, como deveria ter feito meses antes.

Diante do balcão de banho-maria, o cheiro de comida ajudou a distrair sua atenção. A falta de sono nas duas noites anteriores havia aumentado seu apetite, e o estômago roncava.

Entre os poucos benefícios de morar nos apartamentos estava ser o primeiro grupo a se servir da boia. Ele valorizava isso agora, enquanto punha quiabo, camarão e arroz na bandeja de metal. Em qualquer refeição, você podia pegar tanto quanto quisesse, mas, se desperdiçasse um só bocado, pagaria o preço. Shan manteve isso em mente enquanto acrescentava feijões verdes amanteigados e uma fatia de bolo condimentado de banana.

Bandeja completa, foi para seu lugar designado à mesa. A luz da tarde entrava obliquamente pelas janelas e se refletia no piso polido brilhante. Pelo canto do olho, Shan viu Ted e Ralph aguardando na fila, encarando-o fixamente.

Ele os ignorou e se acomodou no banco. Quando o guarda apitou autorizando, começou a comer. À sua frente, Digs estava menos interessado no quiabo do que no guarda novato em seu primeiro dia de serviço no refeitório.

— Olhem só pra ele, compadres. Nervoso feito uma virgem na noite de núpcias.

Outros condenados à mesa abafaram o riso. Shan espiou por cima do ombro para ver o novo agente, cujo pomo de adão subia e descia, revelando um nó na garganta. Com um rosto quadrado e constituição mediana, ele estava longe de ser esquelético. Mas quem poderia culpá-lo por manter-se vigilante?

Carcereiros, afinal, não andavam armados, a menos que estivessem fora do alcance dos presos: atrás das grades das passarelas e torres e nas galerias que davam vista para o interior da penitenciária. De modo que lá estava o sujeito, supervisionando um grupo de duzentos e cinquenta criminosos, tendo apenas os próprios punhos para se defender. Embora uma parede de barras de ferro os separasse da área da cozinha onde ficavam as facas, os condenados ainda tinham utensílios e café quente para lançar. Em alguns dias, também um osso afiado de uma costela bovina.

– Puta merda – disse Digs de repente, olhando para além de Shan, toda a diversão varrida de seu rosto.

Shan se virou bem a tempo de ver um preso sair da fila e derrubar o diretor Johnston no chão. Gritos de choque, e alguns de encorajamento, preencheram o lugar. Vários esticaram o pescoço para observar o condenado chutar o diretor no estômago, no peito, na cabeça.

Era "Branco" Phillips. Mais uma pérola de Leavenworth que chegara no grupo de Shan.

Uma janela foi estilhaçada a duas mesas de distância. Não por um interno, como Shan pensou a princípio, mas por um carcereiro na passarela. Era Chandler, o guarda que matara Dutch Bowers. Ele enfiou o cano do rifle pela abertura.

– Todo mundo pra baixo! – alguém gritou.

Metade dos presentes, incluindo Shan, atirou-se ao chão, buscando abrigo sob as mesas. O resto acompanhou assim que o guarda apitou, tão condicionados tinham se tornado, como cães em um palco.

Shan viu dois guardas se precipitando para a briga, Yappy à frente. Ele bateu o cassetete de borracha nas costas de Branco, levando o condenado a dar um gemido. Um segundo golpe, desta vez no estômago, dobrou Branco ao meio. Um terceiro o levou ao chão. As pancadas continuaram – tunc, tunc, tunc –, cada vez mais rápidas e fortes. O chapéu do guarda caiu no chão.

– Os caras vão jogar gás na gente, certeza – Digs disse por cima da barulheira.

Shan olhou para cima, para as latas de gás lacrimogêneo alinhadas na parede. O refeitório era chamado de "câmara de gás" por essa razão, mas ele nunca tinha realmente temido que fossem usadas, até agora.

Mais guardas correram para ajudar o diretor, que havia parado de se mexer.

– Não atirem! – um deles gritou. Havia chances demais de erro.

Durante o tempo todo, Yappy continuou esmurrando, o rosto vermelho e os dentes à mostra. A demonstração de força cumpria a promessa feita por seus um metro e oitenta de altura. Branco estava enrodilhado, as mãos envolvendo a cabeça. Shan podia jurar ter ouvido alguns ossos se quebrando.

– Fred, já o pegamos – Ranger Roy tentou acalmar o colega. – Já chega, agora.

Mas Yappy continuou, sem sinal de abrandamento.

– Fred, para!

Àquela altura, o vice-diretor, "Cabeça Oca", tinha chegado. Ele agarrou o braço de Yappy. Após breve resistência, Yappy cedeu e olhou ao redor como se subitamente tomasse conhecimento dos demais agentes. Cabeça Oca deu tapinhas em suas costas, para acalmá-lo ou elogiá-lo. Provavelmente, ambas as coisas.

Em seguida, todas as atenções se voltaram para o cuidadoso içamento do diretor Johnston.

– Levem-no imediatamente ao hospital – disse Cabeça Oca.

– E quanto a esse aí? – perguntou Ranger Roy, indicando Branco Phillips.

– Certifique-se de que o vagabundo está vivo, depois cuidaremos dele. – Cabeça Oca se virou para os prisioneiros. – O show acabou! Voltem aos assentos. Agora!

Enquanto os presos obedeciam, Shan observou Yappy enxugar o suor da testa e recolocar o chapéu. O lugar não ficava silencioso assim fazia vários meses.

Os guardas de serviço no corredor do refeitório voltaram a seus postos, o Novato claramente abalado. Outros dois arrastaram Branco, ainda inconsciente, para fora.

Shan olhou para Digs.

– O que acha que vão fazer com ele?

Digs abanou a cabeça.

– Esse cretino vai pra masmorra por um bom tempo. – Ele se apressou em atacar o bolo de banana, antes que o intervalo de vinte minutos de refeição chegasse ao fim.

O Limite da Perda

No subsolo do bloco A, as masmorras eram tão bárbaras quanto o nome sugeria. De acordo com os poucos que haviam cumprido pena lá, não havia iluminação nem cama, nenhuma refeição exceto pão e água. Um balde como vaso sanitário. A umidade e a frieza da área eram agravadas pela total nudez do preso. Para completar, como as celas nunca tinham sido testadas contra ferramentas, o detento ficava algemado às barras. Segundo alguns, de pé.

Somente os piores delitos, porém, levavam um sujeito para a masmorra. Como tentar fugir.

Shan olhou para a bandeja, já sem apetite. Ele fez o que pôde para mandar a comida para baixo, até ser interrompido por um anúncio: os presos deveriam voltar às respectivas celas conforme o cronograma, onde permaneceriam até o jantar.

Todos os trabalhos fora estavam suspensos.

46

— Nossos planos estão indefinidos – a senhora Johnston informou aos presos do semiaberto, remexendo as pérolas que trazia ao pescoço. Era o dia seguinte ao ataque no refeitório. – Reagendar a festa pode ser realmente um transtorno para os convidados. Mas, com o meu marido se sentindo um pouco mal, acho que seria o melhor. Manterei todos vocês informados, para que possam se organizar.

Com "se sentindo um pouco mal" ela quis dizer que o diretor preferia não exibir a glória de seu cargo enquanto os cortes e hematomas não desaparecessem do pescoço para cima. Shan concluiu isso ainda antes de Canhoto e Bert expressassem a ideia, quando ela saiu.

Em relação ao bilhete do padre, supondo que havia algum vínculo, Shan não sabia se deveria se sentir desapontado ou aliviado com o adiamento – ao contrário da ausência de Sadie, pela qual ele sentia ambos.

Pela primeira quarta-feira em vários meses, ela não apareceu na estufa. O mesmo na quinta. Na sexta à tarde, no jardim do diretor, ele ouviu os alunos desembarcando da *McDowell*. Ele pensou em fazer um breve aceno, um gesto pacificador para Sadie, mas os apartamentos residenciais impediam a visão, e ele não a viu chegar.

No sábado ela estaria em casa, e o pai, gozando a folga habitual. Independentemente disso, Shan deixou um bilhete no esconderijo dela. *Desculpe*, dizia. As únicas palavras adequadas a rascunhar.

Depois de terminar a segunda estufa, ele saiu para ser contado e escoltado de volta à penitenciária. Ao longe, Ted e uma fila de outros condenados estavam voltando do trabalho no Edifício Model Industries, três andares com várias lojas. O sujeito olhou para Shan e fez uma saudação com dois dedos, os lábios apertados em uma linha firme. Menos um cumprimento do que um lembrete.

E o lembrete fez Shan apertar a mandíbula.

Eles a deixariam em paz, ele tranquilizou a si próprio. Nem mesmo Ralph e Ted ousariam ferir a filha de um guarda. Certamente não depois de terem visto o que o pai fizera ao prisioneiro que havia pisado gravemente fora da linha.

Por outro lado, o passado de ambos ilustrava desconsideração por qualquer obstáculo que surgisse no caminho deles. Shan precisava convencê-los de que não tinha nenhum plano em andamento. O que, de fato, era verdade.

Se é que havia algum plano, com certeza não era dele.

No pátio de recreação na tarde seguinte, levou algum tempo até localizar a dupla. O vento frio e a garoa transformavam todo detento em gêmeo: casacos iguais, golas levantadas, bonés abaixados.

Ted e Ralph muitas vezes vadiavam pelos degraus de concreto em companhia dos parceiros de Oklahoma, como o famoso "Doc" Barker. Mas não hoje. Quando Shan reconheceu o perfil deles, ficou grato por estarem sozinhos. Ted estava apoiado em uma parede de concreto, e Ralph, de pé ao lado, ambos fumando.

Nenhum guarda perto o bastante para escutar.

Enfiando as mãos nos bolsos, Shan se dirigiu para lá. Ted pareceu anunciar o visitante para Ralph, que se inclinou para trás com olhar intrigado.

À guisa de cumprimento, Shan disse:

– Quero que vocês saibam que estou sendo reto. Se estivesse tramando alguma, eu diria. – Quando nenhum dos dois respondeu, Shan acrescentou: – Então mantenham as patas longe da menina, está bem?

Ted abanou a cabeça e cuspiu uma risada seca.

Shan se endireitou. Aproximou-se um passo.

– Eu falei, *está bem*?

Ted se afastou da parede e jogou fora o cigarro.

– Bancando o protetor da filha dum filho da puta de merda, é o que eu acho.

Poucos metros os separavam.

Shan olhou para as mãos de Ted. Se o sujeito pegasse uma arma, Shan teria tempo de pegar a própria?

– Amigos – Ralph cutucou o braço de Ted, um sinal para se acalmar. – Não vamos nos exaltar, hein? Estamos no mesmo barco aqui – ele lançou um olhar para a passarela.

O guarda chamado Chandler estava se aproximando de onde estavam, os olhos redondos faiscando. O queixo dividido ao meio realçava a mandíbula quadrada.

A contragosto, Ted recuou, levando Shan a fazer o mesmo. Ralph esperou até que Chandler estivesse a uma distância segura, antes de continuar cochichando de perto.

– O negócio é o seguinte. O Ted descobriu um jeito de descer até a água fora das vistas.

Ted deu a Ralph um olhar inquisitivo sobre o que ele estava divulgando. Mas, depois de um momento, calou, concordando. Era uma troca de informações.

– Se você tem um plano na manga – Ralph disse –, você conta pra gente. É melhor se todo mundo trabalhar junto, entende? – Ele tragou o cigarro, soprou a fumaça. – Por outro lado, e se descobrirmos que você está mentindo? Ah, a gente pode deixar a sua vida bem complicada, Capello. Acho que você não quer isso. Quer?

Não havia realmente necessidade de responder. Ralph provou isso ao atirar longe a bituca e acompanhar Ted para dentro. Eles se juntaram aos outros condenados que se recolhiam por causa do tempo ruim. Desejando abrir distância, Shan esperou um minuto antes de voltar a entrar. Ele não precisava que carcereiros, ou qualquer um, pensassem que ele estava de conluio com aqueles vermes.

Ele estava quase na cela quando as costas de um agente passaram entre as barras.

Inspeções periódicas eram o padrão na penitenciária, mas o primeiro pensamento de Shan foi para Ralph e Ted. Plantar contrabando seria uma forma de tornar mais complicada a vida de um detento. Passar a dica para um guarda, assegurando que fosse encontrado, era outra.

– Permaneça de pé aí – Yappy ordenou, ao notar Shan. Não que ele teria se atrevido a entrar.

– Sim, senhor.

Aquela era a primeira vez que Yappy passava a cela de Shan em revista, o que o fez imaginar se haveria mais alguém envolvido. Alguém como Sadie.

Determinado como um cão de caça, o guarda examinou cada centímetro. Vasculhou cada trapo, toalha e pedaço de roupa dobrada. Ele apalpou a lâmina de barbear e a pilha de cartas censuradas. Não havia nada que justificasse uma crítica. Dependendo do guarda.

Percorrendo a cela, ele observou os poucos itens presos às paredes: algumas fotografias dos Capellos e um único cartão-postal, entre todas as pessoas, justamente de Kitty Lovely, com certeza rabiscado entre um show e outro, entre um e outro companheiro de turnê. Em seguida Yappy inspecionou o colchão, e Shan se lembrou. Ele havia escondido uma barra de Bit-O-Honey por uma abertura; embora tivesse acabado de comer na noite anterior, esquecera-se de descartar a embalagem.

Parecendo não a ver, Yappy prosseguiu. Ele pegou um livro da prateleira e sacudiu as páginas com força.

E o missal caiu rodopiando.

Toda a percepção de tempo desapareceu, enquanto Shan o observava virar o folheto. E revirar. Depois Yappy o abriu, e seus olhos encontraram a inscrição manuscrita.

A pulsação de Shan aumentou até uma velocidade impossível, ribombando em seus ouvidos. Ele tinha guardado a coisa em busca de uma segunda pista, uma mensagem nos versículos impressos; até o momento, nada conseguira decifrar. Ele deveria ter rasgado o papel e engolido, ou mandado pela descarga abaixo, ou enterrado no jardim.

Mas Yappy o jogou de lado. Uma pausa de sorte, mas ele ainda não tinha terminado.

Usando uma caneta tirada do bolso, ele remexeu o cesto de lixo, checou o entorno da pia, da privada. Parou, parecendo satisfeito, até perceber um item que deixara escapar. Uma capa de chuva tinha caído do gancho de roupas. Yappy a apanhou e tateou. Mesmo antes que ele tirasse o objeto, o coração de Shan subiu à garganta.

Surpreso, confuso, Yappy analisou o artesanato feito de conchas. Encarou Shan com olhar firme.

– O que é isto? – a voz era baixa e áspera como metal raspando cascalho.

Shan sacudiu a cabeça, ganhando tempo para inspirar o ar de que precisaria para conseguir falar. Ele se forçou a engolir, ao mesmo tempo que fingia um olhar igualmente perplexo.

– Não tenho certeza, senhor Martin. Uma borboleta, creio. Talvez uma libélula.

Era o presente de Sadie que ele certa vez fizera desaparecer enfiando às escondidas no bolso. Ele o mantivera na cela por algum tempo, invejoso de qualquer criatura com liberdade de voo. Mas o pusera de volta no casaco, com planos de devolvê-lo à estufa, a um pote cheio de outras conchas.

– Onde conseguiu isso?

A expressão de Shan, de precisar pensar um pouco a respeito, não era fachada.

– Na terra perto da casa do diretor, eu acredito. Imaginei que a senhora Johnston poderia gostar. Só esqueci de deixar com ela.

O Limite da Perda

Por um momento infinito, Yappy encarou Shan como se procurasse por provas nos vincos de seu rosto. Shan implorou às próprias feições que não se tensionassem nem retorcessem. Ele jogou para o fundo da cabeça a lembrança do oficial transformando Branco em polpa.

Mais uma vez Yappy analisou as conchas. Segurando-as com firmeza, deixou a cela em silêncio.

47

O anúncio veio na segunda-feira: a festa do diretor estava confirmada. Adiado em uma semana, o evento seria realizado dali a cinco dias.

Até saber mais, Shan se recusava a ficar obcecado com algo fora de seu controle. Ele manteria a rotina e cuidaria apenas de si mesmo. Como deveria ter feito o tempo todo.

Desde a inspeção da cela, Yappy nada mais dissera. Um alívio para Shan, mas também um lembrete de como fora descuidado. Arriscando seus privilégios por uns truques de mágica e conversas com uma criança. Se ele fosse punido por suas ações, não teria ninguém a culpar além de si próprio.

Sadie continuava sumida, e ele se sentia grato por isso. Para estar seguro, enterrara o pote de conchas e, junto, qualquer culpa. Ele já tinha suficiente preocupação na vida, e a criança não era responsabilidade dele. Sadie tinha um pai que demonstrara ser totalmente capaz de protegê-la. Se ela perambulava pela ilha e quebrasse outras normas, não era da alçada de Shan.

Além disso, era revigorante cumprir as tarefas em silêncio, para variar. Mais pacífico, mais eficiente.

Ele se disse isso conforme a semana transcorria, embora suspeitasse ser mentira.

Então chegou o sábado.

Durante todo o dia ele se concentrou na apresentação. Entretanto, naquela noite, enquanto aguardava a deixa na cozinha, achou impossível resistir a dar uma espiada pela porta vaivém. Homens e mulheres em trajes finos estavam indo da sala de jantar para a de estar, onde um trio de jazz clássico continuava tocando. Shan captou traços de perfume e de colônia. Os aromas doces e terrosos competiam com os temperos persistentes de pombo assado e batatas com ervas.

Atrás dele, garçons cumpriam as ordens de Bert, esfregando balcão e panelas, lavando pratos e copos. Finalmente a música deu uma pausa. Shan ouviu alguém fazer um anúncio e visualizou os convidados se acomodando.

Segundos depois, Canhoto entrou com uma badeja de copos usados. Ao passar, assentiu para Shan.

– Sua vez.

Shan esticou as mãos. Conferiu se o bigodinho à Chaplin estava no lugar certo, um minúsculo quadrado de tecido preto grudado com xarope de milho, e se dirigiu para a sala de estar. Os músicos de *smoking* passaram por ele sem demonstrar interesse, tal como passaram no último evento que tinham compartilhado. Eles se importavam apenas com a promessa de refeição na cozinha.

Quando Shan apareceu, duas dúzias de convidados bateram palmas educadamente de suas cadeiras, dispostas em fileiras meticulosas. Vasos e quadros davam imponência ao cenário, com cortinas elegantes descendo até o piso polido de madeira nobre.

Quando o aplauso cedeu, alguns cochicharam e se remexeram nas cadeiras. Tal desconforto era esperado, mesmo vindo dos cavalheiros. Pois todos sabiam muito bem – como os inquilinos em Dublin avessos a ver moradores de rua em suas alamedas – que, às vezes, apenas a pura sorte impedia uma inversão de papéis. Sem dúvida, mais de uns poucos ali haviam conquistado suas posições de poder contornando certas regras, fossem propina, extorsão, favores especiais ou olhares desviados.

Supostamente, um que parecia imune a essa percepção era o homem alegre da fileira da frente. Presumivelmente um congressista, ele tinha uma barba e uma robustez que lembravam as de Papai Noel, seu humor provavelmente resultando da loira mignon à sua direita, um tiquinho jovem demais para ser a esposa. À esquerda dele estava sentado o diretor, que levantou o queixo, um sinal para que Shan começasse. A senhora Johnston lhe deu um sorriso encorajador.

Hora do show.

Shan ajeitou a gravata com modos exagerados. Em um piscar de olhos, ele se transformou no Vagabundo. A plateia estava hesitante, no começo, mas a cada piada os risos aumentavam, e todo o constrangimento se desfez. Ele seguiu em frente com canto e sapateado. Durante todo o tempo, não conseguiu evitar escrutinar o público em busca de uma expressão ou um comportamento fora do normal.

As imitações cômicas chegaram ao fim, encerradas por uma de um vendedor alemão de cervejas, e nada de estranho havia alertado seus sentidos.

Os convidados aplaudiram e ficaram de pé, e Shan fez as mesuras de praxe. O congressista foi o primeiro a se aproximar. Com o rosto ainda corado pelas gargalhadas dadas com a pança, ele apertou a mão de Shan e elogiou a apresentação. A amiga dele lançou um sorriso tímido para Shan, antes de se afastar cambaleando nas sandálias altas de tiras, apoiada no braço do acompanhante.

O diretor Johnston foi o seguinte.

– Muito bem – ele disse, recompensando Shan com um tapinha no braço.

Outros convidados disseram palavras semelhantes. Tudo dentro do normal. Nada que provocasse um levantar de sobrancelha ou uma piscada intrigada.

E, certamente, nenhum bilhete entregue furtivamente.

Quando todos haviam se afastado de Shan para se reunirem para a viagem ao píer Van Ness, ele voltou para a cozinha. Ficou ali parado, perdido.

Bert ainda estava no comando, guardando o que restara da comida. Mas, no geral, o caos estava superado.

– Bons números, os seus – disse um músico à mesa. O trio estava comendo e fumando, as refeições idênticas às dos convidados, mas menos bem apresentadas.

– Obrigado.

Bem nessa hora, Canhoto enfiou a cabeça pela porta. Informou ao trio que era hora de se arrumarem e depois desapareceu para acabar de limpar a sala de jantar.

O músico que falara com Shan foi o primeiro a se levantar. Ele limpou o queixo com um guardanapo de linho e o largou de lado. Magro e barbeado, o sujeito tinha modos tão lisos quanto seus cabelos. Enquanto os demais devoravam as garfadas finais, ele pegou um cinzeiro do balcão ao lado de Shan e apagou o cigarro.

– Ouvi dizer que você é muito habilidoso. Até cuida da estufa lá fora.

Shan ia responder, mas hesitou, atingido por uma sensação de familiaridade.

– Sim, isso mesmo.

– Espero que não se importe, mas fui espiar. Os gerânios não parecem muito bem. Você deveria baixar lá e conferir – o sujeito exalou o que restava de fumaça em seus pulmões e baixou a voz até um sussurro. – Esta noite.

A intensidade das palavras combinava com o brilho em seus olhos. Uma ordem inequívoca.

Shan conseguiu assentir.

Os outros músicos estavam recolhendo os casacos e as caixas de instrumentos, empilhadas ao lado da mesa. Agradeceram a Bert pela comida.

– Sempre às ordens, companheiros – ele respondeu, jogando sobre o ombro uma toalha de mesa manchada.

Antes que Shan conseguisse digerir a cena, o trio partiu, alvoroçado.

A estufa. *Esta noite.*

Shan temia a mensagem que poderia encontrar ali, os eventos que ela poria em marcha, as consequências que ele teria de enfrentar. Mas é claro que ele precisava ir. Ele apenas gostaria de saber onde vira o músico antes.

– Capello!

Shan se virou, e lá estava Bert encarando com uma expressão curiosa.

– Está ficando surdo ou o quê?

Shan se forçou a rir.

– Desculpe. O que você estava dizendo?

– Você parecia meio perdido, aí. Estava só vendo se está tudo bem.

– Está, eu só estava pensando... – Shan olhou disfarçadamente para o relógio de pêndulo na parede. Oito e quarenta e dois. Dezoito minutos antes que fosse escoltado de volta.

– Acho que deixei a mangueira de irrigação aberta. Se o Ranger Roy chegar mais cedo aqui, diga que volto em um minuto.

48

Na estufa, Shan recorreu a uma lanterna. Ele havia instalado uma lâmpada pendente para os dias nublados e escuros, mas, nesta noite, usá-la projetaria cada movimento seu para qualquer um lá fora.

Mantendo-se curvado por precaução, ele foi diretamente até os vasos de gerânios e os examinou à procura de um bilhete. Não havia nada. Ele vasculhou as folhas murchas que haviam caído e remexeu o solo, com o mesmo resultado.

A mensagem reverberou em seus ouvidos. Os gerânios não pareciam bem, o homem dissera; Shan deveria baixar lá e conferir...

Baixar.

Ele posicionou o facho da lanterna sob o balcão e descobriu uma grande sacola de aniagem, que não reconheceu. Depois de espiar por cima do ombro, atento à silhueta de Ranger Roy, ele se agachou e abriu a sacola. Dentro havia um cilindro de trinta centímetros de comprimento. Prateado e sem marcas, lembrava um extintor, mas com uma válvula como um mostrador, e sem mangueira. Ele já vira aquilo antes, em lojas de conveniência – era usado pelos doidos por refrigerante para acrescentar bolhas e gás às bebidas –, mas nunca com uma bússola em uma corda comprida enrolada no gargalo.

Ele alargou a abertura da sacola e descobriu uma pilha de borracha escura. Camadas e camadas. Por baixo de um cordão fino, apareceu uma marca desgastada, mal legível: Marinha dos Estados Unidos. Escondidos ao lado estavam uma haste curta e uma pá larga. Ingredientes para um remo.

– Jesus, Maria e José...

Um bote. Um bote de verdade e os meios para inflá-lo. Mas como o camarada tinha conseguido contrabandear aquilo ali para dentro? Na caixa de um *cello*, talvez.

Shan passou a mão no rosto, tentando compreender a escolha que se apresentava. Uma escolha que teria de esperar. Ele direcionou a luz para o despertador de dois sinos sobre o balcão, que ele usava para não perder o momento da contagem, e viu que ainda faltavam quinze minutos.

Perscrutando a estufa, procurou um lugar seguro para a sacola, ao menos até o dia seguinte.

O esconderijo de Sadie. Teria de bastar.

Ele fechou e amarrou a sacola. Depois a alojou no canto e deslocou os vasos. Dois olhos reluzentes o fizeram pular para trás.

Ele lançou a luz para a frente e encontrou Sadie, de olhos apertados por causa do clarão, os braços envolvendo os joelhos.

– Meu Deus – ele exclamou. – O que você... – ele se interrompeu, notando as lágrimas que desciam pelas bochechas dela. Seus olhos estavam inchados, e os lábios tremiam. Ele desviou a luz do rostinho.

– Sadie – ele disse, delicadamente. Estendeu a mão na direção dela, mas ela se encolheu e levou as mãos ao peito. – Calma, está tudo bem – ele mostrou a palma da mão, um sinal tranquilizador.

Teria o descontrole dele feito com que ela se sentisse ameaçada? Ou haveria algo mais?

Relembrando a borboleta de conchas confiscada pelo pai dela, Shan torceu para que a menina não tivesse sido punida por suas perambulações. Ele se ajoelhou devagar, dando espaço a ela.

– Amorzinho, o que houve?

Ela tomou fôlego entre soluços. O olhar continuava no chão.

– Eu só estava tentando ajudar...

Será que estava se referindo à fuga dele, ao que tinha entreouvido? Ele se arrependeu por ter elevado a voz na ocasião.

– Eu acredito em você – ele disse.

Mas as lágrimas continuavam a cair. Sob as mangas curtas da blusa, os braços nus dela tremiam mais de medo, parecia, do que de frio.

– Me conta – ele incentivou, sombriamente consciente de que não tinha muito tempo. – Pra mim você pode contar.

– É só que... – ela reprimiu mais um soluço no peito. – Eu quero a minha mãe.

O desespero na voz dela fez o peito dele se apertar, uma dor que ecoava no vazio que sua própria mãe deixara.

– Eu sei, Sadie. Você vai estar com ela de novo, um dia, no céu.

Ela sacudiu a cabeça e disse, em um jorro:

– Ela está viva.

Shan a encarou, aturdido.

– Mas eu achei que você tinha dito...

– O papai que me falou pra falar isso, se alguém perguntasse. Pra eu falar que ela tinha morrido. Ele falou que as pessoas iam dizer coisas feias se eu não falasse.

– Mas então... Onde está a sua mãe?

– É que ele batia nela, de vez em quando, quando ele tinha bebido. Não em mim, só nela. Daí, quando piorou, ela foi embora procurar uma casa nova no Kentucky, pra gente morar. Só nós duas. Ela veio me ver na escola, no pátio. Ela falou que arranjou um emprego de telefonista em uma cidade bacana, onde tem um rio grande pra nadar e fazer piquenique. Eu queria ir com ela, mas ela me falou pra eu ser forte, que só ia demorar mais um pouquinho. – A recordação passou por seu rosto, e outra vez o queixo dela começou a bater.

– E o que aconteceu depois? – Shan continuava atordoado.

Ela levantou os olhos e o encarou.

– Em vez de ir para a escola, um dia, era pra eu ir encontrar com ela. Mas o papai escutou a gente no telefone e arrancou o aparelho da parede. Daí ele colocou todas as nossas coisas no carro e ficou dirigindo – a voz dela estava subindo de tom. – Eu fiquei chorando e pedindo pra ele voltar, daí ele perdeu a paciência. Ele me bateu. Ele falou que, se a mamãe encontrasse a gente, ele ia contar um monte de mentiras sobre ela e que ela ia ser presa.

Shan reprimiu as emoções ferventes, ao ponto de se sentir tão desamparado quando Sadie. Ele gostaria de poder dizer que a verdade prevaleceria. Mas sabia que não. Mesmo que um policial fosse bem-intencionado, o mero fato de uma esposa ter abandonado a família com certeza anularia qualquer fundamento por trás das atitudes dela, independentemente de quão justificadas fossem.

– Ela não sabe onde eu estou – Sadie continuou. – Mas eu consigo encontrar a minha mãe. Eu sei que consigo. É por isso que, se você estiver indo…

A voz dela falhou, e subitamente Shan se deu conta:

– Você quer ir também.

Ele havia entendido tudo completamente errado. Ela não tinha medo de que ele fosse embora, tinha medo de que ele partisse sem ela.

– Por favor – ela implorou –, me leva junto.

O que ele poderia dizer em resposta àquilo?

Diante do silêncio de Shan, ela esticou o braço e agarrou a manga dele.

– Eu posso ajudar a gente a fugir. Só me fala do que você precisa. *Por favor*.

Só então ele notou a marca na parte de baixo do antebraço dela. Era vermelha e crua, redonda como uma ervilha. Uma queimadura ele já vira antes. Feita com cigarro.

– Sadie – ele disse, com voz rouca –, foi seu pai que fez isso?

Ela afastou o braço da proximidade dos dedos dele. Os olhos se turvaram com mais lágrimas.

A resposta era evidente.

Uma torrente de fúria inundou Shan, uma inundação que ele mal pôde conter. Sua mente rodopiava com recordações dos ferimentos anteriores dela – os que ele tinha visto. Quantos outros ela teria escondido?

– Então todas aquelas vezes que você falou que tinha caído, ou se machucado escalando, não foi isso que tinha acontecido, não é? – ele disse, mais para si mesmo, já ciente da verdade.

Hesitante, ela abanou a cabeça, baixando os olhos de vergonha.

Como ele pôde não perceber? Durante todos aqueles meses, as pistas estavam todas ali. Ele, mais do que qualquer um, deveria ter notado. Talvez, por muitas razões, ele não tenha querido.

O som de vozes ao longe o assustou. Ranger Roy chegaria a qualquer momento procurando por ele. E Shan ainda tinha de esconder o bote.

– Eu preciso voltar. Você tem para onde ir nesta noite? Até que seu pai se acalme.

Sadie enxugou as faces e após uma pausa assentiu.

– Os Leonards, vizinhos de porta.

– Ótimo. Vá para lá agora, e voltaremos a conversar.

Compreensivelmente, ela pareceu relutante em partir.

– Você vai ficar bem, eu prometo.

No segundo em que as palavras saíram de sua boca, ele desejou poder pegá-las de volta. Quem diabos era ele para prometer o que quer que fosse?

49

Naquela noite, Shan sonhou que tinha sido escalado para um filme. Ele chegou ao estúdio e reconheceu o cenário, uma réplica de sua antiga rua no Brooklyn. O diretor, Cecil B. DeMille, demonstrou alívio com a presença de Shan e se referiu a ele como "chinês". Isso surpreendeu Shan, mas então ele percebeu que estava vestido como um monge oriental.

– Vamos rodar! – DeMille disse, e gritou no megafone: – Todos em seus lugares!

Enquanto a equipe zanzava de um lado a outro, Shan entrou em pânico, pois não se lembrava de suas falas.

– Ação! – ele ouviu.

Então uma jovem atriz entrou em cena empurrando sobre o piso de cascalho falso um carrinho de flores cujas rodas rangiam. Ela chegou à marca, um X desenhado de leve no chão, com giz, e levantou os olhos sombrios. Era Sadie. Com braços trêmulos, ela lhe estendeu um lírio branco.

– Corta! – DeMille gritou.

Shan supôs que cometera um erro, que deveria ter negado a oferta, e esperou pela bronca.

– Cadê o acessório dele? Por que ninguém nunca consegue dar o acessório certo para o chinês?

– Está aqui, DeMille – disse Carl, o contrarregras que trabalhava nas apresentações burlescas.

Era uma surpresa vê-lo ali; porém, antes que Shan conseguisse dizer isso, Carol lhe entregou um bastão. A iluminação de repente se tornou cegante. Quando diminuiu, ele descobriu que o cenário havia se transformado em um guarda-roupa. No canto, Sadie estava enrodilhada no chão, cobrindo a cabeça, gritando por ajuda. E o bastão na mão de Shan era um machado.

– Agora, ataque a menina! – DeMille ordenou, e Shan acordou.

Ele estava ofegante, coberto de suor e de volta à cela. Permaneceu acordado pelo resto da noite, a imagem perturbadora dando voltas em sua cabeça. Ele conhecia a cena original, de um filme que vira na infância no Teatro Cohan. "Flores partidas" era o título do qual ele nunca se esqueceria.

Ele não precisava investigar por que a película havia invadido seus sonhos. A relação era grosseiramente óbvia. Na história, a fúria consumia um bêbado até que ele massacrava a própria filha; nem mesmo um monge em busca de redenção conseguia salvá-la. Embora Shan dissesse a si mesmo que era apenas faz de conta, que eram atores em uma tela, ele conhecia a verdade: tragédias daquele tipo aconteciam o tempo todo de diversas formas.

Se o tio Will não tivesse morrido naquele navio, o destino de Shan poderia ter sido o mesmo. Não só fisicamente, mas também mentalmente, e ao longo de vários anos. Um desgaste gradual, um abatimento constante, até que nada mais restasse a ser salvo.

Era para ser, quem sabe, que ele conhecesse Sadie. Talvez fosse a chance dele de fazer o que os Capellos tinham feito por ele quando era criança. Subitamente, ele podia corrigir tudo o que havia dado tão errado com Nick.

Tudo isso supondo, claro, que o esquema funcionasse. Descer até a água era apenas metade do desafio. Por causa das pescarias na infância, ele sabia bem como manejar um barco a remo, mas será que conseguiria remar rápido o suficiente? Os guardas das torres tinham permissão para atirar em qualquer coisa que estivesse a até cento e oitenta metros da ilha.

Um bote seria um belo alvo. Um alvo que, aliás, poderia afundar Shan antes mesmo de ser inflado.

A qualquer momento, a sacola de aniagem que ele escondera no refúgio de Sadie poderia ser descoberta, e todos os privilégios que ele havia conquistado chegariam ao fim. As apresentações de aquecimento antes dos filmes e os espetáculos especiais, as horas na estufa, sua liberdade ao ar livre. Tudo isso desapareceria. E se ele fosse pego no momento da fuga? Pior ainda, com a filha de um guarda a tiracolo. Ele acrescentaria sequestro à ficha criminal e mais uma década à pena.

Mas antes viria a masmorra. Ou, na melhor das hipóteses, a segregação, em que ele permaneceria na cela por todo o tempo, exceto uma hora por semana. E, uma vez de volta ao velho bloco, teria de encarar a mais miserável das existências por anos a fio.

Por outro lado, havia Sadie. Imagine o castigo à espera dela em casa, se é que ela sobreviveria à tentativa.

Tais possibilidades moíam seus pensamentos, quando ele se levantou ao sino da manhã. A intensidade cresceu notavelmente ao longo do trajeto para a capela, onde o padre Anthony celebrou mais uma missa enfadonha. Shan conseguiu acompanhar os movimentos: levantar-se, sentar, levantar-se, ajoelhar, murmurar os salmos. Mas ele não absorveu nada do que foi dito.

Se ao menos conseguisse duvidar da história de Sadie. Ou se nunca tivesse visto o alcance do destempero do pai dela. Então ele poderia lavar as mãos da coisa toda. Poderia até dar a sacola para Ralph e Ted, para que usassem por sua conta e risco.

Outrora, durante os anos de turnê, Shan teria simplesmente se afastado. Mas agora, sem saber, Sadie o havia forçado a refletir sobre quem ele era antes daquilo: um garoto em um navio, determinado a levar uma menina perdida de volta à mãe, cujas lágrimas de alívio tinham jorrado. Isso o fez debater-se sobre qual camarada queria ser.

O vozerio crescente o alertou, a missa terminara. Os presos estavam de pé, conversando; há quanto tempo, Shan não sabia. Finley ordenou que os que não iriam se confessar formassem fila na porta.

Da frente da capela, o padre Anthony lançou a Shan um olhar premente.

Shan se preparou enquanto se levantava, e assentiu. O padre sorriu com os lábios apertados, antes de reprimir uma tossida. Segurando a bíblia e o rosário com as mãos nodosas, ele se dirigiu para a cabine no canto, formada a partir de biombos.

Enquanto os detentos se perfilavam para sair – Ted entre eles, felizmente –, Shan se sentou na fileira da frente. Novato circulava por perto. Ele ordenou que o condenado do fim começasse. Eram seis no total.

Um a um eles se dirigiram ao confessionário e retornaram ao banco para rezar as penitências. Um radiador estalava e zumbia.

Shan foi o último a entrar.

Atrás do biombo, ele se instalou na cadeira em frente ao padre, os joelhos de ambos quase se tocando.

– Bom dia, padre.

– Bem-vindo, meu filho – o religioso cobriu uma tossida.

Shan esperou para seguir o que o padre Anthony dissesse.

– Quanto tempo faz desde sua última confissão?

– Faz... Muitos anos.

– Entendo – o padre tossiu com mais força e aumentou a tensão na voz. – E quais pecados deseja confessar?

Shan se atrapalhou buscando uma resposta, subitamente questionando o envolvimento do padre. Antes que conseguisse encontrar as palavras, o homem explodiu em um surto de tosse. Quando recuperou o fôlego, disse com voz áspera para Novato:

– Posso incomodá-lo pedindo um copo de água?

Novato rapidamente concordou e se dirigiu para a porta.

Em um instante, o padre se recuperou. Curvou-se na direção de Shan e cochichou com clareza, porém às pressas:

– Encontrou a sacola?

– Sim... Eu, eu encontrei.

– Então ouça com atenção e memorize o que vou dizer. Atrás do Edifício Model Industries, passe pelo portão e pelo arame farpado para chegar às cavernas na água. Da ponta norte, é uma reta. É só seguir a maré até o Forte Point.

Novato estava chamando outro guarda para ir buscar água, e o padre continuou.

— Há uma plataforma para desembarcar na praia, fica exatamente debaixo da ponta sul da Golden Gate. Você será levado a um lugar seguro. Consegue sair perto do entardecer?

— Acho... Acho que sim — Shan se esforçava para digerir a enxurrada de instruções. — Teria que ser antes da contagem final. Eu teria trinta minutos.

O Edifício Model Industries não era especialmente distante da estufa de baixo, mas ficava além da área onde Shan geralmente circulava, e à vista de ao menos dois guardas nas torres. O padre lançou um olhar furtivo através do biombo, antes de prosseguir.

— A maré vai arrastar você, mas mantenha o curso e use a bússola. Se você se afastar demais, será jogado no mar. Bom, agora: quando?

Shan tinha várias perguntas — como o plano surgiu, qual a relação do padre com tudo aquilo —, mas elas teriam de esperar.

— Não sei ao certo. Vou precisar de alguns dias... — ele pensou na semana seguinte, quando haveria Halloween.

Os passos de Novato se aproximavam. Nesse instante, ocorreu a Shan que os festejos poderiam ajudar.

— Sábado — ele decidiu, embora as circunstâncias pudessem obviamente alterar isso.

Sem tempo para responder, o padre Anthony voltou a fazer a voz arrastada.

— Eu o absolvo em nome do Pai, do Filho e do Espírito Santo — ele fez o sinal da cruz, e Shan o espelhou. — Deus o abençoe, meu filho. Vá em paz.

50

Premonições e um nervosismo perpétuo fizeram com que a semana se arrastasse interminavelmente. A noite de sexta foi a mais longa de todas. Shan se revirou inquieto na cela, enquanto o aguaceiro e a ventania se alternavam sobre a ilha. O nevoeiro gemia através da escuridão. Pela centésima vez, ele repassou o plano.

Ao sino da manhã, ele se levantou e cumpriu a rotina. Vestiu-se e limpou a cela, comeu e tomou banho, fez a entrega semanal na lavanderia. Durante todo o tempo, esperando que cada passo seria seu último dentro dos muros cinza de Alcatraz.

Finalmente, ele foi escoltado pela névoa fina da tarde, o boné baixado por causa da chuva. Quando entrou na estufa do diretor, seu olhar foi direto para o barril de batatas; um hábito, agora. Na segunda-feira, ele acrescentara dois pneus da oficina de capachos de borracha, onde os condenados convertiam pneus usados em capachos para a marinha. A pilha aumentada ainda continha batatas e terra, porém com a sacola de aniagem no centro.

Apesar de o barril parecer intocado desde a véspera, ele ainda assim enfiou a mão na terra. Respirou aliviado ao tocar o contorno enrugado do bote.

Agora, quanto ao último item.

No canto de Sadie, ele afastou os vasos. Lá estava, exatamente como ela prometera. O pacote volumoso embrulhado em papel pardo. Com as mãos molhadas de chuva, ele o apoiou no balcão e desamarrou a corda. O boné de aba rígida encimava uma pequena pilha de roupas dobradas: uma jaqueta de uniforme com camisa e gravata, calças cuidadosamente passadas a ferro e uma capa de chuva com capuz.

– Eu sei que ele não vai perceber – Sadie dissera acerca do uniforme sobressalente do pai. – Ele tem outros.

Ela havia apresentado a ideia após confirmar que suas conclusões estavam, em última instância, corretas: Shan ia fugir. Ele concordara em admiti-la quando ela mencionou o assunto de novo, incansável, desesperada, consciente demais para não saber. No fim, arrasado pelo sofrimento da menina, Shan não teve coragem de mentir.

Por dias ele espremeu o cérebro em busca de outras formas de ajudá-la. Afinal, não havia garantia nenhuma de que encontrariam a mãe. Ou que o pai sossegaria antes que Sadie fosse encontrada.

Mas persistia o fato de que a menina não merecia passar a vida como um animal em uma jaula. Tampouco Shan, de fato, embora ele tivesse se esquecido disso durante um período. Ainda assim, incluí-la nos planos era ridículo. Os riscos ampliados que eles estariam correndo. Talvez os jornalistas tivessem razão sobre Alcatraz enlouquecer os condenados.

Risadinhas infantis abafadas o fizeram se virar.

Do lado de fora, a agitação estava crescendo. A festa anual de Halloween levava todas as famílias da ilha para uma noite no Clube dos Oficiais. Em poucas horas, sons festivos iriam certamente distrair o punhado de guardas que estava de serviço; os fins de semana reduziam a necessidade de vigilância. E quem na festa, em meio ao caos e ao disfarce das fantasias, notaria a ausência de uma criança?

Entre as contagens habituais, Shan fez os preparativos que pôde, sempre atento ao relógio sobre o balcão. Cuidou das plantas distraidamente.

No dia anterior, na casa do diretor, ele dera uma espiada no *San Francisco Chronicle*. Para uma fuga, a previsão para o fim de semana, de chuva leve e nevoeiro, significava cobertura extra e sem ocultar a plataforma de desembarque. Condições ideais.

Conforme as horas avançavam, porém, ele notou um alerta nas nuvens. O ar cheirava a eletricidade. Rajadas de vento sacudiam as paredes. Uma tempestade estava se formando.

Perto do entardecer, ele estacionou o carrinho do lado de fora, bem em frente à porta. Uma escuridão precoce estava baixando, acelerada por um domo de bruma. A lua tinha sumido. As embarcações ficariam nas docas, nessas condições, reduzindo as chances dele de ser visto na baía. Mas será que o Forte Point estaria totalmente encoberto quando ele atracasse? Não havia como saber.

Ele carregou o carrinho com cestos de bungavílias pendentes. A menos que houvesse uma inspeção, elas ocultariam eficientemente a lona dobrada. Ele obtivera o material na oficina de modelagem, um auxílio para passar pelo arame farpado. Com sorte, seria suficiente.

Regressando à estufa, ele voltou aos pneus empilhados, pá de jardinagem em mãos. O suor umedeceu o cabo. Então era isso. Uma vez que cavasse a terra e retirasse a sacola, não haveria como recuar. Ele já se sentia pendurado na beira de um precipício.

De repente, um homem lá fora gritou ordens.

– Vocês dois chequem as docas. Nós vamos para o farol – era a voz do diretor Johnston, tentando vencer a chuva e o vento uivante. – O resto, espalhe-se.

Shan se esforçou para enxergar através da janela tomada pela água. Distinguiu as silhuetas de guardas de folga e seus filhos adolescentes. Estavam dividindo o território, organizando uma caçada.

O facho branco de uma lanterna passou pela estufa. Vezes sem conta Shan antevira isso acontecendo – mas apenas depois que ele tivesse partido. A pulsação se acelerou, e seus pulmões se comprimiram. Tudo parecia surreal; ele era um evadido em fuga, o bandido em "A marca do Zorro".

Mas então a lógica se estabeleceu. A busca não era por ele. Ele ainda nem saíra do local de trabalho, e eles saberiam onde o encontrar. Seria por outro condenado? Teriam Ralph e Ted conseguido escapar da penitenciária? A ausência da sirene descartou a hipótese.

A chuva bombardeava o telhado, aumentando constantemente. Batendo, batendo.

– Ei! Capello!

Seu coração deu um pulo. Leavenworth o ensinara a se manter agudamente alerta, uma habilidade vital para a sobrevivência, mas de alguma forma ele não escutara o rangido da porta.

Antes de se virar, ele apertou com mais força a espátula de jardinagem. Era Finley, encarando-o com aqueles olhos de fuinha.

– Sim, chefe.

– Você viu passar uma menininha? Dez anos, cabelo castanho-claro, mais ou menos desta altura?

O estômago de Shan se contorceu. A resposta precisava soar natural, firme como a soltura de uma linha de pesca.

– Não, senhor. Temo que não.

Do degrau da entrada, Finley escrutinou a área com certo desconforto. Ele não era partidário das raras liberdades concedidas aos do regime semiaberto.

– Você já não está quase acabando, aí? – Finley perguntou.

– Estou. E depois vou para a estufa de baixo, para terminar.

Finley hesitou por um momento – avaliando, duvidando – antes de assentir breve, antes de virar-se para sair. Quando a porta foi fechada, os dedos de Shan formigavam da adrenalina. Não era para eles saberem que ela estava desaparecida, não ainda. Ele não havia contado com uma busca até que sua própria ausência disparasse o alarme.

Mais uma vez, as potenciais consequências atravessaram sua mente. A masmorra, a surra, uma bala na cabeça. Não era tarde demais para voltar atrás. Ele poderia cumprir a pena segurando as pontas, e, em algum dia do futuro distante, sair como um homem livre.

Só que não. Não era assim tão fácil. Não mais. Ele se lembrou de como Sadie o abraçara quando ele concordou em levá-la, como havia chorado enquanto sussurrava agradecimentos. E, com isso, qualquer chance de recuar tinha desmoronado.

Através da neblina, relâmpagos riscavam o céu. Lançavam um brilho lúgubre sobre a residência do diretor, como uma lanterna do alto. A semelhança levou a uma ideia.

Os guardas iriam procurar na face sul da ilha, nas áreas civis. O ginásio, as áreas de passeio. Não suspeitaram de para onde ela havia ido.

Eles podiam fazer aquilo.

O plano ainda poderia funcionar.

Desde que nunca encontrassem a menina.

Shan movimentou o carrinho. Apresentou-se para a contagem. E agora os minutos estavam contando.

Na estufa de baixo, ele acendeu a lâmpada para evitar desconfianças. O guarda na torre de eletricidade não tinha uma visão nítida do local, mas mesmo assim Shan recuou até um canto nos fundos antes de tirar e esconder o boné de prisioneiro, o casaco e o macacão. O uniforme de guarda por baixo, vestido uma hora antes, estava totalmente pronto, exceto pela capa de chuva e pelo chapéu. Ele pôs ambos.

A janela oferecia um parco reflexo de sua aparência. O uniforme estava um pouco grande, mas ele não tinha tempo para se preocupar com isso. Correu de volta para o carrinho lá fora, estacionado numa lateral distante da estufa. Não havendo ninguém à vista, ele tirou a sacola de aniagem, que agora continha também a lona.

Ele respirou fundo e embarcou em uma caminhada que seria com toda a certeza a mais longa de sua vida. A sacola balançava ao vento e batia forte em sua perna. Embora mantivesse uma postura de autoridade, mantinha o chapéu baixo sob o capuz, nada antinatural naquele clima. Fixou o olhar no Edifício Model Industries, seu primeiro destino. Da costa chegavam ecos das ondas arrebentando. O nevoeiro continuava gemendo.

Àquela altura, o guarda na torre de eletricidade já teria notado sua presença. Mais de oitenta agentes carcerários faziam rodízio de turnos e postos a cada semana. A distância, a constituição mediana de Shan se pareceria com a de vários. Ele repetia isso a si mesmo enquanto avançava, combatendo a imagem do dedo de um guarda no gatilho, fazendo mira nele.

Continue andando. Ande com firmeza. Ele estava a meio caminho.

Alambrados e cercas o aguardavam adiante. O guarda na torre Model, acima do edifício industrial, estava tipicamente ausente a essa hora. Mas o agente na torre da colina estava no posto. Sua ampla sombra espreitava acima, na guarita de vidro.

Uma rajada de vento gelado retardou Shan por um momento e o fez se engasgar. No entanto ele prosseguiu, determinado a não parar. Já não era um prisioneiro, e sim um carcereiro encarregado de entregar suprimentos.

Agora só faltavam quatro metros e meio e metade disso em minutos. Ele precisou de toda a sua força de vontade para não irromper em uma corrida. Conseguia ouvir a própria respiração, uma aspereza ritmada nos ouvidos.

O guarda da torre da colina parecia estar olhando para o lado oposto. Ainda nenhum sinal de um agente no telhado.

Agilmente, Shan abriu caminho para a cerca atrás da oficina de capachos de borracha. Ali, desfrutou de uma folga de não estar no campo de visão de um guarda. Em segundos, encontrou o portão trancado através do qual os detentos descartavam sobras de pneus. Era o ponto de encontro que ele e Sadie tinham combinado. Então, onde estava a menina?

— Sadie — ele sussurrou em meio à chuva.

Se Sadie não aparecesse, ele partiria sem ela?

Ela se mostrara muito confiante quanto a chegar ao lugar, tendo explorado muitas áreas consideradas proibidas, embora nem sempre as de sua escolha. Desde que o diretor proibira bebidas alcoólicas, ela explicou, ocasionalmente Yappy a havia incumbido de livrar-se das garrafas vazias na água, longe das vistas. Ele não tinha especificado quão longe, mas o verme provavelmente não se importava.

— Sadie — Shan chamou de novo, apenas um pouco mais alto.

Alguém se aproximou na penumbra – e não combinava com a aparência dela. Curvada em um casaco de inverno, o calção preso ao joelho aparecendo sob a bainha, a pessoa o fez parar para refletir. Mas, assim que a criança chegou mais perto, Shan reconheceu o rosto, mesmo antes que ela tirasse a boina.

– É um disfarce – Sadie cochichou. Ela sacudiu a cabeça para mostrar o cabelo, curto como o de um menino. – É como em *O conde de Monte Cristo*. Eles só vão procurar uma menina. – O sorriso conspirador dela quase levou Shan esquecer o perigo do que estavam fazendo.

– Está com as chaves? – ele pressionou, pousando a sacola.

– Bem aqui – ela vasculhou o bolso, de lá tirou as chaves e avançou para entregar. Porém, por ansiedade ou porque a chuva deixou o metal escorregadio, ela as soltou cedo demais, e o molho caiu com um estrépito.

Ambos congelaram. O susto substituiu o entusiasmo nos olhos dela.

Mas nenhum guarda deu o alarme. Nenhum tiro foi disparado.

Shan apanhou as chaves de Yappy e as suspendeu até o cadeado no portão.

– Qual?

Ela balançou a cabeça, pesarosa. Não conhecia cada uma.

Sem perder tempo ele começou as testar.

– Ah, *caramba*! – ele gemeu, após diversas tentativas infrutíferas.

Só restavam quatro opções. Ele lançou um olhar para o telhado – não havia ninguém –, e sua cabeça começou a girar. Tendo antevisto aquela dificuldade, ele planejara usar o cilindro de ar para arrebentar o cadeado. No entanto, não podia ter certeza de que a chuva e as ondas abafariam o ruído.

Mais uma chave entrou, mas não virou. Agora restavam três.

Ele tentou de novo. Ela entrou... E virou! O cadeado se abriu.

Depois de mais um olhar para cima, ele abriu o portão e empurrou Sadie, e jogou o cadeado no meio das ervas daninhas. Ele agarrou a sacola e fechou o portão atrás deles. Cinco fileiras de arame farpado à altura dos joelhos os aguardavam. Sadie olhou para ele.

Shan retirou a lona e a jogou por cima do obstáculo.

– Vem – ele ordenou, em silêncio, agachando-se.

Ela subiu em suas costas e segurou firme no pescoço dele. Um estrondo forte sacudiu o chão. Shan agarrou a sacola volumosa junto ao peito e abriu caminho pela barreira. Ele se esforçou para manter o equilíbrio, recusando-se a tomar ciência da menina escorregando para os lados e se enroscando no arame farpado.

Uma vez que passaram, ele a pousou no chão e recolheu a lona, evitando deixar um rastro explícito. Agora vinha a encosta íngreme. Juntos eles venceram o precipício, os refugos de pneu espalhados, e chegaram à água. Sadie fez tudo parecer mais fácil do que de fato era, escorregando pelo capacho de borracha liso e pelos pedregulhos molhados. Por outro lado, ela não estava fazendo isso enquanto carregava um bote desinflado.

Finalmente, ele e Sadie chegaram a uma caverna que se estendia profundamente em um grande vazio de tinta. O ar cheirava a sal e peixes em decomposição. Água congelante até o tornozelo invadiu os calçados de ambos quando eles serpenteavam por entre pilhas de lixo, pneus e detritos. Ondas rebentavam nas rochas que formavam a entrada.

Desse ponto de vista, o nevoeiro denso encobria a Golden Gate. Até os flutuadores que delimitavam o perímetro de cento e oitenta metros da ilha tinham desaparecido. Até que ele e Sadie tivessem desaparecido também, ele rezou para que o uniforme mais uma vez o protegesse da mira de um guarda da torre.

Shan esvaziou a sacola sobre uma pilha de troncos. Quando seus olhos se acostumaram à escuridão, ele juntou o bote à válvula do cilindro. Deu uma pancada, e o ar começou a fluir, enchendo de vida o bote de borracha. Em mais um minuto ou dois, eles estariam a caminho. Mas, sem aviso prévio, o assovio do ar diminuiu, e o bote rapidamente morreu.

Ele girou a válvula principal do cilindro até a abertura máxima, mas nada saiu dali. Ele sacudiu o cilindro, o terror crescendo em seu peito.

– Por favor, por favor, não... – ele tentou de novo.

Quando ele fizera o teste, alguns dias antes, havia liberado apenas uma lufada breve. Será que não tinha fechado direito a válvula? Teria havido um lento vazamento? Estaria o cilindro apenas parcialmente cheio, desde o começo?

– Qual o problema? – Sadie perguntou, ansiosa, aproximando-se dele.

Eles tinham no máximo vinte minutos de reserva. Mas ainda podiam conseguir.

Ele levou a válvula do bote à boca e começou a soprar com força. Mais rápido, mais rápido. O peso da borracha retardava seus esforços, mas ele continuou. Mais um sopro, mais um. Seus pulmões estavam queimando, a cabeça ficando aérea.

Ele apalpou o bote para avaliar o progresso. Não estava se enchendo rápido o suficiente. Como eles conseguiriam chegar à água a tempo?

Algumas noites antes, ele decidira que, se algo corresse terrivelmente mal, e desde que não tivessem sido pegos, eles iriam se esgueirar de volta discretamente para a prisão, se conseguissem. Tentariam em outro momento, encontrariam uma forma diferente. Ele contara a Sadie, e ela havia concordado; no entanto, agora, ele temia dar a notícia.

– Sinto muito, temos de voltar.

Os lábios dela se curvaram para baixo, e seu queixo tremeu. Ele queria confortá-la, acima de tudo queria resolver tudo aquilo, mas a janela de oportunidade estava se fechando.

– Precisamos ir agora.

Sadie inalou ruidosamente, mas mãos voaram para a boca. Ele supôs que fosse uma expressão de decepção, até que ela apontou para a água. Shan se virou bem a tempo de ver um clarão. Ele pensou ser um raio, mas a claridade voltou na forma de um facho. Uma lanterna.

– Ah, meu Deus, não!

A ausência dele não deveria ter sido notada ainda. Ele tinha tempo sobrando no trabalho na estufa. Então, percebeu.

Nenhuma sirene.

De repente, uma voz trazida de fora. Estava escuro, mas, a julgar pelo rosto de Sadie, ambos tinham ouvido. Então soou mais alto. Um homem chamava o nome dela. Isso significava que Johnston havia expandido a busca. Eles estavam varrendo a ilha inteira.

Não havia escapatória.

Shan precisaria se render, agora como sequestrador, ou esperar para ser encontrado. Se as conversas com Sadie na estufa tinham provocado um risco sombrio e temerário, a consequência disto seria inimaginável. Para não mencionar o que estaria à espera dele quando Ted e Ralph soubessem de sua traição.

No entanto, a julgar pelo pânico evidente nos olhos de Sadie, ele tinha ainda mais medo do castigo paterno que ela enfrentaria. Por envergonhá-lo e certamente ameaçar sua carreira, quanto mais da pele dela seria queimada? Quanta surra ela aguentaria antes que seu corpo simplesmente cedesse?

Tivesse ela vindo voluntariamente ou não, os crimes de Shan não seriam diferentes. O destino dele estava selado, mas o dela poderia ser salvo.

Shan se inclinou e a abraçou.

– Diga a eles que eu obriguei você. Está entendendo? Diga que eu ameacei machucar você, e seu pai também, se você não me ajudasse. Está me ouvindo?

Ela assentiu, os olhos marejados.

– Agora, não se mexa.

Ele correu para a entrada da caverna, perguntando-se a melhor forma de se entregar. Uma vez que o reconhecessem, o esquadrão de valentões poderia baixar de armas em punho, colocando Sadie em risco.

Ele sempre poderia mergulhar e ignorar os avisos. Dar uma de Dutch Bowers. Acabar com tudo ali mesmo. A ideia foi ganhando atratividade conforme ele punha a cabeça para fora e espiava o precipício. Ele esperava encontrar guardas abrindo caminho, mas não havia ninguém vindo.

Mais uma vez chamaram Sadie. A voz atravessava a água vindo da esquerda. A silhueta de um barco a remo com duas pessoas entrou em seu campo de visão. Um controlava os remos enquanto o outro manejava a lanterna, gritando "Sadie!" a intervalos. Ambos eram guardas de uniforme, chapéu e capa de chuva. Exatamente como...

Shan.

A ideia o paralisou. Uma velha recordação despertou. Desesperado para salvar a si mesmo e a Nick, certa vez ele usara o truque do chapéu e voz para incorporar um camareiro de navio. E o truque funcionara. O risco atual era inconcebivelmente mais alto, mas ele olhou para Sadie na penumbra difusa e algo em suas entranhas, em seu coração, insistiu para que tentasse.

Uma avaliação dos recursos disponíveis cruzou sua mente e originou uma ideia.

– Acho que temos uma chance – ele disse a ela. – Mas temos de trabalhar rápido.

O barco estava se aproximando, provavelmente sem planos de parar, mas isso seria alterado. Com provisões prontas, Sadie se escondeu agachada, e Shan disfarçou o rosto com o capuz. Ele espiou o barco, mas ainda não era capaz de determinar quais guardas vinham nele. Esperando em Deus que Ranger Roy não estivesse entre eles, Shan se transformou no carcereiro texano.

Com a mão em volta da boca, o que tornava seu rosto ainda mais indistinto, ele saiu da caverna e gritou ao vento:

– Compadres, aqui! Preciso duma mãozinha!

Gesticulou para que se aproximassem, o coração golpeando o peito. Quando a lanterna iluminou seu rosto, ele se desviou como se a claridade fosse intensa demais.

– Quem é? – um guarda gritou.

– Roy! Agora, fecha a matraca e chega aqui. Achei um troço esquisito.

Recuando para a sombra, Shan se encostou à parede da entrada e esperou, segurando a haste. Se aquilo não funcionasse, estaria tudo acabado.

Então veio um *tunc*. O barco atingira as rochas na lateral da caverna.

– Tenente? O que encontrou?

Eles estavam bem do lado de fora. Uma vez que procuravam um civil, estariam desarmados. Ou assim Shan esperava.

Ele pôs a cabeça para fora, só o bastante para uma olhada rápida.

– Pode amarrar na pilha de pneus ali! Mas preciso da ajuda só de um de vocês. Acelera, então.

Se eles não o tivessem ouvido direito, e viessem ambos ao mesmo tempo, as chances de aquilo dar certo despencariam.

Os guardas pareceram conversar por um instante, antes que um deles desembarcasse e rapidamente amarrasse o barco conforme instruído. Então pegou a lanterna, deixando o colega para trás, e correu por cima de um pneu e algumas pedras.

O fato de que era Novato não foi uma decepção.

Shan se afastou um pouco para ficar em posição. De costas para a entrada, mãos nos quadris, ele mirava para baixo, na direção do bote. Ouviu o chapinhar dos passos de Novato.

– O que encontrou, tenente?

– Dá só uma olhada nisso – Shan disse. – Parece que alguns presos estavam tramando escapar.

Novato direcionou o facho da lanterna para o chão e se pôs ao lado de Shan.

– Ora, ora, mas veja só – ele disse, surpreso. – Quem você acha...

Shan o interrompeu com uma lâmina no pescoço.

– Larga a lanterna e põe as mãos atrás das costas. – O guarda se retesou, e a lanterna caiu na água. – Agora fique quieto, e meu parceiro Ted Cole ali não vai disparar a .45 que ele pegou do guarda da torre da colina. E pode acreditar que ele adoraria fazer isso.

Novato deixou escapar um gemido e assentiu. O sujeito era recente na área, mas não tão recente que não conhecesse a instabilidade de Ted.

Em um minuto, no máximo, Shan tinha posto o guarda sentado atrás de uma pilha de pneus com mãos e pés amarrados com uma corda, amordaçado e vendado com tiras de lona. Para dar mais verossimilhança ao artifício, ele alterou para a voz mas profunda e sinistra de Ted Cole.

– Nem um pio, seu maldito.

Novato virou estátua.

Shan resgatou a lanterna e cambaleou de volta para a entrada. Reincorporando Ranger Roy, em um piscar de olhos ele fez o mesmo número. Só então parou para pensar que o segundo guarda poderia ser Yappy.

Independentemente disso, ele estava prestes a gritar, na beirada da caverna, no entanto se deteve. O barco balançava, sem ninguém a bordo. Onde diabos estaria o sujeito?

A resposta chegou quando o agente saiu da lateral e parou a meio metro de distância. Era Chandler, o carcereiro que não tinha nenhuma reserva quanto a atirar em condenados, conforme ficara provado pela morte de Bowers. O agente estancou, perplexo ao reconhecer o preso, e lançou um olhar para a haste que Shan segurava.

Embora provavelmente tivesse sido uns poucos segundos, pareceu bem mais até que Chandler atacasse. De repente, eles estavam lutando pela arma. Shan lutou para se manter firme, quando foi empurrado contra a parede. A parte de trás de sua cabeça atingiu a rocha, e o chapéu tombou para a frente. Chandler golpeou a mão de Shan até que ele soltou o bastão. Por reflexo Shan tentou pegar de volta, mas a lâmina desapareceu na água.

Ele teve um vislumbre de um brilho na água, da lanterna agora caída no chão, e em seguida um soco o atingiu no rosto. Ele mal registrara o golpe quando um segundo atingiu seu estômago. Imprensado contra a parede, ele precisava se libertar.

Shan usou toda a sua força para empurrar o sujeito. Conseguiu afastá-lo uns poucos centímetros, e então Chandler perdeu o equilíbrio, derrubando ambos no solo escorregadio. A água congelante aturdiu Shan por um momento; ele se recuperou a tempo de ver Chandler se debatendo na direção da haste.

Nesse instante, focado exclusivamente em sobreviver, Shan agarrou a lanterna e lançou na direção do guarda, acertando-o na cabeça. O homem desmoronou.

Apesar da adrenalina, Shan teve medo do que fizera. Mas um exame rápido revelou que Chandler estava apenas desmaiado. Com pouco tempo para desfrutar do alívio, Shan arrastou o guarda para o lado, o suficiente apenas para tirá-lo da água.

Shan ia resgatar Sadie, mas ela já estava a seu lado. Ele gesticulou para que ela ficasse quieta. Então pegou o chapéu, levantou-a e a carregou até a entrada da caverna. A luz de busca estava desviada para longe dali. Haveria, se muito, cinco minutos, e as chances eram minúsculas. Mas a esta altura, que diabo, por que não?

Ele desamarrou a corda enquanto Sadie entrava no barco a remo, e ele, logo em seguida.

– Para o chão – Shan disse, e ela obedeceu sem hesitar, enquanto ele empunhava os remos.

Sentado de costas, ele começou a remar contra a chuva e a correnteza. Por cima dos ombros, ele não via destino identificável, apenas uma parede de névoa.

A luz de busca se aproximava cada vez mais. Movia-se sobre as ondas escuras como uma enguia elétrica na superfície. Shan prendeu a respiração, apertou os remos, e o facho passou por eles. Afinal, ele era um guarda. Ou invisível.

Sem dúvida foi assim que ele se sentiu, quando a bruma os engoliu. Ele se manteve atento para alguma prova de que uma caça a um detento tinha sido lançada. Porém, fosse devido ao mau tempo ou a um atraso na descoberta – a contagem talvez negligenciada pela busca por Sadie –, ele não ouvia nenhuma sirene.

O barco ganhou velocidade no canal para navios, a maré vazante levando-os na direção da Golden Gate. A sudoeste da ilha, a ponte suspensa vermelha, que ele observara por meses, e com um interesse cheio de propósito na última semana, estava agora oculta.

O pânico dominou suas entranhas quando ele relembrou as palavras do padre Anthony. Se saíssem do curso, eles seriam arrastados para o mar. Com aquele nevoeiro, eles poderiam muito bem estar indo para o Alasca.

Onde estava a merda da ponte? Onde estava o continente?

– É inacreditável – ele resmungou. Continuou a remar, perscrutando por cima do ombro, os músculos queimando. O corpo molhado tremia de frio e adrenalina. – Depois de tudo isso, não vamos achar a plataforma de desembarque?

O rosto de Sadie emergiu. Apesar de provavelmente haver pouco risco se ela se sentasse agora, Shan preferia ser cuidadoso e se concentrar. Estava prestes a dizer a ela que ficasse abaixada quando ela falou.

– Será que isso ajuda? – Ela tirou um colar de sob a gola do casaco. Era a bússola, guardada ao redor do pescoço dela. O choque paralisou Shan.

– Pra ser sincero, ajudaria, sim – uma risada escapou de seus lábios. Sadie sorriu.

Shan a instruiu a segurar a bússola enquanto ele remava. Ela segurou a agulha balançante e a manteve o mais firme possível.

A chuva havia amainado para um chuvisco, e a névoa menos espessa melhorava a visibilidade, mas só a intervalos. Dada a velocidade em que avançavam, não poderiam estar muito distantes. Se é que já não tinham passado.

Talvez alguma grande embarcação no Pacífico estaria disposta a acolhê-los a bordo. Shan parecia inofensivo, ainda de uniforme. Por outro lado, por que estaria ao ar livre com aquele tempo? Seria aconselhável criar uma história plausível para o caso.

– Lá! Lá! – Sadie apontou.

Shan se virou e teve um vislumbre da estrutura vermelha da ponte monstruosa, subindo ao céu, sumindo nas nuvens. Muito no alto, os faróis dos carros projetavam halos em ambas as direções. Suaves luzes piscantes assinalavam a cidade. Eles estavam na face sul da Golden Gate!

– Fique abaixada – ele lhe disse.

Puxando o remo esquerdo com força, ele fez um ângulo com o barco. Em meio à penumbra, surgiu o contorno de uma faixa de areia. Ele se alegraria se não fosse pelo medo de passar ao lado dela.

Conforme o barco se aproximava da terra, um homem surgiu da escuridão. Ele correu para a água e agarrou a proa. Quando olhou para cima, Shan reconheceu o rosto sob a aba do chapéu. O músico da festa.

– É você – disse Shan, aliviado.

O homem retribuiu com uma bronca.

– O plano era estourar o bote e esconder no porta-malas. O que diabos vou fazer com essa droga?

Antes que Shan conseguisse responder, Sadie se levantou no barco. O músico voltou a encarar Shan, deixando claro que a mesma pergunta se aplicava a ela.

51

Os únicos sons no Fordor sedã vinham do ronco das rodas. Mesmo que o motorista os surpreendesse revelando ser do tipo conversador – o que ele definitivamente não era –, ele já manifestara como se sentia em relação aos riscos não planejados. Os xingamentos que resmungara enquanto empurrava o barco a remo na maré tinham dado lugar a diversos outros, enquanto ele lançava os remos separadamente na água.

Com não menos cordialidade ele havia empurrado Shan e Sadie para o banco de trás. Eles deveriam ficar no chão, ocultos por um cobertor por receio de bloqueios no caminho. Lá embaixo, o ar fedia a cigarro e gasolina.

A viagem mal tinha começado quando uma sirene policial passou por eles. Sadie esticou o braço para apertar Shan. A mão dela estava envolvida em uma pequena bandagem que ele não notara antes. Seus pensamentos foram para o filho da puta do pai dela, mas desta vez, ela disse, a culpa era dela mesma.

– Eu me cortei quando cortei o cabelo – ela cochichou.

O cara ainda era um filho da puta.

Logo o entorno que eles não enxergavam se aquietou, e Sadie não estava nem metade tão nervosa quanto deveria. Por outro lado, ela já passara por coisa muito pior. Shan se arriscou a perguntar ao motorista:

– Para onde estamos indo?

Eles estavam rodando fazia quase uma hora. Uma espiada pela janela de trás não revelou muito naquela escuridão.

– Embora – o sujeito respondeu, e começou a fumar com o vidro só um pouco aberto. – Continuem cobertos.

Com relutância, Shan puxou o cobertor de novo, sentindo ainda mais familiaridade. Ele conhecia o homem?

Ele avaliou a atitude do camarada, o chapéu baixo, dirigindo enquanto baforava um cigarro. E a imagem acionou uma lembrança. Agora Shan se recordava. Era o motorista do assalto ao banco, só que sem o bigodinho à Chaplin. Era um dos assaltantes que abandonaram Nick em apuros.

Shan teve medo do que aquilo poderia significar, especialmente para Sadie. Não havia dúvida sobre como sacanas como aquele lidavam com suas responsabilidades.

Uma curva fechada mudou o som da viagem. As rodas estavam sacolejando em uma estrada de terra. Só então ocorreu a Shan que o cobertor poderia ter servido a outro propósito: mantê-lo inconsciente do destino. Se era esse o caso, tinha funcionado. Shan não fazia a mais pálida ideia de onde estavam.

O sedã parou, e o motorista saiu.

Sadie cochichou:

– E agora?

Shan sacudiu a cabeça indicando que não sabia. Ele baixou por completo o capuz da capa de chuva, tentando escutar. De outra espiada, identificou apenas paisagem rural.

Então os passos voltaram, e a porta traseira gemeu ao ser aberta. O cobertor foi arrancado. A pele de Shan, quente e úmida por respirar debaixo dele, arrepiou-se com o frio.

– Eles estão esperando – disse o motorista, sem inflexão na voz – lá dentro.

Shan saiu do carro, as costas doendo por causa do lugar apertado, a mandíbula e o estômago doloridos dos punhos de Chandler. Sadie saiu depois dele e arrumou a boina.

Um celeiro assomava à frente, delineado pelo luar que atravessava as nuvens. Uma plantação cobria as colinas ao redor. Vinhas, Shan percebeu. Aquilo não era uma fazenda, era um vinhedo. O aroma de uvas fermentando pairava no ar.

De novo Sadie segurou a mão dele. Ela sabia que havia algo errado.

– Vai ficar tudo bem.

Ele forçou um meio sorriso, intimidado pelo desconhecido que aguardava no interior. E, no entanto, para onde mais eles poderiam ir?

Ele a conduziu para a frente. A cada poucos passos olhava para trás, para o motorista agora encostado no carro, de vigia. Shan tinha se tornado desconfiado de ter alguém atrás de si; mais ainda quando a pessoa muito provavelmente estava armada.

Diante da porta de carvalho maciço, ele se enrijeceu e levantou a mão para bater. Não chegou a completar o movimento quando a porta foi escancarada por um homem exibindo um largo sorriso.

– Caramba, olha isso – o sujeito disse. – Dois anos na penitenciária e o lugar transformou você em um tira.

O bigode fino e o cabelo loiro, levemente desgrenhado, não combinavam com a voz. Uma voz que Shan conhecia quase tão bem quanto a própria.

Ele olhou no fundo dos olhos do sujeito para confirmar o impossível, e o que encontrou quase o fez dobrar os joelhos. De pé à sua frente, vivo e saudável, estava Nick Capello.

A descoberta confinou Shan ao silêncio.

Com um suspiro profundo, Nick pôs a mão no ombro de Shan.

– Tenho que admitir, estava começando a ficar nervoso. Estou há horas andando de um lado a outro...

O resto da frase morreu quando Sadie captou o olhar dele.

– Amor, fecha a porta – disse uma voz feminina. A voz de Josie.

Recuando, Nick gesticulou para que entrassem e trancou a porta. Uma lamparina iluminava o ambiente de amarelo. Lançava sombras nos barris de vinho alinhados em fileiras.

Shan se debatia para apreender o mundo em que havia entrado, um lugar onde Nick andava, falava e respirava. Nick. O amigo que ele perdera.

– Mas... Você estava... Eu pensei...

Nick sorriu da batalha de Shan pelas palavras.

Antes que Shan pudesse tentar de novo, Josie apareceu e disse:

– Bem, e quem é que temos aqui? – a atenção dela se voltou para a criança ao lado dele.

Nick também olhou, à espera de uma explicação.

Shan tentou encontrar uma resposta em meio aos pensamentos emaranhados.

– Esta é... Sadie. Ela precisou vir junto.

– Ah – fez Josie, surpresa. – Eu pensei que era um... – ela se interrompeu em um esforço para não ofender a menina.

– É um disfarce – Sadie informou. O tom de voz era calmo, mas sublinhado de orgulho.

– Bem, você me enganou direitinho – disse Josie. – E olhe que eu entendo de disfarces.

E entendia mesmo. Josie mal estava reconhecível, com os cachos platinados tingidos de preto, curtos até logo abaixo das orelhas. Em lugar de um traje brilhante e ajustado às curvas, um cardigã creme encobria um simples vestido caseiro cor de pêssego. Da mesma forma, Nick usava camiseta, calças marrons de lã e botas empoeiradas. Nada nem parecido com o terno elegante que vestia quando Shan o vira pela última vez.

No dia em que ele tinha morrido.

Shan ainda estava tentando entender.

– No banco, eu pensei que você...

– Tinha levado um tiro e ido direto para o inferno? – disse Nick.

— Isto está com cara de conversa chata de adultos – disse Josie. – Sadie, amorzinho, você tem tempo de sobra. Que tal pegarmos algo para beber? Um suco de uva, quem sabe? Está com fome?

Sadie olhou para Shan, avaliando a proposta.

— Ela é uma velha amiga, Sadie. Você vai ficar bem.

Tranquilizada, Sadie soltou a mão de Shan e aceitou a de Josie. As duas passaram pelos barris e seguiram para outro cômodo, com Josie criando assunto durante todo o caminho. A moça sempre tivera um talento para baixar a guarda das pessoas.

— Venha relaxar – Nick apontou para a direita com o queixo. – Você deve estar moído.

Como se seguisse um fantasma, Shan o acompanhou até a mesa. Feito da tampa de um barril, o móvel era ladeado por duas pequenas escadas convertidas em cadeiras. Ao lado da lamparina se encontravam uma garrafa de vinho tinto e duas taças de pé alto.

— Aqui, sente-se – disse Nick, tentando tirar a rolha.

Shan continuou de pé.

Nick serviu vinho para ambos.

— Nós ficamos aqui de molho o dia todo. Nossos amigos disseram para nos servirmos à vontade, mas sinceramente meu estômago não estava bem – ele sacudiu a cabeça e soltou um suspiro. – Mas agora você está aqui, não está? – ele disse, e levantou o copo para brindar.

Parte de Shan queria saltar e comemorar. Mas seu espanto estava agora se transformando em uma sensação de traição. O luto e a culpa que ele havia carregado por todo aquele tempo não poderiam ser varridos com tanta facilidade.

— Você teve um enterro.

Não uma recordação. Uma acusação.

Os olhos de Nick se turvaram, revelando que ele sabia que aquilo viria à tona. Ele baixou o copo e deu de ombros levemente.

– Eles me trocaram por um tal John Doe. O cara não tinha ninguém que reclamasse o corpo. – Ele levantou a mão como se estivesse em um tribunal. – Derrame, eu não tive nada com isso.

A alternativa não tinha ocorrido a Shan, embora àquela altura devesse.

– A mama e o papa sabiam? E a Lina?

– Não, no começo, não – disse Nick, garantindo a Shan que ele não havia sido o único a ser enganado. – O agente funerário disse para eles que um caixão fechado seria melhor, por causa dos meus ferimentos. Se tivesse outro jeito, pode acreditar que eu não teria feito isso. Mas, primeiro, eu estava me sentindo mal e tentando me recuperar. Depois, com a agitação dos federais, não quis colocar minha família em perigo. Não como coloquei você – a voz dele ficou mais grave, como se por culpa. Ele pigarreou e deu um gole no vinho. – É claro que eles ficaram muito felizes quando souberam a verdade. E ficarão ainda mais felizes quando souberem de você.

Shan precisou lembrar a si mesmo que estava livre no momento. Sentia gratidão por isso. Por outro lado, ele nunca teria sido preso se não fosse por Nick. Ele tirou o chapéu de guarda.

– O que você tinha na cabeça, afinal, para roubar o Max?

Nick o encarou.

– Você achou mesmo que eu era assim tão idiota? – ele sorriu e se reclinou na cadeira.

Bem nesse instante, Shan se deu conta de que não sabia de coisíssima nenhuma. Mas que merecia entender a razão pela qual ficara dois anos atrás das grades.

– Para que o assalto ao banco, então?

Enquanto Nick dava outro gole, Shan decidiu sentar-se, afinal. Ele sabia que aquela não seria uma história simples.

– Foram o Sal e o Vito – Nick explicou. – Durante anos, eles foram os responsáveis por coletar a taxa dos comerciantes. A proteção do Max, você sabe. Descobriu-se que os dois ficavam subindo os preços e embolsando a diferença. Os comerciantes tinham medo de reclamar, então as taxas continuaram aumentando.

Não foi difícil para Shan imaginar a situação, sendo ele próprio um sobrevivente de primeira mão.

– Por fim, Max ouviu sobre o que estava acontecendo. Junto com boatos de eles estarem trabalhando em outras trapaças com um sabichão de Jersey. Então Max confronta Sal e Vito. Eles abrem o jogo quanto às lojas, cheios de desculpas, juram repagar em dobro, mas negam o resto. O Max não acredita. Mas quer provas, antes de tomar alguma medida drástica. Então é aí que eu e o Jimmy, meu parceiro lá fora, entramos em cena.

Shan olhou para a porta. Ele tinha se esquecido de que o motorista estava lá fora. É claro que bem nítida em sua mente estava a visão do "parceiro" abandonando Nick no banco em uma poça de sangue.

– E depois?

– Depois, nós plantamos que eu tinha sido chamado por desviar dinheiro de jogo da sala dos fundos. Então eu vou ao Sal e digo a ele que estou desesperado por dinheiro e que não aguento mais a falta de visão do Max. Digo a ele que eu e o Jimmy temos uma dica de um negócio quente em Pittsburgh, mas que o Max não topou por causa do risco.

Nick apoiou um cotovelo na mesa e girou o vinho no copo um pouco.

– Logo o Sal volta dizendo que tem um contato firme que quer me conhecer. Um banqueiro em Jersey, torto feito um anzol. Então vamos de carro todos juntos. O Sal faz o Jimmy encostar e esperar. Diz que gente demais vai deixar o banqueiro nervoso.

– Deixe-me adivinhar – disse Shan. – Não havia negócio nenhum.

– Não havia contato. Não lá, pelo menos. Eles botam lenços na cara, enfiam um na minha mão e tiram as armas. O Sal berra para todo mundo se deitar, diz que vai começar a atirar se alguém disparar o alarme. Nisso, o Vito tinha pegado a pistola do vigia, e o Sal me manda botar o lenço. O que eu podia fazer?

– Que tal dar no pé? Voltar para o carro.

– Mas eu já era culpado só de estar ali – disse Nick, e Shan teve de reconhecer a verdade daquilo; os dois últimos anos eram uma prova sólida.

– Seja como for, o Sal começa a enfiar o dinheiro num saco e me diz como ele e o Vito têm álibis ali. Que, se eu não quiser levar a culpa por aquilo, tenho que convencer o Max de que eles não estão fazendo negócios paralelos. Tenho que garantir que voltem às graças do chefe antes que ele mande um torpedo contra eles.

– Daí você recusa – Shan tenta adivinhar o que seria uma razão para terem deixado Nick para trás.

– Não... Eu minto e digo que vou fazer aquilo, desde que a gente saia logo dali. Mas o Vito não quer ir embora sem esvaziar o cofre. Começamos a discutir, e disparam contra nós. O vigia devia ter outra arma. Ele me atinge antes que o Vito apague o sujeito. Daí vem a sirene, e lá se vão eles.

– Incluindo o Jimmy – Shan o relembra.

Nick dá de ombros.

– Disseram para ele que eu tinha morrido. Não posso culpar o cara, com os tiras se aproximando. Mesmo assim – ele assinalou –, eu diria que ele me recompensou por tudo.

Shan pensou no bote contrabandeado, na escolta até ali. Supôs que não podia discordar. Ele pousou o chapéu na mesa e rolou entre os dedos a haste da taça.

– Bom, mas e como, diabos, você saiu vivo disso?

– Quase não saí. Se o legista não tivesse visto meu mindinho mexendo, ou se não tivesse a espertezade ligar para o Max, eu estaria liquidado. Mas, veja só, assim como você, eu ganhei um novo começo, hein? E com a Josie também. – Seus olhos se voltaram na direção do cômodo para onde ela havia ido, e seu semblante se suavizou. – Nós moramos no Wyoming agora. Em uma bela cidadezinha. Montes de gente bacana por ali.

Shan se lembrou das últimas palavras de Nick no assalto, o arrependimento profundo por ter perdido Josie. Esperava que aquela claridade não se perdesse.

– Presumo que isso signifique que você agora ande na linha.

Nick apenas olhou para ele.

– Eu instalo tubulação em uma refinaria de petróleo. Não há como andar mais na linha do que isso.

Shan notou um resto de graxa sob as unhas de Nick e extraiu certo prazer da ironia. Finalmente ele deu um gole no vinho, saboreando tardiamente a satisfação postergada – uma mistura de amora e pimenta –, mas também atento a rodas na estrada. Ele desejou que houvesse janelas para poder ficar de olho em faróis.

– Eu sei o que você deve estar pensando – Nick falou, após uma pausa. – Não é justo com ela, ter que começar do zero de novo. Eu entendo isso. É só que... Eu não podia perdê-la outra vez. – Havia em sua voz uma sinceridade crua que Shan achou revigorante e até reconfortante.

– É, bom... Fazer o que é certo e fazer o que faz sentido nem sempre são a mesma coisa.

Nick sorriu ligeiramente.

Shan tinha a impressão de que Josie jamais amara Nick por causa da pompa e do glamour, mas, sim, apesar deles. Algo que também Nick parecia ter percebido.

Prestes a dar mais um gole, Nick hesitou.

– Falando sobre mulheres, qual é a da menina?

Shan não teve tempo nem energia para criar uma história. E, já que eles pareciam estar pondo tudo para fora...

– Ela é filha de um guarda da prisão.

No meio da engolida, Nick cuspiu parte do vinho. Ele pousou o copo e enxugou a boca.

– Minha nossa.

– Ela precisava ir embora também, para poder viver com a mãe. Por uma boa razão.

– É o que eu imaginaria. Quando você vai encontrar essa mulher?

– Assim que possível.

– Você não tem nada arranjado?

– Ela está no Kentucky, em alguma cidade que tem um rio grande. Trabalha como telefonista. Não pode haver tantas assim. E a Sadie tem outros detalhes. Nós a encontraremos logo.

– Espera – disse Nick. – Seu plano é passear com essa criança batendo de porta em porta? – Ele abanou a cabeça, incrédulo. – Você percebe que vai estar nos principais jornais do país, certo? Vocês dois, agora.

Shan tomou um gole do vinho. Não era um plano ideal, mas quais eram as alternativas?

– Eu vou... usar um disfarce – ele disse.

– Não. De jeito nenhum. Você tem noção da dor de cabeça, para não falar no dinheiro, que me custou para tirar você daquele buraco dos infernos? – Nick se inclinou sobre a mesa. – Em quatro meses, eu tinha tudo esquematizado em Leavenworth. Dois guardas, o capelão, um plano infalível. Até um companheiro de cela para garantir que você não morresse antes que eu conseguisse resgatá-lo. E daí você faz o quê? Dá um jeito de ser transferido para a prisão mais segura do país.

Shan o encarou, confuso. Seus pensamentos recuaram até Mitty, o colega de cela amigável e disposto a ajudar. E o capelão, padre Anthony.

– Levei quase dois anos para arranjar isto – Nick continuou. – Aquele grupo de jazz precisou ser solicitado especificamente, *duas vezes*, pelos congressistas. E isso não inclui os favores para conseguir a transferência daquele padre para Alcatraz. Então, eu não sei como você pretende levar a menina até a mãe, mas, a menos que vocês dois queiram uma passagem de volta para a ilha, eu recomendo fortemente...

– Eu vou fazer isso – a voz de Josie fez Shan e Nick se virarem abruptamente. Ela estava no meio da sala, um braço protetor em volta de Sadie.

Shan baixou a taça, percebendo a preocupação do rosto da menina. Ele se levantou e foi até ela. Não precisou se perguntar há quanto tempo elas estavam ouvindo. Quando chegou a elas, Josie disse:

– A Sadie me explicou tudo. Você agiu bem ao trazê-la, Tommy.

A firmeza dela deixava claro que os sofrimentos de Sadie haviam atingido um ponto pessoal. Josie parecia haver esquecido os próprios apuros.

– Você não pode sair por aí chamando a atenção – disse Shan.

– E não vou. A verdade é que sou a única pessoa nesta sala que não é procurada.

Estranhamente, ela estava certa quanto àquilo. Ainda assim, como Shan poderia simplesmente se afastar, deixar a menina com gente praticamente estranha?

Parecendo compreender, Josie se abaixou até a altura de Sadie e falou com voz doce.

– Amorzinho, posso fazer uma pergunta?

Sadie apertou os lábios manchados de roxo do suco de uva e esperou.

– Bom, eu sei que acabamos de nos conhecer. E pode ser bem assustador se arriscar com pessoas que a gente não conhece. Mas, se você permitir, eu vou fazer tudo o que puder para devolver você à sua mãe. Eu juro pela minha vida que não descansaremos até encontrá-la. – Josie usou o polegar para limpar migalhas da bochecha de Sadie. – Você confiaria em mim para fazer isso?

Por vários segundos Sadie perscrutou os olhos de Josie, como se procurando evidências para uma resposta honesta. Depois ela olhou para Shan, em um debate silencioso.

Shan queria dizer que se juntaria a elas, que ajudaria a entregá-la para a mãe em primeira mão. Ele queria tão desesperadamente estar lá quando as duas se abraçassem, para ter certeza do final feliz que Sadie merecia. Mas ele sabia também que sua presença só colocaria em risco a chance de que aquilo acontecesse.

Optando pela lógica contra os impulsos do coração, ele assentiu para Sadie – uma garantia de que ela podia confiar na amiga dele.

Com um olhar de compreensão, Sadie se virou para Josie e concordou.

No mesmo instante, alguém bateu à porta.

Todos na sala se imobilizaram.

– Hora de pegar a estrada – disse a voz, abafada pela madeira.

Os ombros de Nick caíram. Ele respondeu:

– Tá bem, Jimmy. Pode ligar o carro.

Josie sorriu para Shan, um sinal de que honraria a própria palavra. Ele já sabia que sim. Mas, naquele momento, aquela era a menor de suas preocupações.

Lento pela hesitação, ele se ajoelhou diante de Sadie para o instante final. A emoção se avolumou em seu peito quando ele percebeu que, se por um lado talvez tivesse salvado aquela menininha, aquela brava aventureira capaz de conquistar o mundo, da mesma forma ela conseguira, de mais de um modo, salvá-lo também.

– Você vai ficar bem – ele disse, a voz ficando rouca.

Ela assentiu e ofereceu um traço de sorriso. De alguma maneira, era ela quem estava oferecendo a verdadeira garantia. Ainda não pronto para partir, ele tamborilou na bússola no pescoço dela.

– Guarde isso, está bem? Assim, sempre que se sentir perdida e achar que não há saída, você vai se lembrar do dia de hoje.

Com isso, o queixo dela tremeu, e os olhos ficaram brilhantes de lágrimas. Shan combateu o jorro nos dele. Ele tinha muito mais para dizer; contudo, ciente de que engasgaria nas palavras, simplesmente levantou as mãos e disse:

– Vem aqui, espertinha.

Sadie pulou para a frente e jogou os braços ao redor dele. Ele sentiu a umidade das lágrimas dela na bochecha, a pulsação suave do coraçãozinho.

– Eu nunca vou esquecer você – ela disse.

Nem é preciso dizer que ele sentia exatamente o mesmo em relação a ela.

A lua crescente brilhava sobre o vinhedo, iluminando o caminho até o carro. Atrás do volante, Jimmy fumava, ansioso por partir. Os braços de Shan ainda estavam aquecidos pelo abraço dado em Sadie e depois em Josie.

– Isto é para você – disse Nick, entregando uma mala de viagem enquanto andavam.

– O que é?

– Um pouco de dinheiro, novos documentos de identidade, livros da Lina. Uma muda de roupas. Você pode vesti-las durante a viagem. Vocês têm um longo caminho pela frente.

Shan puxou o envelope, estufado de tantas cédulas que continha, aliás, muito mais do que ele esperava.

– Nick, isso é um exagero.

– Não se preocupe, está tudo bem.

– Mas você e a Josie vão precisar. Especialmente agora, com a Sadie.

Nick estancou, desviou o olhar e não respondeu.

Não era dele, Shan percebeu.

– Suponho que tenha vindo do Max, hein?

Diante do carro, Nick apoiou as mãos no quadril.

– Olha, o Max ajudou muito, puxando as cordinhas e tudo. Mas isto, ele não queria que eu dissesse, mas veio do papa.

– Do papa?

– Aparentemente, ele mantinha umas reservas para os tempos de vacas magras. Deve ter guardado cada centavo durante anos.

Shan se lembrou da manhã em que pela primeira vez seguiu o senhor Capello às pistas de corrida e de como a atividade se tornara um segredo especial entre ambos. Talvez ainda fosse.

– Agora, lembre-se – Nick disse, abrindo a porta de trás –, quando o Jimmy o deixar no seu próximo destino, mantenha-se abaixado. Quero dizer, nem ponha a cabeça na janela por no mínimo um mês. Entendeu?

– Entendi – Shan jogou a mala no assento traseiro, que trepidava pelo motor ligado e ocioso. – E agora lembre-se *você*: se alguma coisa der errado com a Sadie...

– Você vai receber notícias – Nick reforçou. – Mas, que diabos, depois do que conseguimos nesta noite? Encontrar essa mãe vai ser um passeio no parque.

Jimmy os apressou por cima do ombro.

– Se vocês querem ter alguma chance de cruzar a fronteira estadual, temos que sair já.

Shan estava de pé do lado de fora, não desejando embarcar.

– Bem... Então acho que agora é tchau.

– Por enquanto – Nick assegurou, as palavras sublinhadas pelo sorriso afetado típico. Então puxou Shan para um abraço apertado. – Você é meu irmão – ele lhe disse ao ouvido. – Nós vamos nos encontrar de novo.

O Limite da Perda

Em seguida, Shan entrou no sedã e fechou a porta. Levantou a mão enquanto se afastavam e a silhueta de Nick se fundia à escuridão.

Sacolejando pela estrada de terra, Shan abriu a mala. No centro do chapéu emborcado havia um pequeno estojo, que ele sacudiu para esvaziar. O conteúdo se compunha de óculos, um bigode falso e até a velha moeda de seis centavos. Não era um palpite a esmo que ele precisaria de toda a sorte que ela pudesse oferecer.

Ele pôs os objetos de lado. Embrulhados debaixo de um terno preto e sapatos bicolores estavam os livros que outrora pertenceram à sua mãe, exceto um. *O homem da máscara de ferro*. Ele abriu a capa e leu a inscrição: *Eu estava errada. A vida é cheia de segundas chances – Josie.*

Shan torcia para comprovar a teoria dela.

Ele notou um documento escapando de entre as páginas. Uma nova identidade para um novo começo. Ele desdobrou o papel, e só então as lágrimas caíram. Pois o nome que Nick escolhera não era o de um estranho. Era Shanley Keagan, um nome que ele gastara mais de metade da vida para conquistar de volta.

52

Era oficial: Tommy Capello estava morto.

Em uma coletiva de imprensa três dias depois da fuga, o diretor Johnston anunciara a notícia. "Após investigações absolutamente completas", os jornais tinham reproduzido, "temos todas as razões para acreditar que o prisioneiro se afogou. A Guarda Costeira dos Estados Unidos localizou o barco a remo que o prisioneiro tomou à força. Estava gravemente avariado e na vertical devido à tempestade. Não há evidência que sugira desembarque nas áreas vizinhas, e nenhum carro foi dado como roubado nas quarenta e oito horas desde a tentativa de fuga. O nevoeiro denso e a correnteza forte teriam tornado impossível para qualquer um, exceto um marinheiro extremamente habilidoso, conduzir o barco a contento. Como precaução, no entanto, continuaremos os esforços de busca, trabalhando em conjunto com autoridades locais e o FBI, para garantir que os cidadãos de São Francisco estejam em segurança".

No fim, Shan supunha, o título de "à prova de fuga" de Alcatraz continuava mais ou menos intacto, já que nenhum prisioneiro fugitivo havia escapado com vida. Uma distinção que tranquilizou muita gente.

Mais ainda do que os habitantes do continente, os civis na Ilha estavam desesperados por uma garantia de segurança. E logo a receberam, com uma pequena ajuda do diretor. Exceto por uns poucos artigos iniciais questionando a relação entre a fuga da prisão e o sumiço de Sadie Martin, os jornalistas foram ágeis na divulgação de uma história ainda mais sinistra, sobre o guarda alcoólatra cujos surtos violentos poderiam ter levado à morte de sua jovem filha.

– Eu tentava cuidar dela sempre que possível – a senhora Leonard, a vizinha, lamentou nos jornais. – Estando na porta ao lado, nós sabíamos que as coisas não andaram bem por um tempo, mas nunca imaginamos que chegaria a esse ponto.

Segundo o próprio relato, a mulher fora ao apartamento de Sadie para oferecer ajuda com os preparativos do Halloween, mas a menina tinha sumido. Nada incomum em si e por si mesmo. Mas uma blusa com sangue no quarto dela – resultado do corte de cabelo, Shan presumiu – havia levantado sérias preocupações. Questionado logo na sequência, o pai, bêbado, havia se inflamado de raiva e exigido que o diretor lançasse uma busca imediata. Investigadores da ilha posteriormente concluíram que a distração promovida pelo desaparecimento da menina, combinada ao denso nevoeiro, haviam oferecido um intervalo de oportunidade para a fuga de Tommy Capello.

"Fuga" sendo, claro, um termo relativo.

Sete semanas haviam transcorrido desde que Shan escapara, e ele continuava escondido, confinado em uma remota cabana de madeira no Oregon. Ele não tinha recebido uma só palavra sobre Sadie – um bom sinal, na verdade. Àquela altura, esperava que a criança já tivesse se reunido à mãe. Em caso negativo, ele sabia que Nick não desistiria até cumprir o objetivo. Shan apenas desejava ter também uma missão. Que não fosse esperar.

Ele releu cada livro quatro vezes e jogou incontáveis partidas de cartas. Sempre "Paciência". O anfitrião era um lenhador recluso cuja amplitude vocabular era tão vasta quanto seus cardápios, que consistiam de cinco pratos. Shan ainda não sabia como o homem se chamava nem qual sua relação com Nick; nem era preciso dizer que tal desconhecimento beneficiava a ambos.

Felizmente, os ruídos externos – gravetos estalando, galhos farfalhando – tinham perdido o impacto inicial, e Shan já não imaginava agentes federais espionando por trás de árvores, aproximando-se para matá-lo. A parte ruim era que o isolamento se tornara exaustivo. Embora não houvesse barras de aço, em certos dias parecia que elas estavam lá, apenas eram invisíveis.

Era mais uma tarde de segunda-feira – ou seria quarta? Shan estava sentado à pequena mesa esculpida à mão, comendo guisado de carne de novo. Ele tinha de confessar que sentia saudade da comida de Alcatraz, ainda que de nada mais. O forno a lenha crepitava, e a chuva riscava a única janela do cômodo. Mais um dia de céu cinzento. Ele sugou mais caldo e enxugou a barba curta com a manga. Todos os dias ele esperava o sinal de barra limpa que Jimmy prometera que chegaria antes que Shan ficasse tão grisalho quanto o lenhador.

Na mesma hora, como se conjurado pela força do pensamento, o homem entrou na casa, trazendo o aroma de árvores úmidas. Regressando de uma ida periódica à cidade, ele fechou a porta com o pé e apoiou uma sacola de loja, um jornal e uma revista assomando para fora. Pendurou a capa de chuva em um gancho na parede feito de chifre de cervo.

Cumprimentos eram perda de tempo, Shan aprendera, recebidos com silêncio ou resmungo. Nesse momento, ele não se importou, em parte devido ao próprio humor azedo. Simplesmente continuou a empurrar a comida goela abaixo.

O homem tirou um envelope de um bolso do macacão. Rasgou para abrir e de lá tirou dinheiro, que contou avidamente. Do fim da pilha de cédulas, desdobrou uma única folha de jornal. Metade superior da primeira página, parecia. Depois de uma olhada rápida, jogou-a para Shan.

A manchete berrava em letras garrafais.

MAIS DOIS FOGEM DE ALCATRAZ SOB NEVOEIRO

Shan grudou na cadeira. Mergulhou na reportagem.

Em 16 de dezembro, Ralph Roe e Theodore Cole, após semanas de serragem secreta, fugiram pelo caixilho de uma janela do Edifício Model Industries. Eles removeram dois painéis de vidro para chegar ao parapeito. Usando uma chave inglesa, eles removeram o cadeado de um portão usado para o descarte de pneus, e avançaram até a costa rochosa com cinco galões de óleo vazios, a serem usados para a flutuação. A seu pedido, Roe fora recentemente transferido para trabalhar na oficina de capachos de borracha ao lado de Cole, amigo de longa data. Os criminosos provavelmente foram inspirados a nadar a partir da face norte da ilha depois da fuga de Tommy Capello. Assim como no incidente anterior, Roe e Cole supostamente se afogaram na correnteza forte, embora as buscas devam continuar com a ajuda de lanchas aduaneiras, embarcações da Guarda Costeira e de forças policiais.

Shan fez uma pausa na leitura. Ele reparou no relevo deixado por uma anotação feita à mão no lado oposto da página. Ele a virou. *Bon Voyage*, dizia, a lápis sobre tipos impressos.

Aquele era o sinal. A mensagem pela qual vinha esperando. Um sorriso esticou seus lábios, e ele deixou escapar uma risada borbulhante. O lenhador franziu o rosto, sem entender. Mas Shan entendia. Com Roe e Cole assumindo prioridade, o caso de Tommy Capello recuaria para o fim dos temas. Shan estava finalmente liberado para ir embora.

Apenas para ter certeza, ele continuou a ler a reportagem. Prosseguia contando a história dos atos criminosos perpetrados pelos dois condenados. O que vinha depois eram fragmentos de informações acerca de Alcatraz: uma greve de prisioneiros contida no outono; ferimentos sofridos pelo diretor Johnston meses antes, devido a um ataque por parte de um preso insatisfeito chamado Burton "Branco" Phillips.

Shan estava chegando ao fim do texto, à espera de uma história padrão da ilha como fortaleza militar, quando um nome o congelou. *Fred Martin*, dizia, *o antigo guarda de Alcatraz que foi exonerado na sequência do desaparecimento de sua filha de dez anos, morreu em meio a uma investigação policial em novembro. A polícia alega que Martin estava embriagado quando saiu dirigindo pela Ponte Pleasant Valley. Não está claro se o ato foi deliberado ou acidental.*

Shan leu o resumo mais uma vez e afundou na cadeira, a última de suas preocupações afinal derretendo.

Onde quer que estivesse agora, Sadie também estava livre.

53

Sob o céu nublado de inverno, uma multidão fervilhava ao redor dos passageiros em Dún Laoghaire. A luz do dia desaparecia rapidamente no porto de Dublin. O ar estava frio, mas Shan não se deu ao trabalho de afivelar o sobretudo. Ele correu pelo meio das pessoas, ansioso após dez dias de travessia e pressionado pelo tempo escasso. Se queria encontrar os Maguires naquele dia, precisava chegar à loja antes que fechasse.

Usando o chapéu para acenar para um táxi, lá foi ele.

Nas ruas, parecia haver bem menos charretes puxadas por cavalos do que quando ele partira, e a fumaça e a fuligem da cidade eram só um pouco diferentes das de Nova York. Talvez fosse por isso que a Irlanda não lhe parecia tão estrangeira quanto ele havia esperado.

No cruzamento conhecido da Rua Kerry, ele parou o motorista às pressas, a ordem soando um tanto brusca.

– Malditos ianques – o taxista resmungou em resposta.

Shan se absteve de corrigi-lo, sem saber ao certo qual nacionalidade reivindicar. Ele simplesmente pagou um pouco a mais antes de recolocar o chapéu. Então desembarcou levando a mala de viagem, voltando com pouco mais do que levara, tantos anos antes.

Ele esperou que as pessoas liberassem a calçada, o sotaque local parecendo uma velha canção infantil a seus ouvidos. Quando passou pela porta da Maguire & Co., as fragrâncias de chá e doces eram muito próximas do que ele se lembrava. Por um instante, ele era de novo o menino de onze anos que encontrava refúgio entre aquelas paredes. Mas então ele notou como aquelas paredes tinham mudado. Um tom pêssego substituía a antiga pintura marrom-escuro, e as prateleiras tinham sido reorganizadas. Os livros ficavam agora em um canto entre duas poltronas. As mercadorias já não eram expostas em fileiras, mas em ziguezague ao longo da sala.

– Senhor, lamento, mas estamos prestes a fechar – disse uma mulher em uma cadência melodiosa. – Posso ajudá-lo a encontrar alguma coisa?

Ela estava espanando uma mesa próxima. Tinha vinte e poucos anos, longos cabelos ruivos ondulados e um lápis enfiado atrás da orelha. Vestia um avental branco por cima de um vestido marrom-acobreado que realçava os olhos da mesma cor.

Shan se surpreendeu pela contratação de uma funcionária.

– Estou procurando o senhor Maguire.

A moça parou de tirar o pó.

– Sinto muito – ela disse, lamentosa. – Mas o senhor Maguire não está mais aqui.

Shan lançou um olhar para o balcão. Encontrou um vazio no lugar onde o gentil homem deveria estar. De uma hora para outra, o mundo parou. Shan deveria ter pensado nessa possibilidade, dada a passagem de décadas, mas não tinha conseguido se forçar a pensar naquilo.

– Senhor? – a preocupação enrugava a testa dela. – Está se sentindo bem?

A boca de Shan estava seca. Ele empurrou as palavras para fora.

– Eu o conheci. Quando era criança.

Ela assentiu, esperando que ele continuasse.

Imagens de um ataque do coração, como o sofrido pelo senhor Capello, seguido pelo penoso período cruzaram a mente de Shan.

– O que houve com ele?

Ela o encarou por um instante, antes de arregalar os olhos.

– Meu Deus do céu, eu não quis... – Os lábios cheios se curvaram em um sorriso. – Eu quis dizer que ele está aposentado, então só vem à loja de vez em quando.

– Ah, graças a Deus – disse Shan, e suspirou.

A moça tentou fazer uma expressão séria, mas uma risada escapou. Ela cobriu a boca e sacudiu a cabeça.

– Desculpe. Não é engraçado, absolutamente.

Shan sentia tamanho alívio que não pôde evitar rir também.

– Agora que eu já lhe dei um baita susto... – ela disse, estendendo a mão. – Eu sou a Caitlín, sobrinha do senhor Maguire.

Ele aceitou a mão dela, e lentamente as peças se encaixaram.

– Espere um pouco, eu me lembro de você. Você vinha à loja quando era pequena.

– Teria vindo todos os dias se minha família não morasse tão longe.

– Você era de... Kilkenny?

– Castlecomer. Minha mãe está convencida de que eu só vim fazer universidade aqui para ficar mais perto da loja. – Caitlín deu de ombros. – Ela estava certa, veja bem. Apenas não conte a ela que eu disse.

Shan não conseguia acreditar que aquela era a mesma garotinha que costumava correr em volta dos expositores de doces, cantando músicas sem a menor afinação. Os vestidos de babado tinham manchas perpétuas dos caramelos que ela devorava um atrás do outro.

– Importa-se de me soltar agora? – ela perguntou.

Shan não se dera conta de que continuava apertando a mão dela. Ele afrouxou o aperto e sentiu na nuca um frisson que não tivera em muitos anos.

Ela discretamente mordeu o lábio inferior, divertida.

– Quanto aos Maguires – Shan disse, a razão pela qual tinha ido lá. – Alguma ideia de onde posso encontrá-los?

– Ora! Posso lhe dizer assim que souber quem é você.

– Desculpe. É claro. Eu sou Shan Keagan – ele ainda estava se acostumando a usar aquele nome de novo.

Caitlín se calou. Arquejou. Agora era ela que lutava para conseguir falar.

– Eu… Não reconheci… – gradualmente o choque em seus olhos se suavizou, e o sorriso voltou. – Só me dê um minuto para trancar a loja.

Quando se reencontraram, ao contrário do dia em que Shan partira da Irlanda, o senhor Maguire não fez nenhum esforço para ocultar os sentimentos. As lágrimas dele jorraram tão livremente quanto as da esposa. O casal se revezou nos abraços e nas exclamações de alegria.

Caitlín, que o havia levado às pressas para o lado oposto da cidade, interrompeu para pegar o chapéu e o casaco de Shan. Ela os pendurou em ganchos à entrada do charmoso sobrado dos Maguires.

– Eu mal posso acreditar – o senhor Maguire balançou a cabeça. – Shanley Keagan. Aqui, debaixo do meu próprio teto.

A malha do homem não estava mais retesada por cima da barriga do que ficava antes, mas as rugas no rosto tinham dobrado. O cabelo, todo prateado agora, formava uma coroa fina.

– Eu só queria que não tivesse levado tanto tempo – disse Shan.

O senhor Maguire deu risada.

– Ouça só este rapaz, falando como um verdadeiro americano.

– E está tão crescido, ele – a senhora Maguire mantinha os punhos no quadril do vestido doméstico. O cabelo dela também era de um cinza puro, ainda preso em um coque baixo. – Que tal jantar um pouco agora? Você deve estar faminto depois de uma viagem dessas.

– Nada me faria mais feliz – disse Shan.

Era uma resposta sincera. Depois do cardápio limitado da cabine e de uma comida insossa a bordo, era difícil recordar sua última boa refeição.

– Vou começar a preparar agora mesmo. Enquanto isso, a Caitlín pode levar você ao antigo quarto dela, onde você é bem-vindo para ficar pelo tempo que quiser.

– Ora – disse Caitlín. – Mas, primeiro, vou levar você ao chuveiro.

Shan olhou para o terno, a gravata e a camisa manchada, para os sapatos precisando desesperadamente ser engraxados. A segunda classe era uma evolução e tanto em relação às acomodações da viagem original, mas suas opções de roupa ainda eram mínimas.

– Estou assim tão mal?

– De jeito nenhum – Caitlín respondeu. – Está na verdade muito pior.

Embora todos tenham rido, Shan reconheceu que ela não tinha exagerado, quando se viu no espelho do banheiro. O bigode e a barba estavam mais do que precisando de um corte. Por outro lado, ali, tão longe da América, nenhum dos dois seria necessário.

Ele encontrou tesoura e apetrechos de barbear no armarinho. Conforme a água quente enchia a banheira de patas de leão, ele arrancou os vestígios de seu disfarce.

Durante o jantar, foi como se a "Regra do Silêncio" particular de Shan tivesse sido suspensa. Bastou dar a Shan um pouco de uísque e que o senhor Maguire perguntasse sobre a América, para que Shan derramasse histórias como um rio. Ele começou com a morte do tio Will no navio, depois falou da família italiana que o acolheu. Claro que não revelou o nome que usava emprestado. Nem falou sobre o impeditivo que agora o mantinha afastado dos Capellos, apenas que desejava desesperadamente reunir-se com eles algum dia.

Em seguida, falou das turnês com o teatro de variedades, a excitação e a exaustão que eram, e até mencionou sua época na atividade burlesca. Embora Caitlín permanecesse impassível, um leve rubor cobriu suas faces. Não foi surpreendente que o senhor Maguire tenha gargalhado sobre a história de Paddy O'Hooligan e mal pôde acreditar que Shan se apresentara com lendas do calibre de George Cohan, Steve Porter e seu queridinho Billy Murray.

Shan falou também dos anos como encanador, incluindo algumas das histórias mais anedóticas do senhor Capello. E falou sobre jardinagem, sem especificar nenhuma localização, e de como desenvolvera uma verdadeira paixão pelo ofício.

— Ora, mas com todas essas experiências — a senhora Maguire comentou —, você certamente poderá escolher o trabalho que quiser, quando estiver instalado.

— Sabe, a senhora provavelmente está certa — Shan disse.

Durante anos, seu principal objetivo tinha sido sobreviver, sem muita reflexão para além disso.

Quando terminaram a refeição — um prato delicioso de salsichas, beterrabas e batatas na manteiga —, um silêncio estranho baixou na sala. Algo não estava sendo dito. Talvez a conversa de Shan sobre os espetáculos burlescos, ou sobre o cano entupido pela meia de seda de uma amante, tivesse incomodado, afinal.

— Vocês precisam desculpar minha tagarelice — disse Shan. — Claramente eu fiquei preso tempo demais no navio.

— Nem um pouco, rapaz — o senhor Maguire disse. — Suas histórias são muito mais interessantes do que as nossas.

Shan assentiu, embora pelo canto nos olhos tenha flagrado a senhora Maguire e Caitlín trocando um olhar estranho. Antes que ele conseguisse definir, o senhor Maguire encerrou a refeição, sugerindo que Shan se recolhesse pela noite.

Era evidentemente uma deixa. Shan lhes agradeceu pela hospitalidade e deu boa-noite a Caitlín antes que ela fosse embora para casa. No entanto, horas mais tarde, ele se viu na cama ainda perturbado por aquela troca de olhares. Alguma coisa não estava certa. Incapaz de dormir, ele decidiu ir buscar um copo de água. Esgueirou-se pelo corredor escuro, tomando cuidado para não despertar o casal ao passar pelo quarto deles, e acabou por ouvi-los conversando. A intensidade das vozes chamou sua atenção.

— Precisamos falar para ele — a senhora Maguire estava dizendo. — Eu não vou conseguir continuar fingindo. A verdade é a verdade.

— Eu sei, Nora, eu sei — respondeu o marido. — Eu só não sei bem como colocar em palavras.

— Bem, se você não contar, conto eu.

— Ai, ai, está bem. Só me dê esta noite para pensar, pode ser?

– Muito bem. Você tem até amanhã.

Eles sabiam.

Por semanas a fio, a fotografia de Shan estivera estampada por toda a América. Talvez de alguma forma as notícias tivessem viajado. Talvez ele tivesse revelado coisas demais no jantar, pistas que confirmavam as relações. Ele esfregou o queixo nu, desejando não ter se sentido tão seguro a ponto de barbear o disfarce.

Ele tinha de partir. Pela manhã, ele se levantaria cedo e reuniria seus pertences. Procuraria por outro refúgio, mais uma vez sem lar.

54

Um bilhete de agradecimento os aguardava no travesseiro. Quando o casal acordasse e não visse sinal de Shan, daria uma espiada no quarto e leria as palavras cordiais. O alívio tomaria conta deles, já que qualquer necessidade de acareação teria partido com Shan.

Ele se esquivou para o corredor, mala de viagem em mãos. Felizmente, a porta do quarto dos Maguires continuava fechada. Shan dormira mais do que tinha planejado, mas o alvorecer mal tinha rompido. Ainda havia uma chance de uma saída discreta.

Ele desceu os degraus com cautela. No terceiro passo para baixo, a madeira rangeu com seu peso, e ele se retesou. Acabara de chegar ao fim quando ouviu um farfalhar à esquerda.

O senhor Maguire estava sentado à mesa de jantar, olhando para fora da janela. O início da luz diurna lançava um brilho suave em seu rosto. Quando Shan deu mais um passo, o homem se virou.

– Shan. Você também não conseguiu dormir, rapaz?

– Não, de fato – ele respondeu, e era verdade.

– Gostaria de leite morno? – o senhor Maguire levantou a caneca de cerâmica. – Em geral funciona, para mim.

Shan ia recusar, mas o senhor Maguire o observou com expressão confusa.

– Já está indo, assim tão cedo, é?

Shan baixou os olhos para a mala de viagem.

– Tenho umas coisas para fazer e não quis acordar vocês.

O senhor Maguire suspirou, pensativo.

– Bem, então. Suponho que agora seja o momento de termos uma conversa.

Shan descartou o assunto com um gesto. Certamente aquilo não era necessário.

– Por favor – o senhor Maguire indicou a cadeira à sua frente.

O homem sempre tinha oferecido tanto. Como Shan poderia não atender ao pedido?

Ele pousou a mala e se arrastou. No segundo em que se sentou, o senhor Maguire se inclinou para a frente com as mãos entrelaçadas sobre a mesa.

– Não sei ao certo qual a melhor forma de dizer isto. Então vou simplesmente botar pra fora.

Com sorte, o sofrimento diminuiria para ambos se a conversa fosse rápida.

– Shanley – ele começou, e hesitou. – Você tem um segundo pai. Ele era um marinheiro da América.

Tomado de surpresa pelo assunto inesperado, Shan o encarou.

– Compreendo que isso deva ser um choque enorme.

A única parte chocante, na verdade, era o conhecimento do senhor Maguire a respeito.

– John Lewis – Shan completou.

– Você sabia? Sua mãe contou?

Shan abanou a cabeça.

– Eu encontrei uma carta. Era dele para a minha mãe. Dentro de um livro dela.

O senhor Maguire pegou a caneca e se recostou, parecendo aliviado. Mas Shan, por sua vez, inclinou-se para a frente, ansioso para descobrir para onde estava indo a conversa e como os Maguires haviam sabido de tudo aquilo. Ele jamais lhes dissera uma só palavra a respeito, não querendo arriscar envergonhar a memória da mãe aos olhos de terceiros.

Teria o tio Will deixado escapar a história depois de beber demais? Ou quem sabe teria contado o segredo ao doutor O'Halloran durante uma consulta no apartamento? Shan sabia que as fofocas não precisavam de muito tempo para circular em uma ilha inteira.

– O senhor sabe mais alguma coisa além disso? – ele perguntou, em igual medida precavido e esperançoso.

Depois de um gole no leite, o senhor Maguire disse:

– Só posso lhe contar o que ouvi dizer.

Shan estava grato por já ter se sentado. À beira do desconhecido, ele se preparou, antes de assentir para que o outro continuasse.

– Assim sendo, eis o que eu sei... – o senhor Maguire se endireitou e pousou a caneca. – Quando a sua mãe tinha dezenove anos, estava em Liverpool em uma missão com a igreja e conheceu um sujeito muito especial. Parece que se apaixonaram imediatamente e passaram cada instante livre juntos. Na manhã em que ela deveria voltar para casa, o marinheiro a pediu em casamento. Ele não fazia ideia de como conseguiriam, só sabia que não suportaria não a ver mais. A sua mãe aceitou e, depois de contar a novidade aos pais, voltaria imediatamente para se casar. Então o John daria um jeito de ela ir ao encontro dele na América, uma vez que ele já tivesse zarpado para casa.

"Infelizmente, como se temia, os pais dela protestaram veementemente. Ela voltou correndo para o marinheiro assim mesmo, mas descobriu que a tripulação já tinha ido embora. John fez tudo o que pôde para encontrá-la, na ausência de um endereço. Porém, depois de vários meses e vários telegramas de vários portos, ele localizou a igreja com a qual ela havia viajado. Ele mandou para ela uma carta esperançosa por um reencontro; no entanto, não teve resposta. Ele escreveu muitas outras, mas todas foram ignoradas. Ainda servindo na Marinha, o que ele poderia fazer? Apesar de estar com o coração partido, ele acabou por desistir."

— A última carta dele — Shan interrompeu — foi a que eu encontrei.

Finalmente, ele conseguia entender como as palavras do marinheiro se encaixavam na história.

— Por favor, prossiga.

— Veja, meses antes, sua mãe suspeitou de que estava grávida. Escorraçada pelos pais, ela não tinha dinheiro nem casa. Quando o médico confirmou a gestação, ela chorou de desespero. Parecia que o marinheiro estava sumido para sempre. Mas o médico, que nunca se casara e era muitos anos mais velho do que ela, ofereceu outra opção. Uma proposta que ofereceu segurança a ela e, acima de tudo, à criança.

— Era eu — Shan pensou em voz alta.

Finalmente, ele compreendia a escolha que a mãe tinha feito, e a amou mais por isso. Mas ao mesmo tempo estava abalado com a tragédia de tudo aquilo.

— Então, o marinheiro nunca soube de nada disso?

— Não até muitos anos depois, quando recebeu uma carta.

— Uma carta? De quem?

— Da sua mãe — disse Maguire. — Ela escreveu quando estava sofrendo de tuberculose. Certa de que você ficaria órfão em pouco tempo, ela recorreu a John, confessando a história toda. Ela queria que ele soubesse que você era filho dele.

— Ele sabe que eu existo? — Shan disse, estupefato.

— Depois de poupar uma boa quantia, ele veio procurar você. Vasculhou tudo de cima a baixo, cidade atrás de cidade. Ele até tinha uma fotografia da sua mãe.

Shan precisou de um momento para digerir a intensidade da revelação. Precisou lembrar a si mesmo de respirar.

— Quando?

— Uns seis meses depois que você foi para a América.

A ironia foi suficiente para fazer Shan irromper em lágrimas e risos.

— Nós contamos a ele que conhecíamos você, mas que não tínhamos a menor pista de quando receberíamos notícia. Ele ficou em Dublin à espera de um cartão-postal, de um telegrama, qualquer coisa. Ele vinha de vez em quando só para ouvir histórias sobre você e sobre o seu amor pelos discos e pela música.

— E foi assim que vocês ficaram sabendo de tudo — Shan se deu conta.

— Foi. Então, depois de algum tempo, ele percebeu que precisava seguir em frente com a própria vida. Ele se casou e teve filhos. Um menino e uma menina.

Shan olhou pela janela, laranja e rosa iluminando o céu. Por uma virada cruel do destino, John Lewis provavelmente estava morando no Brooklyn agora. Um dos muitos lugares que Shan não poderia visitar pelos próximos muitos anos.

— Para onde ele foi? — ele se atreveu a perguntar.

— Ele nunca foi embora, rapaz. Ele está aqui. Em Dublin.

Em uma fração de segundo, o rosto de Shan se virou para ele, e sua garganta se fechou.

— O quê? — a voz esganiçou.

— Trabalha no Trinity College. Professor de música, ele é.

Mil pensamentos rodopiaram e se trombaram na cabeça de Shan. O marinheiro, seu pai, estava vivo. E ali. E tinha desejado Shan na vida dele. Durante o tempo que haviam passado à procura um do outro, poderiam provavelmente ter se encontrado se pelo menos um dos dois tivesse ficado no mesmo lugar.

Shan percebeu um afago delicado no braço. Olhou de novo para o senhor Maguire, que sorria cautelosamente.

— Como eu falei, sei que isso deve ser um choque e tanto. Não há pressa. Mas, se você se sentir pronto, a Caitlín vai ficar mais do que contente em levar você para conhecê-lo.

Para Shan, não havia "se".

— Que tal agora?

O edifício da Música no *campus* não abriu por algumas horas. Mas, no momento em que abriu, Shan seguiu Caitlín para dentro. Enquanto andavam, o vestido de saia rodada dela sibilava sob o casaco de inverno.

– Ele tem aula às oito e meia todas as manhãs – ela explicou, conduzindo Shan pelos corredores vazios. – Se a rotina não mudou, ele vai passar pelo escritório antes.

Shan assentiu, os nervos subitamente zumbindo. Depois de várias curvas, Caitlín parou em frente à porta de um escritório. A sala parecia escura, mas ela espiou pela janela. Até testou a maçaneta. Trancada.

Ao longe, passos ecoaram. O volume que ia aos poucos aumentando mostrava que estavam se aproximando.

Shan tirou o chapéu e alisou o cabelo, penteado com tônico, e endireitou a gravata. Embora servisse perfeitamente, o terno parecia prendê-lo.

– Você está bonito – Caitlín disse, e apertou a mão dele.

Era uma tolice preocupar-se com a aparência, na verdade, mas ele não conseguia evitar. O entorno acadêmico de paredes de tijolo, o piso de lajotas polidas, a disposição elegante das capas de livros, tudo contribuía para a sensação de que ele estava se preparando para uma prova.

As passadas continuavam chegando mais perto. Da curva distante cerca de dez metros, surgiu um homem de terno usando óculos de lentes grossas e barba comprida. Caminhava com a ajuda de uma bengala.

Shan olhou para Caitlín, que abanou a cabeça. Não era ele.

– Ele vai chegar – ela cochichou.

Uma vez que o homem de barba passou, Shan começou a andar de um lado a outro. Esfregava a moeda de seis centavos no bolso da calça, o metal suave como seda, tentando visualizar o pai.

Pai. Será que iria chamá-lo assim? Ou "Professor Lewis" seria mais apropriado? O homem ainda era um total desconhecido.

Fosse como fosse, se ele não chegasse logo, não haveria tempo para conversarem antes da aula. Um encontro no final do dia seria mais prático.

– Venha cá e se sente ao meu lado – Caitlín disse. Ela havia se acomodado em um banco do outro lado do corredor.

Agitar-se não tornaria o processo mais rápido.

Shan se sentou ao lado dela, apertando o chapéu. A caminho dali, ele ficara agitadíssimo não apenas por conhecer o pai, mas também por ter dois irmãos. Mas agora as dúvidas se infiltravam. O homem tinha seguido adiante com a vida, dissera o senhor Maguire. Constituído uma família. Por que iria agora querer mais um filho adulto para complicar a situação?

Shan poderia escrever uma carta primeiro, para dar ao homem tempo de absorver o choque. Caitlín interrompeu os pensamentos.

– Você sabe o que a inicial do meio significa, não sabe?

Ela estava claramente tentando distraí-lo. Ele acompanhou a direção do dedo dela até as letras gravadas na porta: *John S. Lewis*. Ele abanou a cabeça, sem ânimo para um jogo de adivinhações.

– É Shanley – ela disse, um comentário tranquilizador.

Shan notou o aroma de lavanda. Combinado ao sorriso dela, conseguiu lhe dar algum conforto.

– Caitlín? – uma voz masculina se fez ouvir da lateral. – Que surpresa adorável.

– Oi, Professor – ela respondeu, levantando-se.

Embora ela não tivesse dito o nome, Shan sabia que era ele. As feições, apesar de envelhecidas em algumas décadas, combinavam com as do marinheiro na foto gravada em sua memória. Os olhos caídos, os lábios finos. O uniforme fora havia muito abandonado; ele vestia agora um terno marrom com um sobretudo de *tweed*. Ele tirou o chapéu de aba enquanto cumprimentava Caitlín, revelando cabelos pretos ondulados, como os de Shan.

– O que posso fazer por você? – o homem perguntou a ela, alegremente.

Caitlín olhou para Shan, esperando que ele se levantasse e respondesse. Mas as pernas dele tinham virado pedra, e a boca se recusava a colaborar. Toda a noção sobre o que dizer nesse momento estava fora de alcance.

– Trouxe uma pessoa para ver o senhor – ela respondeu. – Uma pessoa que o senhor esperou muito tempo para conhecer.

– Ah, sim? – John olhou de relance, o interesse despertado.

Reunindo toda a sua coragem, Shan afinal ficou de pé e disse:

– Meu nome é Shan.

O semblante do homem mudou instantaneamente. Como sombras provocadas por nuvens passando, as expressões em seu rosto foram da curiosidade para o reconhecimento. Descrença. E alegria. Seu queixo tremia, e os olhos se umedeceram quando ele encarou Shan, um reflexo de sua própria juventude. Um passado que o perseguira com saudade e esperança, amor e perda. Uma parcela de si mesmo sempre faltando em suas entranhas.

Exatamente como era para Shan.

Esmagados pela jornada que os levara até ali, ficaram ambos imóveis, paralisados pela emoção, até que Shan inspirou fundo e deu o primeiro passo.

Nota da autora

Eu estava fazendo pesquisas online, certo dia, quando encontrei por acaso um documentário intrigante chamado *Filhos de Alcatraz*. A compilação de entrevistas mostrava pessoas que haviam crescido na Ilha de Alcatraz como filhos dos funcionários da prisão, e alguns até alegavam ter secretamente feito amizade com presos notórios, a despeito das regras que impediam qualquer contato. Ao final do vídeo, eu sabia que tinha uma história para contar, a de um prisioneiro calejado cujo relacionamento com a jovem filha de um guarda iria, em última instância, alterar a vida de ambos.

Quando comecei a pesquisar Alcatraz, fiquei especialmente surpresa ao saber de um preso chamado Elliot Michener. Confiado ao regime semiaberto, ele fora designado para trabalhar na mansão do diretor, onde mais tarde construiu uma estufa e cuidou dela, e recebeu permissão inclusive para trabalhar fora sete dias por semana sob limitada supervisão. O arranjo paradoxal me fascinou: de um lado, um paraíso colorido, pacífico, destinado ao cuidado e ao crescimento; do outro, a desolada prisão de concreto onde vidas frequentemente definhavam. Durante um *tour* noturno por Alcatraz, cercada pelas barras de aço e as paredes cinza e frias de uma cela, cresceu em mim uma sensação de apreço pela valorizada pausa encontrada naquela estufa.

Foi nessa viagem que fui enfeitiçada pelas inúmeras tentativas de fuga, para além da amplamente conhecida Grande Fuga de 1962. Fiquei pasma ao descobrir quantas tinham ocorrido em plena luz do dia, algumas até sem a proteção do nevoeiro. Dois casos que despertaram meu interesse em especial ocorreram sob o Edifício Model Industries, incluindo o de Ralph Roe e Theodore Cole. Embora seus corpos nunca tenham sido encontrados, e vários relatos de avistamentos tenham surgido anos mais tarde, os dois foram dados como afogados. De modo semelhante, Floy Hamilton, o motorista de Bonnie e Clyde geralmente referido por "Pretty Boy" Floyd, também foi declarado afogado depois que uma extensa busca falhou em encontrá-lo escondido em uma pilha de pneus descartados, em uma das cavernas da ilha. Ele se rendeu dois dias mais tarde, impelido por fome violenta, temperaturas gélidas e caranguejos mordedores.

Em outra tentativa, usando luvas de borracha infladas para flutuar, John Paul Scott conseguiu cruzar a baía a nado, quase chegando ao Forte Point encoberto pela névoa, antes de se agarrar a uma rocha por medo de ser arrastado para o mar. Exausto e em choque pelo frio, ele foi tratado em um hospital do continente antes de ser devolvido a Alcatraz. Outros relatos verídicos que influenciaram minha história foram casos de prisioneiros que se apresentavam em peças e bandas em várias penitenciárias dos Estados Unidos, bem como a corrupção interna que infestava parcela significativa dos guardas, capelães e até diretores.

Ao mesmo tempo que fiz grandes esforços para me manter fiel à história, materiais conflitantes de pesquisa às vezes me obrigaram a escolher o mais provável entre eles. As claras liberdades que conscientemente tomei, com propósitos narrativos, envolvem as seguintes: a identificação numérica AZ--257 pertencia de fato a Rudolph "Jack" Hensley; a "Regra do Silêncio" foi afrouxada no fim, e não no início, de 1937; nos primeiros anos da prisão, sessões de cinema na gestão do diretor Johnston se limitavam a feriados e ocasiões especiais, e só mais tarde se tornaram eventos mensais; e, até onde eu sei, o trabalho de Ralph Roe ao ar livre, antes de seu trabalho na oficina de capachos, é ficcional.

Além disso, a agressão de Burton "Branco" Phillips ao diretor Johnston no refeitório ocorreu algumas semanas antes, enquanto os presos estavam em fila para sair; para controlar o ataque, Branco foi derrubado pelo agente Joseph Steere e posto a nocaute com um cassetete pelo tenente Culver. Quanto às tarefas na residência do diretor: era a esposa do diretor Madigan, sucessor de Johnston, quem supostamente deixava o rádio ligado e jornais espalhados, e a estufa do diretor foi na verdade construída e cuidada por Elliot Michener muitos anos mais tarde. A estufa inferior com terraço de rosas, no entanto, existia na época da história e era cuidada por presos.

Para informações sobre Alcatraz, recorri pesadamente aos seguintes livros: *Alcatraz: The Definitive History of the Penitentiary Years*, de Michael Esslinger; *Alcatraz: The Gangster Years*, de David Ward e Gene Kassebaum; *Guarding the Rock*, de Ernest Lageson Sênior e Ernest Lageson; e quanto ao ponto de vista dos encarcerados: *Alcatraz: The True End of the Line*, de Darwin E. Coon, e *On the Rock*, de Alvin Karpis. O documentário que achei mais interessante foi o da National Geographic, "Alcatraz Breakout: New Evidence", que mostra um delegado de polícia dos Estados Unidos que revelou evidências fortemente sugestivas de que os presos conhecidos pela Grande Fuga na verdade conseguiram atravessar a baía, embora provavelmente nunca venhamos a saber com certeza.

Para saber mais sobre espetáculos de variedades e burlescos, recomendo firmemente os documentários *Pioneers of Primetime* e *Behind the Burly Q: The Story of Burlesque in America*. Das formas criativas com que números de *striptease* contornavam as leis de decência, até coristas soprando bolhas em números na banheira, os relatos contidos nesses vídeos – como foi o caso com grande parte de minhas pesquisas para este romance – com frequência me levaram a dizer "Simplesmente não se pode inventar uma coisa dessas".